龍闕 4

目次

壹之章 ● 九命探花運道佳

秦鳳儀的生辰，雖不像是平郡王生辰那樣的京城盛事，但記掛的人也不少，尤其是親近的人全都惦記著。秦鳳儀自做官以來，也交到了一些朋友，即使生辰的正日子要挪後，仍是要請朋友們過來的。

至於平郡王府那裡，他送了帖子給平嵐，秦鳳儀說道：「難得你在京城，先時我沒少吃你的醋，你還救了我的命。我不敢驚動別的長輩，倒是你，可一定得要過來。」

平嵐笑，「我必到，只是那些小事你再提就外道了。」

「我也沒想多提。平嵐，你不知道，你要是壞人就好了。你這麼厲害，偏偏還是一個好人，每次見你都讓人嫉妒。」

平嵐又是笑，「能讓秦探花嫉妒，我可是與有榮焉。」

「嗯，特別的嫉妒。」秦鳳儀說著也笑了，還問了老郡王的壽辰需不需要幫忙。

平嵐聽聞秦鳳儀與他祖父同一天生辰，感嘆這真是難得的緣分。

給平嵐送過請帖後，秦鳳儀又跑了柳郎中那裡一趟。

柳郎中的家有些與眾不同，他明明是文官，家中卻頗多刀劍槍戟，秦鳳儀一踏進去，都暗暗擔心柳郎中會不會為侄子報仇啥的，反正有用沒用的想了一堆。

秦鳳儀很有禮貌地遞上帖子，柳郎中看了問道：「秦探花是二月生的啊？」

秦鳳儀笑，「是。」

「二月好，春暖花開的時節。」柳郎中儘管身材高大，不大和氣的模樣，但其實性子和善，請秦鳳儀喝了茶，還與他說了不少話，便是待客，亦令客人有如沐春風之感。

秦鳳儀心說，都是姓柳的，這差距可不小。看看柳郎中，再看看恭侯府那一家人，真的是貨比貨該扔，人比人該死。

秦鳳儀問了柳郎中生辰何時，表示等柳郎中生辰時他一定過來相賀。

秦鳳儀回家還與媳婦道：「都是一個祖宗生的，差距真不是一般的大。」

李鏡道：「一樣米養百樣人，有什麼稀奇的？」

秦鳳儀也寫了張帖子給景安帝，陛見時送給了皇帝陛下。

景安帝笑，「好多年沒人給朕送過帖子了。」

秦鳳儀眼睛一亮，暗道自己聰明，他還跟皇帝打聽道：「平郡王也是二月大壽，他老人家沒給陛下您送張帖子嗎？」

景安帝忍笑，就見自家探花一副得意洋洋的小模樣。

景安帝問：「不過是送張帖子給朕，至於這麼得意？」

秦鳳儀道：「陛下有所不知，我以前在揚州都是正日子過的，可這在京城，誰曉得會跟平郡王撞期了。他老人家過壽，我要是也正日子過生辰，哪有人會來啊？我只好把日子給錯開了。您說，多叫人鬱悶啊！」

「哎喲，你與平郡王是同一天生辰啊？」景安帝不愧與愉老王爺是嫡親的叔侄，兩人的驚訝都是一樣的。

「是啊。」秦鳳儀道：「我覺得，我以後幾十年都不能正日子過生辰了。」

景安帝笑，「你也正日子過唄！」

「那得多冷清啊？萬一沒人來，我豈不是很沒面子嗎？」秦鳳儀想的還挺多的，令景安帝又是一樂。秦鳳儀又問：「陛下，您收了我的帖子，那我生辰的時候，您要來嗎？」

景安帝連平郡王的壽辰都不會親臨，何況是秦鳳儀的生辰？

景安帝想著秦鳳儀一向天真，怕是不懂此間規矩，便道：「朕若是去，怕你不自在。」

秦鳳儀連忙道：「我自在得不得了。」

景安帝又笑，「朕不一定有空。」

「您來不來其實無妨。」秦鳳儀道：「陛下，您知道我們民間有句俗話不？」

「朕不知道，也不想知道。」一看秦鳳儀那小眼神兒，景安帝就知道沒好事。果然，秦鳳儀說：「您肯定想知道。我告訴您啊，我們民間講究……人不到，禮得到。」

景安帝以為秦鳳儀會執意邀自己去給他過生辰，沒想到是要自己送禮給他，忍不住大笑起來，「怎麼，還要朕送禮給你不成？」

「按理，我是不該收陛下給我的禮物，不過，如果陛下非要給我生辰禮，我也不能拒絕是不是？」秦鳳儀還著重解釋了民間的壽辰是怎麼辦的，「陛下是長輩，我是晚輩，要是晚輩過生辰，不似宮裡要給許多貴重的寶貝，我們民間有壽桃壽麵就成啦，一點都不費錢。」

景安帝笑道：「你可真會想。」

「原本我與平郡王的生辰撞期，就是我把生辰挪後，您也想想，平郡王生辰得是多大的場面啊，到了我生辰的時候，能擺三桌酒就算是熱鬧了。排場比不上老郡王就算了，他畢竟是陛下您的老丈人，可是，陛下，咱倆也不是外人啊。咱們同樣都是親戚，論輩分，我該叫您一聲親家叔的。您可不能厚此薄彼啊，親家叔！」
景安帝險些被這兩聲「親家叔」給噎著。
秦鳳儀簡直是無師自通地跟人家套近乎，還一個勁兒地問：「是不是啊，親家叔？」
景安帝實在受不了秦探花這個「親家侄子」，趕緊道：「來來來，下棋下棋！」
秦鳳儀看景安帝如此小氣，心說：得不了壽禮，賺些銀錢也好！
秦鳳儀自荷包裡摸出一張小額銀票，「那就關撲吧，二十兩。」
景安帝很喜歡與秦鳳儀下棋，命內侍取二十兩銀子過來。
景安帝很快發現，秦鳳儀的棋藝大有進步，好奇地問：「又去你岳父那裡翻棋譜了？」
秦鳳儀得瑟得很，「翻棋譜算什麼本事，我去歲就悟了。」
「悟了什麼？」
「當斷不斷，反受其亂。」
景安帝挑眉，「這話有深意。」
秦鳳儀神祕兮兮地一笑，卻是不願多說。
秦鳳儀與景安帝連下三盤，輸二贏一，尤其是贏的第三盤，五十手內占足了優勢，縱使景安帝拚盡最後一滴血，還是輸了秦鳳儀一目半。
景安帝極為驚訝，道：「還真是不得了。」觀察了秦鳳儀的棋路一回，又道：「以往你的棋路過於淩厲，如今倒是能收著些了。這一收，便見長進。」
秦鳳儀被誇得昂起下巴，端起香茶來啜一口，「這是臣去歲悟的。」

「哎喲，你怎麼又悟了？」

「下棋跟做人是一個道理。」秦鳳儀一邊將棋子分開收到青瓷棋罐裡，一邊道：「先時沒悟，陛下不是讓我辦了兩件差使嗎？我發現做人雖要進取，但有句老話說，剛柔並濟，不是沒有道理。還有一樣，就是眼光得準。手段是其次，倘若眼光太差，再好的手段都沒用，所以下棋要以眼光為第一，技藝為第二。年前我與我媳婦下棋的時候，突然就明白了。以前她還能贏我一兩回，如今卻有輸無贏。也因為她總是輸給我，現在都不肯與我下棋了。」

景安帝聽得一樂，「女人家若是好強，你就裝著輸給她，哄她高興才是。」

秦鳳儀道：「我也很想贏好不好？」

「真是孩子話。」景安帝露出一絲男人才能懂的心照不宣的笑意，「鳳儀啊，這男女之事上，有時輸了便是贏了，有時贏了反而是輸了。」

秦鳳儀聽著這話，覺得大有深意，可一時又想不明白。

景安帝心想，要說秦鳳儀伶俐，這真是他做皇帝這些年見到的為數不多的極有悟性的孩子，且心性亦佳。就是某些時候，秦鳳儀可能是家中獨子，受寵長大的緣故，頗有些孩子脾氣，性格十分的單純。

景安帝見他不解其意，笑道：「你便照朕說的，回去試一試就能明白了。」

秦鳳儀果然依言回去一試，第二日陛見時，對景安帝擠眉弄眼，還小聲道：「陛下，您可真是絕了，您咋這樣聰明啊？」

景安帝含笑，「可見朕的這個主意不錯。」

秦鳳儀像隻剛偷過油的小耗子竊笑著。

景安帝看他那鬼祟樣兒就猜到了什麼，心中一樂。

……

平郡王的壽辰終於到了，秦鳳儀帶著媳婦去郡王府道賀。

按禮法來說，李鏡是平郡王的外孫女，秦鳳儀自然是外孫女婿，他這一去，也有不錯的位置，與過來道賀的賓客，無論認不認識，都在一處說話喝酒。秦鳳儀還留到了酒宴最後，方帶著媳婦告辭回去。

平郡王過壽，他是皇帝的老丈人，宮中自是有所表示，非但景安帝賞賜了豐厚的壽禮，裴太后和平皇后也各有表示。秦鳳儀嘴上不說，心裡羨慕得不得了，想著平家當真不愧是京城第一名門，果然顯赫得很。

秦鳳儀與媳婦說：「不知道陛下會不會賜我一兩樣生辰禮？」

李鏡不理他，任他做夢。

事實上，秦鳳儀也覺得不太可能。他已不是初時來京城時的樣子，在翰林院待的日子久了，也知道了一些官場和宮裡的規矩。皇帝在臣子生辰時有所賞賜，通常是近臣或股肱之臣才有的待遇。秦鳳儀雖與景安帝親近，卻是資歷尚淺，皇帝多半不會賜下生辰禮。

秦鳳儀確實很想要，但是沒有抱太大的期望。

出乎意料的是，他竟然真的得了景安帝的賞賜。

只是，並不是秦鳳儀所想的壽桃壽麵之物，而是……一隊侍衛。

說起來，秦鳳儀覺得自己這一年的運道委實不好。

前恭侯世子找人害他，讓他差點從馬上摔下來，自家愛馬小玉也受了傷。所幸秦鳳儀沒吃大虧，景川侯與謝少卿出手，把前恭侯世子的爵位給參沒了。秦鳳儀自覺心胸寬厚，柳大爺被削掉侯府世子爵位後，他就當這件事結束了。

奈何他覺得結束了，人家柳大爺卻不這樣認為。

秦鳳儀長到這麼大，頭一回遭遇刺殺之事。他先時是商戶之子，就是想有人刺殺，身分也不夠格。如今官居翰林，終於勉強夠格了。

當然，這也足以說明，秦鳳儀真是把柳大爺給得罪慘了。

秦鳳儀自翰林院回家，路上聞到一陣蛋烘糕的雞蛋甜香，他是個孝順的好孩子，知道他娘最愛這一口，便帶著小廝們去點心鋪子裡買蛋烘糕。

抱著點心匣子出來的時候，斜刺裡忽然衝出一個人，當先一刀直接沒入秦鳳儀的胸口。

攬月被這突如其來的刺殺給嚇癱了，饒是他機靈，也沒遇過這種真刀真槍的刺殺啊！不過，攬月的反應著實不慢，他立刻撲了過去，卻被刺客一腳踢開。幸好刺客只來得及踢這一腳，跟著秦鳳儀的侍衛已然衝上前與這名刺客纏鬥在一起。

攬月爬回來看他家大爺時，已經淚流滿面，他親眼見到刺客的刀沒入了他家大爺的胸口中，不料沒難過多久，就看到了驚悚的一幕，他家大爺居然像沒事人一樣站了起來。

秦鳳儀拔出胸口的刀，摸出被刺裂的小鏡子，心有餘悸地道：「幸虧有媳婦保佑啊！」

說起來，秦鳳儀當真是福大命大。

先時驚了馬，若是尋常人，不要說摔得半死，小命直接交代了都不算什麼稀罕事，結果小玉傷得不輕，秦鳳儀卻是連皮都沒碰到半點。

要說驚馬之事得看運道，如今更玄了，這回刀都捅到胸口裡，連攬月都準備哭一哭他家大爺，邊上見著刺殺的人也覺得神仙公子性命難保，沒想到人家神仙公子硬是拍拍塵灰，從地上爬起來，還自己將刀拔了出來，啥事都沒有。

其實，不是神仙公子有什麼刀槍不入的本領，即便是武將，不穿鎧甲也沒有護心鏡，但神仙公子不是，神仙公子懷裡就揣著小鏡子，而這面小鏡子正好救了神仙公子的命。

秦鳳儀的侍衛也是花大價錢雇來的，雖不是一等一的高手，卻也有功夫在身，一群人奮力圍攻，片刻就把刺客給制住。秦鳳儀走過去給那名刺客兩巴掌加一記窩心腳，細瞧此人，覺得面生，便問：「我根本不認得你，你為何要殺我？」

刺客呸一聲，吐出一口帶血的唾沫，大罵：「你這等奸佞小人，人人得而誅之！」

「放屁！我奸佞誰啦，你就誅之？我奸佞你啦？」

秦鳳儀與刺客說不上啥話，這人一看不是大刑伺候是不會招的，就讓侍衛把人送到大理寺去。大理寺這會兒已經落衙，見是秦探花著人送來的刺客，還捅了秦探花一刀，大理寺不敢怠慢，當下將刺客押入大牢，嚴加看管。

秦鳳儀回家說了此事，把家裡人嚇得直哆嗦，便是一向鎮定的李鏡都變了臉色。秦爹秦媽更不必說，秦太太連忙拉著兒子上下檢查一回，秦鳳儀道：「娘，我沒事，多虧了媳婦送我的小鏡子。」

他把小鏡子拿出來，摸了摸小鏡子上被刀扎出來的裂痕，「就是可惜留下了個印子。」

李鏡道：「這有什麼好可惜的，明兒我送你一面更好更結實的。」

「我不要新的，我就要現在這個。」

秦太太沒聽出兒子話中的情誼，只覺得兒媳婦簡直是兒子的福星，她這會兒也顧不得尋思兒子和兒媳婦這定情信物咋這麼肉麻，拉著李鏡的手就感慨道：「自從阿鳳遇見妳，突然懂得上進了不說，如今又是妳送他的鏡子救了他的命。媳婦，妳就是阿鳳的福星啊！」

秦老爺附和道：「是啊，這事多玄，要不是有這鏡子，穿再多的衣裳也擋不住刀。」說著摸摸兒子的頭，「我兒有福啊！」

秦太太說：「有福也得自家留心，老爺，咱們去買一件金絲軟甲給兒子穿吧！」

「也成，那東西穿在裡面旁人看不到，還能保平安。」秦老爺很贊同此提議。

秦太太又對李鏡道：「媳婦，咱們明兒就去廟裡燒香。阿鳳這回幸運無事，都是廟裡的菩薩保佑的啊！」

李鏡應了，然後打發人去謝少卿府上遞帖子。謝少卿在大理寺當差，她請謝少卿幫忙留意秦鳳儀這事。這事也忒邪性了，無冤無仇，不認識的人突然衝過來給她丈夫一刀，要不是她丈夫每天將小鏡子揣在懷裡，現下焉能有命在？

李鏡道：「非但相公出門要當心，父親和母親你們出門也要有所防備才好。」

「是啊，多買幾件金絲軟甲，咱們家一人一件。」秦鳳儀還對李鏡道：「也著人跟岳父說一聲，讓岳父和大舅兄他們出門當心些。」

李鏡便又打發人出去，結果不到一盞茶的功夫，李釗親自過來，詢問秦鳳儀遇刺之事。一般來說，會遇刺的都是有身分的大人物，秦鳳儀這個七品小官竟然不幸碰到了。

李釗忍不住想多了，問秦鳳儀：「你還記得你那個夢嗎？夢裡是不是被人捅死的？」

秦鳳儀自己都沒想到今日之事是不是與先時的「夢」有關係，想著大舅兄的腦子果然好使，搖頭道：「不是，夢裡不是被人捅死的。」

李鏡問：「那是怎麼死的？」

秦鳳儀不想說，李鏡追問道：「事關生死，現在咱們都成親了，還有什麼不好說的？你也不想想，萬一你有個好歹，我要如何是好？」

秦鳳儀不大樂意地說道：「那妳就改嫁唄。」

李鏡氣得都不想搭理這個渾人了，只是畢竟攸關性命，何況這傢伙倘是有個好歹，她豈不是就要守寡了？

李鏡怒道：「我要是會改嫁，當初就不會嫁你！」

秦鳳儀心中一喜又一甜，拉著妻子的手道：「媳婦，我說讓妳『改嫁』的話，是言不由衷的。妳待我的心，與我待妳的心，果然是一樣的。」

秦鳳儀原就生得極俊美，他那雙風流瀲灩的桃花眼含情望來，李鏡一時忘了要生氣，嗔怪他道：「那有什麼不好說的，咱們是要做一輩子夫妻的。我本也忘了你夢中之事，可你這幾天就沒個太平又遇刺，我這心簡直沒一刻安寧的。」

秦鳳儀仍是猶豫，「我怕說了妳會生氣。」

「那不過是夢中事，拿來做個參考。」李鏡頗為明理，「就譬如你夢中也沒考過功名，沒出過揚州，可如今你是翰林老爺了，可見夢中事不一定準的。再者，生死大事容不得丁點馬虎。何況咱們家裡沒有死敵，你卻兩遭險死還生，你不擔心自己，我還擔心我丈夫呢！」

秦鳳儀聽得感動極了，想著媳婦果然愛我愛到了骨子裡，於是磨唧了一會兒，就與媳婦和大舅子略略說了。秦鳳儀道：「我也記不大清了，你們也知道我那夢時斷時續的，我只記得是進了一處閨閣羅帳，遇到一個女子，至於是誰我不認得。是誰帶我去的，感覺熟悉，偏生想也想不起來，就糊裡糊塗地中了美人計。」

秦鳳儀說得很委婉，但李鏡何等明敏心思，當下壓抑不住而上火，質問秦鳳儀：「你在夢裡是不是有很多女子？」

「哪裡啊，妳管我管得那麼緊，時不時就表演空手捏茶盞給我看，我連家裡的丫鬟都不敢多看一眼！」秦鳳儀連忙捏捏妻子的手，討好地道：「妳想想，我要真是貪歡好色之人，就是夢裡，依妳的眼光，也不能看上我呀！」

這倒是，李鏡素來有自信，她尤其相信自己的選擇。

秦鳳儀道：「多奇怪啊，夢裡我都不記得有岳父。妳看，我跟岳父那麼要好，還有祖母這樣疼我，我卻也不記得夢裡有祖母。」

「那你還記得向你施美人計的那名女子的面容嗎？」

「不記得了。」秦鳳儀道：「這回要殺我的是男子又不是女子，再說，咱們相識這些年，就是大舅兄對我也極是了解。雖然外頭有許多女娘喜歡我，可你們何曾見過我亂來？我跟媳婦妳成親前還是守身如玉的童男子呢，比大舅兄純潔百倍，一丁點兒風流事都沒有。」

秦鳳儀信誓旦旦的，李釗也對妹妹道：「阿鳳不是會亂來的人。」

「就是啊！」秦鳳儀道：「還是讓大理寺審一審再說吧，我覺得這事與我的夢沒關係。我那夢說不得是佛祖點化，你們想啊，我自小到大都是糊塗著過日子，要不是遇到媳婦，我半點都沒有上進考功名的意思。」

而且，若不是做了這個「夢」，秦鳳儀非得在小秀兒身上犯下大錯。他突然得此點化，不僅小秀兒撿回清白，便是秦鳳儀自己，也因這一「夢」，將心自小秀兒身上移了開來。

三人商量了一回，李釗對秦鳳儀道：「大理寺那裡你不必擔心，我會勤盯著些。表叔在大理寺，必然會細審此事。」又叮囑秦鳳儀出門小心。

秦鳳儀道：「大舅兄你也是，回家同岳父說一聲，就是祖母、後丈母娘她們出門少，倘若出門，可千萬要留心。」他想著屆時要多買兩件金絲軟甲送給大舅兄和岳父才是。

秦鳳儀遇刺之事，不必秦鳳儀自己去說，御史先聞了消息，第二日小朝會就參了京兆府治安有失，堂堂七品翰林竟然當街遇刺。

京兆尹自是冤得可以，但秦鳳儀遇刺之事已是滿朝皆知。

景安帝宣了秦鳳儀進宮，問他遇刺始末，秦鳳儀如實說了，還拿出揣懷裡的小鏡子給景安帝看，感慨道：「都說疼媳婦的男人會有好運氣，先人誠不欺我啊！要不是我跟我媳婦有深厚的情分，臣今日就見不到陛下了。」

景安帝看過小鏡子上被扎的痕跡，安慰秦鳳儀：「鳳儀，你生得天庭飽滿，鳳眼獅鼻，神清貌朗，骨骼秀美，是一等一的好相貌，便是有事，亦能轉危為安。待朕查出是誰要害朕的探花，定不會輕饒了他。」

「嗯，陛下可得幫我查清楚，我岳父已經給了我兩個侍衛，我爹還是不放心，又給我雇侍衛去了。」秦鳳儀把小鏡子又揣回懷裡，「跟他說了也不聽，我原本就帶著侍衛呢！」

景安帝也是做父親的人，秦鳳儀還極得他眼緣，所以很理解秦老爺的心情。

景安帝道：「做父母的，沒有不牽掛兒女的。對了，你不是一直跟朕要壽禮嗎？」

景安帝登時有了主意，送了自己的小探花一隊侍衛保平安。

秦鳳儀道：「哪裡有生辰禮送侍衛的？壽桃壽麵多好啊！」

他想要壽桃壽麵好不好？

景安帝板起臉，「別不識好歹了。還有，你家豪富，朕是聽說過的，這幾個侍衛的餉銀，就你自己出吧。」他只送侍衛不出餉銀。

秦鳳儀感嘆道：「陛下，您知道咱們朝廷為什麼國富民強嗎？」

景安帝猜測不是什麼好話，便道：「朕一點都不想知道。」

「都是陛下您摳出來的啊！」這是笑話景安帝不給他的侍衛出餉銀。

景安帝氣笑，「我看你這個不知好歹的小子是皮癢了！」

秦鳳儀嘻嘻一樂，原本兩人是君臣分座，秦鳳儀向來不是什麼知禮數的人，縱使是見多識廣的馬公公，也未料到秦探花接下來做出的事。秦探花忽地湊上前，一把抱住景安帝的肩膀，用自己的美臉蹭了蹭他的龍臉，那種親暱勁兒，彷彿小獅子向母獅子撒嬌一般。

馬公公這個沒見過世面的，眼珠子險些掉出來，心說：秦探花莫不是要色誘陛下？景安帝倒不會作此想，只是有些受不了秦探花的黏乎，他拍了拍小探花的背，道：「鳳儀啊，你也是大人了啊！」不過是賜了幾個侍衛，瞧把這孩子感動成什麼樣。

秦鳳儀笑咪咪地道：「這是給陛下的謝禮。」

雖然陛下沒有賞他壽桃壽麵，但是賞他一隊侍衛，他也覺得很是光榮，尤其陛下非常大方，直接賞了一個衛隊，足足有二十人。雖是要自家出餉銀，可仍是有面子啊！再加上秦鳳儀本就是個愛顯擺的，便是他岳父也沒得陛下賞過侍衛，秦鳳儀簡直是出來進去都帶著陛下賞他的侍衛，在翰林院出出進進的，比駱掌院還要威風。

原本庶起士必須住宿，可秦鳳儀的情況特殊，他正處於被刺殺的危險當中，於是駱掌院親自批了條子，允許秦鳳儀每天回家住，中午也在家用飯，不要求他吃翰林的飯堂了。

不知道秦鳳儀得罪了什麼要命的人物，繼被刺殺之後，翰林院出現了投毒事件。沒毒著秦鳳儀，卻是毒死了常來翰林院蹭飯吃的一隻野貓。

庶起士是一道吃飯的，興許二月天倒春寒，飯堂的窗子沒關，一陣料峭微風吹過，秦鳳儀正端起碗要喝湯，被風一吹，他張嘴打了個驚天動地的大噴嚏，一口湯沒喝下，全噴飯裡去了。這委實是吃不得了，因翰林時有野貓過來吃東西，這飯就被放到了野貓出沒地，攬月另給自家大爺打了份飯菜。

第一個留意到貓被毒死的人不是秦鳳儀，而是外頭的小廝。貓死得太慘，七竅流血，小廝們見狀驚得嚷嚷起來。攬月見那貓死在食盆旁，牠剛吃過的飯菜赫然是他倒進去的。

攬月臉色大變，大喊一聲：「都不要吃了，飯菜有毒！」

小廝們嚇得皆丟了手裡的碗筷，攬月連忙跑進去看他家大爺，就見自家大爺正與方大爺一面說笑一面吃飯，攬月跑過去把事情一說，整個翰林院的人都不敢再吃了。有些老成的翰林，直接去尋駱掌院了。

駱掌院先去看了院中被毒死的野貓，繼而吩咐人去刑部找仵作來，再命人去太醫院找個太醫過來，然後要秦鳳儀水都不要喝一口。

秦鳳儀倒是心寬，還說：「這貓一看就是被劇毒毒死的，我們都吃這麼久了也沒死，可見只是我的飯裡有毒，你們的沒事。」

翰林院裡的人就沒有笨的，與秦鳳儀交好的同僚自不必說，紛紛關心秦鳳儀，便是向來與秦鳳儀不對盤的范正都問秦鳳儀：「你是不是得罪什麼人了？」

秦鳳儀道：「咱們每天一起念書，我像是會得罪人的嗎？」

范正心說，這話就很討人嫌。

六部九卿的衙門離得都很近，刑部一聽說翰林院被人投毒，直接來了一位侍郎。太醫院的人來得也快，先檢查秦鳳儀的身體，確定秦探花無礙，方去檢查食盆中的食物殘羹剩菜。銀針一插入，立刻變黑，很快就確定裡面摻了劇毒砒霜。

刑部侍郎、仵作和太醫齊齊看向秦鳳儀。

秦鳳儀自信滿滿地道：「我果然是受到佛祖庇佑的人啊！」

三人想吐血，他們是想知道秦探花你到底得罪了哪路神仙，人家要投劇毒毒死你。不過看秦探花這二百五的模樣，也不像知道自家仇人是誰，不然早就自己尋仇人報仇去了。

秦探花對於投毒事件沒有半點頭緒，這次事件暫時以一隻野貓的死亡告終，破案就是刑部的事了，但秦鳳儀先是被人刺殺，後又被人下毒，便是以駱掌院的嚴格，也不要求秦鳳儀住校吃飯堂了，改讓秦鳳儀回家住，至於午飯吃食，翰林院自然會加強食宿安全。

秦鳳儀身為人家重點下毒的對象，還是從自家裡帶飯吧。

倒是在翰林院飯堂吃飯的人，有些謹慎的私下備了銀針，吃飯前都會悄悄試一試。

當然，大家覺得最神奇的就是秦鳳儀的運道了。先時秦鳳儀走狗屎運靠臉得了探花，不少人暗地裡說秦鳳儀運氣好，如今看來，秦鳳儀的運氣不是普通的好啊。刺殺殺不死，投毒被安全躲過，甚至劇毒就下在秦鳳儀的那份例飯裡，而秦鳳儀只喝了口湯，那口湯還被噴嚏噴到了飯裡，毒飯因此被拿去餵貓，讓他躲過了被毒死的命運。

接下來還有更神奇的事。

秦鳳儀如今被刺客盯上，哪怕住宿改為走讀，吃飯全是自帶，出門仍是受到了攻擊。因為有景安帝給他的侍衛，岳父給他的保鏢，還有秦家自己雇的保鏢，秦鳳儀現在出門，閒雜人等難近他身，沒想到在回家途中，遭到了天降鐵球的攻擊。

秦鳳儀剛好俯身，鐵球自他頭頂掠過，砸傷了一個騎馬的侍衛。

另外還有諸如熏香投毒、暗放冷箭，秦家偶有防備不到，秦鳳儀仍能險險避過，安然無恙，靠的全是他自己的好運道。

秦鳳儀的運勢之強，絕非常人可比，甚至有人悄悄同秦鳳儀打聽，秦家平日都是去哪個廟裡拜哪尊菩薩，這運氣也忒絕了，尤其是後丈母娘景川侯夫人，聽聞親家母時常去靈雲寺拜菩薩，因著李欽今年考秀才，景川侯夫人便也打算去靈雲寺為兒子拜一拜。

不過，秦鳳儀提醒了後丈母娘一句，讓後丈母娘注意出行安全。

秦鳳儀道：「現在我身邊是針插不進，水潑不入，倒是丈母娘您可得小心著些，說不得那些賊人見害我不成，就改對你們下手。我爹娘和阿鏡現在出門，沒有二十個侍衛跟著我都不能放心的。丈母娘，您可得當心啊！」

秦鳳儀說得頗為誠懇，可景川侯夫人這是為了親生兒子去拜菩薩的，哪怕有性命之危，還是帶足了人手出門去了。

秦鳳儀甚是感慨，與李鏡道：「說來，什麼人都有優點，像後丈母娘，我不太喜歡她，但她疼阿欽是真心疼。」

「這還用說嗎？」

李鏡對於繼母沒什麼興趣八卦，她想說的是秦鳳儀今年的生辰恐怕要取消了。

秦鳳儀眼下被列為重點保護對象，生辰宴算是辦不成了，怕有人趁機投毒。秦鳳儀自身的運勢極旺，別人可跟他比不了，倘若在生辰宴上出事，秦家如何過意得去？

秦鳳儀就挨家送信通知不辦生辰宴，依現在秦鳳儀這倒楣勁兒，大家都表示理解。

秦鳳儀的倒楣直接將京兆府、刑部和大理寺拖下了水。在京城之地，天子之都，竟然有人敢這樣喪心病狂對翰林探花下手，不要說秦鳳儀一向得帝心，便是尋常官員被人這樣屢次謀殺，只要今上不瞎，就不能坐視不理。

景安帝還召了秦鳳儀進宮說話，安慰他，讓他不必擔心，他已經命令刑部要盡快破案。

秦鳳儀道：「我倒是沒什麼，反正我運道好。我娘去廟裡給我算命，廟裡的大師說我壽數八十七，現在還早著呢！就是我這出來進去的，擔心會連累到別人，可若因著這些個賊人便閉門不出，好似怕了他們一般，這也不是我的脾氣。」

景安帝道：「你是朕的探花，自是無須畏懼。不過，你也別覺得運道好就大意。」

「我明白，陛下放心吧。我去刑部問了，侍郎大人說是已有眉目，說不得過幾天便能查清楚了。」秦鳳儀笑嘻嘻的，還是那副全無心事的模樣。

景安帝看他這模樣就替他發愁，想著這傻孩子向來沒什麼心計，倘若不是仗著運道好，怕是被人害了都不曉得。

替秦鳳儀發愁的還不止景安帝，愉老親王也替秦鳳儀愁，想著秦鳳儀懵懵懂懂的樣兒，怕是還不知自己有多危險，這種時候居然敢來他家串門。

秦鳳儀說：「我近來倒楣得很，總是有人要殺我，等閒地方都不敢去了。有一回去明月樓吃飯，茶水不大乾淨，把明月樓的掌櫃嚇了個半死。其實這與他有何相干，無非是些雞鳴狗盜之輩，慣會做這些鬼祟事。只是倘若我有個差錯，他也擔待不起，我便不再去外頭吃飯了。想想也就陛下和您老人家福氣旺，陛下平日忙軍國大事，我不好總去打擾，就只能來您老人家這裡串串門啦！」

那些偷雞摸狗之人，再膽大妄為也不敢對王府下手。

愉老親王看秦鳳儀本來就順眼，很願意他過來，便笑道：「只管來就是。」又說刑部辦事拖沓，「往日吹得山響，真正有要緊事就不成了。這都幾天了，他們那裡還是沒個動靜。」還問秦鳳儀可有什麼仇家。

秦鳳儀同愉老親王兩人一面剝著桔子吃，一面說悄悄話。

秦鳳儀道：「我自覺沒得罪過誰，可先時我家小玉那事兒，您老人家也是曉得的。眼下我也不好說，總得刑部有證據才好。不過，我媳婦說，也說不準有人渾水摸魚。」

愉老親王感慨道：「你這媳婦娶得不錯。」

「那是。要不是有我媳婦送我的小鏡子，我早就被人一刀捅死了。」

每每說到此事，秦鳳儀都覺無比的慶幸。

愉老親王又恨了一回刺客，還八卦了一回，問秦鳳儀：「別人家定情，都是送香囊送玉佩送梳子什麼的，怎麼你們是送鏡子啊？」

秦鳳儀不肯說實話，這小鏡子是當初他媳婦讓他照照自己模樣的，秦鳳儀另編了一套說辭，道：「我媳婦閨名裡有個鏡字，我倆在揚州定情，她就送了我一個小鏡子。」

愉老親王一樂，「你還挺有女孩子緣的啊！」

「那是！」說到這個，秦鳳儀稱第二，絕對無人敢稱第一，「其實，姊姊妹妹們喜歡我，無非是因為我長得好看，可我從沒有亂來過，我這輩子就一心一意待我媳婦。」

「這樣才好，別學那些不知好歹的人，覺得風流是好事還沾沾自喜。須知齊家治國平天下，男人要想做事業，家裡先得穩當。」愉老親王又讚了李鏡一回，「你媳婦就不錯，你也是個知好歹的。說來，你這性子忒直了些，就得有個穩當人匹配才好。」

秦鳳儀娶李鏡還真沒想過這麼多，他一琢磨，認為愉老親王說得很有道理，「愉爺爺，我跟我媳婦成親，啥都沒想過，就是想娶她，被您這麼一說，還真是這個理啊！」

愉老親王道：「你心性好，即便不想，做出的事也比大多數人都強。」

秦鳳儀這人慣不是個會客氣的，尤其贊同愉老親王的話，覺得自己心性的確不差。

然而，自認為心性不差的秦鳳儀，在面對過來他家求情的恭侯時，一點也沒有要寬宏大量的意思。秦鳳儀道：「我就猜到是他，只是先時沒證據，不好說，沒想到還真是他！您可真會求情，您看看您兒子做的事，樁樁件件都是要致我於死地！若不是我福大命大，早被你兒子害死八百回了！您跟我求情，當初別叫你兒子害我就是，現下害不死我，被人查出來了，又來跟我求情，難不成我命大就該寬恕他啊？您就別想了，我必要同陛下說，把他判個大卸八塊，凌遲處死！」

恭侯險些厥過去。

恭侯一臉慘白地回家，換成恭侯夫人過來哭。秦鳳儀可不是那等爛好人的性子，愛怎麼哭怎麼哭，總不能因妳家兒子殺我沒殺成，我就不計較他派人殺我之事了吧？

秦鳳儀對著恭侯府拜託的過來求情的人，全都是一句話：「我又不是菩薩！」

反正，秦鳳儀必要柳家大爺好看的。這人簡直是腦子有病，還欺軟怕硬。

秦鳳儀對景安帝說：「要真有本事，有仇就該找我們親家公和親家母報。不過，誰都知道陛下您不好惹，他就找我這麼一個軟柿子捏。現在沒捏成，就託了不少人跟我說情。他要是有本事，敢來我跟我打一架，我還服他。這麼個上不得檯面的傢伙，真叫我噁心！」

景安帝對這位前女婿自然不會有什麼好感，尤其柳大郎做的這些事，簡直讓景安帝很無語，一個侯府世子淨是弄些江湖上的閒漢養在家裡。行刺秦鳳儀，就是這些閒漢們幹的。這些人自稱江湖俠士，講的是義氣，自柳家大郎世子爵被削，柳大郎恨秦鳳儀自不消提，這些人為了給柳大郎出氣報仇，可不就尋釁起秦鳳儀嗎？

待刑部審出了那些人的證言證詞，不要說刑部一干人，便是景安帝都覺得，自家小探花當真是個福大命大的。

秦鳳儀可不是君子，上回柳大郎敢在他的馬上動手腳，結果丟了世子爵位，如今又著人殺人，秦鳳儀再不能放過柳大郎的，就攛掇景安帝給柳家判個狠的。

秦鳳儀說得頭頭是道：「陛下，您心忒好，待誰都善，只是有時我覺得您太善了。這要是待人好，不能總是縱容他，您得嚴格要求。就說我吧，我先時打算做紈綺的，要不是我岳父嚴格要求我，我現下還在揚州呢。這待臣子也是一樣，您不能總寬待他們，越是寬待反越是縱容，這人啊，你第一回縱容他，他會感激你，可你縱容多了，就是升米恩斗米仇了。」

景安帝做了那麼多年的皇帝，焉能聽不出秦鳳儀的小心思？

秦鳳儀希望嚴懲柳家，也在景安帝意料之內。

倒不是秦鳳儀睚眥必報，就柳大郎讓那些閒漢做的事，也就秦鳳儀有福氣了，換個福薄的，小命多半早就交代了，於是，景安帝命令京兆府將京城的閒漢全都掃蕩了一遍，使得京城的治安大幅改善。

景安帝也要嚴懲柳大郎的，只是秦鳳儀這話說了才一天，待陛見時，他卻又試探地問能不能輕判些。景安帝很無言，「你這真是一會兒一個主意，朝令夕改啊！」

秦鳳儀道：「要是我，我恨不得宰了柳大郎。陛下不知道，柳郎中救過我的命，他親自去我家為那個不成器的傢伙求情，我要是不應，豈不是沒良心嗎？原本我想著把這個柳大郎大卸八塊才算公道的。陛下，要不，還是留他一命，判他個斬監候算了？」

景安帝板起臉道：「朝廷律法，豈容你講情分？」

倘是別人，見景安帝不悅，便不敢說話了，但秦鳳儀素來膽大還心眼活，勸道：「律法自然要遵的，只是律法之外還有人情。我畢竟是苦主，柳家這事就算得到我的一點點諒解了。再者，我聽說太后娘娘四月大壽，這個時候殺人有傷天和，留他一命，亦是體現了陛下的仁慈之心。只要他不再害我，我只當給自己積德了。」

景安帝道：「你這張嘴，合著什麼都是你的理？」

「主要是，我覺得柳郎中這個人不錯。」秦鳳儀道：「這也真是奇怪，聽說柳郎中與恭侯是嫡親的兄弟，可恭侯一家子比柳郎中真是差遠了。」

秦鳳儀還問：「陛下，當初您怎麼沒把爵位給柳郎中，卻給了恭侯啊？」

「虧你也是探花，自來長幼有序，恭侯雖未見大才，倒也中規中矩。」

「他這也算中規中矩？愉爺爺同我說，齊家治國平天下，後兩樣能做到的少，可就第一樣，我看恭侯也沒做到。」秦鳳儀頻頻搖頭。若不是因在官場中學了些規矩好歹，他都有心建議陛下把爵位給柳郎中。

景安帝看他一顆大頭搖個不停，道：「你這搖起來還沒完沒了了？」

秦鳳儀道：「我有些話不知當不當講。我怕說了陛下多心，可我實在是不明白。」

「看你這樣，要是不講，還不得憋死。」景安帝深知秦鳳儀存不住事兒的性子，「說吧。你老老實實地說，朕焉能多心？」

秦鳳儀見旁邊只有馬公公在，便道：「我現在做官，學了不少門道。雖然大家都說那樣是對的，就像恭侯家，我其實知道長幼有序的理，也明白陛下定是經過深思熟慮，方將爵位給了柳家長房，可我就是覺得，把爵位給這樣無能的人怪可惜的。」

景安帝面不改色地問：「那依你說，該如何？」

「我可不是要說恭侯的壞話。」秦鳳儀先強調自己的純良立場，撓了下頭，這才斟酌言詞道：「我也不知要如何。有時想想，這世上得有規矩，沒有規矩世道就會亂，可有時倘樣樣依著規矩來，又嫌刻板，而且，把好的東西給拿不起來的人，對兩方都不是好事，但又不能壞了規矩。唉，我覺得這事挺難兩全的。」

景安帝問：「你原在朕耳邊叨叨了好幾日，就是想重懲柳大郎，將你前些天擔驚受怕的仇給報了。如今礙於柳郎中的面子，又來找朕求情，這事你最終是個什麼打算？」

秦鳳儀心說，我能跟您說嗎？

看景安帝一副洗耳恭聽的樣子，秦鳳儀頗有些小狡猾，努力做出誠懇臉地抖機靈，「我自然是都聽陛下的。」

景安帝唇角一挑，「少說些好聽的。你雖卻不過柳郎中的情面，卻不打算輕饒了柳家。最好是饒柳大郎一命，其他的自恭侯府找補回來，是不是？這樣既全了柳郎中對你救命之恩的情分，也算報了先時柳大郎殺你之仇。估計柳郎中也不過是想你饒了柳大郎一命，沒有別的要求，對不對？」

秦鳳儀瞪圓了一雙桃花眼，不可思議道：「陛下，您怎麼全都曉得啊？」

景安帝但笑不語。

秦鳳儀這人吧，有個毛病，你要是有什麼話實實在在告訴他，他反不慎重，倒是景安帝這般半遮半掩，雲山霧罩的，讓秦鳳儀非常嚮往。

秦鳳儀極為佩服景安帝的智慧，拍景安帝馬屁，說景安帝是天下第一聰明人。

待景安帝給柳大郎判二十年的大獄，外加流放三千里的刑罰，還有恭侯府降爵的旨意傳來，秦鳳儀為認為，景安帝非但是天下第一聰明人，更是古往今來天下第一公道的皇帝。

景安帝宣召秦鳳儀時，說到恭侯府，不，現在得是恭伯府了，說到恭伯府之事，特意考校了秦鳳儀一回，「明白了沒？」

「明白啥？」秦鳳儀完全沒明白皇帝陛下這話自何而來。

景安帝看他一副小白癡的模樣，嘆道：「虧你還自稱是京城第三聰明之人。」

秦鳳儀是不明白便要問的，偏生不論他如何問，景安帝都不肯告訴他。秦鳳儀回家跟媳婦說起此事，李鏡道：「這都不明白？陛下是問你，自恭伯府之事上，可有學到什麼？」

秦鳳儀眨眨漂亮的桃花眼，美貌無敵，說出的話卻是蠢到不行。

秦鳳儀道：「這有啥可學習的，我覺得陛下斷得挺好的。」

「怎地還不明白？」李鏡曲指敲他腦門兒，因夫妻倆素來無事相瞞，李鏡對於秦鳳儀和景安帝的來往亦是一清二楚，便道：「你先時與陛下說規矩和現實，其實，兩者偶爾是相矛盾的，那麼當兩者有矛盾時，要如何解決呢？」

秦鳳儀點頭，「對對對，我是說過這意思，可陛下當時沒回我啊！」

「如今陛下處置恭侯府，你就沒覺出什麼來？」

「覺出來了，活該！」

李鏡微微一笑，「這便是了。陛下給你的答案就是，當規矩與現實衝突時，先按規矩來。你按規矩把事辦了，一旦遭遇現實之事，那些才不堪用之人，自然就會有把柄，屆時你依舊可以按著規矩把他們給辦了。如今既不妨礙規矩，也不會令無能之人占據高位。」

秦鳳儀此方恍然大悟，對媳婦的智慧越發信服。

他這人存不住事，待得再進宮，就把他媳婦幫他總結的這一套和盤托出。

景安帝笑，「哎喲，這回家定是冥思苦想了吧？」

「沒想！」秦鳳儀答得爽快，「我一問我媳婦，我媳婦就告訴我了！」

景安帝此方知曉，原來自家探花的答案是從媳婦那裡學來的。

景安帝心說，這傻小子真有運道，景川家的閨女很是不錯。

就聽秦鳳儀給京城智慧排了個名次，秦鳳儀道：「陛下是第一聰明智慧之人，我媳婦是第二，我是第三。」

景安帝暗道：你有個屁的聰明智慧，就知道拾人牙慧！

秦鳳儀半點也不覺得拾人牙慧，跟媳婦學習有什麼丟臉的？他還很大方地把自家媳婦排到世間第二聰明人呢！

秦鳳儀自覺又跟皇帝陛下和媳婦學了一手，心中萬分得意。

雖則這回沒能大慶生辰，但一家人吃過壽麵，媳婦還單獨給他過了生辰，秦鳳儀覺得很美妙，抱著香香軟軟的媳婦，商量道：「咱們能不能把一百年的生辰都提前過了？」

李鏡敲了他一記，「閉嘴！睡覺！」

秦鳳儀央求：「媳婦，成不成嘛？」

媳婦道：「看你的表現！」

秦鳳儀立刻表示，他一準兒好好表現，爭取明天就把明年的生辰提前過了。

柳家的問題解決後，秦家人輕鬆不少，便是京城裡那些閒漢也俱是消停了。不消停的主要是那些沒家沒口的，妻兒老小都在的，多半也做不成閒漢，但京兆府著意清理過後，京城的治安確實好了不少。

不過，秦鳳儀身邊的人依舊沒少，他爹娘、他媳婦，還有他岳父和他大舅兄等人，都讓他出入小心著些，多帶些人以防萬一。

事實上，那些個被柳大郎收攏的閒漢刺殺秦鳳儀的事，不只是柳大郎一人的主意。這次朝廷就處置了不少人，除了柳大郎之外，還有幾個跟著煽風點火出壞主意的。

刑部何等地方，縱使愉老親王說刑部辦事效率低，但有皇帝親自盯著，刑部幾乎是事無巨細，將此案審得清清楚楚，許多不為人知的細枝末節都給審出來了。

包括柳大郎的陰暗心理，包括在旁邊起鬨鼓譟的小人。

有些還是秦鳳儀的翰林同窗呢！

一個是桓行，一個是周遠，這兩人以前說過李鏡閒話，還導致了秦鳳儀和李鏡夫妻的第一次爭吵，李鏡親自到翰林院，給了人家兩記大耳光。

這兩人還算是與秦鳳儀有過節，此次藉機落井下石，要秦鳳儀倒楣，不是沒有道理。不過，另有幾個翰林院的翰林，平日與秦鳳儀不相熟，卻也跟著摻和。再者就是柳大郎自己熟稔之人，秦鳳儀是一個都不認識。問他們為何要害秦探花，他們也說不出具體原因。硬是要找出一個理由，那就是他們在家都因秦探花挨過父母長輩的臭罵。

當大舅兄與他說起這些事時，秦鳳儀都傻了，無法理解地道：「我根本不認識他們，他們也沒得罪過我，他們家裡幹嘛要因為我而去罵他們啊？」

說到這個，李釗也無奈了。

李釗打趣道：「還不是因為你太出眾了。你弱冠之年就中了探花，京城的讀書人家，恨不得家中孩子個個像你才好。」雖是打趣卻也是實話，秦鳳儀在京城很有些名聲。

秦鳳儀雖也覺得自己比較出眾啦，卻也頗有些自知之明，「大哥又不是不曉得，我那探花是運氣好才得的。再說，大哥做傳臚時才十九，比我中探花時還小一歲。而且，大哥你的傳臚是實實在在的。要這麼說，大哥豈不是比我更招人恨？」

李釗道：「我是自小念書就好，人家都知道我是數年苦讀方春闈得中，有何可惱恨之處？你不一樣，你以前不愛念書，突然『改邪歸正』，還得了探花。許多人家認為他們自家子弟也該如你這般，隨便念幾年就中探花。」

秦鳳儀大叫：「什麼叫隨便念幾年？我可是狠狠念了四年，從早念到晚，一天都沒歇過！累得我頭髮大把大把地掉，要不是我娘給我燉何首烏湯，我現在都掉成禿子了！大哥，你說話也忒隨便了，你跟我這樣熟，難不成在你看來，我是隨隨便便就能中進士的？探花雖是靠運氣，我會試可是實打實的貢生！」

雖則是孫山，但也是正經貢生啊！

貢生再殿試，那才是進士，而且朝廷有例，向來不會黜落貢生，所以，一中貢生，只要去殿試，就絕對是進士了。秦鳳儀向來認為，探花是運氣，但貢生他完全是憑實力的。

李釗一笑，「我知道有什麼用？他們便是知道你是用功的，怕也不肯用這份功，家中長輩才罵他們『你們學學秦探花』什麼的。」

秦鳳儀聽聞此事，竟還覺得榮幸，想著本探花不知不覺，竟成了時下年輕人的楷模。

秦探花露出一臉虛偽的謙虛模樣，笑嘻嘻地道：「這是過譽啦！大哥也知道，主要是我天資過人，不然你以為人人都是秦探花嗎？」

李釗看他那假謙虛真得意的小模樣，潑了他一大瓢冷水，「所以，你以後不要總覺得自己如何如何地招人疼了，多的是看你不順眼的人！你瞧瞧，一個柳大郎發昏，多少人跟著看熱鬧不嫌事大的？」

「他們那是嫉妒我，難道怕那些無能的傢伙嫉妒我，我就不能再繼續發光發熱啦？」秦鳳儀哼一聲，「他們純粹是眼氣。就因著我以前不如他們，因著我自己用功有了功名，做了翰林老爺，那些個見不得人好的就嫉妒我。其實這哪裡是他們的長輩責罵他們的緣故，這種人就是天生的心窄，還犯眼紅病。自己不知道上進，又見不得別人比他強。像大哥你這樣的，侯府的嫡長子，出身比他們好，他們仰視你習慣了，自然不會恨你，可我不一樣啊！我以前只是揚州城鹽商的小子，論出身論才學都不如他們，在他們心裡，我該是一輩子不如他們。誰知我自己用功，現下比他們強了，還娶了阿鏡這樣的好媳婦，所以，他們即便不認得我，也不能看我順眼。哪裡是長輩責罵他們的緣故，他們是天生妒賢嫉能勢利眼，心胸狹窄沒器量。不然把他們嫉妒我對我使壞的心思，用到念書當差上，怕他們早就是狀元了。」

秦鳳儀最後優越感十足地總結道：「如果他們非要嫉妒，也只好讓他們嫉妒啦！我天生就是光芒萬丈的人，哪能因為幾個小人就不發光啦？」

秦鳳儀說起話來，有道理時還真有幾分道理，可要是神經病發作，便是李釗也聽得一身雞皮疙瘩。想著他爹還讓他與秦鳳儀說說理，叫秦鳳儀以後行事低調著些，可看秦鳳儀這德行，哪裡低調得起來？

秦鳳儀非但同大舅兄這般說，他從大舅兄這裡得知內情後，還與皇帝陛下抒發了一回自己的理想。秦鳳儀又問景安帝：「陛下，您比我聰明，您說，是不是像我這樣才貌雙全的人就不招人喜歡啊？我覺得我自己挺好的。」

景安帝忍笑，「你少對著別人誇自己才貌雙全就是了。」想著秦鳳儀一向有啥說啥，不大通人情世故，便再提醒他：「這些話當是別人誇你，你怎好自誇？這也忒不謙虛了。」

「我哪裡有自誇，這本來就是事實。再說，我也沒有光誇我自己，我也誇陛下您啊，我就覺得陛下您比我有智慧。」秦鳳儀說著，還一副咱倆是一國的自己人模樣。

景安帝哭笑不得。

秦鳳儀繼續道：「在陛下您同齡人中，我覺得真沒人能勝過陛下您。在我同齡人裡，也就是我媳婦比我強一些。您看，我媳婦比我強，我也是承認的。」

他認為自己非但才學好，還很有心胸哩！

可便是看秦鳳儀順眼的景安帝，也認為秦鳳儀不是什麼心胸寬闊如大海的人，相對的，這小子頗有些睚眥必報的意思，但秦鳳儀有一項好處，如秦鳳儀說的：「我就喜歡與比我強的人在一處，我覺得就像我跟陛下，哪怕我一時間趕不上像陛下您的智慧，可我能學一點是一點。就算一輩子都趕不上，我不跟陛下比，跟以前的自己比，也強也很多。我頭一回知道，別人比自己好，不是要向別人學習，而是要給別人使壞，盼別人倒楣。」

這就是景安帝喜歡秦鳳儀的地方。

一般來說，出眾的人容易剛愎自用，但秦鳳儀雖然自信得有些過頭，許多性子肅穆的大臣還對他頗為不喜，但秦鳳儀當真不是愛嫉妒的性子，秦鳳儀如今想想都覺得稀奇，「要不說京城地方大，什麼人都有，若不是來了京城，我還真見不到有這種人。」

景安帝心說，你在揚州時就是個四等紈絝，紈絝圈裡墊底的，誰會嫉妒你？不過，看自家小探花那副稀罕沒見過世面的模樣，景安帝道：「天下之大，什麼人沒有？你這才不過見識了幾個小人而已。怎麼樣，怕了沒？」

秦鳳儀嘿一聲，挺直脊背，拍著胸脯道：「我能怕他們？當初那些人想法子害我，有好些朋友都勸我在家歇幾天，不要出門，免得給人可乘之機，可我翰林院也沒少去一日。我堂堂男子漢大丈夫，豈會怕幾個小人？」

秦鳳儀倒真是有膽量，而且他年輕，完全是那等初生牛犢不怕虎的氣勢。當然，也有些二百五是真，只是，景安帝就喜歡他這股氣勢，感嘆道：「鳳儀，不知二十載後，四十載後，你可還能記得此語？」

秦鳳儀道：「我記性好得很，不要說二十年、四十年，就是我八十七，也不會忘！」

景安帝大笑。

秦鳳儀自認為是個有大志向的人，這存不住事的傢伙，把自己志向到處去說，自然不會落了他師傅方閣老。

他跟他師傅說，他要做京城年輕人的楷模。

秦鳳儀還臭美兮兮地道：「師傅，您知道現在京城人家提起我都怎麼說的嗎？」

「怎麼說的？」

小弟子屢遭暗殺，連他這裡都來得少了。倒不是秦鳳儀不想來，秦鳳儀是怕自己來方家來得勤，招了那些小人的眼，萬一到方家作惡如何是好？故而，他就沒有過來。今日見著小弟子神采奕奕的模樣，方閣老亦是歡喜，便接了他這無聊的話，還裝出很感興趣的模樣。

果然，秦鳳儀更得意了。

「人家都說，要跟秦探花學哩！」

方閣老覺得，自己對小弟子的課程中，獨獨欠缺的便是謙遜這一項了。

秦鳳儀根本不曉得自家師傅現在想到了對自己教導上的不足，在秦鳳儀看來，師傅對他的教導沒有半點不足之處，簡直是好得不能再好了。

秦鳳儀向來認為，自己就是因師傅的教導方有今日。故而，他今有大志向，第一個不能瞞的就是師傅。秦鳳儀與師傅說了自己的志向，以後還要更上進更好，給京城這些紈絝不紈綺的，做一個好榜樣。讓他們越發眼紅嫉妒，還沒法子趕上他。

別看景川侯希望自家女婿低調些，方閣老這一把年紀的，並不作此想，他還順勢鼓勵了小弟子一回，讓小弟子越發努力才好。

秦鳳儀高高興興地應了。

他在翰林念書越發用功，用秦鳳儀的話說，庶起士散館考試什麼的，他必要爭一爭第一名，還問他家阿悅師侄有壓力不？

方悅笑，「小師叔放心，我還好。就是這春天風大，你說話小心著些才是。」

「幹嘛？我穿的多。」

陸瑜笑，「阿悅是擔心你風大閃了舌頭。」

秦鳳儀氣道：「阿悅，你學壞了！」竟然對小師叔不敬！

為了不讓秦鳳儀這傢伙得意過了頭，庶起士們紛紛奮起用功，連駱掌院見到庶起士們這般認真，也很高興，在陛見時誇了這屆的庶起士一回，誇他們有向學之風。

景安帝聽到此話自然高興，畢竟這一屆的庶起士是他做的主考。因庶起士們常有考試，景安帝偶爾也會出個題目叫庶起士們做，做來後他親自判卷。

看過庶起士們的文章，便是景安帝都得說，這屆庶起士確實不錯，還把庶起士們的文章拿給其他近臣看。盧尚書同樣很滿意這屆庶起士，尤其秦鳳儀這素來不得盧尚書喜歡的，文章竟然也大有長進。

不過，盧尚書依舊不喜秦鳳儀，他道：「陛下親自主持大考所選出的淨是博學之士。」

景安帝從容地收下這個馬屁，「主要是心性好，有些人一登金榜便懈怠，朕看他們很好，入了翰林仍勤學不輟，有這樣的心性，以後當差為官，守住本心，皆是朝廷棟樑。」

眾臣都稱是。

鄭老尚書又說了南夷州巡撫年邁致仕之事，景安帝看了南夷巡撫乞骸骨的摺子，七十五了，委實不年輕了，的確到了該致仕的年紀，總不能真讓人家為朝廷死而後矣，便准了這致仕的摺子，只是，這南夷巡撫之位，一時間沒有合適的人選。

內閣選的幾人，景安帝都不甚滿意。

景安帝私下問大皇子對此事的意見，大皇子看過內閣遞上來的人選，見內閣擬的是三個人，大皇子道：「這位岑安撫使在南夷好幾年了，對南夷的情形該是最為熟悉的。桂按察使年紀最輕，不過四十歲，兒臣記得去歲豫州大水，就是他主持抗洪之事，他在堤壩上與手下同吃同住，頗為盡心。至於薄按察使，先時在兩湖為官，聽說是個學識淵博之人。」

景安帝當時沒說什麼，只是詢問大皇子的意思。

雖則大皇子說得也算公允，卻不難聽出大皇子是偏向桂按察使的。

景安帝再問二皇子，這位是大皇子的複讀機，要不是為了二兒子的臉面，景安帝真不想理他。及至問到三皇子，三皇子就一句話：「都不熟，不知道。」

不熟還有理了？

景安帝瞪了三兒子一眼，「那你就去戶部熟一熟再來與朕說！」

三皇子便去戶部打聽這三位官員的履歷了。

即便南夷巡撫致仕在即，景安帝也沒急著做出決定，他閒來還尋秦鳳儀賭了兩盤棋，贏了秦鳳儀二十兩銀子。

總地來說，景安帝心情很是不錯。

秦鳳儀雖然輸了銀子，心情卻也很不錯，因為他見到了羅朋，這位在揚州的舊相識，秦鳳儀的少時同窗，更是知交好友。

羅朋一向與秦鳳儀交好，秦鳳儀訂親成親，羅朋都來了，而且，羅朋去歲能在他爹健在時就從家裡分出來過日子，有賴秦鳳儀之力。

羅朋要分家，羅老爺惱怒了這個長子，啥都沒分給長子，直接就把人給攆出去。羅朋如今是自己做生意，他這次回京城也是同李鏡交帳來的。

秦鳳儀懵懂著，問羅朋：「阿朋哥，你什麼時候跟我媳婦做生意啊？」

「弟妹沒與你說嗎？」羅朋有些驚訝，繼而說起此事：「去歲你成親之後，我就想離開京城到處走走。你也知道，我那些老底都被我爹收回去，秦叔叔原說給我本錢讓我做生意。我那時剛從家裡出來，臉面嫩，沒好要，還是弟妹私下尋了我，開導我幾句，拿出銀子說是入份子。現在我自外頭回來，自然應當過來同弟妹交帳。」

秦鳳儀這才知此事始末，反正羅朋不是外人，當初秦鳳儀還讓他爹給羅朋本錢做生意，就是知道羅朋手中積蓄沒有多少，沒想到羅朋拒絕了，卻沒想到他媳婦私下有這麼一手，心中越發覺得媳婦能幹，想著回家得要好生誇一誇媳婦才好。

秦鳳儀很關心羅朋的去向，又問：「阿朋哥，你這一走就是大半年，都去哪兒了？」

羅朋笑，「北上王庭，南下夷州，還順道去了一回泉州港。」

秦鳳儀大為讚嘆，「阿朋哥，你這回可真是長了大見識！」

不同於先時俊朗的面容上總是帶了絲鬱氣，現在的羅朋，面色微黑，雙眸明亮，態度平和，卻有一種讓人不敢小瞧的氣勢，可見這大半年必有一番際遇。

羅朋笑道：「大見識不敢說，心胸倒是開闊不少。想到先時自己矯情，很不好意思去見弟妹，就先來見你了。」

秦鳳儀大樂，拍手道：「難得阿朋哥你也有不好意思的時候。」

秦鳳儀又細聽羅朋說了這大半年的行商經歷，羅朋說道：「我帶了一些海外的貨物回來，還有北地的毛皮、南面的好木料。我想著，不若讓弟妹在京城開個雜貨行，這些東西都是好東西，京城貴人多，好找銷路。」

秦鳳儀一聽便道：「她一個婦道人家，哪裡懂生意上的事？要說做生意，她還不如我呢！她出去跟人買東西都不會講價，而且我媳婦既是入份子，你把那份子錢還她就是。」

羅朋道：「在商言商，哪有這樣的道理？既是入份子，自是待貨清了，按份子來算。」

羅朋又道：「還有一事，我這兩個月一直在想。你也知道，做生意沒個靠山是不成的。在揚州如此，到京城更是如此，我做生意總要找個官員依靠。阿鳳，咱們是自幼的交情，你要是不要份子，這生意就算了，我另求人去。你要是願意，你也知道我的性子，不如咱們兩家合夥，做些本分生意。你做官雖是體面，畢竟俸銀有限，你又不是那等貪鄙之人，秦叔雖是為你置下不少家業，但一朝做官，便不能經商的。以後兒孫多了，多個進錢的路子，沒什麼壞處。再者，我也能藉著你的名頭，在京城站穩腳跟。」

秦鳳儀知道羅朋說的是正經合夥的事，可他不好不事先跟媳婦說一聲，便道：「成，我問問我媳婦，屆時咱們再商量個章程出來。」

羅朋十分高興，笑道：「那我先去牙行打聽一二，看可有合適的鋪面。」

秦鳳儀回頭跟媳婦商量與羅朋合夥做生意的事，秦鳳儀因是商賈出身，家裡做生意做慣了的，沒覺得有什麼不好，便認為此事可行。

李鏡雖不懂做生意的事，但她極有眼光，便與秦鳳儀說：「羅大哥與你自幼相識，你與他極好，他自是再可靠不過。只有一樣，不可做糧食生意，也不要做官府的生意。」

秦鳳儀想了想，道：「不做官府的生意我是明白，畢竟以後我是要做官的，倘羅大哥去與官府做生意，很容易為人所乘，但糧食生意怎麼了？」

李鏡道：「糧食是安民撫民的根本，亂世自不必提，糧草便是性命。眼下雖是太平年間，但糧食的生意最好也不要碰。前番豫州大澇，糧商哄抬糧價，被官府連斬十一顆腦袋，這糧價才降了下來。世間發財的路子多了去，要不是羅大哥的確可靠，我都沒想過做生意。」

李鏡因出身的緣故，嫁妝豐富，秦家也不是沒錢，故而對錢財看得不重。

秦鳳儀是願意與羅朋合夥的，便道：「現下咱們自是不愁銀子，以後兒孫滿堂，哪個不得有一份嫁娶之資？一想到百子千孫的，我就發愁。」

李鏡道：「你不是說只能活到八十七嗎？還百子千孫？放心吧，你看不到那個時候。」

「那也得為孩子們留些產業啊！」

李鏡不是秦鳳儀這種雞婆性子，她相當看得開，「把孩子們教導好了，自己知道上進，就是不留產業，他們也不會過得太差。若孩子不爭氣，留下天大的產業，一樣是敗家精。」

秦鳳儀道：「咱倆的兒女，怎麼可能是敗家精？必是個個聰明，人人伶俐。」

不得不說，秦探花對於自己的血脈很有信心。

既是要合夥做生意，自然得有個章程，還有兩家如何分帳、尋鋪面、派夥計啥的，很有得忙。秦鳳儀倒是想幫忙，奈何他現在又恢復了翰林院的住宿生涯。

說來，駱掌院鐵面無私，柳家案一結，立刻就讓秦鳳儀回翰林住宿，這生意之事，都是李鏡和秦老爺兩人在與羅朋商量，根本不需要秦鳳儀幫忙。

秦老爺說：「你把官做好，就是幫大忙了。」

秦老爺叱吒商海多年，深知靠山的重要性。要說做生意，不論秦老爺還是羅朋，都是一把好手，但最要緊的還是秦鳳儀得把官當好。秦鳳儀做官做得穩當，還怕生意不穩當嗎？

一想到自己居然成了家裡生意的靠山，秦鳳儀心中簡直是充滿了自豪感。原本秦鳳儀念書就很用功，如今在用功前還要加個更字。他這樣的奮發圖強，進步也是顯而易見的。

景安帝喜歡什麼樣的人？

雖則秦鳳儀個性奇特，人亦生得好，方入了景安帝的眼，但景安帝這樣的君主，能將父親失去的土地再從北蠻人手裡奪回來，漂亮的人、性子獨特的人，他都見過，秦鳳儀雖是其間翹楚，可要說能讓景安帝始終對他頗為喜歡的原因，還是在於秦鳳儀的上進。

景安帝喜歡的，自始至終都是有本事的人。

尤其是有本事的少年人，更得他的心。

秦鳳儀越發如魚得水，而在此時又有一件令秦鳳儀歡喜的事，那就是揚州前知府章顏任滿還朝，來京陛見。他與秦鳳儀在揚州時就相識，此次回京，自是要見一見的。

秦鳳儀是個愛熱鬧的，希望朋友們都在身邊，如何能不歡喜，當下在家設酒款待。

當然，如果章顏有前後眼的話，估計他寧可裝作從來不認識秦鳳儀這個人了，因為秦鳳儀委實是把他給坑慘了啊！

章顏任滿回京，自然是先求陛見，皇上有空就見一見，要是皇上沒有空，那就去戶部候缺，一般外任官回京都是這樣的流程。

不過，章顏不過是三十出頭的年紀，還是自揚州知府任上回來，且當年是狀元出身，稱得上是年輕有為。景安帝便見了他，詢問一些揚州之事，方令他回家休息。

章顏回去與父親說了陛見之事，見過家中長輩們，之後就是親戚朋友各處走動。

章顏在揚州連任兩任揚州知府，當年秦鳳儀考秀才就是他的主考。秦鳳儀是個開朗的性子，章顏做揚州知府時正年輕，便是秦鳳儀尚未考秀才時，他也知道揚州城的鳳凰公子秦鳳儀。只是章顏為揚州父母官，秦鳳儀是鹽商子弟，兩人的交集有限，但自秦鳳儀中了秀才，兩人的交集就慢慢多了起來。

章顏自己當年是少年俊才，雖然秦鳳儀於人情世故上略微與眾不同，可秦鳳儀一直很喜歡這位章知府，他又是個會討人開心的性子，章顏在任上時便對秦家的印象不錯。男孩子除非家裡管得嚴，像秦家這般寵愛孩子，秦鳳儀是紈絝太正常了，可紈絝忽然走了正路。

這人嘛，多半有一種奇怪的心理。有些人自小到大，勤勤懇懇，努努力力，長大了也出眾，但這樣的乖乖牌似乎就是沒有浪子回頭金不換那一型的討人喜歡。

秦鳳儀從沒有為家裡掙過一文錢，可他『浪子回頭』，改走科舉之路，直接將秦家的商賈門第提到了官宦門第，還結了一門好親事。

章顏回京，自然要見一見秦鳳儀的。

章顏這些年在外，不知道秦鳳儀的住處，還著人出去打聽。

章太太一聽說兒子想去找秦鳳儀，便道：「不必打聽，秦探花我知道。」

章顏驚訝，「娘，您也知道他？」

「滿京城去打聽，誰不曉得秦探花？以前人家叫他神仙公子，現在都叫他貓九命。」

章顏當下就笑了，「叫神仙公子不足為奇，在揚州大家還叫他鳳凰公子呢！他的確是生得好，只是，如何又叫他貓九命？這是什麼雅號？」

「哪是雅號？這說的是秦探花命大。」兒子回京，章太太很是歡喜，笑著與兒子說起這些京城逸事來，「前些天，秦探花得罪了恭伯府的大少爺，那柳大爺就是前大駙馬，往日可真是看不出來，端的是心狠手辣，不曉得派了多少人去刺殺秦探花。秦探花被人當街捅一刀，又被人在飯菜裡下了毒，天上掉鐵球，茶裡下藥粉……」

章顏聽得臉色都變了，「秦鳳儀不會出事了吧？」

「沒有，要是出事，還能叫貓九命嗎？」章太太是中年婦女，就信些神神叨叨的事，「你說多玄啊，這麼多刺客，秦探花硬是什麼事也沒有。」

章顏此方鬆了一口氣。

他與秦鳳儀交情不深，但秦鳳儀畢竟揚州出去的學子，人又很風趣，他著實是盼著秦鳳儀好的。接著又聽他娘絮叨了一回秦鳳儀如何命大的事，基本就是這些刺客都成功捅了刀、下了毒、砸了鐵球、下了藥粉，但秦貓九命探花都是險之又險地躲了過去。

章太太絮叨了一回，章顏算是對貓九命有了大致的了解，他想知道的是：「怎麼我才三年沒回家，恭侯府就降了爵，大駙馬也變成前大駙馬了？」

章太太自然要另為兒子說一番柳家與永壽公主，以及秦家與永壽公主要做親家的事。

章太太道：「大公主現在被削了公主尊位，若不是柳大郎要死要活地對秦探花出手，大家還不知得秦探花與大公主結了姻親。說起來，這位秦探花當真是機靈。當初大公主出了那樣不雅的事，誰都不敢沾手，但秦大奶奶曾做過大公主的伴讀，秦探花很能豁得出臉，求了不少人，為大公主把張大郎保全了。聽說兩家都約定好了，以後要做兒女親家的。你說，這秦探花怎麼這樣機靈啊，一下子就攀上了皇室。」

章顏笑，「娘，您也說了，先時沒人敢沾大公主的事，鳳儀這樣幫忙，他媳婦又與大公主交好，兩家做親也不足為奇。」秦鳳儀雖有些天真，卻絕對不傻，自他還是紈綺時就能得了景川侯府大姑娘的傾心就能看出一二。

章太太也笑，「這倒是。」

總之，兒子回來，章太太非常高興，且現下秦鳳儀是皇上跟前的紅人，章太太很願意兒子與秦鳳儀來往，直接就命人送了帖子給秦家。

秦家回帖子也乾脆，而且不必章知府來秦家，秦鳳儀主動過去問安。

秦鳳儀聽說章知府回京，心中也很高興。他白天沒空，得在翰林念書，傍晚落衙後沒課要上，許多庶起士有私事要處理，都是利用傍晚的時間。秦鳳儀也是一樣，落衙後回家換身衣裳，帶著禮物便前往章家會章大人去了。

秦鳳儀高高興興地往章家去，路上還遇到了熟人，見到了刑部尚書大人。

秦鳳儀說：「老大人怎麼這會兒才回家啊？」

章尚書笑道：「如今案子多，耽擱了些時候。秦探花這是往哪家去？」

「是一個故交，任滿回京，我才知道他回來了，要去他家玩。」

因是春三月的季節，便是傍晚也不覺得冷了。秦鳳儀身穿一襲藕褐色春衫，襯著他那神仙一流的相貌越發閃亮，胯下則是一匹玄色駿馬，那舉止間的風流神采，便是章尚書看了都暗讚了一聲。想著秦鳳儀雖是靠臉得了皇上青眼，但這孩子委實生得太好了些。

兩人說著話，就走到了同一家去。

秦鳳儀稀奇地道：「尚書大人不是回家嗎？怎麼，您也認得章大人？」

章尚書笑，「哪個章大人？」

「章顏章大人啊？」
章尚書的隨扈皆是面露笑意，章尚書下了轎，踱步進去，邊走邊道：「如何不認得？章顏章大人就是我生的。」
秦鳳儀怪叫一聲，圍著章尚書道：「老大人，您可真不厚道，看我這半日笑話！」
章尚書又笑，「這是哪裡的話？那小子在外做官，我也不知好賴，難得有鳳儀你這麼個公道人跟我說一說。如今看來，他這幾年做官還不錯。」
秦鳳儀覷著章尚書那暗暗自得的側臉，揄揶道：「您就裝吧。真難為您老人家，明明得意章大人做得好官，還裝出一副沒什麼了不起的模樣來。」
章尚書一樂，帶著秦鳳儀進去了。
秦鳳儀與章尚書不太熟，只是他先前屢遭刺殺，這案子後來轉到刑部，是章尚書主審。秦鳳儀真是半點都沒看出來，這個四方臉的章尚書，竟生了章知府那樣俊逸有趣的兒子。
待秦鳳儀見到章太太就明白了，章知府相貌完全是肖母啊！
秦鳳儀是頭一回來章家，既是跟著章尚書進了內宅，便也拜見了章老太太、章太太。兩位中老年婦女見著秦鳳儀十分歡喜，一則秦鳳儀是京城名人，二則就秦鳳儀這相貌，只要是雌性，鮮有不愛他的。
秦鳳儀見過女性長輩，章顏就帶他去書房說話了。
秦鳳儀埋怨道：「大人可真不厚道！」
「我剛回京城就請你過來說話，哪裡不厚道了？」

「你怎麼不說你爹是章尚書？害我在尚書大人跟前丟醜，我以為他是來你家串門的。」

章顏忍俊不禁，「我也沒料到你這麼巧跟我爹走一處了。」

秦鳳儀小小抱怨道：「章尚書可狡猾了，他還拐著彎兒地跟我打聽你在揚州做官如何，我可是把你誇了好一頓。」

章顏就不糾正秦鳳儀的用詞了，「狡猾」什麼的，這是能用來說長輩的嗎？

章顏笑，「那我可得好生謝謝你。」

「謝什麼呀，這本就是事實，我在陛下跟前還誇過你呢！」

雖然嘴裡說著不用謝，秦鳳儀卻也沒忘記同章知府邀邀功。

章顏連忙攔阻道：「我這次任滿回朝，要等新差使，你可別在皇上面前誇我了，倒像是我找你走關係似的。」

「我是以前誇的。陛下問我揚州城的事，我說你是個好官，很為百姓著想。」

章顏在揚州知府任上六年，不敢說兢兢業業，也是沒有半點懈怠的。

章顏笑，「這都是應當的。在其位，謀其政，那不過是我的分內之事。」

「現下肯把分內之事做好的能有幾人？」

秦鳳儀很喜歡章顏，兩人久別重逢，章顏雖年長幾歲，卻性子隨和，便是出身尚書府之事，秦鳳儀要不是今天來章家都不能曉得。秦鳳儀又是熱情主動的，兩人在一處，說了不少話，傍晚章顏還留秦鳳儀吃飯。

秦鳳儀是陛見時說起章顏這事兒的，秦鳳儀素來實誠，與景安帝道：「要是我爹是尚書，我早宣揚得半城人都曉得了。章大人可真低調，一點都不顯擺，要不是遇著章尚書，我還不知道章大人是章尚書的兒子呢！陛下，您說，怎麼有這樣低調的人啊？」

秦鳳儀甚是感慨，想了想，要是他自己，肯定是做不到這樣的。

景安帝聽秦鳳儀叨叨了一回，說起太后壽辰之事，因是太后六十整壽，四方來賀，屆時南夷土人也要過來，景安帝想著，還是讓秦鳳儀去接待。

秦鳳儀很高興地應了。

景安帝正在與秦鳳儀說話，有內閣過來稟事，秦鳳儀想要退下，景安帝道：「無妨，你等一等，朕一會兒還有事與你說。」

來的是工部鄭尚書和吏部尚書。國子監祭酒病久矣，雖則年紀不算老，也就六十出頭，但國子監的事不少，祭酒不能支應，國子監祭酒自個兒上了致仕的摺子。國子監祭酒的身子實在是不大好了，他家兒子求到吏部尚書那裡，想著能不能早些讓老父解職，老父有一個心願，就是想回老家住些時日。

這年頭的人講究孝道。

吏部尚書過來詢問新祭酒的人選，畢竟就是點了新祭酒，新老祭酒也需要交接，還有得忙。另外就是南夷巡撫的事，鄭老尚書身為內閣首輔，想問一問陛下可有想好人選。

景安帝命吏部擬出祭酒人選來，至於南夷巡撫，景安帝道：「眼下就是太后千秋，新巡撫的事且不急，待太后千秋之後再說吧。」

新祭酒的人選，吏部舉薦了三人，其中一人便是任滿還朝的章顏。

秦鳳儀對於祭酒沒什麼興趣，他私下悄悄同景安帝打聽：「陛下，得做多少年的官兒，才能做到巡撫啊？」

景安帝笑問他：「怎麼，你對南夷巡撫有興趣？還是你有什麼人要舉薦？」

「我哪裡認識什麼人啊！」秦鳳儀道：「我倒是挺想做的，可巡撫是正三品的高官，我現在能成不？」他頗期待的。

「你不是以後想在鴻臚寺當差嗎？怎麼，又想去南夷州做官了？」

「我聽朋友說，南夷州美得不得了。」秦鳳儀問：「要是巡撫不成，有沒有知縣出缺，我做個知縣也成。」

景安帝看他這半懂不懂的樣兒，就知道要官了，就是要官，也不知要個好的。

景安帝道：「你還是等著翰林散館後再說吧。」

新祭酒的人選，景安帝又問了幾位皇子。

做祭酒，必然得是飽學之士。章顏原是狀元出身，學識自然不差，外任風評亦佳，便是一向與大皇子當對頭的三皇子，對於章顏也挑不出什麼毛病來。

景安帝近來時常召秦鳳儀服侍筆墨，因秦鳳儀與章顏相熟，景安帝還提了一句，秦鳳儀聽了卻沒什麼喜色，反是有些欲言又止。

景安帝道：「想說什麼就說，別憋著。」

在景安帝面前，秦鳳儀總是敢說話的，秦鳳儀道：「也不是別個事，我聽說國子監祭酒是有學問的人做的官兒。章大人自然是有學問的，聽說他當年中過狀元，不過，我覺得讓章大人任祭酒有些可惜了。」

「這話有意思。正四品祭酒，京城高官，有何可惜的？」

「不是官大官小的事兒。」秦鳳儀道：「要是我，我就不願意做什麼祭酒，天天跟書呆子打交道有什麼意思？我覺得南夷巡撫這個官好。」

秦鳳儀絕對是相中了南夷巡撫這個官位啊！

「嗯，不錯。」景安帝道：「巡撫是正三品，比正四品祭酒還要高兩階。」

「都說了不是官高官低的事。」秦鳳儀認真道：「巡撫是管著百姓的官兒，祭酒是與書呆子打交道的官兒。上回陛下不是說南夷事務不好做，那些土人的事多嗎？章大人做揚州知府時就是個好官，他又年輕，正是做事的年紀，待他走不動道，再回來跟書呆子打交道好了。要是我，與其留在京城做祭酒，不如在外做南夷巡撫。我覺得，依章大人的本領，做南夷巡撫一準兒能把那些土人給降伏了。」

景安帝做皇帝這些年，心計自然不少，但他委實是信了秦鳳儀的話。雖則秦鳳儀是方閣老的高徒，景川侯的女婿，可這兩人實在是沒教過秦鳳儀官場上的規矩啊！

一個是京城正四品國子監祭酒，一個是正三品南夷巡撫。

官階自然是巡撫高，但南夷州是什麼地方啊？不說鳥不拉屎，只要看看那些來朝的土人族長是個什麼樣，就知道南夷州的是什麼境況了。

景安帝身為一國之主，萬人之上，朝廷至尊，自是不會嫌棄南夷州鳥不拉屎，但南夷州的確不是什麼豐腴之處，與章顏先時所在的揚州更是天上地下。

舉朝上下，能說出南夷巡撫比京城國子監祭酒要好的，大概只有秦鳳儀一個人了。

而且，瞧秦鳳儀這認真樣兒，他是真心認為到南夷州做巡撫比在京城做祭酒更好。

景安帝是實權帝王，章顏在外為官，他心中有數。如章顏這樣官宦人家的嫡系子弟，這樣年輕便有出息，一般都是外放幾年，攢些資歷就轉回京城任職，朝向進六部努力。便是章顏，景安帝看他都覺得他有內閣之才。

景安帝是喜歡章顏的，不然當初也不能讓他去揚州。

就是國子監祭酒一職，倘若不是秦鳳儀突發「高論」，景安帝都認為，調章顏去國子監任祭酒是不錯的決定。

結果，秦鳳儀這一番「高論」，竟然讓景安帝猶豫了。

景安帝道：「南夷州苦啊！」

秦鳳儀立刻道：「要是陛下讓我去，我一點兒也不嫌苦。」

景安帝笑，「你歇歇吧你，沒學會走，就想要跑了。」

秦鳳儀是真的很想去南夷州任個知縣啥的，他聽羅朋說，南夷州風景特別好，物產也豐富，就是那裡許多山都是土人的地盤，而土人文化落後，多是以物易物過活，雖守著寶山，過的卻是窮苦日子。

秦鳳儀就喜歡這樣的地方，對於做官，自己還頗有一番見解，他與景安帝道：「陛下，等以後我能外放了，哪裡的差使不好辦，您就把我往哪裡派。我就愛辦不好辦的差使，那些溫溫吞吞的事，著實沒意思。」

景安帝就愛這樣的臣子，於是看小探花越發順眼了，「行，朕記得了。」

秦鳳儀簡直是極力推薦章顏任南夷巡撫，景安帝忍笑，「朕想一想再說吧。」

秦鳳儀還頗有些小機靈，他道：「陛下不是說，今年土人要過來為太后娘娘賀千秋嗎？屆時他們來了，我帶著章大人見一見幾位族長。南安州要是治理好了，不但於朝廷有益，就是於這些土人亦是有益的。」

這話，景安帝是贊同的。

秦鳳儀自覺做了一件大好事，他是個存不住事的，就想告訴章大人一聲，好讓他多在陛下跟前表現一二，這樣就可以不用做國子監祭酒，改做南夷巡撫了。

好在，秦鳳儀的運道很不錯，在向章大人邀功前，他先在被窩裡把這事同媳婦念叨了一回，而李鏡險些被丈夫說的這事給噎死。

貳之章 皇子狹隘來找碴

李鏡心塞了好半天才吐了一口氣，低聲念叨秦鳳儀：「你怎地這樣大膽？不論是國子監祭酒還是南夷巡撫，皆是朝中要職。你服侍皇上筆墨原是好事，可在這樣的大事上發表意見，就太過冒失，太過得罪人了。」

「哪裡有得罪人？」秦鳳儀完全沒覺得自己做了啥不好的事。

李鏡又吐了口氣，方說道：「章大人出身尚書府，今次兩任揚州知府還朝，必然是要爭國子監祭酒之位的，何況，他的出身、才學、政績等等，都配得上祭酒之位。你為何要跟陛下說，讓章大人任南夷巡撫？」

「南夷巡撫怎麼了？巡撫可是正三品高官。而且，南夷巡撫比什麼祭酒有意思，祭酒不過就是跟一些書呆子打交道，巡撫可是管著很大的地盤，我還想去做南夷巡撫呢，可惜我現在官太小，做不來。我跟陛下說了，等散館之後，謀個南夷州的知縣啥的做做。」

李鏡氣得都沒脾氣了，李鏡問：「皇上應了你沒？」

秦鳳儀很失望，咬了媳婦的脖頸一口，咬得李鏡一陣酥癢，笑道：「你給我老實些。」

一看就知皇上沒允。

李鏡按住秦鳳儀的大頭，道：「你自個兒的腦子跟常人不同便也罷了，莫去多嘴別人家的事。章大人爭祭酒之位，必是想以後往六部走，是要入閣的。」

「入閣急什麼啊，我老了也想入閣，可現在不是還年輕著嗎？我與妳說，南夷州的事不好做，所以我才同陛下舉薦章大人，章大人可是個有為的人。」秦鳳儀道。

李鏡無可奈何，只能再三叮囑丈夫：「這事你切莫出去說，要是章家人知道，你跟章大人的交情就完了。」

「章大人才不會這樣，他很好的。」秦鳳儀覺得自己頗了解章大人。

章大人章顏此時正與父親商量謀缺之事。

章尚書道：「大皇子也說你回來得巧，正趕上祭酒之位出缺。」

章顏倒是無所謂，他連任兩任揚州知府，在揚州任上考評皆是上等，不論是回朝任官，還是繼續外任，都少不了一個好位置。

只是，章顏不是很喜歡大皇子。

章顏道：「父親雖做過大皇子的經學先生，畢竟君臣有別，兒子謀缺之事，還是不要與大皇子說太多，不然，落入小人眼裡，反是令人多想。」

章尚書道：「你這話是，只是，大皇子問了，我也不好不說。」

章顏心中明白，父親既是做過大皇子的先生，那麼，自家便與大皇子有著天然的利益關係。章顏倒是與父親打聽了一回秦鳳儀遇刺之事，章顏道：「恭侯府在帝都一向沒什麼實權，他家長子既是連大駙馬之位都守不住，也不似什麼有本事的人，焉何就能使喚得動那些個江湖中人謀害鳳儀？這事，兒子一直覺得有些可疑。」

因是父子倆私下聊天，章尚書便將內情與兒子說了。

「也不只是柳大郎一人的手段，秦探花是個張揚人，你在外不曉得，這位探花著實有手段，皇上愛他愛得跟什麼似的，時不時便要留飯說話。我們這些老臣自是沒什麼，可當初他本不是殿試前十，皇上因喜他俊俏，便破例點他為探花，你知道，這擋了多少人的道？不說別個，傳臚心裡就不能服。要是別人這樣得了探花位，必要收斂行事，可秦探花不一樣，他簡直高調得不得了。你是不知道，自從秦探花入了翰林院，翰林外頭時有女娘的車馬等候。也就是他娶了景川侯府的大姑娘，還是方閣老的關門弟子，不然早不知多少人動手了。」

「鳳儀雖是有些跳脫，為人並不討厭啊！」

章尚書搖頭道：「他那為人哪裡是正常的？不管探花怎麼來的，反正也是金榜進士，正經清流出身，可他那舉止與佞幸沒什麼兩樣。皇上尋他下棋，他就拉著皇上關撲。就大公主之事，還當朝大哭，譁眾取寵，不成體統，禮部盧尚書和都察院耿御史都不大喜他。咱們做清流的，誰與宗室走得近啊，就他，見著愉親王直接叫爺爺，與壽王也說得上話。」

章顏笑，「這不足為奇，爹，您沒在揚州待過不曉得，鳳儀出身商戶，天生就會攀關係，也不似尋常讀書人好臉面。您知道他是如何拜得方閣老為師的嗎？」

章尚書於此事當真好奇，便道：「這說來真真是千古奇事，就是我們平日裡說起來，也不曉得老閣老如何到老收了這麼一個關門弟子。」

「我聽說過一些。」章顏道：「最初他白身就去拜師，連個功名都沒有，方閣老自是沒收他，但他很活絡，就退一步問能不能過來請教文章。方閣老這樣的身分與名望，當然不會拒絕，秦鳳儀便每日去方家念書。他的確天資出眾，第二年中了秀才，方閣老便收下了他。他與尋常清流不一樣，多是因其性情之故，可要我說，鳳儀的性子有些單純，雖是好攀附，為人其實並不壞。」

當初秦鳳儀要考秀才，秦老爺還捐了兩座橋給揚州。不過章顏當年取中秦鳳儀為秀才，不是因為秦家捐了兩座橋。他就是想說，秦家家教便是這樣行事的。因秦家還屬於暴發戶之流，沒有官宦世族的講究。

章顏道：「爹，您且想想，拋開鳳儀這些不靠譜之事，他讀書四年便中了會試，就是會試名次低些，這也不是尋常資質，方閣老的眼力是不會差的。」

「這我自然曉得，只是他這行事，委實欠些書香氣。」

章顏繼續問秦鳳儀遇刺之事，「難不成就因著鳳儀太過著眼，就引來那些人害他？」

章尚書道：「自古以來，嫉妒最是醜陋，皇上因此事處置了不少人，其中還有公門侯府的子弟。謀害過秦探花的都有所處置，有的被攆去荒僻地界為官，這些人的前程算是完了。」

章顏皺眉思量，未再多說。

此時章家覺得，國子監祭酒之事，應該是十拿九穩了。

就是大皇子，因著與章尚書有師徒之情，也很樂見章顏出任小九卿之一的國子監祭酒。

然而，誰也沒想到，就是這樣十拿九穩的差使卻有了意外。

景安帝直接點章顏連升兩階，自四品知府升為正三品南夷巡撫。至於國子監祭酒一職，景安帝也有了人選，點了兩湖的薄按察使回朝轉任國子監祭酒，另外，揚州巡鹽御史任滿，景安帝點了素有煞名的豫州桂按察使。

景安帝這一番安排，委實出乎眾臣意料之外。

尤其是章家與桂按察使。

桂按察使原本是在去歲豫州大澇時，因糧商哄抬糧價，一怒之下連斬十一顆人頭，得罪人得罪狠了，許多仇家是著意要把他弄到冷僻地界的。南夷巡撫剛好出缺，大家眾志成城地準備把他安排到最荒涼的南夷州任巡撫任到死的。而章顏這位朝中新貴，肯定是回朝轉任小九卿之一的國子監祭酒，然後，只要資歷夠，有實缺，不管是往翰林掌院學士發展，還是往六部發展，都是一條青雲大道。

朝中大員們多是這樣想的。

只是，事實證明，人家皇帝不是這樣想的。

這簡直是太神奇了。

這完全不該是皇帝陛下的思路啊！

就是章家，也不能看著自家孩子去那等荒僻地界。

還有大皇子，當初都與章尚書說了祭酒之位問題不大，結果章顏竟被點了南夷巡撫。

南夷巡撫是大皇子留給那個不識抬舉的桂韶的呀！

結果，桂韶反得了巡鹽御史的第一肥缺，而國子監祭酒落在了兩湖薄按察使的頭上。薄按察使是盧尚書的門生，年紀不小，都快要六十了。而最得大皇子看重的章顏，刑部章尚書之嫡長子，外任皆是上上評的章顏，居然是得了最荒僻的差使——南夷巡撫。

景安帝當皇帝多年，大皇子當皇子多年，臣子們當臣子多年，彼此不是沒有了解。正因了解，如大皇子，如諸臣，才覺得景安帝這個決定與往日大相逕庭。

雖說私窺御前是大罪，但舉凡有手段的人沒有不打聽的。

這一打聽，得知皇上決定這些任命之前，是與秦探花在一處的。

大皇子還打聽到了一個決定性的證據，因為有人曾聽秦探花在年前說了一句，「巡鹽御史最肥，只要是鹽商，沒有不巴結巡鹽御史的，所以，得此差之人必得清廉，還得能幹，更是不能夠害怕得罪人。」

好嘛，倘若桂韶怕得罪人，就不會連砍十一顆人頭了。

景安帝做了這些年的帝王，什麼不明白，當初桂韶的名字在南夷巡撫人選裡，他就猜到了幾分緣故。只是，這朝廷終是朕的，還不能讓你們說了算。

大皇子打聽到這事，越發覺得震驚。

他的父親沒有採納他的話，反而聽從了一個七品小翰林的建議。

這位小翰林還曾狠狠拂過他的面子。

大皇子自然不會為秦鳳儀保密，不過，事關御前，大皇子只是委婉地提醒章尚書，問他是不是曾經得罪過秦翰林。

這話從何而起呢？

章尚書是老一輩的高官，年紀做秦鳳儀的祖父都勉強夠格。按自己的審美，章尚書是不大喜歡秦鳳儀的，但兩人面上一向和氣，就是自家兒子與秦鳳儀也交好。

不過，章尚書還是問了兒子一回。

章顏也有些意外這南夷巡撫之位落到自己頭上，但他與秦鳳儀完全沒仇，相反的，兩人雖則從未深交，但性子相投，關係很是不錯。

章顏想了想，道：「爹，您多慮了，鳳儀怎麼可能會害我呢？再說，他不過一介小翰林，職不過七品，這樣的朝中大事，皇上如何會聽他的？」

章尚書道：「可這樣的事，大皇子若無把握，是不會亂說的。」

章顏道：「我問一問鳳儀就曉得了。」

章尚書道：「務必要私下問。」

章顏自然明白這其間的利害，他是聰明人，問也問得巧妙，一字未說，就是請秦鳳儀吃飯，還說要謝謝秦鳳儀。秦鳳儀這個骨頭輕的，一下子就把事抖出去了。

秦鳳儀道：「我就知道大人您不是那等俗人。祭酒有什麼好當的，還是南夷巡撫好。我聽朋友說了，南夷的風景可美了，唉，連我都很想去南夷做官，可惜陛下不讓，我現在官職太小，也做不了南夷巡撫，不然哪裡輪得到大人你啊！我想好了，大人，你先過去，待我們庶起士散館，我爭取考個好名次，這樣才好跟陛下求個南夷州的官兒當當。大人你做巡撫，我在你手下做個知縣就成。你好生提攜我一下，等我從知縣升知府，以後你這個巡撫的位置就能推薦給我了。」

章顏深深地震驚了，他完全沒有明白過秦鳳儀。雖則他二人交好，可他真的是一點都不了解秦鳳儀，這還是那個能娶到京城第一侯府景川侯府大姑娘的秦鳳儀嗎？這還是那個死皮賴臉要拜方閣老為師的秦鳳儀嗎？

如果不是了解秦鳳儀的過去，章顏會認為自己面前坐著的是聖人，還是活的聖人。

秦鳳儀說到興處，還深情地握住了章顏章大人那雙細緻白皙的手，動情地道：「大人，你先去把南夷巡撫的位置占住，以後那裡就是咱們的天下了。」

章顏看看秦鳳儀握住自己的手，看看秦鳳儀漂亮真誠的臉孔，當下就想嘔出一口老血，高聲怒吼：天下第一冷門的南夷巡撫，要個屁的先占住啊？你當這是什麼好差使不成？

秦鳳儀當然覺得這是好差使，不然也不會極力舉薦章顏章大人啊！

章大人被氣得，只恨當初柳大郎怎麼沒多派幾個殺手宰了秦鳳儀。

說來，章顏沒一巴掌抽死秦鳳儀，不是章大人好涵養，也不是章大人因著秦鳳儀是御前小紅人，不願與他翻臉。章大人之所以克制，是因為秦鳳儀說了一句話：「陛下真的很喜歡大人你啊，我只是這樣一說，沒想到陛下就真的點大人做了南夷巡撫。陛下還說，南夷苦，擔心大人吃不得苦呢！」

就是因這句話：我只是這樣一說，沒想到陛下就真的點大人做了南夷巡撫。

是的，秦鳳儀自己也沒想到。

秦鳳儀這小子著實可恨，原本國子監祭酒十拿九穩，雖則章顏也沒覺得國子監祭酒有什麼意思，但那是朝廷小九卿啊！

一個是小九卿，一個是蠻荒地界的巡撫，孰優孰劣，簡直不問即知。

當然，這兩者皆稱得上朝廷中上品官職。

秦鳳儀雖得皇上青眼，可章顏不相信秦鳳儀有左右朝中大員人選的本事。

章顏說：「這也沒什麼辛不辛苦的，我等皆是為陛下效力。」

「就是！」秦鳳儀重重地拍一下几案，認真道：「我就知道大人你不是那等庸俗之人。

大人，你不知道，南夷州不好管啊！我聽我岳父說過，現下南夷州雖是朝廷的地盤，但那些土人不是很馴服。我媳婦說，大人你以後是要入內閣的，可我算了算，如今內閣都是老頭兒，最年輕的駱掌院、程尚書也四十好幾了，大人你現在才三十出頭，就是往內閣奔，也得要十幾年。唉，那國子監祭酒有什麼意思啊，都是跟書呆子打交道。大人這樣的才幹，以後十幾年都在京城熬資歷太可惜了。南夷州雖然大家都說苦啊什麼的，但我有朋友去過，說那裡很不錯，可惜我現在在翰林脫不得身，待我能外放，我一準兒過去。我還跟陛下說了，哪兒不好管就把我外放到哪兒去，我就愛去那不好管的地界。」

章顏道：「是，你本事大。」

「不是本事大，我不愛在京城，京城人心眼兒太多。」秦鳳儀道：「再說，京城不是做事業的地界，京城是當官的地界。」他還與章顏道：「我看陛下是很想把南夷州收入掌中的，只是南夷州土人不太好打交道。我真是晚生十年，不然這個大功定是我的。」

章顏道：「要不，我帶你一道去？」

「真的？」秦鳳儀兩眼放光，不容章顏拒絕，「那可說好了啊，我把我媳婦、我爹我娘一起帶去。我跟那裡的土人很熟，我還會說他們的話呢！」

秦鳳儀忽然嘰哩呱啦大吼一聲，然後說了一連串的土話，神情莊嚴極了。

章顏問：「你說什麼呢？」

秦鳳儀道：「在跟鳳凰大神祈願，說你會帶我去南夷州，不然你會受鳳凰大神懲罰。」

章顏：我只是隨口一說好嗎？

秦鳳儀是真的想去南夷州，而且，章顏幾次試探，發現這小子完全是將南夷州當成好得不得了的地界。恐怕正因為如此，這小子才會在皇上跟前舉薦他，章顏倒有些氣不得惱不得了。再者，聽秦鳳儀這話，皇上的確是很重視南夷州。只要皇上重視南夷州，那麼，依現在南夷州的情況，他不愁無功可立。

功勞能落入皇上眼裡，這天下最冷門的巡撫地界，便是做一翻事業的好地方了。

章顏心念電轉，笑道：「只要陛下同意，我恨不得有鳳儀你這樣的好幫手呢！」

秦鳳儀拍胸脯，「等庶起士散館，我就去找你。」

章顏自是稱好，還與秦鳳儀打聽了一些南夷州的事。秦鳳儀是與南夷土人族長有交情的人，秦鳳儀道：「四月便是太后娘娘的千秋，聽陛下說，南夷土人要來京城向太后娘娘賀壽，陛下讓我接待他們。大人，你要是不急著去南夷州，我介紹你們認識。」

章顏笑，「那就有勞鳳儀你了。」

「大人這話外道，你以前可是救過我貞操的人啊！」

章顏險些噴了茶，打趣道：「我聽說鳳儀你去歲家裡葡萄架可是倒了一回呢！」

秦鳳儀笑了，「我現在已經知道葡萄架的典故了，你少笑話我。其實是我把我媳婦教導了一回，她現在可怕我可聽話了，我叫她往東，她不敢往西。」

章顏聽秦鳳儀吹牛，著實忍俊不禁。

秦鳳儀當真是很關心章顏這事，他一貫是個熱心腸，還讓章顏多進宮，多聽一聽陛下對南夷州的意思，待過去差使也好當。

此時此刻，章顏是真的相信秦鳳儀是出於好意了。

雖則秦鳳儀有臭美邀功之嫌，但秦鳳儀近在御前，定比旁人要清楚皇上的心思。此次皇上的安排，秦鳳儀多半是個幌子，恐是如秦鳳儀所言，皇上想派個人去收服那些土人。

這一頓飯，章顏吃得高興了。

待秦鳳儀飯後告辭，章顏與父親去書房說話，章顏談及了此事。

章尚書拈鬚沉吟，道：「皇上素有壯志，若是想完全收復土人，倒也合皇上心意。」

章顏道：「若是如此，便是咱們錯怪鳳儀了，他當真是好意。」

章尚書道：「皇上心有四海，正是爾等年輕人建功立業的機會。」

章顏稱是。

秦鳳儀回家後便跟媳婦說了在章家吃飯的事，李鏡一向細緻，問他都說了些什麼。

秦鳳儀大致說了，又道：「妳還說我多嘴，章大人極有心胸，人家還謝我了呢！」

李鏡道：「上遭說你多嘴，是說你不該隨意在御前舉薦人。章大人沒惱，是他已經跟你打聽明白皇上要對南夷州有所動作。只要皇上重視南夷州之事，一旦章大人收服那些土人，便是大功一件，日後還愁沒有前程嗎？」

「我可是出自公心才舉薦章大人的。」

「我知你是好意，如今章家也曉得了，只是以後在御前仍需慎重。」

「我慎重著呢！陛下待我好，我看陛下有難事，自然要幫陛下出主意。陛下用不用的，能幫忙我都會幫忙。」

李鏡簡直不知要如何同秦鳳儀說，人家是一國之尊，不是你老家二大爺啊！

李鏡請父親幫著同丈夫說一說這官場上的忌諱門道，景川侯聽閨女說了章家事，道：「章老鬼就知道占便宜，得了鳳儀這麼大的實惠，也沒見他跟鳳儀道個謝。」

李鏡道：「父親，莫不是皇上真要對南夷州下手了？」

景川侯道：「章顏當年便是狀元，正經翰林，皇上總不會無緣無故將章顏這正當盛年的棟樑打發到南夷州。此時既將他破格提至巡撫，自然是要用他的。南夷州一向是土人的地盤，若能將南夷土人徹底收服，必是大功一件。」

李鏡思量片刻，道：「章顏畢竟是文官出身，皇上既是用他，看來還是想要以文教之功來收服土人的。」

景川侯喜歡的便是長女的悟性，又聽李鏡問：「不知現在南夷將軍是哪位？」

景川侯道：「是一位劉將軍。」

李鏡道：「這位劉將軍倘是有才幹之人，可是要起來了。」

「端看他自己的造化吧。」

他家諸子都不是武將的材料，倒是這個長女，武道一途極有天資。景川侯很重視長女，李鏡生母早逝，有事也願意與父兄商量，李鏡就說起丈夫的性子來。

李鏡道：「相公太實在了，他完全是好心，覺得跟章大人親近，故而在御前舉薦章大人。先不說他這樣舉薦親近之人皇上會不會多心，就如章家這樣的家族，章尚書是大皇子的經學先生，他家與大皇子親近。章大人此次回朝，我看先時要謀的怕是國子監祭酒之位。相公這樣隨意舉薦，明白人還知他的情，以後章大人若能在南夷州建功，自然是好的，倘有個什麼意外，豈不讓人記恨相公？何況，人家還不一定知他的情。」

景川侯道：「妳呢，因資質好，事情便想的多，想得細緻，又因細緻，容易鑽了牛角尖。阿鏡啊，妳要知道，這世事不可能面面俱到。鳳儀時常做些蠢事，有時候我也覺得他蠢到不行，只是，他有一樣比世人都聰明。」

李鏡不解，景川侯道：「他這樣得皇上青眼，皇上待他好，他自是要忠心以報。妳心細，鳳儀呢，心純。妳要知道，皇上不是糊塗天子，鳳儀倘是妳這樣的謹慎細緻性子，怕是不能久得帝心。正因他事事為皇上考慮，皇上方對他另眼相待。」

「章顏不過與鳳儀泛泛之交，鳳儀出於公心舉薦他，他承情也好，懷恨也罷，在朝為官便不能怕人恨，尤其鳳儀是皇上的近臣，眼紅他的人多了。章顏承鳳儀的情是他明白，如果他不承情，覺得鳳儀壞他前程，那又如何？他雖有個尚書父親，鳳儀一樣有我們這些人。他雖官位略高些，可他在皇上那裡不一定有鳳儀得聖心。」景川侯道：「鳳儀要做官，那麼，舉朝只有一個人是最重要的，那就是皇上。」

李鏡細思量父親此話，「只是，相公現下因時常侍奉君前，便有人說他是佞幸了。」

「那是因他官職低。他現在是七品小官，多少大員都不及他在御前得寵，焉能沒人記恨他？待有朝一日，他官居顯位，人家就該說這是一段君臣相宜的佳話了。」

景川侯根本不擔心女婿，相對於別人的正統路子，秦鳳儀明顯是奇鋒異數。要是讓秦鳳儀學那些中規中矩的大臣，那也就不是秦鳳儀，他也就沒有今日了。

秦鳳儀完全不知道他媳婦擔心他擔心到去請教岳父了，他在宮裡跟景安帝叨叨呢！

「陛下還說南夷州苦，章大人一點也不嫌苦，他還請我吃酒來著。」

景安帝嘖嘖，「你這存不住事兒的，是不是把我跟前的話與章顏說了？」

「這又不是什麼機密。」秦鳳儀道：「我說了待土人來了介紹章大人給他們認識，還讓章大人多進宮，陛下您多指點著他些。他以前在揚州，我們揚州多麼富庶繁榮，南夷州跟土人打交道，可得讓章大人多些準備，這樣他去了南夷州才能當好差。陛下，您是天下第一聰明人，我覺得您稍微指點一下，章大人很聰明，必能明白到南夷州如何當差。何況，您這樣器重他，他心裡得多感激啊！」

秦鳳儀很會維繫君臣關係哩。

景安帝原不喜多嘴之人，但秦鳳儀這樣一五一十把事情原原本本說了，景安帝便生不起他的氣來。一高興，又給了秦鳳儀一件差使。

景安帝說：「此次太后壽宴，朕交給了大郎張羅，朕看上回閱兵之事你就出了不少力氣，不若這回也跟著跑跑腿。」

秦鳳儀不愛跟大皇子一起當差，他道：「我能不能跟六殿下一起啊？」

「六郎年紀尚小，還未當差呢！」景安帝看他那不情不願的樣子，問道：「看你這樣，你還不願意啊？」

「不是不願意，我過年時把大殿下給得罪了。」秦鳳儀尋了個理由。

景安帝笑，「怎麼沒聽你說過？」

秦鳳儀道：「我不是怕陛下偏心大殿下嗎？要是知道我得罪您的兒子，您不喜歡我了，可怎麼辦啊？那我得傷心死。」

景安帝問：「你怎麼得罪他了？」

秦鳳儀就把大皇子賜他對聯荷包的事給說了，秦鳳儀道：「我又不知道這些規矩，原來殿下賜我對聯，我應該備份回禮。我不曉得這些，就自己寫了對聯和一對荷包回給殿下。」

「這算什麼得罪？依大郎的心胸，他不會將這些許小事放在心上的。」

秦鳳儀無奈應了這差使。

秦鳳儀得了差使，便暫時不必去翰林念書了，回家跟父母一說，秦老爺和秦太太都很高興，只是大皇子畢竟是皇子之尊，夫妻倆都叮囑兒子，對大皇子必要禮貌恭敬。

秦鳳儀自是應了，待夫妻倆回房說話，李鏡道：「這差使雖好，奈何咱們與大皇子有些隔閡，你這差使怕是不好當。」

秦鳳儀自信滿滿，「無妨，我先在陛下跟前說了，先時得罪過大皇子。」與妻子細說了他在御前給大皇子下套之事，又道：「大皇子要是公正待我便罷，倘他要在陛下跟前告刁狀，陛下肯定得說他是故意告我狀的，這樣陛下就不會太放在心上。」

李鏡一樂，「這回你總算長了些心眼。」

「這我能不長心眼啊？上回我就白跑腿白出力，一點好都沒得著，好處都被他占去了。陛下也真是的，就不會給我好一點的差使，我寧可跟三皇子一起當差。」

秦鳳儀難免又抱怨了一回。

殊不知，若是別人聽到他這抱怨，還不知如何眼紅呢！

庶起士還未散館，秦鳳儀這都是第三遭得差使了。

●　●　●

秦鳳儀不樂意與大皇子一道當差，真不是沒有理由的，景安帝讓他過去跟著跑個腿兒，倒不是景安帝不想給秦鳳儀安排具體的差使，只是秦鳳儀原在翰林，還是探花出身，具體差使要是按職位來，他就真的只是個跑腿的了。

景安帝卻是覺得，秦鳳儀機靈又實誠，要是給他安排個不起眼的位置，顯不出他來，也覺得委屈自家小探花，故而就讓他跟著跑跑腿。

由於秦鳳儀是個能時常陛見的，他做這跑跑腿兒的差使，別人也不能小瞧他。

秦鳳儀完全沒明白皇帝陛下的苦心，他只覺得大皇子這人沒勁兒，還愛搶臣下的功勞，沒心胸沒氣度，但皇上一片好心他不能拒絕，於是，秦鳳儀只得去大皇子那裡報到了。

結果，大皇子真就拿他當個跑腿的。

把秦鳳儀氣得，秦鳳儀回家跟媳婦說：「上回我跟著岳父跑腿，那是因為岳父是我長輩，他算是什麼呀？」心裡一千個不服！

事實上，秦鳳儀這話本身有問題。大皇子是什麼，大皇子是君。你秦鳳儀是什麼，你秦鳳儀是臣。要擱別個人這樣不招大皇子待見，當真是要戰戰兢兢，如履薄冰，還不知如何的誠惶誠恐，但秦鳳儀不是，大皇子拿他當跑腿，遇事不問他的意見，他覺得大皇子就是與他不對盤，沒眼光，是瞎子。

明明他在皇上跟前都是有什麼說什麼，即便朝中有大事，他想說又猶豫著要不要說的時候，皇上都會讓他說一說的。說對說錯，還會指點他，大皇子卻是根本沒拿他當一回事。

怎麼說呢，秦鳳儀這完全就是犯了一種病。

這病的來由，還要自秦鳳儀的出身說起。

秦鳳儀雖是小戶人家出身，可長眼的都看得出來，秦鳳儀這性子，一看就是被家裡寵著長大的。自秦鳳儀出了名，秦老爺和秦太太也跟著兒子出了些風頭。只要是對秦鳳儀熟悉的人，去過秦鳳儀家的，都知道秦鳳儀在家是如何的受寵。

他為何性子驕縱，就是自小到大，爹娘百依百順。

客觀說起來，秦鳳儀這破脾氣，還不如公侯府第出身的李釗、驪遠等人，更不必提官宦之家出身的章顏了。

怎麼說呢？秦鳳儀雖不過是鹽商出身，但他心中那一等的驕傲，以自我為中心，你們必須要聽我意見的性子，完全不比大皇子這嫡長子出身的龍子差。

只是，人家大皇子是嫡長子啊，人家生來萬人之上，自然多的是人巴結奉承。大皇子這樣長大的人，有些自以為是，你們都要臣服於我，你們都要奉承我，都要哄著我啥的。而你秦鳳儀不過是個臭鹽商，哪怕現在你科舉了，你也就是個七品小官，咋脾氣這麼大呢？難不成你還要皇長子禮賢下士不成？

不得不說，秦鳳儀就是希望大皇子禮賢下士。

秦鳳儀不見得是個士，但他就是這副臭脾氣，他覺得自己都得皇帝陛下欣賞，你大皇子不欣賞我就是沒水準沒眼光。

這樣的想法多麼的大逆不道啊，可秦鳳儀完全就是這樣想的。

李鏡自是與丈夫一條心，聽丈夫說與大皇子一起當差的辛苦，李鏡也是有氣。丈夫雖則品階低，卻是皇上親自派去的人。這要是個略講究的人，先不說秦鳳儀探花出身的身分，就說他是你家裡長輩派去的，你好意思拿他當個下人使喚嗎？

李鏡道：「他畢竟是皇子，你暫且支應他一二。」又給秦鳳儀出主意，「你也不要忒實誠了，你太好說話，別人只當你好欺。」

秦鳳儀哼道：「我要是被他給治了，我就不姓秦！」

秦鳳儀開始想法子對付大皇子去了。

李鏡倒是覺得大皇子此舉十分詭異，不說秦鳳儀以後如何，反正看大皇子那樣，也不像什麼有長遠見識的人，但依李鏡對大皇子的了解，大皇子是很愛與清流來往的，他在清流中的名聲也好。自家丈夫一甲探花出身，絕對是清流中的清流，何況還是方閣老的關門弟子，方閣老可是在首輔位上致仕的，再者，還有自己娘家在背後。

李鏡相當明白，丈夫之所以在朝炙手可熱，與他的出身也有關係。而且，丈夫的家族先時雖只是鹽商門第，但丈夫的岳家，丈夫的師門，皆是京城顯耀家族，不然，當初丈夫為著大公主之事去宗室那邊走動，倘不是有侯府與方閣老這兩座大山，宗室哪裡會理他。

可以說，丈夫完全是腳跨清流與豪門，更不是師門與岳家可有可無之人，他是能在方閣老和岳家跟前說得上話的。

按理，大皇子應當籠絡丈夫才是，如何會這樣不客氣地使喚他？

李鏡委實想不通，覺得大皇子不知是不是抽風還是怎地。

事實上，李鏡這樣的聰明人想不通大皇子所為，是因為她與大皇子的思路根本沒在同一個點上。她畢竟是閨閣女子，且未在朝中，沒有與大皇子多方面接觸。人家大皇子完全沒有抽風，而是有著自己的打算。

秦鳳儀在大皇子這裡向來是不大順服的，桀驁不懂規矩的，大皇子便想著，先馴服了秦鳳儀，然後給他一些體面的差使。當然，其間緣由不必多說，如同馴狗熬鷹一類，文雅些的說法是，打一棒子再給個甜棗。

因此，大皇子不是不重視秦鳳儀，他是要馴化了秦鳳儀，讓秦鳳儀為他所用。

李鏡不明白大皇子此等心計，若是她曉得，她得說大皇子倒是好盤算。只是，大皇子是不是每天都照鏡子，那就不得而知了。

秦探花並不曉得大皇子打算馴化他，但他心裡知道大皇子待他不好，於是，秦探花做了一件讓大皇子怒髮衝冠的事。要知道，秦探花行事光明正大，有什麼事向來不避人，故而秦探花所為之事，簡直是令權貴側目，重臣訝然。

景安帝親自點秦探花跟著大皇子籌辦裴太后壽宴之事，在大皇子身邊跑腿，結果，秦探花他居然跑去找大皇子的死對頭三皇子，還不是偷偷摸摸去的，直接就尋到了工部衙門。

秦鳳儀不止找三皇子，還找了六皇子。

且不說大皇子如何恨得咬牙切齒，自心底嫌棄了秦鳳儀，當然，大皇子面上是半點都不會顯露出來的。在外人跟前，尤其是在他爹跟前，他一貫是好兄長的模樣，可私底下，在妻子與母親面前，簡直是將秦鳳儀罵了個豬狗不如。

大皇子恨道：「養不熟的狗雜種！」

可見是恨到了極致，不然也不會飆髒話。

平皇后與小郡主聽聞秦鳳儀去找三皇子、六皇子，心中皆是不痛快。三皇子與大皇子不和，六皇子年歲尚小，可裴貴妃是後宮中僅次於平皇后的妃子，六皇子還得皇帝喜歡。

小郡主捧著肚子說：「可見不是當初在揚州時上趕著找小叔巴結的時候了，這還真是小人得志的嘴臉了。」

平皇后的政治敏感度較小郡主強許多，平皇后道：「打去歲春闈起，如今也一年了，秦探花先時只是陪陛下解解悶，如今都能伺候筆墨了。不要說他以前如何，秦家做鹽商的事，誰都清楚。」又與兒子道：「英雄還不問出身呢，他現在得皇上喜歡，又是皇上派到你身邊的，我記得當初大公主的事他就與三郎聯繫過，六郎也早與他走動過。他是皇上身邊的人，自然不會只與你一人親近。大郎，你得穩得住。」

大皇子道：「兒子自是穩得住，只是他如此這般，當真是令人惱恨！」

「太后壽宴之事，還不是由你說了算？他不知好歹，給他一個閒差供著他就是，畢竟是你父皇派給你的，不看僧面看佛面吧。」平皇后道：「再者，我聽說景川侯很喜歡這小子，他又與方家交好。他雖是個沒眼力的，咱們也不必與他計較。我聽聞他十分不穩重，這樣的人你父皇初見覺得稀罕，多宣召幾次罷了。不穩重的人，是在你父皇身邊待不久的。」

大皇子也只是生氣，要讓他拿出法子來對付秦鳳儀，他一時也沒什麼法子，只恨當初柳大郎怎麼沒多派幾個刺客宰了秦鳳儀。

秦鳳儀原是跟著大皇子當差的人，突然跑去找三皇子和六皇子，大皇子只能暫時忍下這口氣，但在其他人看來，哪怕是章顏這樣剛回京城，對秦鳳儀在京城的行徑了解不深的，也覺得秦鳳儀真是個神人啊。

即便章顏不大喜歡大皇子，可大皇子畢竟是嫡長子，他自己也不會與大皇子壞了關係，而秦鳳儀還在大皇子手下當差呢，這簡直就是直接與大皇子半撕破臉。

你待我不好，我便找你的死對頭去。

章顏著實是長了見識。

就是章尚書與兒子說起來，也覺得秦鳳儀有些個唐突了。

章顏道：「鳳儀在皇上跟前都是倍得寵愛之人，如何與大皇子鬧到這般？鳳儀可不是心眼不活絡的人啊！」

章尚書也想不明白秦鳳儀與大皇子究竟有什麼過節，便是去歲年下大皇子賜對聯荷包之事，那也不過是一件小事，秦鳳儀這等揚州土鼈不懂宮裡規矩也是有的。

章尚書想了想，然後道：「秦探花怕是太招人眼了。」

章顏皺眉，「父親的意思是……」

「他已是這樣得皇上青眼，怕是有人不願意大皇子亦如皇上一般與秦探花交好。」

不得不說，章尚書能官居刑部正二品尚書之位，他的推斷完全無愧於此職司。景安帝喜歡秦鳳儀，初時是因為秦鳳儀長得好，但景安帝這種中興之君，看人看事自有標準，秦鳳儀非但能討君上高興，當差辦事什麼的，哪怕平日時常有些奇葩作為，便如章尚書所言，秦鳳儀當差其實很有一套。雖然他現在辦的都是小差使，可人家年輕啊。

初接招待南夷土人的差使，這差使小得沒人願意接，秦鳳儀接了，把那些個土人哄得暈頭轉向，就是在御前，他亦能壓制那些個四六不懂的土人。還有北蠻人，更是些只知武勇的蠻子，把鴻臚寺卿氣得不得了，秦鳳儀就找了幾個人把北蠻人給收拾了，還收拾得心服口服。

這是眾所周知的，還有些旁人不知，章尚書身為二品大員卻是曉得的事，便是去歲閱兵之事，秦鳳儀也是出了大力氣的。

這樣的人，還是探花出身，自然得皇上歡心。

然而，大皇子不一樣。章尚書做過大皇子的經學先生，深知大皇子身邊有太多的人，這些人心思各異，唯有一樣大家是相同的，那就是，既是侍奉在大皇子身邊，自然要得大皇子重視才好。而秦鳳儀如今已是在御前紅得發紫，這樣能得帝心的一個人，大皇子多半早就有心籠絡，可大皇子身邊的人不見得樂意見到秦鳳儀在御前紅得發紫之後，再來大皇子跟前與他們搶飯碗。

章尚書一下子就想明白個中關竅。

哪怕他不知曉大皇子要馴化秦鳳儀的大計，章尚書也猜到了，大皇子與秦鳳儀交惡，必與大皇子身邊近侍有關。因為如果有人能好生勸一勸大皇子，大皇子又不傻，只看秦鳳儀是皇上跟前得意之人，大皇子也不當與其交惡。

章尚書忍不住感慨：「大皇子身邊有小人啊！」

曾任大皇子經學先生的章尚書，依他與大皇子的交情，原該提醒大皇子。只是，大皇子有著皇子的身分，章尚書即便是想提醒一二，也要尋個適當的時機，偏生這一時半會兒的，沒有合適的機會。

章尚書想讓兒子去與秦鳳儀打聽，看看秦鳳儀與大皇子到底有何心結。

章顏道：「依我說，父親不要急。平家人可不傻，且老郡王還在朝中，倘是大皇子需要提點，平家人自會出言相勸。」

「你這話也有理。」章尚書道：「只是，我看秦探花為人大智若愚，他與大皇子這個心結究竟是因何而起的呢？」

章顏道：「我與鳳儀也只是泛泛之交，父親覺得他會告訴我嗎？」

章尚書一時啞然，好吧，雖則秦探花時有奇葩舉動，但秦鳳儀要是個傻的，現在在皇上跟前得寵的多半早就換人了。

先時大家都認為秦探花是靠臉搏上位，可都一年了，人家秦探花反而在御前更近一步，能夠伺候筆墨了。連一地巡撫的大事，儘管終是聖心獨斷，秦鳳儀敢在御前另薦人選，皇上非但未惱怒於他，還賞了他跟著大皇子張羅太后千秋的好差使，這可不是一般人能夠有的本領。想一想兒子與秦鳳儀交情雖不深，也是略有交情，南夷巡撫更是秦鳳儀舉薦的。

關鍵是，秦鳳儀不是挖坑埋章顏，自皇上下旨令章顏巡撫南夷，已召見過章顏兩次，足見皇上對南夷州是何等的重視。

連章尚書都覺得，秦鳳儀這總在御前奉承的，對於帝心的掌握，怕是比他們這些內閣老臣都要深。這並不是內閣重臣才幹不及秦鳳儀，內閣每天要處理多少大事，秦鳳儀卻只需要哄皇上開心，而他離得近，了解的自然就多。

章尚書不是那等無恥之人，人家剛舉薦他兒子，他還要讓兒子去找秦鳳儀打聽與大皇子之間的事。秦鳳儀可不是個傻的，要是他在御前說點啥兒，那章家真是要倒大楣了。故而，章尚書便沒再讓兒子去秦鳳儀那裡打聽他與大皇子交惡的始末。

不過，章家不打聽，不代表沒人打聽。

平家人就覺得有古怪，平嵐都與以前在大皇子身邊做過伴讀的堂弟打聽，大皇子到底是怎麼看秦鳳儀如此不順眼的。

平峻道：「我近來很少去大殿下那裡了，不過，先前秦探花與北蠻王子打架受傷，大殿下還著我送了傷藥給他。按說，大殿下沒有對不住秦探花的地方，就是年前大殿下還賞了秦探花對聯荷包，是秦探花自己土鼈，不懂規矩，鬧了笑話，大皇子也沒有說什麼。」

平嵐一聽就覺得不對，「怎麼是你送傷藥去給秦探花？大殿下可有派內侍相隨？」

平峻道：「我正巧去大殿下那裡請安，他見到我，便讓我跑了一趟腿。」

平嵐閉上眼睛，深深地吸了口氣，「這樣豈不是得罪人？」

平峻不解，「這是得罪誰了？難不成大殿下送藥還送錯了？」

平嵐雙眸微睜，淡淡地道：「你若是大殿下跟前的侍衛，過去賜藥還算名正言順，你是御前侍衛，早已不在大殿下身邊當差。大殿下要賜藥，著內侍或近臣都可以，獨不該讓你去，你現在已不是大殿下的人了。」

平峻仍是不明白，「大殿下是一片好心，秦探花還能挑這個？」

平嵐道：「如果秦探花是自己不小心跌傷、摔傷的，大殿下讓你順帶送個藥無妨。但是，他與北蠻三皇子打架的事，我在北地時就聽說了。阿峻，在彼時，大殿下賜藥就代表大殿下的政治立場，你明白嗎？」

「大殿下的確是關心秦探花的啊！」

「那為何不光明正大地關心？為何不打發近身內侍去賜藥？」

平嵐哪怕沒有細問當時的場景，也猜到大皇子的忌諱了。

平峻自小給大皇子做伴讀，自然要為大皇子辯一句，平峻道：「你不知道，那個秦探花委實沒個輕重，他把北蠻三王子臉上抓得都要毀容了，還把人家的小腿咬個對穿，他自己也被人家揍得跟豬頭一樣。那會兒，不少御史參秦探花行事莽撞，大殿下要是明著賞他傷藥，怕是又得有人規勸大殿下不能助長秦探花的氣焰了。」

「這話何其糊塗？他北蠻三王子算什麼？難道是我朝的什麼貴人不成？兩人打架，秦探花還不會武功呢！」平嵐耐心分說道：「御史不過是譁眾取寵，大殿下何須在意御史的話？我朝此時難道還需要忌憚北蠻人不成？」

平峻一時不知該說什麼。

平嵐與堂弟細說了其間的利害，晚上便找祖父說了大皇子與秦鳳儀之事。平嵐道：「秦探花性子並不討厭，他與咱們家也算親戚，依我看，大殿下做事有些謹慎了。」

「你說送藥的事啊？過年那時，大殿下不是賞了對聯荷包嗎？可秦探花並沒有接大皇子的示好之意啊！」平郡王不似孫子平峻認為秦鳳儀是土鼈不懂規矩，便是秦鳳儀不懂，李鏡也是懂的。平郡王嘆道：「為人臣者，雷霆雨露皆為君恩。大殿下自然有不周到的地方，可秦探花的脾氣也有些大了。」

平郡王並不是在挑剔秦鳳儀，他這把年紀這樣的威望，就事論事罷了。

平郡王一句話就說到了點子上，道：「大皇子是天之驕子，秦探花呢，小戶人家嬌寵出來的孩子。不是我說，他那脾氣，比我還大呢！」

「一般來說，這樣的性子，待大些吃了苦頭，撞幾回南牆，總能改了的，可秦探花偏生有運道，皇上待他極是親近，他自己也機靈，眼瞅要平步青雲了。他如今在朝可是個熱灶，多的是人想與他結交，你小姑丈與方閣老也都喜歡他，他這性子自然驕傲了些。」平郡王說起大皇子和秦鳳儀二人，道：「他們兩個啊，一個是皇子之身，一個是風頭正盛，再有人從中挑撥，較勁也不是什麼稀罕事，何況，我看秦探花原也不似有要與大殿下交好的意思。」

平嵐道：「我也聽說秦探花與三皇子、六皇子關係都不錯。」

平郡王道：「秦探花是得了皇上的青眼，方有如今的地位，他是不會投靠哪位皇子的，便是與大皇子遠著些，倒也無妨。」

平嵐道：「我卻是很喜歡秦探花的為人，他這人的眼光和行事俱有獨到之處。」

平郡王一笑，「是個招人喜歡的孩子。」

平嵐為大皇子可惜。

平郡王道：「大殿下那裡有陛下呢，我們終歸只是大殿下的外家，君臣有別。」

不枉平嵐認為秦鳳儀可交，秦鳳儀對平嵐的觀感也不錯。

秦鳳儀在大皇子底下做事很不順，先時大皇子拿他當奴才使，總讓他這裡跑那裡顛的，秦鳳儀乾脆去找三皇子和六皇子。其實，京城多的是愛看熱鬧之人，秦鳳儀不過是去工部尋了三皇子一回，便有些人說秦鳳儀與三皇子如何如何了。

根本沒如何，秦鳳儀無非就是提醒三皇子：「太后娘娘的壽宴，我跟著跑腿，三殿下你也是大人了，可得好生準備獻給太后娘娘的壽禮。」

秦鳳儀根本沒瞞著景安帝，他陛見時自己就主動說了。

秦鳳儀道：「我家就我一個，可我認識家中兄弟姊妹多的朋友。我跟在陛下身邊這麼久，也見過幾位皇子，大皇子自不必說，是陛下的嫡長子，最是尊貴。二皇子啥都跟著大皇子，自有大皇子照顧。四皇子、五皇子和六皇子都有親娘，就三皇子的親娘不在了，他自個兒還是個強頭，這樣的性子最不討父母喜歡了。我們民間有句話說，會哭的孩子有奶吃。陛下讓我幫著太后娘娘的千秋宴跑腿，我這些天都想著這差使呢。大事我是辦不了的，可我想著，長輩的壽宴，尤其太后娘娘這樣尊貴的身分，什麼金珠玉寶都有的，老人家最盼望的還是兒孫滿堂。有時候想想，在陛下您心裡，自然是孩子們都一樣，可下頭的人不這樣想，外頭多的是勢利之人。我卻不是那樣的人，陛下待我這樣好，您要是沒空多關心三殿下，我反正能幫他的，能提醒他的，都要提醒他一聲的。」

是的，在臣子的心裡，秦鳳儀去親近一向與大皇子不對盤的三皇子，絕對是與大皇子不睦到失心瘋啊，不然斷不能辦出這樣離譜的事來。

然而，在景安帝心裡並非如此。

三皇子同樣是景安帝的兒子，哪怕景安帝自己也不大喜歡三兒子的性子，覺得這個兒子太不討喜，但這依舊是自己的兒子。三皇子這樣的京城第一大冷灶，冷到結冰，秦鳳儀過去提點三皇子，若是秦鳳儀與大皇子走得太近，景安帝說不得會多想，可三皇子那裡，哪怕秦鳳儀特意過來解釋，景安帝也不會多想。

倒是秦鳳儀委婉地說些三皇子日子不好過的事，讓景安帝對這個兒子難免多了幾分憐惜。

秦鳳儀直接找三皇子玩，大皇子面上沒說什麼，心裡再憤恨不過，然後先時還想著讓秦鳳儀跑腿馴化的他，直接把秦鳳儀給閒置了，啥差使都不給他，跑腿都不讓他跑了。

秦鳳儀回家跟媳婦一說：「我看，我乾脆還是回翰林念書算了。先前拿我當奴才，現在什麼都不叫我幹，我待那兒也沒人待見我。」

李鏡對大皇子也是有氣，「大皇子別的本事尋常，這折騰人的本事倒是不差！」

大皇子這手段，李鏡完全不陌生。一般朝廷若是想閒置一個人，多是這樣明升暗降，把你放到沒啥事的位置上，你自然就閒了，也沒權了。

李鏡不欲秦鳳儀與大皇子對上，畢竟疏不間親，大皇子是皇上的兒子，倘有個不睦，皇上肯定是偏著自己的兒子。

李鏡道：「那你回翰林念書也好。」

秦鳳儀雖動了回翰林院的念頭，可他畢竟自小到大一帆風順慣了，用平郡王的話說，秦鳳儀這小戶出身的傢伙，脾氣比他還要大上三分。回翰林念書是沒啥，關鍵是他嚥不下這口氣。他活了二十有一年，何時吃過這樣的虧？

秦鳳儀這人，你要好生好氣與他商量，他興許沒啥，但你要是想整治他，叫他低頭，別看秦鳳儀官職不高，出身尋常，他當真是個硬氣的，斷不可能低這個頭。

翰林院裡的學士經常被稱儲相，朝廷便有非翰林無以入內閣的說法，所以，翰林又被稱為儲相。這樣一個儲相衙門，小九卿之一，房舍卻不如何寬闊，就是門面也很普通。

秦鳳儀騎馬立在翰林院門口，彷彿與大門有仇般緊緊盯著，鬧得翰林院兩個看門的兵丁心裡沒底，暗想，莫不是九命爺爺在給咱們翰林院看風水還是怎地？

踏一步進去，便不必再與大皇子生那閒氣，可不知為何，秦鳳儀就是不想踏出這一步。這一步，實在是太憋屈了。

秦鳳儀正騎馬在翰林院門口愣神，就聽見一個聲音道：「你這是做什麼呢？」

秦鳳儀回頭，見駱掌院自門口下轎，看了秦鳳儀一眼。

秦鳳儀甭看不是什麼重規矩的人，但他現下長大了，對師長們很有禮貌。駱掌院都下轎了，秦鳳儀也跳下馬來，想著駱先生是自己少時恩師，便跟著駱掌院往屋裡去。

駱掌院看秦鳳儀那一臉的陰鬱就知有事，待侍從上了茶，就將人打發下去。

秦鳳儀也沒藏著掖著，坦白說了近來差使難辦，說了如何被為難的事，「真是氣死我了，我不想幹了，可要是這麼回來，也忒丟人的！」

駱掌院看他那一臉倒楣相，說他：「你也是笨，既是皇上點你的差使，你回來算什麼，明擺著跟皇上說你幹不了，你無能嗎？你就在大皇子身邊待著唄。先時人家讓你跑腿你嫌累，如今啥都不讓你幹，你又說閒得慌，你可真難伺候啊！」

駱掌院睨他一眼，「我給你出個主意，你就在大皇子身邊耗著，他讓你幹啥不讓你幹啥，你就依他，有好茶好水就喝著，待皇上問起你差使，你隨便攬些功勞便也過去了。」

秦鳳儀越發來氣了，「我豈是那樣的人？我把功勞分給別人倒還罷了，豈能去搶別人的功勞，那還算是人嗎？」

他這一發怒，簡直是啥話都敢說，還念叨駱掌院：「先時我以為你還是以前的先生，沒想到現在做了大官，就成了老油條！我跟你說，以後別想要我再叫你先生，我才不要認老油條做先生！」又道：「你以為我跟你一樣，是去混的嗎？我要是混，我幹嘛要做官啊？我是為了做實在的事才做官的！」

秦鳳儀哇啦哇啦地嚷嚷了一回，也就駱掌院有涵養了，人家面色不變，反諷道：「那你這一有事就跟喪家之犬似的跑回翰林院，我也沒看出你是要做實事的啊！」

「你能看出啥？你自來眼神就不好！誰說我要回翰林院啦？我只是路過，你非要我進來坐，我能不給你面子嗎？」說完，秦鳳儀就一副跩得二五八萬的模樣走了，邊走還邊憤憤地想，這世道真是不行了，原來挺好的駱先生，現下也成了官油子。

秦鳳儀有些衝動，但出了翰林院才想到，他腦子一熱罵了駱先生一頓，倘駱先生還是先時在揚州教他的酸生則罷，人家現在已是翰林掌院，正二品高官，還管著他。他這樣把人得罪了，駱掌院恐會給他小鞋穿。

哎喲，這不是把回翰林的路給堵死了嗎？

秦鳳儀出了翰林院才後悔，可他話已經說了，還嗆了人家好幾句，開弓沒有回頭箭。

秦鳳儀雖厚臉皮，卻也得分事情，像娶媳婦、哄陛下開心、逗逗長輩，再如何厚臉皮也無妨。今日這事，明明是駱掌院說的那些話不對，他自己又沒有錯。原來的駱先生多好啊，這才十幾年，就成了官場老油條。

秦鳳儀嘆口氣，想著世間又少了一位志同道合之人。

然而，翰林已是回不去，眼下只有另想法子了。

秦鳳儀去大皇子那裡報到，大皇子依舊是讓他閒置，願意幹啥幹啥，但太后千秋的差使沒一件是給他。秦鳳儀乾脆不在大皇子那裡坐著了，他做官也有小一年，在京城認識的人不少。大皇子不用他，他又不是木頭，難不成不會自己尋些事情做？

他找了六皇子，送給六皇子一把木頭刀，賄賂六皇子，讓六皇子回宮跟貴妃娘娘打聽裴太后的喜好。六皇子得了賄賂，倒是很用心幫秦鳳儀打聽，結果，秦鳳儀一聽，特沒勁兒。

六皇子打聽到的，內務司都有所準備了。太后娘娘喜歡的蘇繡、白瓷，大皇子早著人去辦。秦鳳儀想著，這上頭他是幹不過直屬於大皇子吩咐的內務司的。

秦鳳儀對於接待外賓啥的，頗是一把好手，今年是太后娘娘的六十大壽，有屬國來朝。秦鳳儀與鴻臚寺陳寺卿相熟，只是去到鴻臚寺時，那裡已經有大皇子的近臣坐鎮。

秦鳳儀心說，簡直是不給人留活路啊！

事實上，秦鳳儀也不想想，京城原就是人才彙聚之地，他雖是天資出眾，但能在京城，能在大皇子身邊有一席之地的，有哪個是平庸的呢？

秦鳳儀想另闢蹊徑，卻發現路都被大皇子堵死了。

不過，要是秦鳳儀就這樣認輸，他也就不是秦鳳儀了。

想當年秦鳳儀十六歲獨自來京，就敢向景川侯求娶愛女，這豈是尋常人能有的膽量？秦鳳儀一向遇強則強，大皇子把路堵死，反是激起了他的好勝心。他拿出了當年備考春闈，如今在翰林念書的韌勁來，在各衙門兜轉，終於讓他想出個好法子。

去歲皇上過四十萬壽，庶起士原沒資格送賀禮，但大家合力送一幅龍騰萬壽圖給皇上，皇上很是心喜。秦鳳儀想著，就讓六部九卿各個衙門出賀禮，再聯名獻給太后。

秦鳳儀先去找岳父商量這事，景川侯也沒問女婿怎麼不去找大皇子獻計，反是過來他這裡。景川侯道：「這主意倒是不錯。」

秦鳳儀笑，「要是岳父覺得還成，我各個衙門去說道，再問問別個大人的意思。」

景川侯道：「莫要讓人獻什麼金珠玉寶，俗氣。」

「岳父放心，我曉得。」

在岳父這裡得到了肯定，秦鳳儀回家跟媳婦一說，李鏡也覺得主意不錯。

秦鳳儀先是到兵部與鄭老尚書商量，秦鳳儀說：「鄭爺爺，您是當朝首輔，百官楷模，如鄭爺爺您這樣的地位，這樣的德高望重，這事我也只能找鄭爺爺您來商量了。」

鄭老尚書笑，「你少拍我馬屁，直接說是什麼事。被你奉承，我這心都提溜起來了。」

秦鳳儀便直言自己的想法：「也是去歲陛下萬壽時，我們庶起士一道獻禮給我的靈感。並不是要什麼金珠玉寶的東西，就是太后娘娘千秋，萬國來朝，原我也不曉得這些藩外小國的事，去歲經了一回，方發現這些小國，雖國小，比我朝差得遠，心眼卻半點不少。如今他們要來，我朝應展現天朝氣派才是。」

鄭老尚書道：「這倒是個不錯的主意。」

去歲庶起士們獻的騰龍萬壽圖，皇上相當喜歡。倘各衙門也聯名獻壽禮，再附上眾衙門官員的名字，那麼，既能在藩邦小國跟前露臉，皇上和太后想來亦是歡喜的。

鄭老尚書與景川侯的關係不差，秦鳳儀又嘴甜，一口一個爺爺的，秦鳳儀還是御前小紅人，便是鄭老尚書，也只會與他交好，不會與他交惡。何況，秦鳳儀這主意當真不錯。

鄭老尚書道：「我這裡自是無妨，就是別個衙門，你過去說一聲的好。」

鄭老尚書雖是首輔，卻不想以首輔之名吩咐其他衙門配合。主意是秦鳳儀想的，他直接與諸人說道，以後這事是算他的，還是算秦鳳儀的？

鄭老尚書在朝多年，焉能不知此理？且以他的身分地位，犯不著與秦鳳儀爭功。

秦鳳儀笑道：「是，我聽鄭爺爺的。」

鄭老尚書喜他嘴巧，笑道：「什麼聽我的？怕是你心裡早都想好了。」

秦鳳儀還真是想妥了。

秦鳳儀道：「昨兒想了大半宿才睡，有些個想法，只是還沒完善。」

「哪裡沒完善？說說看。」

秦鳳儀道：「年前北蠻人與南夷土人過來，咱們不是準備了一次閱兵嗎？這回來的藩邦使團更多，聽說還有海外國家的使臣要來，我想著要不要再來搞一次？」

主意並不差，不過，鄭老尚書聽出來了，秦鳳儀是誰也沒說，先同他講的。

鄭老尚書道：「要震懾那些藩邦小國，必是文教武功都展示一回才好。」又尋思道：「你現下是在大皇子那裡當差，你這些主意我看著不錯，再去問問大殿下的意思才好。」

秦鳳儀與大皇子失和之事，鄭老尚書消息靈通，亦是聽說了些。

秦鳳儀心說，他把我擠兌得無路可走，我為何要去問他？

只是，鄭老尚書特意點了他這一句，秦鳳儀亦識好歹，笑道：「我記得了。」

話是這麼說，秦鳳儀可是沒有半點要同大皇子彙報的意思。

秦鳳儀自己定要把這事辦成的，然後他想著先去同各衙門的大員們說通，待陛見時就能同皇上具體細說。然而，秦鳳儀委實沒料到，人能無恥到這個地步。他官職低，進宮不便，都是景安帝宣召他，他才能進宮陛見，所以，這才想著先去做事，陛見時再回稟陛下。結果他進宮不便，大皇子可是方便得很，人家想見他爹隨時能見。

秦鳳儀就發現，他還沒同陛下說這事兒，大皇子又著人來接手他手裡的事務了，人家已經提前跟他爹說了，還是以他大皇子的名義說的。

秦鳳儀氣得渾身發抖，若不是攬月死死抱著他，秦鳳儀非去找大皇子說個明白不可。

就是有攬月攔著，秦鳳儀也是一腔怒氣無處可發，尤其大皇子的長史官還陰陽怪氣地說了句：「大殿下說了，這事就不勞秦探花了。」

秦鳳儀原就氣得要發瘋，攔還攔不住，還有人火上澆油。

倘那長史官不說這話便罷，他這話一出，秦鳳儀推開攬月，過去就是兩記耳光，把這長史官抽得兩頰紫脹，說不出話來。秦鳳儀指著被他嘴角抽出血的長史官，冷冷地道：「你有本事，就叫大殿下去陛下跟前告我，你看我怕不怕去陛下跟前對質！」說完就上馬走人。

秦鳳儀當時正在禮部同盧尚書說這千秋節禮部獻禮的事，盧尚書一向不喜秦鳳儀，但秦鳳儀真誠懇切地來了，盧尚書這人，不是秦鳳儀這等沒臉沒皮的，秦鳳儀又是來說正經事，便還是給他留了一點時間，讓他說完快走。

盧尚書不喜秦鳳儀，是不喜秦鳳儀性子輕佻，不似正派人，人家過來商量正事，盧尚書這樣以上古君子自居的人，就不會為難秦鳳儀。事情說畢，秦鳳儀恭恭敬敬地起身，辭了盧尚書出去，就遇著過來的大皇子的長史官。

秦鳳儀的性子，上遭與大皇子當差，那是事出有因。大皇子想讓平琳享秦鳳儀的功勞，秦鳳儀就自平琳手裡搶回來，讓大皇子平白得了回便宜，出了風頭。這一次，秦鳳儀自己張羅的事，大皇子竟然派長史官來，這長史官還敢挑釁秦鳳儀，秦鳳儀說惱也就惱了。

結果，正五品的長史官，就被七品小官秦鳳儀在禮部大門口啪啪抽了兩記大耳光。

到底是誰沒面子？

秦鳳儀自然是行事莽撞，而被揍的長史官則是坐實了苦主身分。

長史官簡直氣得要死，想衝上去與秦鳳儀說道，讓秦鳳儀的侍衛攔了下來。

秦鳳儀想著，大皇子這般無恥，他定要去陛下面前討個公道。

不過，秦鳳儀比一般的書呆子強的地方就在於，甭看他做了許多年的紈綺，出身商戶，讓他對人情世故，誰親誰疏，心裡像明鏡似的。陛下自然是待他好，但也好不過自己兒子。便是他把事情說了，陛下公正主持了，可大皇子沒了臉面，陛下怕也不能痛快。

秦鳳儀心下一思量，轉而去了大皇子那裡。

大皇子正在內務司聽著內務司總管說太后千秋的事務，秦鳳儀一到，也不管別個，直接打斷了內務司總管的話，上前道：「跟殿下說一聲，我把文長史給打了。」

大皇子心下立刻大怒，只是他自小生於宮闈，頗具城府，此時身邊頗多下屬，只得按捺住怒火，問道：「這是為何？秦探花過來與我說一聲，想是有理由的。」

秦鳳儀心中冷笑，面上也做出誠摯模樣，道：「原本以為文長史是個好的，卻不想竟是這般的鬼祟小人！我剛從禮部出來，他就過去挑撥我與殿下的關係，用心之險惡，臣實在忍無可忍，想著殿下皇子之尊，身邊竟有這等險惡小人，臣對殿下甚是擔憂，就打了他！」

接著，不必大皇子說話，秦鳳儀繼續大聲道：「臣得陛下欽點，協助殿下準備太后娘娘千秋之喜，這些天臣不敢有一日懈怠，每天冥思苦想，就是想著如何能有個新點子，好為太后娘娘的千秋宴添喜，也讓四方來朝的藩屬小國見識一番我天朝氣派。臣昨日剛想出法子，原是想著晚上一道與殿下陛見時回稟陛下的，因為急著去辦這事，早上先去了兵部，後去了吏部和戶部，這剛到禮部與盧尚書說好了，這文長史卻得意洋洋地來與我說，他的意見，殿下已是採納。什麼是他的意見？他哪裡來的這等意見？我雖不屑與這等小人相爭，只是一想到殿下清風明月般的人品，身邊竟是這等小人服侍。臣身為陛下的忠貞之臣，如何能坐視殿下受小人蒙蔽，小人當下忍無可忍，便出手打了他。」

哪怕文長史說大皇子已將秦鳳儀想的主意提前彙報了，還暗示是以大皇子的名義說的，秦鳳儀卻是不信。大皇子的確愛出風頭愛爭功，可大皇子不是傻子。秦鳳儀都去內閣首輔鄭老尚書那裡走動過了，若大皇子爭功到了這等不要臉的地步，秦鳳儀也就不爭這功了，畢竟這等人品，全無皇子氣度，根本不必他去告狀，怕是皇上聽聞亦不能饒了大皇子，更不必提朝中重臣，誰還不要個臉呢？哪怕是想以後跟著大皇子吃肉，若大皇子吃相這般難看，怕是朝臣嘴上不說，心裡也要有所評斷的。

故而，秦鳳儀相信大皇子是搶了他的主意，提前彙報給了皇帝陛下，但是依大皇子的謹慎，這是個他與北蠻王子打架後都不會明著送藥的皇子，大皇子不會明著將秦鳳儀的主意攬到自己身上，因為這太容易露餡兒了。

不過，要秦鳳儀嚥下這口氣亦難，尤其是那個文長史，是大皇子的狗腿子。秦鳳儀是幹不過大皇子，不是因他不如大皇子，是因為大皇子有個好爹，倒是文長史這個狗腿子，秦鳳儀必要把他幹掉的。

大皇子不是陛見方便嗎？不是愛私下去說小話爭功嗎？

秦鳳儀是不得隨意陛見，他便將事情處處做在明處，人盡皆知，看大皇子怎麼說。

秦鳳儀漂亮的桃花眼裡帶著一絲迫人的明亮，他上前一步，對上了大皇子那雙暗濤洶湧的眼睛，故作誠摯地道：「這樣的奸佞，殿下還是早日處置的好啊！」

大皇子自幼是眾星捧月長大的，端正地坐在上首之位，聽了秦鳳儀這番話，雖是面色不變，握住扶手的指骨卻不由暗暗用力，唯有如此，方能抑制住心頭怒火。

他沒想到，秦鳳儀居然掌摑他的長史。

大皇子淡淡地道：「秦探花誤會了，我在父皇面前已為你請功，說了這是你的主意，你大概是誤會文長史了吧？」

秦鳳儀心中一沉，暗道，幸好沒有衝動地去陛下跟前說理，不然當真要中了大皇子的圈套。不想此人平日裡慣愛做個禮賢下士的好模好樣，心卻這般歹毒。明明文長史說的是，大殿下已在御前回稟此事，令小臣過來主持。秦鳳儀當下便以為，大皇子搶了他的功，尤其大皇子有搶人功勞的前科。秦鳳儀是萬萬沒想到，這竟是個圈套。

若是他不知輕重地去陛下跟前告大皇子一狀，豈不是正對了大皇子的算計？而且，他若是在人家父親跟前告人家兒子的狀，偏生還告錯了，那麼，他成什麼人了？陛下又會如何想他？別人會如何看他？

一想到大皇子的算計如此歹毒，便是秦鳳儀也不禁順著後脊樑骨出了一身的冷汗。

秦鳳儀絕不是個好纏的，哪怕他想通了大皇子的算計後亦是隱隱生寒。

秦鳳儀唇角一勾，道：「那可真就是誤會了，原來那個小人非但是要挑撥我與殿下，更要栽贓殿下，詆毀殿下名聲。他挑撥我，我不惱，自來不為人妒是庸才，現下妒恨我的人也不少，況我與他本不相熟，可殿下待他不薄，他卻這樣欺上瞞下，我竟不知朝中有此小人。臣請殿下立誅此小人，以正視聽。」

大皇子又不傻，總不能因秦鳳儀這麼三言兩語，就誅殺自己的近身長史。再者，這本是他設給秦鳳儀的圈套，可惜這狗東西運道好，沒有上套。

大皇子輕描淡寫地道：「不過是一樁誤會，談得上什麼奸佞小人。秦探花，你素來不是小器之人，何況，你七品官身就敢打五品長史，你這性子也該收一收了。」

秦鳳儀立刻大聲道：「若朝中有小人，不要說五品，就是一品，我也敢打！再者，事關殿下，我深受聖恩，焉能坐視殿下為小人糊弄？」

秦鳳儀一副耿直剛烈得不得了的口吻，令大皇子作嘔。

見大皇子不肯處置文長史，秦鳳儀無奈道：「殿下一向心軟，我知道殿下是念及與文長史這些年的情分。唉，殿下須知，當斷不斷，反受其亂啊！」

秦鳳儀沒再逼迫大皇子，卻也沒往別處去，反是在大皇子身邊坐下來。大皇子有什麼吩咐，他想插嘴就插嘴，想發表意見就發表意見，更可恨的是，秦鳳儀不知如何，開啟了正直模式，不論說什麼話，都是忠心懇切的態度，把大皇子噁心得午飯都沒吃。

秦鳳儀知道大皇子傍晚必要進宮的，他倒沒跟著一起進宮，而是去宮門前等著，然後終於等到了平郡王。其實秦鳳儀原是想著隨便哪位大人，他厚著臉皮求一求，總會有人給他面子，帶他一道進宮。沒想到是遇著了平郡王，秦鳳儀心中一喜，這簡直再合適不過了。

他上前請安，平郡王笑，「你這是要進宮？」

「有件大事要同陛下說，可我品階低，沒有陛下宣召，進不得宮，正在宮門口碰運氣，看哪位大人要進宮，帶我一道才好。可見我運道好，遇著外公您了。」

平郡王是坐車的，到宮門也要下車，不過景安帝優待平郡王，說了平郡王的車可直入宮廷。倒是平郡王向來低調，雖有皇上恩典，他卻是半點不違臣禮。今見秦鳳儀這般在風中苦等，嘴又甜，平郡王一笑，「你若有要緊事，與我一道進去便是。」

秦鳳儀連忙上前一步扶住平郡王的手臂。

平郡王道：「我還沒老到要人攙扶呢！」

秦鳳儀笑嘻嘻的，「外公，您這身子骨，不是我說，就是我跟您比武，多半都勝不了您，我這是借您的胳膊避避風雨。」

聽秦鳳儀這一語雙關，平郡王笑問：「怎麼，有什麼大風大雨不成？」

秦鳳儀嘆道：「我要是說了，您定得掛心。這不是什麼大事，我已是把小鼠打了，只恐有些人起鬨架秧子，傷到了玉瓶。我原不想令陛下煩惱，可這事，我想了半日，必得先來跟陛下通個信兒才好。」

平郡王何等人物，想到秦鳳儀現下就同大皇子一道辦差，那「玉瓶」二字所指何人，不問即知。事關大皇子，自己的親外孫，平郡王沒有不記掛的，只是，平郡王這等老辣人物，便是記掛，也沒有多問一句半句，反是問秦鳳儀近來當差如何。

秦鳳儀笑道：「我跟著大殿下，長了不少見識。大殿下雖只年長我一歲，做事情細緻又能幹，就是一樣，心太軟了。」

平郡王道：「大殿下一向待人和氣。」

「光和氣有什麼用？」秦鳳儀道：「我朝威懾藩邦，既要有文教之盛，又要有兵將之威。一國如同一人，大殿下實在太過念舊情，一些個小人，就是吃準了殿下這一點，屢次生事。我雖不是殿下身邊的近臣，可我一個外人都看不下去，王爺說，這讓不讓人著惱？」

平郡王拍拍秦鳳儀的手，沒有說話。

秦鳳儀的小機靈在平郡王這裡並沒有奏效，秦鳳儀也不期冀他說個三言兩語，平郡王就向著他。瞧平郡王不欲多問的模樣，秦鳳儀就知道平郡王不願多沾此事。這是再好不過的，因為論遠近親疏，平郡王都不可能向著他說話。平郡王不理此事，對他就是最有利的了。

平郡王能直接面君，秦鳳儀則得在暖閣外等著，因他也是能時常陛見之人，暖閣的小內侍便請他到室內坐著等。平郡王稟過事後，沒忘了提一句秦鳳儀進宮的事。

平郡王道：「老臣在宮門下車，正看到秦探花在宮門苦等，他說有事要稟明陛下，看他在外等著辛苦，臣就帶他一道進來了。」

景安帝笑道：「怕是來跟朕邀功的，今早大郎已是為他請功了。」

平郡王笑著退下。

景安帝召秦鳳儀到御前說話，秦鳳儀看景安帝很高興，有些猶豫要不要跟景安帝講，可他在禮部門口揍文長史的事，當時定有不少人看到。倘御史知曉，未免事多。

景安帝見秦鳳儀似有事的樣子，仍是先誇了秦鳳儀想的主意，說他當差勤懇。

秦鳳儀老老實實地道：「當不得陛下一讚，臣是過來找陛下拿主意的，臣今天一時惱怒，便把文長史給揍了。」

景安帝頗為意外，想著大皇子還誇秦鳳儀當差用心，怎麼秦鳳儀就與文長史打起來了？

所幸景安帝自繼位起，久經風雨，這並不是什麼大事，便問起秦鳳儀緣故。

秦鳳儀就將事情說了。

秦鳳儀道：「我原是想著這主意不錯，想親自同陛下說，可是沒陛下宣召，我進不得宮，就想著先去請教鄭老相爺，聽一聽前輩的意見。鄭老相爺說這主意不錯，我就去各衙門說道，想著傍晚與大殿下一起進宮，再同陛下回稟。只是，我急著做事，還沒同大殿下說呢，文長史就到禮部找我了，說這事大殿下已經稟明陛下，但我還沒同大殿下說過，大殿下是如何得知的呢？更可氣的是，文長史話裡話外暗示我，是大殿下搶我的功勞，先一步稟了陛下。他還說，大殿下的意思，這事以後就不勞我了。」

「我當時氣得不得了，倒不是信他的饞言，我雖與大殿下交情不深，以前還不小心得罪過大殿下，可就是年前我失禮之事，大殿下都未責怪我半句，大殿下的心胸，我焉能不知？何況，大殿下這樣的人物，這樣的地位，難道會與臣子爭功？陛下沒見文長史當時的嘴臉，您不知道大殿下往日都是怎麼待他的，他喜歡喝茶，大殿下的好茶都給他喝了。他是蜀人，愛吃辣，大殿下並不食辣，可每次大殿下留我們用飯，文長史的那一份飯食必然是辣的。大殿下這樣剖心相待，文長史卻挑撥我與大殿下的關係，我實在是忍不住，便給了他兩巴掌。」

「然後我就把事情跟大殿下說了，大殿下念舊情，要給文長史留面子。我想了半日，我這脾氣也是一時見了小人壓不住火，不該在禮部就動手，該找個暗巷揍他一頓。我看大殿下想讓他體面些，我也知道大殿下待下頭的人心慈，可這事就在禮部外頭，必是有人見著了，倘被御史知道，豈不多事？」

「那文長史不過是個爭名奪利的小人，他見大殿下喜歡我，心裡嫉妒，怕大殿下喜歡我多過喜歡他，可他也不想想，一則，我一門心思幫著大殿下把差使辦好，大殿下看我用心，自然厚待。若他也事事用心，大殿下自然一樣待他。二則，我畢竟是陛下派去的，大殿下對陛下再孝順不過，再加上大殿下的品格，待我自然親切。」

秦鳳儀說了好一通，接著彷彿發自內地感慨道：「我因生得好，自小就有人嫉妒我，可像文長史這樣辜負大殿下恩典的，我也是頭一遭見。他就是想想大殿下這些年待他的情分，也不該行這般小人計量才對。」

甭看秦鳳儀把話說得委婉，一句大皇子的不是都沒說，他這點兒手段，斷瞞不過景安帝的眼睛。景安帝何許人啊，上位的方式雖則有些機緣巧合，要不是他爹、當年的太子和他爹心愛的七皇子都死在北蠻人手裡，皇位是無論如何也輪不到他的，但景安帝就是有帝王命，而且登基十年，就將父兄手裡失去的陝甘之地重新搶了回來。

這位君王看著和氣，但他的手段、他的手腕，只看平郡王這天下第一異姓王在他跟前恭恭敬敬的，不敢逾越分毫，就可知這位君王的本事。

所以，秦鳳儀這點兒小機靈，景安帝無非就是看得一樂，想著小探花這入朝小一年，終於長了些心眼兒，學會告狀了。

景安帝之所以看得一樂，不是一惱，是因為景安帝有著強大的邏輯，他一聽就明白個中始末。是啊，這事的確是大皇子來為秦鳳儀邀功的，當時大皇子說的是：「秦探花已是急著去辦了，讓各衙門早些準備。兒子等不及，先來跟父皇回稟，父皇看這主意可好？」

這話當然沒問題。

就是現在看，也沒有問題。

然而，景安帝是何許人，不論大皇子這等不及過來為秦鳳儀邀功，還是秦鳳儀在他這兒直接就要把文長史幹掉。知子莫若父，景安帝深知長子性情。同時，秦鳳儀時常伴駕，就秦鳳儀這直不愣登的性子，景安帝看兩眼就能明白。

首先，秦鳳儀向來沒什麼心機，要是有什麼事不說，那絕對能憋死他。如果秦鳳儀與大皇子關係好，有這樣的好主意，秦鳳儀早飛去大皇子那裡跟他念叨了，如何還會說等傍晚與大皇子一道進宮回稟。

再說大皇子這邊，早在大皇子早上過來為秦鳳儀請功時，景安帝就知道他倆關係如何。聽秦鳳儀這巧舌如簧的一通說，景安帝笑道：「哎喲，你這口才還不錯啊！」

「主要是我一片真心為大殿下傷感，身邊竟有這樣的小人服侍。」秦鳳儀還兀自與景安帝吹風，「陛下，大殿下可是您的親兒子啊，您可得多關心他一些才是。」

景安帝道：「行了，你倆的事，朕清楚得很。」

秦鳳儀用小眼神偷偷瞄景安帝一眼，見景安帝沉了臉，他便不好再繼續說了。

景安帝想了想，道：「你先時說與大郎關係不好，朕以為你們只是小孩子脾氣，看來，你們是真的不怎麼樣啊！」

秦鳳儀早被大皇子氣好幾天了，他現在也不裝什麼為大皇子考慮的模樣了。

秦鳳儀小哼一聲，「您去打聽打聽，究竟是誰欺負誰！要是他能單槍匹馬贏了我，我倒也心服口服，可他總是仗著自己有個好爹就欺負人！」說著，意有所指地瞟景安帝一眼。

景安帝哭笑不得，「你爹不好？」

「我爹當然好啦，只是他無官無職。因著以前做過鹽商，我家現在雖是書香門第，可我爹出門還會被看不起，而陛下您可是有權有勢。」這是在說景安帝偏心自己的兒子。

景安帝擺擺手，「行了，朕何時給你委屈受了？來，跟朕說說，大郎如何欺負你了。」

秦鳳儀就自大皇子先拿他當奴才使喚說起來，他非但說，邊說還能邊舉證。

秦鳳儀道：「跑腿也無妨，我腿腳好不累，還有些事情做，可後來總讓我閒著，我又不是過去吃茶的。要是沒事，我還不如回翰林院念書呢。我本來想著，他畢竟是陛下的兒子，我惹不起他，我都打算回翰林院了，結果被駱掌院氣了一回，我就又回去了。好不容易想出兩個好主意，昨晚我還找我岳父商量了，讓他幫我參詳參詳，岳父說我這主意還成。第二天我一大早就去求了鄭老尚書，跑了大半天，中午就遇著那討人嫌的文長史。」

「陛下不知道，他誤導我，說大殿下搶我功勞。我活到二十一歲都不知道人能壞到這個地步，我當時氣壞了，給了他兩巴掌，還想著來陛下您這裡告狀。半路上我火氣消了些，才想著不對頭，大殿下雖與我不對盤，可他這樣的身分，做不出搶臣子功勞的事。我當時嚇得，冷汗都冒出來了，這就是個圈套啊。倘不是我多想了想，要是直接跑到陛下跟前告大殿下的狀，我成什麼人了？」

秦鳳儀說到最後，嘀咕道：「雖然現在也是跟您說了大殿下的不是，反正我也不打算做官了，我就全都說了。」

景安帝鼓勵秦鳳儀：「對對對，說吧說吧，把心裡的委屈說出來，也好回鄉過日子。」

秦鳳儀態度很不咋地，「說完啦！」

景安帝看他這德行，問他：「按理，依你的聰明，文長史再怎麼挑撥，你也不該中計啊！大郎幹嘛要搶你的功勞啊，他是皇子，難不成還與屬下爭功？」

秦鳳儀反正已經打算回老家繼續做紈絝了，便半點兒也沒瞞著，「他倒是沒爭過，可他幹的那事，一點義氣都沒有。」說著，就把去歲閱兵的事給說了。

秦鳳儀道：「我把西大營的范將軍得罪狠了，我說不願與他一起當差，就是因他沒義氣。要是跟您一道當差，當時范將軍再強硬，我們吵到您跟前來，您立刻就能把范將軍鎮住，這樣，東西大營比試分高下，順理成章。大殿下卻說再議，那要議到什麼時候去？我跟范將軍吵了一頓，拿您的名頭把他給壓了下去，至今他見著我都是鼻子不是鼻子，眼不是眼的。當時范將軍就說了，哪怕東西大營比武，也不准我主持，不叫我出風頭。誰不愛出風頭，可為了能把閱兵的事情趕緊辦好，我也得罪不起他，便答應了。」

「結果，您猜怎麼著，大殿下把主持兩營比試的差使交給了平琳。您說，有他這樣不講義氣的人嗎？他知道他是皇子，是您的兒子，可這兩營比試的事，是我跑了好久，還大大得罪了一個正二品大將軍才辦下來的。就算范將軍不讓我幹，雖則閱兵的差使是您讓大殿下主持的，可難道我那些力氣就白出了？他總該問一問我，我幹不了，覺得誰合適吧？平琳是哪根蔥啊，我辛苦好幾天，卻叫他得了便宜！」

秦鳳儀現下說起來還氣得不得了。

景安帝完全不生氣，還提醒秦鳳儀：「說來，你也得叫平琳一聲舅舅的。」

「什麼舅舅啊，我媳婦又不是後丈母娘生的！要是這麼算，難不成我不該叫您陛下，改口叫您大姨夫？」

景安帝好玄沒笑場，他與秦鳳儀道：「繼續說，那後來怎麼是大郎主持的？」

秦鳳儀道：「我一見大殿下竟然把這露臉的差使給了平琳，我能心服嗎？就是我幹不了，我岳父在啊！我岳父是侯爵，他的爵位比范將軍和商將軍都要高，而且，我們關係也好，這樣出頭露臉的好事，我當然是想我岳父幹的！」

這話一聽就是實話，景安帝點點頭，「有理。」

「當然有理了！」秦鳳儀道：「可那會兒大殿下已說了讓平琳做。平琳也是個沒眼力的，他雖只是我後舅舅，卻是我岳父的三舅子，這要是個明白人，就是大殿下讓他做，他也不能理所當然地接下來啊！」

「興許平琳沒想到呢？」

「這有什麼想不到的？我跟他話都沒說過幾句，我跟我岳父什麼關係，難不成我辛苦拿下來的事，不讓我岳父得實惠，反是讓他得實惠去？」秦鳳儀大大的桃花眼翻了個白眼，哼哼道：「我可沒這麼大方，我跟他也不熟！」

景安帝又問：「鳳儀，按你的性子，應該替你岳父把這出頭露臉的事搶回來才是啊！」

秦鳳儀嘆氣，「我焉何不想搶回來，可當時準備閱兵，原是為了震懾北蠻人。平琳我是沒放在眼裡，但當時他爹平郡王也在，老郡王為人還是不錯的。再者，我岳父與他家也是翁婿關係。還有，我若是非要把這差使搶給我岳父，讓大殿下面子上也不好看，他畢竟也是皇子之尊，為這麼點小事折騰，豈不是叫人看了笑話？只是，要我看著平琳得這差使卻也不能，我就建議大殿下親自主持了。」

秦鳳儀也是灰了心，「後來我想想，這江山畢竟是您家的，雖則力氣是我出的，但大殿下想讓誰做，是大殿下的自由。我不懂朝中的規矩，還有人說雷霆雨露俱是君恩，可以前我爹做生意，要是哪個掌櫃做得好，必然要多給銀錢的，這樣，掌櫃才會更加用心經營生意。我心裡挺難受的，我做官不是為了賺多少銀子或做多大的官，我就是想實實在在做點事，不是像那些老油條一樣，做事時你推我，我推你，待事情做好，一個個紅眼雞似的爭這麼點微末功勞。我不想變成那樣的人，只是，想一想，又覺得這天下是您家的，以後也是大殿下做主，我這麼不識時務去得罪他挺傻的。再說，你們是親父子，您待我這麼好，我還要告您兒子的狀，您要是信了我，豈不生氣？要是不信我，您得說白待我這一場，我竟是這樣的人。」

秦鳳儀說著說著，居然就難過得哭了。

參之章 ● 力扛物議揚聲名

依秦鳳儀的性子，絕對不會因為輸給別人就哭，景安帝也最喜歡看他鬥志昂揚的模樣。今日一哭，可見是真的覺得委屈了。

連景安帝這樣精明的君主，都被秦鳳儀的話說得動了情。

然後，秦鳳儀這一哭，直接就把大皇子的心腹文長史給哭沒了。

秦鳳儀心情不好，景安帝要留他用飯，他想著他總歸是要回老家的人了，這要是再一吃飯，跟皇上吃出感情來，怕會捨不得皇上。

秦鳳儀便說：「我本就捨不得陛下，您要是再待我好，我更捨不得您了。不吃飯了，我先回家了。」說完就告退了。

秦鳳儀先時因急著告大皇子的狀，進宮又不便，故而早早在宮門口等人帶他進去，他來得就比大皇子要早。大皇子主要是這半日都想尋個機會問一問文長史到底是怎麼挨的耳光，他好在他爹面前給秦鳳儀上眼藥，結果，秦鳳儀不知道是不是防著他這一手，還是故意噁心他，一直在大皇子跟前礙眼了半日。大皇子打發都打發不掉，最後就是，大皇子讓眾人散會後，立刻去找文長史問個究竟。

秦鳳儀就是趁著這功夫，在宮門口遇著平郡王，之後先一步進宮。

秦鳳儀是想把文長史幹掉就算了，沒想到他那點小心計被景安帝看了出來。秦鳳儀本就是直性子，再加上景安帝一鼓動，他非但把眼前的事說了，還將與大皇子那些積年舊事都老實叨叨出來了。

由於秦鳳儀已經打算回老家過紈絝日子，便完全沒有半點保留地告狀。待秦鳳儀告退離宮時，正遇著大皇子過來他爹這裡。秦鳳儀想著，反正自己都要回老家了，便懶得與大皇子行禮，只當沒見著這人，紅腫著眼睛就走了。

大皇子眼尖，儘管秦鳳儀半低頭，仍是瞧見了他雙眼紅腫。大皇子心中一喜，暗道這姓秦的必是過來父皇這裡告狀，多半是被父皇訓斥了。

哼，也不想想，他一個外臣，就敢離間天家父子關係。

大皇子還真不怕秦鳳儀告狀，他反而擔心秦鳳儀不告狀。

大皇子以為秦鳳儀是在他爹跟前吃了掛落，過去向君父請安時，還關心地道：「剛見秦探花，他行色匆匆，眼睛也是腫的，莫不是哭了？」

景安帝道：「秦探花要辭官了。」

大皇子面露驚訝之色，「今天見他還好好的，幫著兒子出了不少好主意，如何就要辭官了呢？秦探花的才幹，兒子是深知的，父皇斷不能允。他如今還年輕，性子衝動是有的，頭晌還跟文長史拌了幾句嘴，只是這也不是大事，如何就到了辭官的地步？」

景安帝問：「只是拌了幾句嘴嗎？」

「是秦探花誤會了文長史的意思。」大皇子說話也是有理有據的，「今兒頭晌，聽說秦探花想出了那樣的好主意，他急著做事，兒子就過來先回稟父皇。兒子想著，京城衙門多，大九卿小九卿這些衙門，還有軍中，光秦探花一個人，我怕他忙不過來，就讓文長史去幫忙。秦探花誤會這差使不讓他幹了，他那性子也是魯莽，還與文長史動了手。說來，文長史是父皇給兒子的老臣，官居五品，倒挨了秦探花的打。我進宮前，文長史還千萬求我莫提此事，秦探花只是一時誤會，都是為了當差嘛。只要差事做好，他受些委屈也沒什麼。」

景安帝道：「文長史是五品，秦探花是七品，你讓他倆辦一樁差事，誰為主誰為輔？」

景安帝根本不在乎臣子間雞零狗碎的事，包括秦鳳儀跟他說的那些大皇子辦的事，什麼讓他跑腿，讓他閒置什麼的，景安帝一樣都沒放在心上。上位者有這些手段不足為奇，景安帝不悅的是長子的行事。你要收拾臣子，可你的手段得夠，你不能仗著身分，你得要仗著手段，不能讓人挑出不是來。

景安帝這一問，大皇子有些難答了。

景安帝道：「是你與朕說這是秦探花想出的主意。官場上的規矩，你難道不明白？你派了一個五品過去，就是在搶他的差使，他誤會了嗎？」

大皇子勉強道：「兒子也是想著文長史老成些，才讓他過去幫忙的。」

景安帝道：「是秦探花沒把差使辦好嗎？文長史過去的時候，他都與禮部說好了，他自己能辦下來，沒要請你賜人幫忙，你為何要派五品長史過去？」

大皇子見父親陰沉的臉，不敢再為文長史辯白了。

景安帝道：「你也說他是朕派去的老人，你年輕，朕是讓他輔佐你，不是讓他去搶人差使的。你一時疏忽，你身邊的人就有勸導之責，他還上趕著過去，做下這樣沒臉皮的事來。倘若別人有了主意，你立刻叫自己的心腹去做這差使。別人有了功績，你立刻把功績賞給自己的近臣。長此以往，如何能有賢能之人服侍你？如何能有忠貞之士為朝廷效力？為上者，無須你與臣子比高下，臣子是幫你治理天下用的。你要怎麼用，你有你的喜惡，可你要是想守住這萬里江山，要讓眾臣服膺，你得記得賞罰分明。」

之後，景安帝道：「朕的皇陵還少一位修陵副使，讓文長史去吧。」

這是直接把文長史弄去修皇陵了，接著景安帝給大皇子另指了一位邵長史。

大皇子挨了一通訓，不敢為文長史求情，恭恭敬敬地退下了。

●　●　●

秦鳳儀回家時眼睛腫腫的，秦老爺和秦太太一看兒子這樣，就知他是在外頭受委屈了。

秦太太顧不得忌諱，忙拉著兒子問：「是不是大皇子又給你委屈受了？」

秦鳳儀一見爹娘，心裡更是難受，眼圈又紅了。

「我跟陛下說不做官了，娘、爹，咱們這就收拾收拾回老家吧。」

秦老爺和秦太太互相看了一眼，秦老爺問：「究竟是怎麼回事？」

秦老爺命丫鬟把兒媳婦叫來了，李鏡對於官場上的事要比公婆都清楚。李鏡到了，先讓丫鬟打水給秦鳳儀擦臉，方打發下人，詢問秦鳳儀到底是怎麼回事。

秦鳳儀一五一十說了，又道：「我實在是受不了這氣，就都跟陛下說了。自來親疏有別，我在陛下跟前說大皇子的不是，陛下再寬闊的心胸，心裡也不能痛快。我想著他以後必是不能似先前那般待我，我也不想做官了，咱們回揚州吧，京城裡壞人忒多，還是老家好。」

李鏡沒想到丈夫出去這麼一天，就跟大皇子徹底翻臉了。

李鏡問：「不是說要回翰林院念書的嗎？如何又往大皇子那裡去了？」

秦鳳儀便將與駱掌院的事說了，秦鳳儀氣道：「我算是白認識他了，原想著他是個好的，沒想到竟成了老油子。」

李鏡嘆道：「你可真是誤會駱先生了，駱先生不過是激一激你。駱先生素有令名，他先時外任做御史，一年就參了十幾位五品以上的大員、二十幾位五品以下的官員，在外還曾遇過刺殺。皇上實在不放心他在外頭，方把他調回京城任職。他哪裡是什麼油子，就是他掌翰林院後，也清理出了一大批尸位素餐之人。興許是看你沒什麼精神，這才激你一下。」

秦鳳儀眨眨眼，鬱悶道：「那他可是激對了，馬上就要把我激回老家去了。」

李鏡道：「為這麼點事，也不值當辭官啊！」

「妳不知道，我算是與大皇子撕破臉了，我把以前的事也都說了。妳想想，我在人家老子面前說人家兒子的不是，陛下能高興嗎？咱們早點回老家吧，現在走，陛下還念著與我往日的情分，倘是賴著不走，以後這情分消磨完了，更沒什麼意思了。」

秦鳳儀甭看平日很聽李鏡的，但家裡有什麼大事都是他說了算的。

秦鳳儀道：「明兒就收拾東西，哎，我再去同駱先生賠個不是。這人也真是的，就不會好好跟我說嗎？也正好一道跟他和桂花師娘辭行。岳父、師傅那裡也得說一聲，還有朋友們，全都得要知會到了。」

秦鳳儀是決定不再做官了的。

這一決定不做官，秦鳳儀發現，生活真美好啊，早上再不用早起，想睡到啥時候就睡到啥時候，也不用念書了。秦鳳儀還想著，把自己以前讀的書都整理好送給二小舅子和三小舅子。然後，秦鳳儀先去跟方閣老辭行，主要是，駱先生和他岳父白天都有差事要忙，他師傅是退休老幹部，每天在家閒著。

秦鳳儀一過去，說了要回老家的話，方閣老就懵了。他弟子明明是御前小紅人，為什麼突然要回家啊？秦鳳儀雖則是個漏勺嘴，可事關大皇子，再者，他跟陛下告狀的事，還真不好跟他師傅講。

秦鳳儀含含糊糊地說：「我把大皇子給得罪了，昨兒抽他長史官兩巴掌，傍晚陛見時跟陛下說不做官了，要回老家去。」

方閣老一聽，頭髮險些豎起來，看小弟子還不肯說，急得幾乎要拍桌子，「還不快說，到底是怎麼一回事？」

師傅非要問，秦鳳儀只好和盤托出。

方閣老聽完，嘆道：「你這也忒沉不住氣了。」

秦鳳儀道：「人爭一口氣，佛爭一炷香，我難道生來就是為了受氣？我想好了，回鄉去書院當教書先生，既體面又不累，再把我家的鹽商生意弄回來，日子也好過。」

方閣老問：「你說辭官，陛下同意了？」

秦鳳儀道：「同意了。」

方閣老一聽皇上居然同意了，還能說什麼，只好與小弟子道：「就是不做官，在京城多住些日子也沒什麼，何必急著回鄉呢？」

秦鳳儀道：「我才不在京城待了呢，這裡風沙大，人又壞，我回揚州去，揚州好。」

方閣老不論怎麼留，秦鳳儀仍是執意要回鄉，方閣老無可奈何，傍晚兒子回家，與兒子一道商量小弟子這事。方大老爺道：「師弟這事做得是有些唐突了，不若先讓小師弟歇歇，待過兩年這事淡了再謀差使，也非難事。」

主要是，秦鳳儀與大皇子有了過節，任誰看來，皇上都不會高興的。

方閣老嘆道：「到底年輕了些！」

年輕氣盛，又是個驕縱的，方閣老原是盼著秦鳳儀碰幾次壁，能學些個人情世故，結果秦鳳儀來了京城，順風順水，還得了皇上青眼。如今這一碰壁，就碰了滿頭血。

雖則秦鳳儀行事莽撞，可一想起大皇子所為，方閣老也是不悅。官場上不少上峰奪下屬功績之事，可那是官場上，你堂堂皇子之尊，這就幫著心腹人搶秦鳳儀的功勞了？

秦鳳儀傍晚去了駱家，駱掌院沒留秦鳳儀，一副公事公辦的臉孔對秦鳳儀道：「我不管你是怎麼跟皇上說的，皇上又是如何允了的，我沒接到皇上要免你差使的旨意，按規矩，你自己上個辭官摺子。皇上若是允了，你愛回哪兒就回哪兒，與我無關。」

秦鳳儀問：「先生，您是不是在生我的氣啊？」

駱掌院擺擺手，「咱倆昨兒就斷了的，少來套近乎。」

秦鳳儀道：「您看我這倒了大楣，還說這樣傷我心的話，先生，您可真是鐵石心腸啊！」說著，重重地嘆了口氣，「我不跟您說了，我找桂花師娘說話去。」

待秦鳳儀走了，駱太太與丈夫說起秦鳳儀辭官的事。

駱太太道：「先時不是說鳳儀做官做得很好嗎？怎麼突然就要回鄉了？」

「沒出息的東西，遇到丁點事就要辭官，隨他辭去好了。」

駱太太道：「那你倒是好生與鳳儀說一說。」

「道理不是人說的，明白的自然明白，要是糊塗的，再怎麼說也明白不了。」駱掌院不打算再多提秦鳳儀，覺得這半個弟子實在沒出息到了家。

秦鳳儀回家就寫了辭官摺子。別人辭官，不是有病就是上了年紀，當然，還有些什麼「蓴鱸之思」啥的，這就太文藝了，秦鳳儀不是那一款。

秦鳳儀寫的理由是：先時與陛下商量好的，臣這就回鄉過日子了。

然後，說了一大堆叮囑景安帝保重身體的話，就把摺子遞上去了。

內閣一看，都覺得有些稀奇，不過，內閣裡的都是老狐狸，大皇子身邊的前文長史被皇上打發去修陵，換了邵長史。如今秦鳳儀要辭官，大家便尋思著，必是各打五十大板。

秦鳳儀一個七品小官幹掉了正五品長史，戰力相當不錯，只是，大好的前程就此斷送，這與大皇子之爭，顯然是沒占到便宜。

內閣將此奏章遞上去，景安帝卻回了一句：沒商量好。

秦鳳儀都跟親戚朋友說了要回鄉的事，結果皇上居然說沒商量好。

哎喲，秦鳳儀自認機靈，這下子也不知要如何應對了。

他那摺子被景安帝批閱完，駱掌院打發人送到他家裡來，讓他看著辦，還說再不去翰林院念書就記他曠課。

秦鳳儀在家直轉圈兒，問媳婦：「這是怎麼回事？這是怎麼回事？」

李鏡道：「你問我，我哪裡知道？又不是我去面聖的，你不是說都與陛下說好了嗎？」

「是啊，明明那天都說好的。」秦鳳儀道：「陛下留我吃飯，我覺得反正是要走的，還吃啥飯啊，我就回來了。」

李鏡險些被氣死，「你怎麼沒說陛下要留你吃飯的事？」

秦鳳儀委屈道：「有什麼好說的？我本就捨不得陛下，留下吃飯，豈不是更捨不得？」

李鏡沒好氣道：「以後叫你說事，你就原原本本說出來，不許有一點瞞著，知道不？」

「知道了。」秦鳳儀拉著媳婦，「快幫我想個轍兒，陛下是不是不想讓我走啊？」

「你又不瞎，這是想讓你走嗎？」

秦鳳儀道：「但是各家都通知過了，這說走沒走，親戚朋友們倒是好說，我以後見了大皇子多尷尬啊！」

「這有什麼好尷尬的，御史還成天參人呢，難道他們參了人，就不與那被參的見面？」

李鏡道：「要不，你再進宮同皇上說說話，要是成，咱們就繼續留下來做官，如何？」

秦鳳儀問：「妳是不是不想跟我回老家啊？」

李鏡道：「回不回老家倒是無妨，只是就這樣回去，看看你這兩日像生瘟的鵪鶉似的，這麼回去也忒丟人了。」

秦鳳儀反駁道：「就是沒精神，我也是鳳凰，哪裡是鵪鶉啊？竟然對鳳凰大神不敬。」

秦鳳儀雖是直率的性子，有時候卻有些疑心病，秦鳳儀與媳婦商量道：「妳這也別急著高興，妳說，是不是陛下虛留我，做做樣子啥的？」

李鏡無語了，「你一個七品小官，皇上要是想打發你，說打發也就打發了，還用得著虛留你？你以為你是一品大員啊？再說，倘皇上虛留你，不會批『沒商量好』，會直接說『卿才幹甚好，朕如何如何捨不得』的話。這樣家常的話，一看就是真心留你的。」

秦鳳儀感慨一聲，「陛下如此待我，實不枉我與陛下這些年的情義啊！」

秦鳳儀又道：「妳說，以後與大皇子見面會不會尷尬啊？」

「咱們家與他本就來往不多，能見幾次面？再者，皇上直接把文長史打發了，可見皇上處事公正，沒有偏頗大皇子。要是這樣你還要走，那就真是對不住皇上待你的情義了。」

雖然李鏡認為丈夫入翰林不到一年，哪有什麼情義可言，但丈夫說有，那就是有了。

李鏡勸了一回，秦鳳儀覺得媳婦到底是婦道人家，他便去岳家打聽，私下與岳父商量這事。秦鳳儀道：「岳父，您說，陛下會不會現在挺好，以後改主意給我穿小鞋啊？」

景川侯這是個沒「情義」的，女婿這麼一問，第二天進宮他就跟景安帝講了，然後景安帝著人送了雙「小鞋」來給秦鳳儀，召他進宮說話。

秦鳳儀簡直是，也不說別的了，先抱怨自己岳父：「我私下問的，他轉頭就跟陛下說了，可真是沒義氣，一點都不知要保密。」

景安帝笑道：「你少說你岳父。看不出你心眼多，想得還挺遠，怕朕給你小鞋穿啊？」

秦鳳儀正色道：「陛下別笑，我與陛下說吧，我重視咱倆的情義，可比陛下要重視一百倍的。您哪裡知道我是怎麼想的呢，就會笑話人。」

「哎喲，你是怎麼想的啊？來來來，跟朕說說。」

秦鳳儀道：「我何嘗不知道，只要我厚著臉皮繼續做官，依陛下的心胸，斷不會攆我的，可我不想那樣。咱們以前雖不認識，可那日殿試一見，我就是想服侍陛下一輩子的。我心裡很傾慕像陛下這樣的人，陛下在我心裡，既是帝王，也是長輩。我總想著善始善終一輩子，才不辜負了咱們彼此。您不曉得，這世間的情義，就因為重視，便患得患失。我很擔心陛下討厭我，倘真有那一日，我不如早些回鄉，這樣，在陛下心裡，我還是您的小探花。」

景安帝笑，「你現在也是朕的小探花。」

秦鳳儀肉麻兮兮地同景安帝道：「咱們可是一百年都不許變的啊！」

景安帝道：「反正朕不會變，鳳儀你會不會變就不曉得了。」

「您放心好了，您去打聽打聽，我跟誰好，認定了就是一輩子的。您看我待我媳婦，我在外頭都沒有多看過別個女子一眼。」秦鳳儀正色道：「我待陛下，亦是如此。」

景安帝心中歡喜，「今天陪朕下盤棋吧。」

秦鳳儀高高興興地應了，景安帝還留他一道用膳來著。待用過飯，景安帝便讓秦鳳儀繼續跟著大皇子當差。

秦鳳儀想了想，道：「還是算了。其實，該怎麼做，大殿下心裡有數。不是我推脫賭氣，有陛下在，這差事再容易不過。只是一樣，陛下已經將文長史打發了。大殿下畢竟是皇子之尊，我以前跟我爹學過做生意，有一回年下發喜麵，我爹原定是夥計一人二十兩，結果大掌櫃記錯了，他跟夥計們說是一人三十兩。這出錯了，可怎麼辦呢？」

「那年，我爹就按大掌櫃說的三十兩，給夥計們發喜麵。大掌櫃嚇慘了，覺得對不住我爹。我也覺得他記性不好，害我家損失了一大筆銀子。不過，我爹跟我說，人都有犯錯的時候，大掌櫃平日很是用心，又不是故意的。我還問我爹，那把事情說明白不就行了。我爹卻說，他是大掌櫃，他說的話，底下各鋪子掌櫃們都要聽的。如今說他出了錯，以後他的威信必然會被人懷疑，而且，不過是損失一些銀子罷了。其實，那會兒我家只是剛剛發家，並不似現在有錢。」

秦鳳儀又道：「如今這事，雖事不同，可道理相似。我是做臣子的，大殿下是做君上的，陛下已經打發了可惡的文小人，我這口氣也算出了。大殿下無非是受了小人的矇騙，不然我與他雖不是很對脾氣，卻也到不了這一步。京城人心眼多，文長史一去，他們心裡就得要多想，若我再回去繼續當差，豈不是讓大殿下的處境更不好？倒不如我回去翰林院，如此，文小人已走，我也沒了差使，各打五十大板，大殿下威望無損。只要把太后的千秋宴熱熱鬧鬧地辦下來，大殿下身邊有了心眼好的長史輔佐，再過些年，待我們都大些，興許再回頭看今日的事，會覺得好笑呢。」

景安帝感慨道：「真是不枉朕待你一場。」

秦鳳儀笑，「陛下待臣很好，臣以後還要更好更好，然後，叫後世人都說，咱們倆，陛下是聖君，我是賢臣。後人提起咱們來，就羨慕得不得了。」

景安帝被秦鳳儀逗樂，「成，叫他們羨慕得不得了。」

於是，秦鳳儀重回翰林院，只是被鐵面無私的駱掌院記了一日曠課，把秦鳳儀急得，跟駱掌院說了不少好話，駱掌院也沒給他改過來。

秦鳳儀跟方悅抱怨：「你的老丈人真是個活青天啊！」

方悅笑，「過獎過獎。我岳父說了，平生最看不起一遇難事就打退堂鼓之人。」

秦鳳儀哼哼兩聲，不說話了。

因是二人私下說話，方悅與秦鳳儀道：「你這可真是……考探花容易嗎？說不幹就不幹，又不是什麼大事。」

秦鳳儀道：「我曉得了，這幾天淨聽人念經了。」又說方閣老，「別看師傅這一把年紀，老頭兒罵起人來，真是中氣十足。」

「那也是有人該罵。」

「行啦行啦，你少含沙射影，對小師叔不敬啊！」秦鳳儀又央求道：「什麼時候你跟駱先生好生說一說，咱們這樣的關係，他這麼鐵面無私，可不對啊！」

方悅道：「你就歇了這求情的心吧，我岳父的脾氣，難道你不知道？」

秦鳳儀鬱悶地嘀咕：「也不知咱們怎麼這樣歹命，淨遇上這些不肯走後門的長輩。要擱別人家，誰不偏著自己人啊！」嘀咕一回，他也沒法子，只得努力念書去了。

倒是岳家有一喜事，二小舅子得中秀才，雖然名次不是很好，但秀才都是一個榜，如今李欽升格為正經秀才公，自此也是有功名的人了。

秦鳳儀過去賀了二小舅子一回，李欽人逢喜事精神爽，只是家裡有一個十九歲中傳臚的大哥，還有一個二十中探花的姊夫，他這歡喜裡便很有幾分謙遜意味，道：「跟大哥和姊夫比，我還應當努力。」

秦鳳儀道：「只要專心念書，舉人也是小菜一碟。」

李欽覺得，自己大姊夫這口氣也沒誰了。

秦鳳儀送他一方好硯，郎舅二人說起話來，都很高興。

李鏡這裡，景川侯夫人尋個空叫她進屋裡說私房話，與她打聽秦鳳儀與大皇子的事。

李鏡道：「不過是小人挑唆罷了。」

景川侯夫人道：「我進宮時見了皇后娘娘，娘娘說，那不成器的長史已是打發了。咱們畢竟是一家人，可莫要遠了去才好。」

李鏡一笑，「太太說的是，我也是這樣跟相公說的。」

景川侯夫人笑道：「那就好那就好。」

景川侯夫人說的話，李鏡根本沒同丈夫提。

真是好笑，怎麼當初欺負她相公時就不說是一家人，現在倒張嘴閉嘴一家人了？

李鏡敷衍景川侯夫人幾句，景川侯夫人看她說得倒也真摯，跟著罵了文長史幾句，便攜著繼女去老太太那裡了。

李老夫人心情極是不錯，二孫子中了秀才，大孫女婿也不用回鄉了，見著孫女，哪有不高興的，私底下還問了孫女幾句。

李鏡低聲道：「陛下讓他跟著大皇子當差，也是看他先時差使做得不錯，結果，到了大皇子那裡總是不順，大皇子也不給他活幹，後來又鬧出些事，現在說是小人挑唆。剛剛太太與我說了皇后娘娘的話，皇后娘娘是一國之母，她的話，我們聽著就是。」

李老夫人道：「就得這樣，皇后娘娘的話再錯不了的。大皇子一向和氣，倘若不是小人挑撥，不至於此。阿鳳年輕，性子又直，妳多囑咐著他些，往後遇事得三思而行才好。」

李老夫人這樣說，只是不想說皇后的不是罷了，心中到底不悅。

大皇子選正妃時，李鏡在宮裡尷尬，後來把李鏡接回家，平家又有意要結親。當然，平嵐論個人資質倒是不錯的人選，可當時的情形，平家與李家結親，倒更似在皇長子妃之位上的補償。彼時，李老夫人就不大樂意，但豪門世族講究的是實惠，若是平家拿出平嵐來聯姻倒還罷了，沒想到大孫女不願意，反而南下揚州與秦鳳儀結識。

秦鳳儀出身比不得平家，但要李老夫人現下說，她老人家更喜歡秦鳳儀一些。秦鳳儀對孫女好不說，為人也更是誠摯，即便出身尋常，可自己知道上進。李老夫人早就覺得，孫女比平親家要更近乎，何況平皇后縱居后位，若不是有大皇子這麼個嫡長子，李老夫人怕是說不出什麼好話來的。為了以後的日子，眼前不得不忍下這口氣罷了。

雖則是要忍這口氣，秦鳳儀卻是與大皇子再沒往來。

就是李老夫人，也讓兒媳婦景川侯夫人開始準備起二孫女的親事嫁妝，再者，二孫子有了功名，也該相看媳婦了。

景川侯夫人自家兒女事多，這一忙起來，便少進宮了。

秦鳳儀回翰林繼續念書奮發，三皇子倒是有事來尋他。

秦鳳儀與三皇子關係其實很普通，不過是大公主成親時，秦鳳儀找過三皇子做為娘家兄弟參加喜宴。後來，秦鳳儀得了為太后千秋宴打下手的差使，也提醒過三皇子，好生為太后準備一份壽禮。

三皇子一來，直接就說：「我有事與你說，找個可靠的地界。」

可靠？哪裡都沒有自家可靠。

秦鳳儀就帶三皇子回自己家，李鏡見三皇子過來，笑著讓侍女上茶。

秦鳳儀道：「媳婦，妳先出去守著門，別讓人進來。」

李鏡心說，什麼要緊事啊？

三皇子道：「不必如此，阿鏡姊姊比你聰明，一道聽聽也無妨。」

秦鳳儀略有不滿，「別一口一個阿鏡姊姊，我媳婦都嫁人了，你要叫秦大奶奶。」

李鏡瞪丈夫一眼，又吃這沒影兒的醋。

三皇子也說：「要不是我沒人可商量，我真不樂意找你。」

「快說吧，男子漢大丈夫，怎麼絮叨起來了？」秦鳳儀催促，三皇子就說了，「不是你出的主意，說太后千秋，各衙門聯合獻一份賀禮嗎？我在工部一段日子了，柳郎中新鑄出來一把軍刀，其鋒銳更在時下軍刀之上。我想讓工部樊尚書以柳郎中這把軍刀為禮，樊尚書非要用什麼耕地的鐵犁做賀禮，還說什麼利天下農耕。你知道我的處境，柳郎中也沒什麼交際，但那人在兵器鑄造上可有一手了。」

秦鳳儀道：「我說柳郎中家裡怎麼那麼多刀槍劍戟，原來他在兵部是管鑄刀的啊！」

「他自己就精通鑄造，不是我說，柳郎中可是數一數二的鑄造大家，現在用的軍刀，也是柳郎中的鑄造方子。」三皇子道。

秦鳳儀尋思道：「我跟樊尚書不熟，不如這樣，改讓兵部用此當壽禮如何？」

李鏡先道：「那豈不是讓樊尚書多心，認為兵部搶他風頭？」

秦鳳儀道：「他自己不肯出這風頭，還怪別人搶不成？」

三皇子道：「你這也算在朝中當差之人，怎地各衙門的規矩都不懂？這新刀是工部鑄出來的，柳郎中也是工部的人，倘叫兵部獻上去，算什麼？你前兒還因大皇兄搶你功勞的事跟他急眼，現下就讓兵部去搶工部的功勞？你是不是還想好了，叫景川侯出頭賣好啊？」

秦鳳儀摸摸鼻樑，死不承認，「哪裡有，不是樊尚書不識好東西嗎？」又說三皇子：「你少拿我說事，我能不知道你的小心思？是不是看我跟大皇子關係臭了，你就找我來了？」

三皇子也不否認，哼一聲，「你要是跟他一處，我難道還要來找你不成？」

李鏡打斷他二人，「行了，商量正事要緊。」

秦鳳儀一想就是一個主意，「你既然說是你們衙門的新刀，在你們衙門沒公布前不許別人使，這法子就不好想了。我原想著讓東西大營先換這新刀，屆時一展示，多長臉啊！」

「這更不中用。」三皇子道：「東西大營多少人啊，這刀現在也沒幾把，要是想成批帶出去，必得有樊尚書親自開條子才成。」

秦鳳儀又想了個主意，「倒是有個最好的法子，你是皇子，拿一把出來總沒事吧？你先拿一把刀給陛下過目，陛下定然心喜，還管他太后千秋獻什麼禮？只要陛下說這刀好，那必然就是好的，還用得著看樊尚書的臉色嗎？真是個蠢的，難不成太后千秋只能獻一件禮，你就是獻兩件，誰還嫌你送的多啊？」

三皇子覺得這個主意還成，便道：「你素來沒規矩慣了，不知道太后千秋獻禮，六部衙門也得均衡著些，斷沒有你獻一件，我獻兩件，他獻三件的。你要是覺得我能直接把刀拿給父皇，我便這麼辦了。」

三皇子是沒娘的孩子，因著這性子，只會強頭不會撒嬌，在他爹跟前也不是很得意。不過，三皇子也有自己的聰明之處，這法子他不見得想不到。他可是敢在御前跟大皇子對嗆的人，只是眼下只要沒瞎的都知道，秦鳳儀與大皇子鬧翻了。三皇子母族無人，妻族哪裡會支持他這麼個不受寵的皇子，他就想著與秦鳳儀也算有些來往，就過來找秦鳳儀討個主意。以後若是能與秦鳳儀合得來，他是打算與秦鳳儀多多走動的。

三皇子過來，也沒吃飯，討到主意便走了，讓秦父和秦母好生遺憾，竟然沒能再與皇子一桌吃飯，明明家裡宴席都準備好了的。

秦鳳儀安慰父母：「下回我請他過來吃飯就是，不過他是個強頭，不如六皇子可愛。」

秦太太說兒子：「誰都有缺點，就你是個好的。」

秦鳳儀笑嘻嘻的，「娘，您真是太了解兒子啦！」

秦太太被他這厚臉皮的勁兒逗得一樂，雖然沒能與皇子殿下一桌吃飯，老夫妻二人還是倍覺欣慰，覺得兒子有出息，這就跟皇子殿下們有來有往的了。至於兒子得罪皇長子殿下啥的，老夫妻一點都不擔心，秦老爺私下還與兒子說：「大皇子總欺負你，我看他為人不怎樣。京城不止他一個皇子，我看這個三皇子就很好，你多與別個皇子往來也是一樣的。」

秦鳳儀道：「再說吧，這也得兩人性子合適才成。我最喜歡陛下了，我跟陛下最好。」

秦老爺笑呵呵地摸摸兒子的頭，「那爹就放心了。」

秦鳳儀除了給三皇子出主意，還與媳婦商量道：「妳不是說大公主是跟著太后娘娘長大的嗎？妳去問問大公主有沒有給太后娘娘備一份壽禮，如果沒有叫她備一份，我看能不能尋機跟陛下說說，叫大公主也進宮給太后娘娘祝壽。」

李鏡連忙道：「我其實早有心與你說，又擔心這事不好辦。」又道：「大公主給太后娘娘抄了好些平安經，還做了針線，只是，這事能成嗎？」

「妳先別與大公主說，我先試試看。若是不成便罷了，她不曉得，也省得失望。若是能成，大公主總有復爵的一日。」

李鏡道：「你剛得罪了大皇子，這事最好還是悄悄地辦，我擔心要是被皇后那幫人知道，他們恐怕又會使壞。」

「妳放心，皇后不過是個婦道人家，皇室的事還是要聽陛下的。」秦鳳儀道：「陛下待兒女們都很好，別看他削了大公主的尊位，最終還是成全了大公主與張大哥，陛下待我更是沒得說。大公主這事，雖則面子上不大好看，可做父親的哪裡有不惦記女兒的？朝裡那些個人，都是酸生，天天禮法規矩說個沒完。宗室裡嘛，都是多一事不如少一事，愉親王上了年紀，他又是宗正，不好出頭為大公主說話。這事得有個人張羅，我正好沒事，大公主又是咱們的親家，就為了兒媳婦，也得盡力呀！」

看媳婦肚子一眼，秦鳳儀又道：「妳不會跟大舅兄似的，得一把年紀才能有孕吧？」

李鏡氣得敲他一下，「我是一把年紀了嗎？我可是比你小一歲！」

秦鳳儀連連求饒，還嘴賤地說：「行行行，妳年輕，妳貌美，行了吧？」

招得李鏡又敲他兩下，他才徹底老實了。

甭看秦鳳儀被景安帝收回太后千秋的跑腿差使，要擱別人，還不得低調一段時間。秦鳳儀不一樣，他活躍得很。除了在翰林院念書，他還為皇帝陛下操心。

秦鳳儀是時常伴駕的人，見景安帝見得勤，景安帝也愛聽他說話，愛找他下棋，這有一回把景安帝哄高興了，秦鳳儀就說起自己家裡的事：「翰林院樹多，才剛入夏，也不知怎地，有那大毒蚊子，看把我這嘴咬得。」給景安帝看他腫嘟嘟的嘴唇。

景安帝其實早瞧見秦鳳儀嘴唇腫了，原以為是秦鳳儀的媳婦咬的。

景安帝道：「哎喲，原來是蚊子咬的啊！」

「可不是嗎？不是蚊子是啥？」秦鳳儀在這些事上靈光得很，一見景安帝揶揄的眼神，露出個壞笑來，「陛下，您太不純潔啦！」

景安帝笑，「還不是你在朕跟前一直吹噓自己跟媳婦的關係多好。」

「唉，再好也沒用，我媳婦就是瞧著厲害，也很愛我美貌，實際上可害羞了，我叫她親我兩下都不肯。」秦鳳儀在這上頭對媳婦不大滿意，春宮祕畫有一些不錯的體位，秦鳳儀一向有學習精神，結果媳婦硬是不肯配合。

景安帝倒是很理解，「大家閨秀，你們成親才半年，靦腆些也是有的。」

「這倒是。」秦鳳儀道：「不過，這些事該是咱們男人做主才是。」

景安帝忍笑，秦鳳儀繼續說自己的腫嘴唇：「我娘看我嘴巴被蚊子咬了，心疼得不得了。那會兒傍晚了，我爹還去藥鋪買消腫的藥膏給我。陛下，您說，我爹我娘待我好不？」

景安帝聽秦鳳儀自誇在家受寵不是一兩回了，便說：「天下父母心，大底都如此。」

秦鳳儀道：「可不是嗎？有時候我看到陛下和幾位皇子，就會想到我和我爹娘。雖則我家只是咱們大景朝的一戶尋常人家，可要論父子之情，我與我爹娘的感情，就像陛下和幾位皇子的感情一樣。」

景安帝聽到這裡，已經知道秦鳳儀必是有事，原以為他要說三皇子的事，沒想到秦鳳儀說的是：「這太后娘娘的千秋，老人家這把年紀了，榮華富貴樣樣都有了，老人家期盼的是什麼？我認為就是兒孫滿堂了。像我爹娘過生辰，都不用我送禮，只要我高高興興的，就是給他們的壽禮了。陛下，您說，是不是這個理？」

景安帝看秦鳳儀拐彎抹角的，都替他覺得累。

景安帝道：「有話直說，你這彎拐得太大了。」

這磨磨唧唧的，怎麼還沒說到重點？

秦鳳儀原想委婉來著，不想他還沒說到正題，人家就聽出來了。

秦鳳儀道：「跟您說話，一點祕密都沒有，我說的是永壽公主。」

見景安帝沉下臉來，秦鳳儀搬著繡凳上前一步，跟景安帝坐得很近，握住陛下的手，然後對馬公公使眼色，讓馬公公把閒雜人等打發了。

馬公公見景安帝沒有反對，便將殿中之人都打發了，自己侍立在旁邊。

秦鳳儀說：「我媳婦說，大公主一直在給太后和陛下抄經書，太后壽辰，大公主還做了針線。我不是說大公主孝心如何，是不是叫人心疼，我先說說大公主前頭與柳家的親事吧。我知道陛下不是不能聽真話的人，我就直說了啊？」

「先前我就想說，可那會兒陛下正在生大公主的氣，我就沒說來著。」秦鳳儀看景安帝板著臉，要擱別人早閉嘴了，他不是，他還拉著景安帝的手叨叨起來，「不是我說，大公主的事，雖則她有錯，可最大的錯還是陛下這裡。陛下可能是覺得，大公主這樣的尊貴，下嫁誰家，誰家不得以為這是天大的恩典，對公主恭敬恩愛。陛下這樣想，對著明白人可能沒錯，可偏生遇到了糊塗人。那柳大郎是什麼人，陛下現在也曉得了。不要說侯府豪門，就是我以前在揚州，也不與街頭閒漢來往。看那柳大郎辦的都是什麼事，將一幫閒漢當成座上賓，別人稍有得罪他，立刻就讓他們去殺別人。這樣的人，難道就配得上公主？我覺得，要是陛下早知柳大郎品行如此不堪，斷不能讓公主下嫁的，對不對？」

景安帝嘆了口氣，秦鳳儀又道：「原就是不相宜的親事，大公主和離，說明大公主的眼光好，沒在這等人身上耽誤了青春。大公主的事，我覺得陛下要負一半的責任。這個您不會不承認吧？只要是男人，就不會裝聾作啞喔！」

景安帝斥道：「我看你是欠揍！」

「我的事一會兒再說，現下說的是公主的事。」秦鳳儀見景安帝沒有立斥他出去，就知這事兒有門，「要說天下人選女婿，最有眼光的就是我岳父了，陛下看我是什麼樣的人，我不敢自誇，但也比柳大郎強百倍。再者，我成親前成親後，就只有我媳婦一個。」

「知道，以前還有人說你是京城第一童男子。」不是景安帝說，秦鳳儀確實是與岳家關係好，但這怕媳婦的勁兒，根本就是個媳婦奴。

「童男子怎麼了，我就喜歡我媳婦，只願同她好，難道不好？」秦鳳儀道：「說到這女人的心事，陛下，甭看您有三宮六院，您真不一定有我知道。您以為世上允許男人三妻四妾，女人就心胸寬廣到看到丈夫一屋子鶯鶯燕燕還高興？我跟您說吧，女人可不是這樣的。」

秦鳳儀兀自道：「我在外頭多看別的女孩子一眼，我媳婦就會表演空手捏茶盞。」

景安帝來了興致，「什麼空手捏茶盞？」

「就是這吃茶的茶盞，我媳婦有功夫，這麼一捏，啪地就碎了。」

秦鳳儀還拿著茶盞比劃給景安帝看。

景安帝哈哈大笑，「哎喲，鳳儀，你日子過得不容易啊！」

連馬公公都聽得忍俊不禁。

秦鳳儀翻白眼，「你們少笑話我，我媳婦是在意我，心裡有我，才會吃醋。大公主跟我媳婦好得像一個人似的，大公主那醋勁兒，比我媳婦少不了多少，所以，陛下您為她擇婿，起碼應該找一個像我這樣的才是。結果，找那麼一個爛人，您說，這是不是您的失誤？」

景安帝被秦鳳儀問得沒了笑容。

秦鳳儀道：「其實我知道陛下心裡已是原諒大公主的，只是面子上過不去，可是，人這一輩子頂多八十七年……啊，我活八十七年，陛下您活一百年。」

景安帝哭笑不得，「行了，朕知道你的意思。阿俐的孝心，朕與太后也都知道，只是剛削了她的尊位，她這個時候進宮不大好。」

「有什麼不好的？陛下與我說，您是不是怕那些酸生嚼舌根？」

景安帝難道不想見閨女，他早就想見了，只是一直沒人出來說這話罷了。朝中大臣誰要是敢兜攬這事，那是會被罵的。今日秦鳳儀這話，還真是對了景安帝的心。不過，景安帝仍舊是一臉的為難。

「一則，物議。二則，這剛處罰過她，太后千秋她便進宮，叫宗室如何想？三則，她如今已非公主，豈好進宮？四則，鳳儀你固然是好心，只是你來張羅此事，御史台就不能饒了你，朕不忍心你被御史議論。」

秦鳳儀道：「物議什麼的，陛下不用擔心，我也長著嘴呢，要是誰敢瞎說話，我自然要為大公主說句公道話。我做事憑良心，不怕人說。宗室那裡您也放心就是，我去求一求愉老親王，要是他不同意，我就多求他兩回。至於公主的尊位，陛下，不能再封回來嗎？」

景安帝到底是一國之君，搖頭道：「眼下還不成。」

秦鳳儀心眼活兒，見「還不成」前頭加了「眼下」二字，心中暗喜，繼續道：「那不管有沒有尊號，大公主都是陛下您的女兒啊！就以皇女的身分進宮向太后賀壽，一家子團圓，我就不信有人敢說不合適！」

他還與景安帝商量：「要是有人說不合適，我立刻上摺子說，既然皇女不合適，就請陛下復了公主的尊位。陛下，您立刻就允了，如何？」

景安帝輕斥：「胡說八道。」

「反正我就當陛下同意了，這事兒陛下暫且不要說出去，您也說了，倘叫御史知道，怕是要多嘴。待太后千秋宴正日子，咱們再讓公主直接進宮就是。直接把事做成了，這叫木已成舟，任誰也無可奈何。」秦鳳儀道：「明兒我就去找愉老親王，跟他老人家通個氣。」

景安帝沒同意，卻也沒反對。

其實就是同意了。

秦鳳儀回家與媳婦一說，李鏡笑，「我明兒就去同大公主說一聲，她可得預備一下太后千秋宴時的大禮服。」

秦鳳儀一副邀功的模樣，執起媳婦的手親一口，問：「怎麼樣？我辦得如何？」

李鏡笑讚：「甚好甚好！」

秦鳳儀得瑟地抖著腿，瞇著眼睛直往媳婦胸脯處打轉，伸手把人圈懷裡，露出色狼相地問道：「有沒有什麼獎賞？」

別看秦鳳儀多看別個女孩子一眼，李鏡都不痛快。秦鳳儀對著李鏡露出個色狼相，李鏡只覺好笑，問他：「你要什麼獎賞？」

秦鳳儀勾勾手指，拉長腔調，「妳再近些，大官人就告訴妳。」

不一會兒，內室就傳來夫妻二人的笑鬧聲。

第二天，李鏡過去與大公主說了這事。

大公主欣喜萬分，就是張嬤嬤，也是喜得直念佛。

張嬤嬤笑道：「阿彌陀佛，再沒想到能有這樣的事。阿鏡，多虧了妳與妳夫君啊！」

李鏡道：「我們與公主和張大哥不是親家嗎？這都是應當的。何況，咱們認識這些年了，我小時候在宮裡，都是嬸嬸您照料我與公主。」

以前叫嬤嬤，自從公主與張盛成親，李鏡便改口叫嬸嬸了。

張嬤嬤笑道：「那本就是我分內之事。」

這位老人家心地極好，不說以往照顧大公主的情分，就是現下，也與大公主情同母女，並不會擺什麼婆婆的架子。

大公主雖則高興，到底在宮中多年，深知皇家規矩，便忐忑道：「只是，我進宮合適嗎？怕是會惹得物議不安了。」

「這個無妨，相公說，陛下那裡已是鬆口的。妳也知道，宮裡的事還是要陛下說了算。我想著，明兒再求一求長公主，請長公主帶妳進宮，再看能不能託貴妃娘娘在太后娘娘那裡說些話，這事也就成了。」李鏡道：「只是一樣，妳的尊號還是要等一等。」

大公主道：「這有何妨，我原也不在意那個。」

張嬤嬤笑道：「難得阿鏡過來，妳們好生說話，我叫廚下做些妳們愛吃的小菜，中午咱們娘兒幾個一道吃飯。」

李鏡在大公主這裡待了大半日，午後方回自家。

待李鏡告辭離去，張嬤嬤道：「阿鏡這樣的朋友，能有一個也是好的。」

「是。」大公主心情很好，她倒不一定要那公主的尊位，只是她自小在宮裡長大，雖則那裡有許多不想見的人，卻也是她的家。

大公主笑，「得預備一兩件祖母大壽時的禮服了。」

張嬤嬤道：「我已叫人開庫，咱們挑幾件好料子。」

大公主身子笨重了些，到底高興，與婆婆一塊挑起做大禮服的料子來。

秦鳳儀沒了太后千秋宴跑腿的差使，這對夫妻便拿出去歲撈大公主的勢頭來，一個跑宗室，一個跑宮裡，就為了讓大公主參加太后娘娘的千秋宴。

裴太后這人嘛，大公主到底是她看著長大的，裴太后與裴貴妃道：「這個阿鏡真是的，我說她怎麼又進宮了，原來是為著這個。與我說便是，還要求妳來我這裡遞話。」

裴貴妃笑道：「她那孩子一向心細，要是跟您說，您若回絕了，豈不是沒了餘地？再者，孩子們面嫩，心裡怕是沒把握，就先到我那裡撞撞鐘。若這事成自然好，若是不成，我也只說看您老人家不樂意，就沒跟您老人家提，省得那孩子心裡惶恐。」

裴太后嘆口氣，「阿俐這也八個月了，我只擔心她的身子。」

裴貴妃道：「您且放心，阿鏡是要與大公主做親家的，大公主生下來的，說不得就是秦家的兒媳婦或是女婿，阿鏡能不上心嗎？要是大公主身子不好，斷不放心她來的。我問過了，大公主的身子好著呢，每天都要到園子裡走一走。產婆看過，說胎位也正。說來，這好幾個月沒見，我還真惦記著大公主。」

裴太后嘆道：「這孩子也是命苦，當初咱們看走了眼，那事雖然是阿俐不好，可俗話說的好，物不平則鳴，何況是咱們家的公主？我一想到那柳大郎的品行，只恨先時不曉得，不然我早叫阿俐與他和離了。」

「誰說不是呢？」裴貴妃笑道：「好在大公主眼瞅著苦盡甘來，到了六月，給您老人家生個重外孫或重外孫女，您老人家還不得見天的稀罕啊！」這話說得裴太后都笑了。

裴貴妃細緻，又打發人送了些時興的衣料首飾給大公主，怕她參加太后的千秋宴沒有合適的衣裳頭面。宮裡每年的貢品是有數的，大公主沒了往年的例，只能在綢緞莊裡置辦衣料子，或是用以前的料子。那樣穿戴出來，豈不是讓人小瞧？

皇家自來重體面，裴貴妃便替她想到了。待兒子休沐時，還讓兒子去看大公主。

李鏡這邊進展得很順利，秦鳳儀那邊卻是遇到了麻煩。

甭看愉老親王平日待秦鳳儀不錯，可大公主這事兒，愉老親王堅決不允，他與秦鳳儀道：「你年輕不知輕重，今次太后娘娘的千秋宴不同以往，屆時有不少藩邦屬國會過來。要是讓別國使臣知道大公主的事，豈不是很丟臉？」

「丟什麼臉，您以為他們都是些什麼人啊？說是使團什麼的，其實都是些未開化的人。就拿南夷土人來說，他們根本不守節，看男人不好，直接踹了另找的多的是。還有北蠻，更是個沒規矩的地方，爹一死，兒子非但能繼承爹的財產土地，還能繼承爹的姬妾，更不必提海外的國家，我聽說他們那裡，兄妹成親都是尋常，他們笑話誰啊？」

愉老親王繼續搖頭，「那也不成。年初剛削了尊位，這才三個月，就進宮向太后賀壽，叫人瞧著不像話。」

「有什麼不像話的？親祖母過壽，又不是要復大公主的爵位。我問王爺一句，大公主不是公主，也還是陛下的長女，太后的長孫女吧？」

愉老親王擺擺手，「你不必再說了，這事我斷不能允的。要是讓朝中百官知道，人家豈不是會以為朝廷朝令夕改嗎？」

「改什麼呀，又沒有復大公主的爵位，難不成親孫女向親祖母賀壽犯法了？」

任憑秦鳳儀把天說破，愉老親王就是不點頭。

秦鳳儀氣狠，「您老可不是不通情理的人啊！」

愉老親王道：「我要是允了，那才是不通情理。」

秦鳳儀連去了三天，都沒把愉老親王勸動，秦鳳儀一惱，對愉老親王道：「既是不答應，咱們以後也不用來往了，我反正不跟老古板做朋友！」

愉老親王一把年紀，還是頭一回見有人叫自己老古板，當下也惱了，一拂袖子，「愛來不來！我還請你來不成？走吧走吧，以後都不要來了！」

「叫我走可以，把桔子還給我？」

「什麼桔子？」

「今年正月我送你的兩車桔子，還回來吧，我不送了！」

愉老親王目瞪口呆，他這輩子得過不少孝敬，還是頭一回見識到有人往回要的，氣道：

「這送人東西，還有往回要的？」

「我是送給長輩的，現下都不來往的，當然要要回來了！」

「那你還吃我家獅子頭呢，吃了好幾回！」愉老親王也跟小孩兒似的了。

秦鳳儀道：「我現在就能賠你明月樓的獅子頭，你把桔子還我，你有桔子還嗎？」

愉老親王一尋思，可不是嗎？這剛入夏，去歲的桔子存不到現在，今年的桔子也還沒下來。愉親王氣極了，「我家的獅子頭豈是明月樓能比的？」

「那我不還了！」秦鳳儀道：「我早吃了，能怎麼著？」

愉老親王，「我也不還了！」

秦鳳儀閒閒地道：「那可不成。我臉皮厚，您老跟我能比嗎？您老臉皮薄，講規矩，講禮法，還講理！」

愉老親王氣得很，直接叫侍衛把秦鳳儀攆出去。

秦鳳儀也不去理愉老親王了，他改走親王妃的路線。愉親王妃是愉老親王的原配，年紀已是不輕了，比裴太后還要略大一歲，都這把年紀了，做秦鳳儀的奶奶都足夠年紀。

愉親王妃自己沒孩子，愉親王府也沒有別的姬妾有個一兒半女，故而，愉親王妃是有名的喜歡孩子。其實，按景安帝的意思，想把二皇子過繼到愉親王府，這樣叔叔以後也有個後人延續香火。平日間，二皇子有空也過來，可就二皇子那大皇子應聲蟲的樣兒，真是不及秦鳳儀一成的機靈。秦鳳儀生得又好，還會說笑，如今在翰林念書，便只能晚上過來，陪著老王妃說笑吃飯。

愉老親王也怪，他與秦鳳儀誰都不理誰，但愉老親王是每天定時定點回府用飯，而且現下也不去心愛的姬妾那裡了，就來王妃這裡。

愉親王妃不理他，每天只叫人做秦鳳儀愛吃的菜。秦鳳儀吃過飯，都是陪親王妃說笑到天黑，這才回翰林院念書。

不必秦鳳儀說，愉親王妃就勸丈夫了：「這麼點兒小事，還擰著做什麼？我去宮裡，看太后娘娘的意思，也是想著千秋時一家人團聚的。」

愉老親王道：「妳不曉得這其間利害。」

「有什麼可利害的？大公主一個女兒家，關係到什麼軍國大事不成？無非是御史會唧咕幾句，不理就是。又不是給大公主復爵，怎麼，回娘家都不許，這是哪國的天理？」

愉老親王想到秦鳳儀就來氣，「妳不曉得，那小子還跟我要桔子！」

「什麼桔子？」

「正月裡送給咱們的桔子，嫌我不應他的事，要把桔子要回去。」

愉親王妃噗哧就樂了，服侍丈夫吃茶，「你這還不出桔子，就該應了人家的事才是。」

愉老親王哼一聲，「成天到咱們家吃獅子頭，還有臉跟我要桔子！」

愉親王妃道：「你就允了吧。」

愉老親王道：「妳就是婦人心腸，那小子奉承妳幾日，妳就向著他說。我與妳說，我是看透了那小子，用得著朝前，用不著朝後。妳把事給他辦了，他就不再來了。」

愉親王妃算是明白了，合著丈夫嫌人家來得少。

愉親王妃也很喜歡秦鳳儀，感慨道：「說來，咱們雖是天家富貴，也不一定事事就盡如人意。倒是秦家，聽說他家只是鹽商出身，也不知如何養下這樣出眾的孩子來。」又道：「鳳儀這等相貌，想來他父母亦是不凡。」

「這我倒沒見過，想來亦是出眾的，不然妳看鳳儀雖說是孩子脾氣，但這瀟灑談吐，大戶人家的傑出子弟也不過如此了。」愉老親王一輩子沒羨慕過人，就是在這子嗣上，如今竟然開始羨慕一對土財主夫妻了。

由於秦鳳儀以「還桔子」威脅，再有愉親王妃幫著說話，反正愉老親王雖然沒有明確答應，卻也沒有反對了。大公主再往長公主那裡走一趟，宮裡是想讓大公主進宮給裴太后祝壽的，但現在大公主無爵，進宮是個難題。

長公主那裡好說話，她笑道：「這妳只管放心，屆時我過去接妳就是。」

大公主道：「姑媽是長輩，何況您帶我進宮就擔著物議的風險，到時我自己過來。」

長公主道：「管他什麼物議不物議，咱們都是宮裡出來的，還不能回娘家了？」與大公主道：「不要理這個，這回進宮後，以後只要身子撐得住，只管常回宮看看。」

大公主笑，「聽姑媽的。」

秦鳳儀簡直是方方面面都疏通好了，當然，他這麼裡裡外外為大公主進宮之事張羅，李鏡又進宮託裴貴妃為大公主之事在太后跟前進言，斷斷瞞不住平皇后的。

平皇后現在是見李鏡進宮一回就氣悶一回，李鏡因著她爹景川侯是陛下的心腹，小時候就被選進宮做永壽公主的伴讀。說是伴讀，也就是玩伴，不用幹活，有宮人丫鬟服侍，兩人好得都在一張床上睡覺。其實，最開始在宮裡，李鏡是與平皇后更親近些，這很好理解，他爹的續弦，李鏡的後娘就是姓平。

景川侯夫人做人尋常，李鏡也不常在家，平皇后就比較聰明，李鏡小時候在宮裡，平皇后待她與大公主都不錯。想也知道，大公主養在太后身邊，李鏡跟著大公主，平皇后既是兒媳婦又是嫡母，只要腦子沒問題，都不能待這兩人差了。

李鏡以前還覺得平皇后是個好人，可大皇子選妃時，李鏡被裴太后拿出來當靶子。李鏡不能說沒想過大皇子妃的尊位，她自小在宮裡長大，與幾位皇子是相熟的。按李鏡的性子，不喜歡大皇子那種溫良恭儉讓的類型，後來平家為爭大皇子妃之位，硬要將她配給平嵐。先不說平嵐合不合李鏡的心意，她李家的親事憑什麼要平家做主？李鏡一下子就惱了，自此與平氏生分，平皇后這裡更是少來了，現下有什麼事，都是直接走裴貴妃的路子。

裴貴妃又不傻，先不說李鏡是個極聰明的人，就是李鏡的娘家景川侯府，還有李鏡嫁的秦家，秦家雖不顯赫，但秦鳳儀極得景安帝的心意，連裴貴妃都樂意兒子與秦探花來往。

李鏡有心走裴貴妃的路子，裴貴妃也願意幫她忙，主要是李鏡求裴貴妃的事，都是大公主的事。大公主的事便是宮裡的事，李鏡單單來求她，裴貴妃同樣出身豪門，不怕平皇后，她就幫著辦了，平皇后也不能怎麼著。

平皇后固然沒將裴貴妃放在眼裡，但她可不敢不將裴太后放在眼裡。

李鏡三番五次越過她去尋裴貴妃幫忙，簡直令平皇后惱得很。

小郡主心疼姑媽兼婆婆，就將這事與丈夫說了。小郡主的產期將近，身子笨重，倚著榻說道：「也不知阿鏡姊姊是怎麼想的，放著親姨媽不求，反是去求外人。」

大皇子原就厭惡大公主不守婦道，帶累了皇家顏面，更不必提秦鳳儀，要不是這小子，他也不會被他爹訓斥，連心腹文長史都被打發去修皇陵，大皇子簡直是恨不得把秦鳳儀碎屍萬斷的，如今這兩個最不得大皇子喜歡的人還湊一處了。

大皇子道：「人家還嫌不夠丟人呢！屆時萬邦來朝，若是人家知曉此事，豈不笑話？」

小郡主道：「誰說不是？只是聽母后說，太后與父皇還是想見一見大公主的。」

大皇子露出微微鄙夷，「說得容易，我也盼她好，可就看她幹的那事，丟了皇室的臉面。現下想進宮，拿什麼進宮？就是朝臣們，聽聞此事也不能甘休的。」

大皇子這話也不完全沒道理。

秦鳳儀是想悄無聲息辦好這事，奈何他一趟趟跑宗人府又去愉親王府，李鏡還驚動了長公主，裴貴妃也私下同太后求情，大家都沒聲張，可事情經的人多了，消息便不能密住。早有敏感的人得了信兒，一來二去，京城這麼個沒有祕密的地方，很快就傳得人盡皆知。

方悅都私下問秦鳳儀，是不是大公主打算給太后賀千秋來著。

秦鳳儀驚異道：「你怎麼曉得了？」

方悅嘆了口氣，「你當天下人都不曉得嗎？大家都知道啦，還說你助紂為虐，御史台彈劾的奏章都寫好了，就等著要參你了。」

方家是清流中的顯貴，消息自然靈通。秦鳳儀有此師門，也跟著沾光不少。事實上，這些天都有人上門勸方閣老把秦鳳儀清理出門牆，為清流除一禍害。

方閣老又沒失心瘋，自是沒應，還叫孫子過來給小弟子提個醒。

秦鳳儀以為御史準備了什麼大招，原來是上本參他啊！

秦鳳儀道：「讓他們去參好了，誰怕他們啊！」

「不是怕不怕的事。」方悅道：「我與你說，你這事怕是難了。我聽到信兒，有御史都說了，大公主若敢進宮，他們就跪死在宮門前。」

方悅也不覺得大公主進宮給太后賀壽有什麼不妥，人家雖不是公主了，卻也是皇上的閨女，太后的孫女，何況人家到底是皇女，如今不過是暫懲罷了，誰還不偏個心啊？大公主只是一個婦人，無關國計民生，說不得過幾年就又能復爵了，何必與一婦人計較？

奈何御史裡就是有這麼一批守著規矩禮法當清規戒律的傢伙。

方悅道：「要是真惹得御史長跪宮門，他國使臣瞧著呢，屆時可就丟臉了。」

秦鳳儀罵道：「都是些個無事生非的混帳玩意兒！正經事不見他們這麼上心，對大公主倒是窮追猛打的！」

方悅道：「你可得提前想個法子才好。」

秦鳳儀很有辦法，他想了個李代桃僵的法子。原定是讓大公主隨長公主的車駕，既然已經走漏風聲，索性讓他媳婦扮成大公主上長公主的車，讓長公主隨愉親王妃的車駕。

愉老親王雖不樂意，但在秦鳳儀與愉親王妃的勸說下，還是無奈允了。

結果，就這麼著，還是出了問題。

秦鳳儀也不曉得這些該死的御史如何這般及時得知消息，這李代桃僵的計策竟沒成功。一群綠衣御史，像一群春天裡的蛤蟆似的，跪在愉親王妃的車駕前，擋著不讓走。

愉老親王登時就怒了，他原也不贊成大公主入宮，但這些個御史居然敢跪攔他的車駕。愉老親王可不是無權無勢的大公主，這位老親王是先帝嫡親的弟弟，今上嫡親的叔叔，他說句話，今上都要給他三分薄面的，今日竟被御史攔了車駕。

愉親王直接命親衛上前將這些御史移開，而後，驅車直入宮廷。至於御史是不是在他身後大呼小叫、痛哭流涕什麼的，愉老親王才不管。

秦鳳儀本以為要自己出馬呢，沒想到愉老親王這般強勢，秦鳳儀暗暗為愉老親王叫了聲好。秦鳳儀看這些御史哭嚎得實在丟臉，立刻打發人去找左都御史耿御史。

秦鳳儀是帶著土人一行入宮的，那些土人見狀還不解地問：「今兒太后娘娘大喜的日子，這些大人怎麼哭啦？」

秦鳳儀用土話回答：「他們是高興的，畢竟是太后娘娘千秋。按我們中土的話，這叫做喜極而泣。就是太高興，便會哭泣的意思。」

聽得懂漢話的阿金瞄秦鳳儀一眼，秦鳳儀給了他一個閉嘴的眼神。

阿金趁機道：「阿鳳哥，嚴阿姊還好吧？」

「好著呢，就等你有出息了去娶她。」

阿金既是歡喜又是發愁，喜的是嚴阿姊還未嫁人，愁的是他現在還不是男人中的男人，怕還是配不得嚴阿姊。

一時陷入情思的阿金，就忘了揭穿秦鳳儀的鬼話。

什麼喜極而泣啊，那些個綠衣小官兒明明是在反對公主進宮還是什麼的，反正阿金也不關心天朝的事，他過來就是跟著他爹吃吃喝喝，然後見一見嚴阿姊。

秦鳳儀因是接待使臣中的一員，故而還可以跟著參加宮宴。

這一回，秦鳳儀可是長了見識，明白了什麼叫皇家氣派，更不必提這些土人，個頂個地看傻了眼，只會瞪著兩顆眼珠子，啊哈哦呀地表示讚嘆。

事實上，使團較之土人也強不到哪兒去。

秦鳳儀這裡陪著使團吃飯看歌舞，女眷那裡也是一派和樂融融。大公主進得宮來，宮裡都是人精，見她都是親熱歡喜樣兒。大公主自幼在宮廷長大，這等場面也見多了，人情應對如流。裴太后見了她也很高興，問了她在外頭吃住可習慣，又問她身子如何。

大公主笑道：「產婆說是六月的日子，平日也有請大夫把脈。」

裴太后道：「外頭的大夫到底不如宮裡的好，妳使慣了張太醫，依舊讓他過去就是。」

大公主道：「孫女現在並無爵位，哪裡好使喚太醫？祖母您自是心疼我，叫人瞧見，恐是多嘴。今兒能來為祖母賀壽已是不易，何苦再生枝節？」

裴太后道：「既知是我的壽日，妳就不當違了我？何況，妳雖無爵，卻也是哀家的孫女，陛下的長女。咱們家的人，用幾個太醫怎麼了？」

裴太后這樣說，大公主便起身謝恩了。

倒是這一日的張羅，御史們把原要參秦鳳儀的摺子都拿去參愉親王了。

若是御史們參秦鳳儀，景安帝興許還和一和稀泥，可御史竟參起他親叔叔來。

景安帝與這個叔叔情分不錯，當下便惱了，質問御史道：「讓皇長女給太后賀壽是朕的意思，也是朕請王叔帶皇長女進宮的，怎麼了？朕的長女，太后的孫女，回娘家給祖母祝壽，有什麼不妥嗎？」

景安帝猛地耍無恥，簡直是噎死一干御史。

有御史提及大公主已削爵位，焉能再進宮。

景安帝冷笑，「削爵是削爵，難不成還叫我父女斷絕關係不成？朕看你不是要參皇長女之事，你是要當朕的家吧？」

左都御史順勢親自出來彈壓了那些個不知輕重的小御史。

景安帝突然翻臉，這事便也只得這樣揭過去。

秦鳳儀送了不少壓驚的東西給愉老親王，皆因他求到跟前，愉老親王才答應帶大公主進宮的，如今御史沒參他，反是參起老親王，秦鳳儀心裡很是過意不去。

愉老親王才不理他，往外揮手攆人，還用陰陽怪氣的口吻道：「我可不敢收你的禮，今兒個收了，明兒個再往回要，如何是好？收不起，拿回去吧。」

秦鳳儀拉著老親王的手摸自己的心，道：「您聽聽，我這孝敬的心多虔誠啊！就是上回，我也不過是開玩笑的！」

秦鳳儀是怎麼攆都攆不走，愉老親王無法，只好容他在身邊服侍啦。

秦鳳儀陪著土人們參加了一回太后娘娘的千秋宴，那叫一個開了眼界，回家同父母、媳婦道：「往日我覺得咱們揚州也算富貴風流之地，上回我岳父的壽宴，我算是了眼界。可是，哎喲，跟太后娘娘的千秋宴簡直沒得比！」

秦太太好奇得很，「這麼好看？」

「那可不？」秦鳳儀道：「那些個歌舞音樂別提了，特別的好，那些使節都看傻啦！」

秦老爺聽得直樂，道：「我們雖無福去看，阿鳳你看了與我們說一說也一樣。我跟你娘和你媳婦也只當是看過了。」

秦鳳儀咂巴著嘴，彷彿在回憶太后千秋宴的盛況，感慨道：「怪道人人都喜歡往京城跑，果然是一等一的好地方。」

他非但是陪著土人們參加了千秋宴，還參加了皇上的閱兵，這回比上次匆忙的閱兵更加氣派的多了。景安帝與諸皇子宗親都是著軟甲佩寶劍，其餘官員，武官著戎裝，文官各著自己品階的官服，僅一人與眾不同，便是秦鳳儀。

秦探花明明是文官，但他自己搞了身軟甲，還佩了劍。

盧尚書先說駱掌院，朝秦鳳儀那個方向使了個眼色，「瞧瞧那是個什麼樣？」

駱掌院一瞧，好嘛，秦鳳儀這小子自啟蒙時就是個臭美的，衣裳不好看都不願來上學的主兒，如今都娶媳婦做官了，性子竟未大改。秦鳳儀多半是自己想的式樣，外頭用軟甲，裡頭著玄色衣袍。哎喲，他他他他……他衣裳的樣式怎麼跟皇上的這麼像啊？

駱掌院簡直頭疼死了，這是犯忌諱的，知不知道啊？

駱掌院再細看，好吧，也就是外銀內黑的樣式有些像。國家只是禁明黃，並不禁黑，而且秦鳳儀自己搗鼓出來的衣裳，沒有皇上身上的戰龍軟甲精細，也就是個樣子貨。

不過，樣子貨現在美得不得了。

許多男孩子這個年紀個子都長成了，秦鳳儀不是，大概是京城水土養人，秦鳳儀自去歲來了京城，竟又長高不少。他是那種青年瘦削又俊挺的身量，宛如風中勁竹一般。那張美貌無雙的臉孔，配上一身戎甲，且他學過拳腳功夫，雖則只是強身健體，但身上那種年輕人的勃勃生機，便是駱掌院看了也忍不住道：「秦探花真不枉這探花之名。」

盧尚書低聲道：「這會兒不好說他，待此事完了，你可得念一念他。這樣的場合，穿各自的官袍就好。」也不知朝中風水有問題還是怎地，竟招來這麼個古裡古怪的探花。

駱掌院點頭應了。

然而，就秦鳳儀這等風姿，不要說在一眾土人裡了，就是在所有人當中，秦鳳儀都如同會發光一樣，當下便有使臣向皇帝打聽秦鳳儀。

景安帝微微側頭才看到自己的小探花，見他這身打扮就知是跟自己學的，心下一樂，招秦鳳儀近前。近處打量，越發覺得小探花人若美玉，身若青松，便讚道：「這一身不錯。」

秦鳳儀笑嘻嘻的，「去歲閱兵看陛下這一身真是威武極了，臣心裡仰慕了好久好久，這是我特意讓裁縫鋪子做的。」

那使臣知道秦鳳儀是探花出身，立刻表達了對秦探花學問的敬仰。有通譯官翻譯了，秦鳳儀笑對通譯官道：「跟這位使臣說，我的學問雖則不錯，但較之陛下還差十萬八千里。我們國家，陛下才是最有學問最有智慧的人。」

秦鳳儀一向會拍馬屁，何況他對景安帝是真心景仰。

秦鳳儀被叫到皇帝身邊，土人那裡就開始與上回認識的北蠻人吹起牛來了。

說來，這些土人雖然土不拉嘰，但吹牛的本事著實不錯。阿金會說漢話，北蠻使臣裡也有會說漢話的，阿金就與人家叨叨起來。

「秦大人之所以這麼出眾，是因為他是被我們鳳凰大神庇佑的人。若不是有鳳凰大神的福佑，人世間如何會有秦大人這樣的人物呢？」

接著，阿金又將這話用土語說給了族人聽，土人們皆紛紛點頭，對於阿金將秦大人的出眾歸於鳳凰大神的庇佑非常滿意。

秦鳳儀完全不曉得，就這麼一會兒功夫，他就被土人們拉進了鳳凰教。

景安帝也是個愛顯擺的，這麼些使臣到來，景安帝了除了顯擺自家武力，展示自家軍隊外，也要展示文教。現成的小探花，便是才貌雙全的代表人物。其實，朝廷裡博學的人多了去，只是博學的有的是，卻多是頭髮花白的半老頭子，論相貌，可做秦鳳儀他爺爺。

秦探花就這麼與工部新鑄造出來的寶刀一道，被景安帝當成大景朝的兩大吉祥物顯擺。寶刀不會說話，秦探花不一樣，他生得好看，嘴皮子又俐落，關鍵是，他顯擺自己的時候，還不忘拍皇上的馬屁，同時還跟別國使臣介紹了皇帝的幾位皇子，尤其是三皇子和六皇子，得到了秦探花的強力推薦。

便是六皇子，出去一天的功夫，就學了好幾國的話，然後回宮跟他娘顯擺，當然，俱是各國的「你好，再見」。裴貴妃邊聽邊笑，道：「我兒能去鴻臚寺做通譯官了。」

六皇子喝口蜜水潤潤喉，「不止是我學他們的，我還教他們說我們中土話。不過，那些人不大聰明，嘴笨又學得很慢。」

裴貴妃又是一陣笑，問起兒子這一日的行程，六皇子都與母親說了，還悄悄道：「別的時候，大家除了父皇，多是圍著大哥轉。這回人多，只是那些使臣們嘰哩呱啦的說話叫人聽不懂。我先時有些不好意思，秦探花的膽子就很大，他過去與人家說話，還跟人家介紹我和三哥，說著說著，我也覺得那些人雖是藩人，倒還能聊上幾句。」

裴貴妃笑道：「慢慢熟了就好了，就是不會說他們的話，也有通譯官在，叫通譯官幫著給譯一譯也就是了。」

六皇子點點頭。

裴貴妃越發覺得，交好李鏡是不壞的選擇。秦鳳儀雖則官職低，可在御前得寵，說得上話，再者，秦鳳儀這樣年輕，皇上正當壯年，秦鳳儀以後的前程是錯不了的。

聽兒子說了今天參加閱兵與宮宴的事，看皇上不似要過來，裴貴妃便幫兒子換了常服，母子倆傍晚去太后宮裡請過安，便回宮早些休息了。

景安帝是歇在皇后宮裡的，說到今日閱兵宮宴，景安帝龍心大悅。平皇后奉承幾句，景安帝越發歡喜，老夫老妻自有一番纏綿不提。

不想，今日還有一樁喜事，大皇子妃小郡主夜裡發動，寅初產下一子，更讓帝后大喜的是，這位小皇子身上竟然帶有罕見的據說是大景朝開國皇帝才有的青龍記。

一大早，景安帝早膳都沒用，聽聞小皇孫身上有青龍記，立刻就去了大皇子宮裡。

平皇后幫景安帝披了件厚料子披風，道：「這有什麼好急的？晨間風涼，陛下先用早膳，我過去瞧瞧就是。」

景安帝笑，「妳用早膳吧，我去瞧，我可等不及了。哎呀，這樣的大喜事，如何不早些來報？」又說馬公公沒個眼力。

平皇后道：「關馬公公什麼事，定是大郎怕擾了陛下休息，讓人待陛下起了再報的。」因為終於得了嫡皇孫，景安帝看皇孫他爹亦是順眼，笑道：「大郎一向貼心。」又與平皇后道：「聽說太祖爺下生時，就因有這麼塊青龍記，便為前朝皇室所忌諱，可妳說這天意豈是可違的，終是咱們景家坐了江山。」

平皇后笑道：「是啊，太后娘娘千秋剛過，小皇孫又來報喜，可見是喜上添喜了。」

夫妻二人飯都沒吃，就乘輦過去看皇孫了。

小皇孫剛出生，要是尋常人家裡，公公眼下也見不著，不過這是皇家，小皇孫生了就有專門的乳母嬤嬤照料，房間收拾得密不透風。景安帝不必眾人行禮，先去看小皇孫。

剛生下來的小孩兒真不好看，不過，景安帝是幾個皇子皇女的父親了，孫子也見了好幾個，儘管這個嫡皇孫現在不大美貌，景安帝還是讚了句：「這孩子生得俊。」

平皇后看得仔細，笑道：「眉眼像大郎。」

景安帝輕聲問：「胎記在哪兒？」

大皇子道：「在肩上。」

大皇子不敢抱孩子，乳母是熟手，小心抱起小皇孫，揭下襁褓的一角給帝后二人看。

景安帝一見就笑彎了眼，直道：「跟太祖畫像上的一模一樣。」說著還拍拍皇后的手。

平皇后沒見過太祖畫像有畫出胎記來的，只是笑道：「可見這孩子與祖宗有緣。」

景安帝怕累著寶貝孫子，與乳母道：「趕緊讓孩子躺下。妳好生服侍，朕必有厚賞。」

乳母連忙應是，依言將孩子放下。

平皇后記掛著兒媳婦，問大皇子：「你媳婦呢？」

大皇子眼圈微黑，可見是熬了一夜，神色卻極是興奮，「昨兒入夜就發動了，折騰到早上才生下來，這會兒已是睡了。」

平皇后道：「讓她好生歇歇。」又道：「你父皇早膳未用，就過來看小皇孫了。」

大皇子連忙請父母一道用早膳，景安帝道：「看你這樣也不似吃了的，咱們一起用。」

用完早膳，景安帝就準備上早朝了，與大兒子道：「你這一宿沒睡，先歇著吧，早朝就免了，給你一日假。」

大皇子剛得了寶貝嫡子，且這嫡子還有太祖爺才有的青龍胎記，叫大皇子如何不心喜，當下笑道：「興許是提了半宿的心，孩子平安落地，兒子並不睏倦。每次孩子降生，兒子想到兒子對他們的心，就想到父皇對兒子的心。兒子以後還要更加孝順父皇和母后，才不枉父皇和母后的生養之恩。」

景安帝聽得此話，倍覺熨貼，「好，那就與朕一道上早朝去！」說著便挽著兒子的手往外走，不忘與平皇后交代一句：「按嫡長子的例賞賜小皇孫。」

景安帝這也是個有喜事憋不住的，早朝就一副歡喜模樣，與大臣們說了喜得皇孫的事。得皇孫倒沒啥，景安帝的皇孫早有好幾個了，但這是嫡長子的嫡子，是嫡皇孫，身分自然就貴重了。然後，景安帝又與朝臣們顯擺了一回，道是他這皇孫生而不凡，身上有太祖皇帝才有的青龍胎記。

這下子，朝臣們更加得恭喜陛下了。

今日是大朝會，秦鳳儀這個七品小官也聽了一耳朵青龍胎記的事，可他是排在殿外的，哪怕聽力不錯，也沒聽得太明白，散朝後還與方悅打聽：「什麼青龍胎記啊？」

「這說來是太祖朝的舊事了。」方悅家學淵源，對於皇家逸事知道一些，「據傳太祖下生時，身上有一青龍胎記，算命先生說這胎記主大貴，後來太祖有青龍胎記這事讓前朝末帝知曉，便屢番加害，奈何太祖德行出眾，文治武功俱是一流，最後開創盛世江山。」

秦鳳儀聽了一肚子的太祖八卦，點頭道：「原來如此啊！」接著又奇怪地問道：「陛下身上怎麼沒有青龍胎記？」

方悅道：「這也不是人人都能有的吧？」而後，方悅反應過來，拉了秦鳳儀快步到一僻靜地界，壓低聲音問他：「你怎麼知道陛下身上有沒有胎記？」

你你你……你跟陛下之間沒啥吧？

肆之章 ● 星辰入夢遙指他

秦鳳儀原本不想說他與皇上一起泡溫湯的事，他岳父要他不能與別人說，可阿悅師侄問個沒完，而且看阿悅師侄那一臉沉痛的樣子，不會是想偏了吧？

方悅見秦鳳儀磨唧著不說，能不想偏嗎？

所幸秦鳳儀磨蹭半天，便悄悄說了。方悅大大地鬆了一口氣，秦鳳儀看他那放下擔心的模樣，揶揄道：「你瞧著老實，沒想到一肚子的花花腸子。」

方悅說秦鳳儀：「你不瞅瞅自己辦的事兒，能怨別人想多嗎？」他簡直是拿秦鳳儀無可奈何，看在兩人相交多年的情分上，提醒道：「這事可不要再與旁人說了。」

「要不是你硬要問，我都不會跟你說的。」

「你自個兒也知道不能跟人說啊？」

「那倒不是，是岳父不讓我與人說的。」秦鳳儀沒覺得有什麼不好說的，方悅真是對他的臉皮無語了。不過知道小師叔依舊純潔，方悅便放心了。

兩人一道去翰林院念書，散館考試的時間快要到了，儘管秦鳳儀很好奇那青龍胎記生得什麼個鳥樣，還是得先沉下心來準備散館考試的事。

秦鳳儀在翰林念書不曉得，嫡皇孫降生的消息可是驚動了整個權貴圈，包括嫡皇孫竟生有太祖皇帝才有青龍胎記，一時間，整個權貴圈的話題由裴太后的千秋盛宴轉移到了嫡皇子的青龍胎記上。

就是李鏡回娘家，也見到嫡母喜上眉梢地跟李老夫人商量嫡皇孫洗三禮的事。

宮外都這樣了，宮內更不消停。

景安帝明明早朝前剛見過，早朝後回宮就去了慈恩宮，顯然裴太后也曉得小皇孫的事。

裴太后滿臉歡喜地道：「哀家剛去瞧過，真個乖巧俊俏的孩子。以前我伴駕時，曾在你父皇那裡看到過一次太祖皇帝背上青龍胎記的畫像，簡直就是相像極了。只是，這孩子還小，那胎記小些，待得長大成人，定是一模一樣的。」

景安帝笑，「是。」

裴貴妃道：「先時大皇子妃總沒動靜，咱們都為她著急。殊不知，這貴人有貴人降生的時辰，不能早一刻，也不能晚一刻。」

後宮嬪妃裡，平皇后平日最不喜的就是裴貴妃，此時聽裴貴妃這話卻大覺順耳，「說的很是。要我說，這孩子就是等著母后六十大壽來賀喜的。」

這話說得大家都笑了。

景安帝對大皇子道：「你也向你祖母請過安了，我不好總過去，倒叫上下不安，你去瞧瞧朕的嫡孫，一會兒過來跟朕說說。」

大皇子笑應，辭了一屋子長輩，回去看兒子了。

長公主見大皇子走得飛快，便道：「看大郎這飛一般的樣兒，心裡定是記掛著。」

景安帝跟著湊趣，「不止如此，他昨兒一宿沒睡，今兒早朝還神采奕奕的。」

景安帝對這個嫡孫的喜愛可見一斑，非但賞賜是按著嫡皇子的例，便是洗三禮，亦要按嫡皇子的例。說來，大皇子降生時，他爹還不是皇帝，不論降生還是洗三禮、滿月禮，也只是尋常皇孫的例罷了。這位新出生的小皇孫，不說別個，在這各種儀禮上，規格可是比他爹當年高的多了。

皇家有喜事，向來是恩澤天下同沐。

就是秦鳳儀回家時，也跟家裡人說：「阿悅說是青龍胎記，也不知長什麼樣。爹，是不是您說的半邊身子都是青色胎記的青龍胎啊？」

秦老爺尋思半晌，遲疑地道：「這個，爹也不知道啊！」

秦太太道：「就是，你爹也沒見過。」

秦鳳儀問妻子：「媳婦，妳見過嗎？」

「我哪能見過，這也只是說太祖皇帝有，連今上都沒有。」

「妳怎麼知道今上沒有啊？」

「要是有，早就傳出來了，這可是皇室大大的吉兆。」

秦鳳儀心說，我出生時還有鳳凰胎呢。當然，如今他確實是個有福的。

秦鳳儀對於青龍胎記好奇得很，就想著什麼時候陛見時跟皇上打聽一回，看看這傳聞中的青龍胎記長什麼樣。雖然他不喜歡大皇子，但打聽一下青龍胎記還是無妨的啦。

大皇子得了生有太祖皇帝方有的青龍胎記的嫡子，大皇子一系自然是喜上眉梢，至於別家，反正李鏡的歡喜有限。倒是大公主聽聞此事，輕嘆道：「大皇兄的運氣真是不錯。」

「誰說不是呢？」

儘管京城怕是不少如李鏡、大公主這般所想之人，但人家能生出這麼加分的皇孫，別人也只有羨慕的份。

秦鳳儀這等著皇帝宣召然後準備打聽青龍胎記的，等啊等，原本宣召他挺勤的景安帝似是把他忘了，好幾天沒找他。秦鳳儀心說，真是沒義氣，定是得了孫子就高興得忘了他。

也就秦鳳儀這一向是享受慣了萬眾矚目的會有這種想法。

事實上，景安帝得了這麼個寶貝嫡孫，確實高興得不得了，下午沒事就去鳳儀宮，聽皇后說說小嫡孫的趣事。小孩子剛出生，能有什麼趣事，無非是大人編出來自得其樂的。反正不管是不是真的，這位剛過洗三禮，尚未到滿月酒的小皇孫，如今已被人傳成神童一般。

李鏡回娘家時也打聽了一回青龍胎記到底什麼樣。參加洗三禮都是皇室宗親，景川侯夫人是小皇孫出生第七天時進宮請安的。她與皇后是嫡親姊妹，有幸見著小皇孫的青龍胎記。

景川侯夫人其實已經跟人說八百回了，但第八百零一回說起來仍是興致勃勃，「就是一條小龍的形狀，剛開始聽別人說青龍胎記，我以為是一塊青色胎記呢！」

李鏡笑，「看來不是。」

「真的不是。」景川侯夫人說得繪聲繪色，「真的是一條青色小龍的模樣，我說不來具體的，但妳一看就會知道那是一條小龍。」

李鏡覺得繼母還是有些誇大，除非是畫上去的，不然哪會有這種胎記，但她還是很捧場地道：「怪道都說太祖皇帝身上有這麼個胎記，算命先生也說主大貴。」

「是啊，非帝王之家，如何有這樣的福運造化？」景川侯夫人笑，「生得俊俏極了。」

李鏡道：「大殿下和寶郡主生得皆是俊俏，孩子自然像父母了。」

景川侯夫人稱是。

李鏡又道：「二妹妹的親事在八月，雖說還有三個多月才到，可這成親說快也快，不知嫁妝預備得如何了？」

景川侯夫人笑了，「大件都齊全了，就是時興的衣料等到秋天現成採買就是。」

李鏡道：「反正添妝禮我是預備好了的。」

聽到李鏡這樣說，景川侯夫人自然歡喜。

李鏡吃過午飯就去大嫂房裡看侄子，她帶了好些玩具來給壽哥兒。

崔氏笑道：「又讓妳破費了，玩具還有好些，妹妹不要再買給他了。」

李鏡道：「不是我買的，是相公在人家鋪子裡訂的，還在裁縫鋪給壽哥兒訂了許多衣裳。這玩具是今兒頭晌送到家裡的，我就帶來給壽哥兒了。待衣裳好了，我再送來。」

崔氏直笑，「妳可跟妹夫說吧，孩子家能玩多少，別買了。」

李鏡道：「現在人人都說小皇孫如何俊俏，相公在家還說，就不信有咱們壽哥兒俊。」

因是姑嫂的私房話，李鏡便隨意了些。

崔氏伸出一隻手給兒子拿著玩，然後小聲道：「現在大家都在談論小皇孫，我聽妳大哥說了，陛下可是龍心大悅。」

李鏡道：「誰家得了孫子也得高興，這倒不奇怪。」

「不止如此，有人說陛下要立太子了。」

李鏡頗為驚訝，「就因為生了個有青龍記的皇孫？」

崔氏搖頭，「這誰曉得？咱們家向來不摻和這些事，我也只與妳說。妳大哥可說了，這是皇室的事，皇室要怎麼著，咱們聽著就是，到底不干咱們的事。」

「是。」李鏡心思極快，想著這事既然大哥都說了不要摻和，想來自家是不大看好的。李鏡心中便有數，這要是大皇子的意思，可就真是異想天開了。

難道因為生了個有青色胎記的孩子，便能立儲不成？

李鏡想著，若這真是大皇子那系之人的主意，可真是實實在在的一個爛招了。

崔氏問：「對了，眼瞅著翰林就要散館考試，妹夫準備得如何了？」

李鏡搖頭笑道：「嫂子也知道他那性子，他一向是極有自信的，跟我說必能拔頭籌。」

崔氏道：「妹夫這樣極好。等壽哥兒長大，有妹夫這樣的自信，我就什麼都不愁了。」

「壽哥兒跟相公還真是投緣，我經常過來，壽哥兒見我都很尋常，相公只有休沐時才來一趟，壽哥兒每回見他都歡喜。」

崔氏笑，「妹夫有沒有再催妳？」

李鏡道：「上回被我打了兩下，這會兒不說了。嫂子不知道，他那人想一齣是一齣，難道只有他急，我也很急啊！妳說，我是不是像大哥，得成親三年才會生啊？」

「妳忘了先時是怎麼勸我的，只管安心，孩子都是緣法。緣法到了，孩子說來就來。」

崔氏道：「上次許太醫看了，也說妳身體沒問題的。」

李鏡猶豫，「我想著，要不要請許大夫幫相公看看。」

崔氏連忙道：「提都不要提！」與小姑子道：「男人可在乎臉面了！」

李鏡問嫂子：「是不是大哥看過？」

崔氏壓低聲音道：「我只跟妳說，妳千萬不要說出去。」

李鏡點頭，崔氏道：「就一次，但妳大哥那個月臉色都很臭。」

李鏡笑道：「大哥自小就愛端個架子，妳能說服他看大夫可真有本事。」

崔氏現在想想也覺得好笑，「我求他好幾日，他才應了的。」

「大嫂妳騙大哥說讓許大夫開個平安方不就成了？」

「妳大哥可不好糊弄，我就是這麼說的，可他一聽我提許大夫，兩眼跟審犯人似的盯著我，我一緊張，就露餡兒了。又跟他賠不是，說了不少好話，他才同意的。」

姑嫂倆說了不少體己話，秦鳳儀現在還不曉得，他媳婦已經準備讓他看大夫了。

秦鳳儀現在正在除暴安良呢！

因著太后娘娘的千秋壽宴，各藩邦來朝，京城一時熱鬧極了，秦鳳儀把土人交給章顏接待後，就回翰林院念書。他是同方悅出來買酸梅湯的。說來叫人嫉妒，阿悅師侄比他還晚成親呢，囡囡都有身孕了，就他跟他媳婦還沒動靜。

雖然羨慕，秦鳳儀還是跟著阿悅師侄一起出來，他也打算買些酸梅湯給他媳婦喝，看喝酸梅湯能不能促進生兒子。

兩人上街買酸梅湯，秦鳳儀忽然看見幾個倭人握著刀對著一家商戶嘰哩呱啦大喊大叫，還推推搡搡的，秦鳳儀一見就不高興。什麼意思，有事不能用說的啊？

秦鳳儀正要上前勸架，就見其中一個倭人對著掌櫃反手就是幾個耳光，錚一聲，雪亮的刀鋒出鞘，倒沒有一刀捅到掌櫃身上，但那掌櫃嚇得一哆嗦就癱在地上了，然後地上出現一灘騷臭的水漬，明顯是嚇尿了。

秦鳳儀對攬月道：「去報官！」說完，握著一罐酸梅湯就朝那動手的倭人頭上砸過去。那倭人也是笨，你躲開不就得了，非要用長刀將罐子劈碎，結果酸梅湯兜頭淋下，一點也沒糟蹋，而且連他的同伴也沒能倖免。

那倭人指著秦鳳儀又是嘰哩呱啦一通說，說完之後還舉刀要砍人。

方悅那一罐酸梅湯也砸了出去，卻是被此人輕鬆躲過。

此時此刻，秦鳳儀只恨自己沒有習武。方悅撲過來要救他家小師叔，秦鳳儀一把將方悅推到旁邊，自袖子裡抽出一把烏黑匕首迎了上去。

秦鳳儀這種膽量，完全不能以常理來推測。他的匕首不過尺來長，倭人的刀卻是軍刀，何況秦鳳儀只是文官出身，竟還敢跟人家幹架。這可不是比武較量，不小心就要挨一刀的。

秦鳳儀卻是全然不懼，他跟岳父學過拳腳功夫，練了四五年。不說功夫多高深，這些倭人也不是什麼武林高手。秦鳳儀那種面對危機時自骨子裡爆發出來的冷靜，讓他能與這持長刀的倭人周旋。邊上一堆百姓叫好，為神仙公子加油，還有人朝其他倭人砸東西叫罵。

京城貴人多，很快便有一隊親兵過來，將一旁的幾個倭人圍起來。那幾個倭人自要反抗的，這些親兵訓練有素，幾人自成陣勢，片刻就將人打趴下。倭人嘰哩呱啦地叫喊，親兵一人給了十個耳光，倭人便老實了。

秦鳳儀沒有打多久，就見遠處一枝羽箭如流星般掠過，正中與秦鳳儀打鬥的那倭人的右臂。倭人痛叫一聲，驀然發狂，不退反進，一刀就向秦鳳儀頭頂劈來。

秦鳳儀覺得自己的小命怕是要交代了。那刀鋒之快，帶起一陣烈風，秦鳳儀髻上的玉簪應聲而斷。方悅以為小師叔要命葬這倭人刀下，心中登時大痛。

結果，玉簪是斷了，那倭人的刀卻停在秦鳳儀的頭頂。

倒不是倭人手下留情，打到這種程度，哪怕秦鳳儀身著綠色官服也沒用，兩人都打紅眼了，已是顧不得彼此的身分。這刀之所以停了，是因為有一人比刀鋒更快。那人幾乎是快成一道閃電，眼力不好的都未能看清這人的身形。這人的一隻手緊緊握在倭人手腕上，那倭人的手臂便無法再動彈半分，方悅則反應迅捷，連忙將他小師叔自倭人刀下拽了出去。

秦鳳儀定神一看，攔住倭人的人竟是平嵐。

平嵐緊緊箝住倭人的手腕，見秦鳳儀離了刀下，方鬆開手，接著三兩下將倭人打倒。

周圍又是一陣叫好聲。

平嵐將打倒的倭人同樣交給親衛看管，再過去看秦鳳儀與方悅二人。

秦鳳儀撿得一命，心中大為慶幸，笑道：「平嵐，多虧你，又救了我一次。」

平嵐道：「這原是我分內之事。聽到有人來報這裡有倭人鬧事，我就趕緊過來了，沒想到還是晚了一步。」

秦鳳儀瞅那些倭人一眼，問：「他們這些人是怎麼回事，一點規矩都不講。」

平嵐道：「一言難盡。如今京裡使團們多，他們自己還有奇奇怪怪的規矩，有時候自己人都打起來，時有衝突，我們一天十二個時辰不間斷地巡視。」

平嵐看秦鳳儀的手臂血滲出一片，便問：「你要不要先去藥堂裡治傷？」

秦鳳儀此時才發現自己的手在流血，他大叫一聲，只覺一股熱辣的痛楚襲來，當下就不行了，要不是方悅扶著他，他早就厥過去。

有個車夫上前作揖道：「神仙公子請上車，小的這就送公子去藥堂。」

秦鳳儀知道自己受傷後，臉慘白慘白的，倒不忘正事，臨上車提醒平嵐：「好生問一問，這店家都被欺負尿了，必不能叫咱們的百姓吃虧。」

平嵐正色道：「這是自然。」

他還要回去交差，辭了秦鳳儀、方悅二人，便帶著鬧事的倭人離開。

方悅和攬月扶著秦鳳儀上車，不少人圍上前問候，跟著神仙公子一起去了藥堂。大街頗是熱鬧，藥堂離得也近，藥堂的大夫一聽說神仙公子是為了救百姓與倭人打鬥受傷的，立刻細心地幫神仙公子清洗傷口包紮，還分文不取。

秦鳳儀救的那店家則奉上上好的玉簪一支，給神仙公子簪髮。另有成衣鋪子的掌櫃送來衣裳，飯莊請吃飯壓驚，俱是分文不取。這些百姓倘不是不會拳腳，先時怕都要上前助陣了，只是他們打不過帶刀的倭人，只能站在一旁乾著急。

倒是秦鳳儀這位探花郎，竟是如此有血性，敢拿匕首就與倭人對抗。見識到了這樣的勇武，以前只是女娘們傾慕神仙公子，如今又多了不少男兒對敬佩他的膽色。

有人重買了兩罐酸梅湯送給秦鳳儀二人，秦鳳儀見百姓們這般熱情相待，歡喜的同時又有些不好意思，便對眾人道：「我既是遇見了，又會些拳腳功夫，自然應該相幫。你們手無寸鐵，不然我相信你們若是也會功夫，一定會挺身幫忙的。大家就別再讚了，這都是我應當做的。」以秦鳳儀的臉皮，竟被這些百姓誇得害羞了。

外頭有車轎正等著秦鳳儀，先時送秦鳳儀過來的車夫，竟沒能湊近，而是換了個車子更大更寬敞的主動要送神仙公子。

秦鳳儀到家後，攬月要給錢，人家死活不要，硬要給人家還要翻臉，說神仙公子瞧不起他，然後拉著車就跑了。

秦老爺和秦太太看到兒子受傷，險些厥過去。

李鏡查看丈夫的傷，知道只是皮肉傷，這才放下心來。

方悅簡單說了事情的經過，李鏡心疼丈夫道：「你又不懂武功，等著官兵過去就是。」

秦鳳儀道：「這如何能忍得啊？妳是沒見，妳要是見了，妳也忍不得！」

「我會武功，你會嗎？」李鏡埋怨道：「這得虧平嵐來得及時，要是他晚來一步，你有個好歹，要如何是好？」

秦鳳儀立刻扶著頭叫喚：「哎喲，頭暈，我不行了，渾身疼，怎麼辦怎麼辦？」

李鏡看他這德行，又是生氣又是心疼。秦老爺和秦太太可是沒有生氣只有心疼，秦太太眼淚都落下來了，連聲道：「我的兒，還有哪裡傷著不成？快讓為娘的看看！」

秦鳳儀裝出一副虛弱樣，「就是想躺一躺。」

秦太太連忙扶兒子回屋裡躺著，秦老爺也跟過去照顧兒子。

李鏡道：「簡直氣死個人！」

方悅勸說：「阿鳳就這麼個性子，他若改了，也就不是妳心儀的鳳凰公子了。」

李鏡無奈，「你來也打趣。」

「不是打趣，我看他這性子是一輩子難改了。」方悅道：「妳就別念叨他了，還是好生陪一陪他。我看小師叔以前也沒受過這樣的傷，妳不曉得，他都嚇壞了。」

「嚇他一回，日後就不會胡亂去救人了，明明不會武功的。」

兩人絮叨幾句，方悅便告辭了。

李鏡惦記著丈夫，回屋看望，卻看到秦鳳儀正跟他爹娘說自己如何英武與倭人打鬥。

秦鳳儀說得眉飛色舞：「別看他刀長，我匕首短，要是遠著打，自然是他的長刀占便宜，待近了打，就是我的匕首占優勢了。」

餘光瞥見媳婦進來，秦鳳儀瞬間又作出虛弱樣兒。

秦太太摸摸兒子的頭，哆哆嗦嗦地問：「阿鳳，你的簪子如何換了？」

秦鳳儀道：「被倭人劈斷的啊！虧得平嵐救我，不過，也是他那箭射得不準，明明有那準頭，幹嘛要射倭人的手臂，應該一箭射穿倭人的脖子。我也沒想到那倭人那般悍勇，手臂中了一劍倒更加瘋狂，所幸平嵐來得及時。」

秦鳳儀還道：「娘，這得備份禮送去給平嵐才好。」

秦太太的臉色比兒子還白上三分，聽到兒子險被倭人劈了腦袋，一時說不出話。

秦老爺略要好些的，道：「這是應當的，明兒我就叫人備禮，親自過去道謝。」

秦太太心疼得直掉淚，想碰兒子的手臂又不敢碰，「這疼可好些了？」

秦鳳儀道：「傷處還火辣辣的。」

李鏡道：「得疼好些天呢！」緩了緩口氣道：「你也這個年紀了，出門在外，就是不為自己想，也得為爹娘想一想，你看把公婆嚇白了臉。」

「是啊！」秦太太千萬叮囑：「我兒，以後那路見不平的事就交給俠客們去幹吧，你又不是俠客，武功也平平，可別再冒這樣的險了。」

「知道了，看情況吧，要是見著不可忍之事，我也不能袖手，不然還叫男人嗎？」

秦鳳儀在清流中的風評向來不大好，這次竟因著他見義勇為而獲得了極大的讚譽。其實先時清流詬病的多是秦鳳儀規矩的不講究，還有時常做些清流不屑的事，比如靠臉得探花，也不知讓讓。還有為偷人的大公主奔走，以及特會邀寵啥的，反正不像個正經人。

結果，這位不像正經人的秦探花，居然會在街上路見不平，除暴安良。清流們雖然有些固執刻板，到底不是不通情理。

盧尚書聽聞此事，還說了句：「雖則往日間不大懂規矩，品行上還是好的。」

能被盧尚書誇一句品行好，這讚譽著實不低了。

秦鳳儀這輩子第一次受了刀傷，他這人嘛，說膽大也膽大得很，就一把小匕首，便敢與拿長刀的倭人對上。可說膽小也膽小極了，當時險死還生，受了驚嚇，夜裡就有些發熱。

天一亮，李鏡立刻命人去侯府取帖子請許太醫。

許太醫倒自己先過來了，道是奉陛下之命來為秦探花看診。許太醫細看了看秦探花的傷處，換了宮裡的珍珠玉容膏，再開了副湯藥，肯定地說三副藥必然能好。

秦家人千恩萬謝地備了謝儀，秦老爺親自送許太醫出去。

李鏡摸摸丈夫的額頭，服侍他喝湯藥。

方悅過來探望，知道秦鳳儀發熱，許太醫已來看過還開了藥，便放下心來，去翰林院幫秦鳳儀請假。而不少同窗聽聞昨日之事，頗為關心秦鳳儀。方悅就耐心地說了秦鳳儀受傷的經過，還把小師叔那等英姿大大地誇耀了一回，以致於不少對秦鳳儀有些嫉妒的同窗都自慚形穢，尤其一向與秦鳳儀不大對盤的傳臚范正，想著秦探花這等勇敢之人，便是文章不如我，其為人品行也是遠遠勝過我的。又想到自己憋著勁與秦鳳儀爭鋒，不由感到慚愧。

不過是做了一件應當應分的事，就惹來那麼多人敬仰，真是叫秦鳳儀得瑟極了。

除了同窗們過來探望，愉老親王聽說秦鳳儀受傷，想打發人來又不放心，索性親自過來瞧了一回。愉老親王不是秦父秦母那等怕兒子有個好歹，就勸兒子莫要出頭的，愉老親王很是欣賞秦鳳儀的見義勇為。

愉老親王道：「你這個年紀，正當有此血性才是，只是往後出門要多帶些人。若你帶上侍衛在身邊，昨日便能命侍衛將那些倭人拿下了。就是自己與人相爭，也得有勇有謀。譬如，那些個倭人腦子簡單得很，你就不該拿匕首與他打鬥，你是匕首，他是長刀，豈不是你吃虧嗎？你們就該扔了兵器打。」

秦鳳儀聽得扼腕道：「您說，我當時怎麼就沒想起來呢？我一怒，就動手了。」

愉老親王笑，「你還年輕，以後多長些經驗就好了。」

秦鳳儀烏溜溜的眼睛裡靈氣滿滿，愉老親王真是越看越愛，留下不少好東西給秦鳳儀，還送他一個武功高強的侍衛，「你要是想學武功，可以跟阿乙學。」

秦鳳儀非常高興，眉開眼笑地謝了愉老親王。

秦鳳儀此次受傷，來探視他的人不少，岳父、大舅兄，還有兩個小舅子都來了。秦鳳儀原想著歇一天就回翰林院念書，可是看到許多人來慰問他，讓他都想多躺兩日，好好享受一下親朋好友們的關懷。

不過，這也只是想想罷了。

秦鳳儀是第三天親自到平家道謝的，平嵐差使忙，並未在家，平郡王妃親自見秦鳳儀，問了幾句他的傷勢，讚了他幾句，還要留他吃飯。

秦鳳儀婉拒道：「翰林院的散館考試就要到了，我岳父要我考前三名才成。昨兒我在家歇一天誤了不少功課，既然阿嵐不在，我就先回去了。什麼時候他有空，我再來尋他。」

平郡王妃點點頭，雖然秦鳳儀與大皇子不睦，但秦鳳儀這種見義勇為的舉動，她也很欣賞，還與兒媳婦道：「這秦探花是個直脾氣的性子。」

平郡王世子妃笑，「是啊，要說好也是好的，就是忒直了些。」

這位自然是偏向皇子女婿的。

平郡王妃則不這樣看，「人無完人，誰還沒個缺點？只要人品好，便是好的。」

要平郡王妃說，秦鳳儀這也算得上天之驕子了，儘管出身尋常，但本身出眾，一路順遂地來了京城，如今又是御前紅人。大皇子畢竟還只是皇子，你爹看中的人，你多敬著也沒什麼。當然，秦鳳儀的脾氣著實大了些，路見不平拔刀相助固然叫人待見，但發起脾氣來不給皇長子留面子，也怪不得人惱。要平郡王妃說，兩人都是嬌慣，不對盤也不足為奇。

秦鳳儀回翰林院又感受了一遭同窗們的關懷，讓他驚訝的是，范正還把自己這兩日的筆記借給他，范正耿直地道：「我原本覺得你人品不大好，現下看來，是我看走眼了。」

「什麼叫人品不大好啊？我怎麼就人品不好了？」

范正道：「你在屋裡剪個紙人用燭火照著當作深更半夜念書的事，以為我不知道啊？」

秦鳳儀壞笑，「誰讓你成天讓你家小廝去偷看我何時休息，說吧，你是不是傾慕我？我跟你說啊，你傾慕我也是白搭，我已經有媳婦啦！」

看他滿嘴胡扯，范正恨不得再把筆記搶回來，奈何秦鳳儀不給，秦鳳儀把筆記壓在自己的書本下頭，笑嘻嘻地道：「現在才知道我是好人，你這眼神兒也忒差了些。」

范正不想理他了，秦鳳儀忽然捂住手臂：「哎喲，好疼啊！」

范正才是真正的直性子，忙問道：「可是傷著了？」又想著剛剛不應該搶奪筆記。秦鳳儀就是這麼個二百五，別人不曉得，他可是一清二楚的。

秦鳳儀道：「我口乾了，想喝水。」

范正只好倒杯水給他，秦鳳儀喝過水，這才道：「現在這才好了。」

范正氣得尋思，要是他再理這個姓秦的，他就不叫范正，改叫犯賤算了。

秦鳳儀這人嘛，你不理他，他又湊過去跟你說話。

秦鳳儀挺喜歡范正的，用他的話說，這樣耿直的人可是不多見了。

秦鳳儀傷的是左臂，並不影響寫字，又同窗時不時照顧他，他上課念書相當用功。沒想到，下午皇帝宣召他了。

秦鳳儀對著過來召他進宮的內侍道：「我今兒不想進宮。」

因秦鳳儀時常被宣召，內侍與他亦是相熟，笑著哄勸道：「秦探花，陛下正記掛著您呢，您就趕緊進宮吧。」

秦鳳儀道：「我受傷了，走不動。」

內侍笑，「我背您老人家走，成不？」

秦鳳儀哈哈一笑，同小內侍進宮去了。景安帝的確很記掛秦鳳儀，覺得小探花見義勇為受了傷，雖則太醫說傷得不重，但秦鳳儀是文官，哪能與武官相比呢？

景安帝誇獎了他一回，秦鳳儀也不說話，景安帝問：「怎麼了？怎麼不說話了？」

秦鳳儀埋怨地道：「我想陛下好幾天了，陛下卻是現在才想起我，我生氣了。」

景安帝笑，「這不是這幾天忙嗎？朕心裡可是一直記掛著你，知道你受傷，就趕緊打發許太醫過去給你看診，現下可是好些了？」

「本來就沒什麼大事。我以前常跟人打架，動刀倒是頭一回，以後熟了就好了。」

景安帝連忙道：「誒，你是文官，這動刀動槍的，是武官們的行當。」

「我知道，只是有時忍無可忍，也不能乾忍著就是。」秦鳳儀笑咪咪湊上前，「陛下，我好想你。聽說您家小皇孫身上有青龍胎記，陛下快跟我說說青龍胎記啥樣。我媳婦說，後丈母娘看過，說一看就能看出是條小龍來，是不是真的？」

景安帝對於孫子的胎記很自豪，笑道：「景川侯夫人說的沒錯。」

秦鳳儀咋舌道：「天下居然有這樣的奇事？我還以為是像以前我娘跟我說的，半身青色胎記的青龍胎模樣。」

景安帝道：「你母親說的是民間的尋常子弟，朕這個小皇孫可是承襲自太祖皇帝的吉兆，豈是尋常人可比的？」

「這倒也是。」秦鳳儀又問：「陛下，小皇孫出生前，你有沒有做過胎夢？」

「什麼胎夢？」

「就像我出生前，我娘就夢到了一個白鬍子老頭兒趕著一群牛犢，那牛犢大得很，一頭頭跟像小山一樣，壯實極了。那白鬍子老頭兒挑了最壯的一頭交給我娘。轉天，我娘就生了我，這就是胎夢。」

景安帝道：「沒有。」

「那您問問大殿下或者皇后娘娘、皇子妃，一般親近的人都會有所感應的。」

景安帝深覺有理。

景安帝還讓秦鳳儀看他寫的詩，景安帝寫了三首詩，都是寫他家小皇孫的。秦鳳儀真心覺得景安帝是個好祖父，他一面欣賞景安帝的詩作，一面道：「陛下的詩雖則寫得不咋地，但這寫詩的主意不錯，待我家大寶出生了，我也得給他寫幾首詩。」

景安帝臉色有些臭，「朕這詩就這麼不好？」

秦鳳儀見景安帝不高興，道：「這可怎麼啦？我詩也不好啊！一般都是那些愛發愁、不得志的人才能做出好詩，像我就不愛發愁，我喜歡聽我們揚州的清曲，陛下，您聽過揚州清曲嗎？」他隨口就哼了幾句給景安帝聽，還問：「陛下，小皇孫的小名兒取了沒？」

景安帝十分得意，「取了，叫永哥兒。」

秦鳳儀鼓掌，「這名字好，永，有永遠長久、福澤綿長的意思。」

景安帝笑，「還成吧。」

「什麼叫還成啊，這就很好。」秦鳳儀道：「我兒子的小名兒叫大寶。」

景安帝道：「剛忘記說了，你媳婦有了？」

哎喲，先時秦鳳儀盼兒子盼得都快魔怔了！

「沒有啊，但我五年前就把我兒子名字取出來了。」

景安帝：還是個魔怔的！

「大兒子叫大寶，二兒子小二寶，三兒子叫三寶，這樣排下去，生多少都不怕。不過我算過了，我跟我媳婦最好是生三兒一女就夠了。」秦鳳儀道：「陛下，這個青龍胎記這樣的吉祥，趁著這勢頭，叫幾位成親的殿下多給您生幾個這樣的小皇孫才好。」

景安帝道：「這樣的吉兆豈是輕易可得的？有這一個就是祖宗保佑了。」

秦鳳儀道：「原來這樣的稀罕啊！」

「你以為是人人可有的嗎？」

「不是，這樣的胎記自然是龍子鳳孫才有，不過，難道只有一個？我覺得是因為陛下聖明，才有這樣帶著吉兆的皇孫降世。可是，陛下您不是一般的聖明啊，肯定不會只有一個有吉兆的皇孫。」

秦鳳儀這話要叫別個清流聽，便有諂媚之嫌，但他說的是發自肺腑的真心話，景安帝聽得大樂，「朕只盼遂了鳳儀你這話才好。」
秦鳳儀道：「陛下放心吧，一準兒是如此的。」
秦鳳儀還央求了景安帝，「陛下，哪天小皇孫能抱出來，您抱到您這兒來叫我開開眼，也看看那青龍胎記是個啥樣，這可忒神了。」
景安帝爽快地應了，「成。」
秦鳳儀得景安帝應了此事，心裡很是高興。
倒是秦鳳儀給景安帝提了個醒兒，景安帝夜宿鳳儀宮時還與皇后說：「咱們永哥兒生來不凡，這先時妳有沒有做過什麼胎夢？」
「胎夢？」
景安帝道：「妳生咱們大郎時，不就夢到了一顆大明珠嗎？」
「這幾天淨忙著永哥兒的事，倒把這事忘了。我倒是沒夢到過什麼，明兒我去問問大郎和他媳婦。」平皇后笑，「陛下怎麼想起這個來了？」
「是秦探花說咱們永哥兒來歷不凡，問先時可有預兆？」
平皇后平日裡最煩秦鳳儀的，聽這事是秦鳳儀提醒皇上的，當下眉開眼笑，也不嫌秦鳳儀了，「要不說是做探花的人，聖賢文章懂，這些民俗亦是通的，果然有學問。」
「是啊。」景安帝笑，「朕原還說他與大郎拌過嘴，妳不知道，秦探花年紀小，還是小孩子脾氣，有點事兒記好久，朕這幾天沒宣召他，他還說想朕了。他這人性子直，很知道記掛人，知道咱們得了小皇孫，早想著恭喜朕，這胎夢要不是他提醒，朕也忙忘了。」

平皇后道：「他們倆都是二十出頭的年紀，雖則我總跟大郎說待臣下得敬著，他也愛做個老成樣兒，可想想他這不過二十二歲，秦探花比他還小，皆是年輕氣盛的年紀，這個年紀的孩子，哪裡有不拌嘴的，說不得什麼時候就又好了。」

景安帝點點頭，與平皇后說了一回小皇孫便早早歇下了。

秦鳳儀這麼一問「胎夢」，況小皇孫生得如此不凡，就是沒胎夢，現成也得做一個啊，於是，大皇子妃小郡主，皇孫他親娘，就立時做了個胎夢。當然，沒說是現在做的，自然是說以前做的。小郡主在慈恩宮做出苦想樣兒，道：「以前倒是做過一個，不知是不是胎夢？」

平皇后道：「快說是個什麼夢？」

小郡主道：「我夢到在一個有很多水的地方，我站在一艘極大極大的船上，天上有好幾個太陽，突然有一個太陽掉了下來，我當時覺得胸口熱得不得了，就醒了。」

裴太后笑，「這可不就是胎夢嗎？」

裴貴妃也說：「大大的吉兆啊！」又問小郡主，「妳先時怎麼不說啊？」

小郡主一臉無辜，「我不知這是胎夢啊。我醒後嘴裡乾，喝了些溫水便又睡了。」

平皇后笑，「妳這是頭一遭有孕，自個兒也是稀裡糊塗的。」

裴太后笑道：「像哀家懷著皇帝的時候也做過一個夢，是夢到天上一顆星辰墜地，落在哀家的宮裡。哎喲，當時光芒大盛，我彼時也不曉得，生晚皇帝好久，想起來跟母親說，母親還埋怨我沒早說。可那時頭一遭有孕，根本不曉得。」

於是，在大皇子得一有青龍胎記的吉祥皇孫後，大皇子的媳婦做了個「吞日」的胎夢。

秦鳳儀絕對是個奇人，一些消息靈通的權貴都覺得，秦探花能在御前紅火這麼久，可真不是沒道理的，這不是，大皇子剛生個吉祥皇孫，秦探花這熱灶趁得，咱們大家光顧著恭喜大皇子了，咋就把胎夢這事兒給忘了？

哎喲，瞧瞧秦探花這機靈的，可不是尋常的機靈啊！

不知道的，得以為秦探花與大皇子交情不凡。

實際上，兩人可是前些天剛紅過眼，沒想到這皇孫一降世，秦探花立刻拍了個頂頂響的胎夢的馬屁上去，便是大皇子身邊的近臣都頗是扼腕，想著咱們怎麼就沒想到胎夢這一節，竟叫個秦探花跟大殿下賣一大好。

是啊，有了胎夢之事，便是大皇子再不喜秦鳳儀，也得知秦探花的情。

實際上，大皇子也是這麼想的，覺得是秦探花求和之意。

非但大皇子這樣想，便是李鏡亦是這樣想，夫妻倆被窩裡說話時，李鏡就說了這事。

秦鳳儀沒聽明白，「我幹嘛跟他求和？上回是他整我，不然太后娘娘千秋宴的差使我還得立一大功，結果被他鬧得什麼都沒了，我能跟他求和？他跟我賠禮道歉還差不多。」

「那你還說什麼胎夢？」李鏡不懂了。

秦鳳儀很老實地說：「人家都說生孩子會做夢胎啊，咱們娘生我之前就夢到了一個白鬍子老頭趕著一群牛犢子在大草地上跑。」然後，把他娘生他前的胎夢說了一回，「大皇子這個孩子，有個神得不得了的青龍胎記，之前肯定也做過胎夢啊，我就隨口一說。」

是的，讓眾人諸多解讀的事，其實只是秦探花隨便說的。

李鏡很是無語，想著你咋這麼多嘴，可反過來一想倒也不錯，大皇子因生個了帶著吉兆的好兒子，現下風頭正盛，自家暫避風頭也是好的。

李鏡便未多說，秦鳳儀問媳婦：「妳近來做過什麼胎夢沒？」

李鏡沒好氣，「沒！」

秦鳳儀甚是遺憾，「我也沒。」

李鏡心中一動，對丈夫道：「你什麼時候有空，讓許太醫來給你瞧瞧手臂上的傷。雖則已是收口，莫留下疤才好。」

秦鳳儀未多思，他本身也是極注容貌之人，便應了下來。

先時秦鳳儀受傷，李鏡淨擔心丈夫的病，忘了讓許太醫幫著診一診子嗣上的事兒。如今想起來，得尋個由頭，免得男人好面子不高興。見丈夫這麼痛快就應了，李鏡又關心了他一回，要他念書不要太辛勞了。

秦鳳儀這傢伙向來會順竿兒爬，見媳婦態度不錯，難免提些非分要求。李鏡因著要叫太醫給丈夫診一診是否有隱疾，心裡發虛，故而羞羞地應了。

許太醫的問診結果，只看李鏡陽光燦爛的心情就知道了。夫妻二人身體都康健，想來兒女就是緣分上的事了。緣分一到，兒女自然就到的。

倒是三皇子妃也傳了喜訊。三皇子現在與秦鳳儀的關係不錯，還與秦鳳儀說了一聲。

秦鳳儀道：「靈雲寺的香火再靈驗不過，你有空多去拜一拜，讓你的媳婦也生個有青龍胎記的皇孫，我看陛下可喜歡有青龍胎記的皇孫了。」

三皇子一向與大皇子不對盤，卻不至於對侄子眼紅，但三皇子的觀點與他爹一致，也與這天下九成九的人一致，三皇子道：「那等吉兆，豈是尋常人能有的？」

秦鳳儀顯然就是那與天下九成九的人不一樣的思維，秦鳳儀道：「你兒子同樣是陛下的皇孫，哪裡是尋常人？前兒我見著陛下還說，讓陛下多幾個有吉兆的皇孫才好。這不，你媳婦接著就有了，我看你這孩子生下來說不得也有青龍胎記。」

三皇子道：「你可給我小聲些吧，我盼著孩子平平安安的就好。」

一向強頭的三皇子，在兒女事上展露了完全不同於自身性情的溫情。

秦鳳儀笑，「放心吧，我給你算著，你這孩子生下來定是個有福的。」

三皇子也不曉得他如何算的，但聽了秦鳳儀這話，自然高興。

秦鳳儀又提醒道：「對了，你做胎夢沒？」

三皇子譏誚道：「難不成我也做個吞日的夢？我家可沒這麼大的福分。」

「看你，我又不是說那個，陰陽怪氣的做什麼？」秦鳳儀道：「我是提醒你一聲，一般孩子生產前都會做胎夢，你是做親爹的，可得留意啊！」

三皇子只是不喜大皇子，且直來直去慣了的，其實並無惡意，秦鳳儀也只是好意提醒，三皇子道：「我就夢到了一隻小奶狗總是追著我，攆都攆不走。」

「哎喲，今年可是狗年，這說不得就是你家兒子的胎夢！」

三皇子鬱悶，「人家都吞日了，我只個夢隻小奶狗。」

「這有什麼呀，說不得是二郎神的哮天犬呢！」

「你可別安慰我了，小奶狗就小奶狗吧。」

三皇子其實是來看秦鳳儀的，他的消息一向不靈通，知道他受了傷，而且是這樣見義勇為受的傷，很敬秦鳳儀是條漢子，過來看看他，還帶來了六皇子的禮物。

三皇子道：「六郎也惦記著你，只是他得念書，不到休息日出不來，收拾了不少東西讓我帶給你。」他自己也備了一份禮。

秦鳳儀笑道：「多謝你們想著，你要是路上見到，定也不會冷眼旁觀的。」

三皇子道：「那是，豈能坐視我朝百姓被人欺？」

「那幾個倭人如何了？」

三皇子道：「他們使團的親王跟父皇說了不少好話，說要拿錢賠償那店家，父皇允了，讓禁衛軍放人，平嵐打了他們幾十板子才把人交出去。倭人親王還抗議來著，可打已打了，抗議有什麼用？父皇說了平嵐幾句。說來，我雖不喜平家人，可這平嵐倒還不錯。」

「他與老郡王都不錯。」秦鳳儀道。

三皇子到底與平家有過節，便不再多說平家之事。

秦鳳儀與平嵐倒是很好，主要是平嵐救他兩回，而且人家是真的對他媳婦沒意思。秦鳳儀不是不識好歹的人，平嵐不論相貌還是本領，都是一等一的出眾，聽說他在北面，時有蠻人掠邊，平嵐只是年輕將領，卻打過好幾場勝仗。

平嵐現在已積功到四品將領銜了。

秦鳳儀都與他說：「要是我兒子以後有你這本事，我就什麼都不愁了。」平嵐不確定秦鳳儀是不是占他便宜，相較其他人，平嵐更了解秦鳳儀一些，他知道秦鳳儀就是個有口無心的，說話不過腦了是常有的事，想到什麼說什麼。

平嵐道：「我倒是盼著我家大郎有鳳儀你這般心性才好。」要說秦鳳儀，最讓平嵐欣賞的，便是秦鳳儀的心性，這當真是個坦蕩光明之人。

秦鳳儀笑，「我這樣優秀出眾的人，可不是等閒能學得來的。」

平嵐一樂。秦鳳儀很好奇打仗的事，跟平嵐打聽了不少。平嵐雖是家族嫡長孫，但只看他一成年就放到邊關歷練就可知，家族對這位嫡長孫完全沒有半點優待的。

秦鳳儀聽平嵐說著邊關的兵戈鐵馬，心中又羨慕又佩服，「可惜我膽子小，不然我也去打仗。街頭打架算什麼，這為國征戰才是男兒本色啊！」

「你膽子還小？你不會什麼武功，拿一匕首就敢與帶長刀的倭人扛上了。」

「我那是急得沒顧得上膽小，其實可害怕了，尤其是險被人一刀把頭劈成兩半，你說，我連兒子都沒有呢，何況，我這相貌我這才幹，若是就這麼死了，得多虧啊！」

平嵐哈哈大笑，他平日裡聽慣了大話假話，乍一聽秦鳳儀這實話，十分愉悅。

秦鳳儀道：「笑什麼呀，難道不是這個理？」

「是是是。」平嵐給秦鳳儀斟酒，「你怎麼會死呢，京裡人不是都叫你貓九命？」

「這倒是。」秦鳳儀道：「我覺得你是我的幸運神，我兩次遇險都是你救的。當然，也有柳二叔的功勞，匕首還是他送我的。」

平嵐道：「我還沒見過工部新鑄的刀，能讓我看看你的匕首不？」

秦鳳儀自袖中取出來遞給平嵐，平嵐帶薄繭的手指劃過匕首略帶一絲寒意的刀身，手腕輕折，輕輕鬆鬆便削去酒桌一角，平嵐忍不住讚道：「果然好刀！」

秦鳳儀笑，「是吧？」看平嵐很喜歡的模樣，又道：「你喜歡就送你吧。」

平嵐將匕首歸還，「這匕首雖好，卻是柳郎中送你的禮物，而且你是個急性子，又愛抱個不平，還是你先拿著，我再去工部要一把就是。」

平嵐這樣說也有理，秦鳳儀便將匕首揣了起來。

平嵐喝完一盞酒，感慨道：「鳳儀，你來京城的時間雖短，結交之人卻是無數。」

秦鳳儀道：「這也得是透脾氣的才能結交，有些人說上一兩句話，便覺得能做朋友。就像你，以前我不認得你的時候，可討厭你了。其實是嫉妒你，我心裡很喜歡我媳婦，可是樣樣比不過你，也就是生得比你略好些罷了。待到京城，我還鬧了笑話，你也是見到的，那時我真是沒風度，可那也主要是為了娶媳婦。後來我跟我媳婦的事成了，我嫉妒就少些了。你在京城的時候少，不然咱們早就是朋友了。」

秦鳳儀給平嵐續上酒水，道：「你不曉得，因著我與陛下投緣，陛下時常宣召我，也有很多人刻意巴結我，但那等人也就面兒上親熱。有好幾回他們看我要倒灶的樣子，立刻就變臉了。我的好朋友也是有數的幾個，多是虛熱鬧的。不過，那些人我跟他們也就是個面子情。這京城裡的都是人精，誰傻啊？我初時看不大出來，但經過幾回事，我就看出哪個是真心，哪個是假意了。我只與好朋友來往，那些個小人，我不願與他們來往。」

秦鳳儀與平嵐說來出身成長性情完全不同，但很奇特地，兩人就是能說到一處去。平嵐喜歡秦鳳儀的性情，秦鳳儀喜歡平嵐的本領，一來二去，兩人時常在一處吃酒。

其實平嵐說秦鳳儀結交之人無數雖有些誇張，但秦鳳儀在京城時間不長，他朋友很是不少。酈家這樣很早與秦鳳儀認識的不提，還有如柳郎中這般的，最奇特的是，秦鳳儀與恭伯府都是死對頭了，柳郎中這位恭伯爵的嫡親弟弟與秦鳳儀卻是交情極不錯，秦鳳儀那把能與倭人一較高下的匕首就是柳郎中送的。

得知秦鳳儀受傷後，柳郎中沒送什麼傷藥補品，柳郎中道：「傷藥補品你這裡不缺。」卻是送了秦鳳儀一柄短刀給秦鳳儀，讓他防身用。

秦鳳儀一看，與匕首是一樣的材質，心中很是喜歡。

柳郎中笑，「我身無長物，也就這打兵器的本事了。」

「這還叫身無長物啊？」秦鳳儀摸摸柳郎中的手臂，硬邦邦的可叫人羡慕了，「柳二叔，我第一次見你，就覺得你是一條好漢。上回你救我，也救了我家小玉，這回又是你送我的匕首救我，咱倆可不是一般的緣法。」

柳郎中笑，「我也覺得跟阿鳳你能說到一處去。」

秦鳳儀請柳郎中吃酒，秦鳳儀說了不少自己在翰林院如何用功的事，柳郎中聽得津津有味。柳郎中過來，秦鳳儀雖是有些意外，卻也不太意外，真正讓秦鳳儀意外的是，那些土人族長們，竟然也成群結隊來他家看望他。

這可真是讓秦鳳儀狠狠感動了一回，結果，秦鳳儀發現這些土人可不傻，過來看他，還一箭雙雕，因為有阿金做翻譯，好吧，沒有翻譯，現在秦鳳儀的土話也很溜了。土人們除了看望秦大人，還與秦大人打聽了一回章顏章大人的事。

秦鳳儀與媳婦說：「瞧著土兮兮的，我看，數他們心眼兒多。」

秦鳳儀說人家瞧著土，心眼兒多，卻不想想，朝廷也不是什麼好鳥。

先時朝廷是沒把土人放在眼裡，想著一舉將人蕩平，歸順朝廷，自此南夷州大片地盤就是朝廷的了，卻不想土人忒不好收拾，這些土人，論兵器智慧，絕對沒辦法與朝廷相比，但這些土人也不傻，與朝廷打仗打不過，打不過就跑唄，一跑就往深山裡鑽，這下子，朝廷可是沒轍了。人家還不是那種死強著不歸順的，名義上歸順朝廷，土地卻還是他們自己的。

也就是說，朝廷得個虛名兒，實惠大部分在土人手裡。

朝廷裡這些人心眼兒也不少，想著土人們往山裡鑽，找不見也摸不著，乾脆咱們也不硬來，硬來消耗忒大。朝廷就想了個法子，年年邀這些土人來朝廷，見識一下京城的繁華，不怕他們不動心，屆時勸這些土人下了山就好收拾了。

所以說，誰都不是好鳥，誰的心眼兒都不少。

土人們特意來打聽章顏章大人，顯然是知道章顏要去南夷州做巡撫，秦鳳儀自然是大大地誇讚了章顏一回，尤其是誇章顏心善，還救過他如何如何的。

土人們想著，這位章大人聽著倒是個好的，於是稍微放下心，送了秦鳳儀一些禮物，又在秦家大吃一回，此方告辭離去。

待秦鳳儀與章顏說起此事時，章顏畢竟是狀元出身，人家世代書香，是個斯文人，從不叫這些土人做土人的，章顏道：「各族長雖傾慕中土文化，心裡還是有幾分猶豫的。這無妨，待我過去，自會讓他們知道朝廷的善意與恩典。」

秦鳳儀道：「我看他們生活都挺苦的，族長都這樣了，可想而知族人的生活，要是能叫他們過上好日子，他們定會知朝廷的好。」

「這話有理。」章顏笑，「鳳儀，你這一年的翰林院沒白住，長進不少。」

「這還用專門在翰林院才能明白啊？我爹做生意，每年給掌櫃夥計們發的喜面兒多，他們就高興。要是生意不好做，他們的喜面兒就少，少不得愁眉苦臉。這不是一樣嗎？還用去翰林院學啊？」秦鳳儀覺得這道理根本不用學，「我為什麼一直說大人是好官，就是因為大人在任上為咱們揚州城的百姓做了不少實事，而且從沒有多攤多派的，這就是好官了。」

章顏發現，秦鳳儀似乎天性中就有一種通透，有一些要跟文人解釋很久的道理，他似乎一眼就能明白。章顏往時便知秦鳳儀資質一流，不然也不能苦讀四年就春闈得中，只是昔日章顏身為揚州父母官，與秦鳳儀來往不多，他是如今方明白，秦鳳儀資質竟好至如此地步，怪道皇上都對他另眼相待。

如此，章顏便卸下了以往還有些個長輩大哥的架子，與秦鳳儀以平輩論交。

秦鳳儀眼下最大的事，便是散館考試了。

考試前他真是拚了小命地念書，再者，秦鳳儀當真是有那種考試時臨場發揮的本領。不少人是考試怯場，秦鳳儀不一樣，他在考場上是真物我兩忘。

待成績發下來，秦鳳儀卻是慘叫一聲，怎麼會是第四啊？

看他叫得那樣慘，方悅以為怎麼了，問道：「不是挺好的嗎？第四名呢！」

方悅仍是穩居第一，可見人家狀元的名頭不是白來的。

秦鳳儀哭喪著臉，「我岳父說了，要是考不到前三，就要我好看。」

范正在一旁涼涼地道：「不會是要挨媳婦的揍吧？」

秦鳳儀看向范正，陰鬱的小眼神直直瞅著范正，滿懷怨念道：「你幹嘛要考第三啊？你就不會考得差一點嗎？」

范正氣壞了，「我有第三的實力，我幹嘛要考第四？」

上回是皇上看臉，他才輸給秦鳳儀這小子，只得了傳臚，不然探花就該是他的。

「你就當積德行善嘛！」秦鳳儀一副嗔怪模樣。

反正，范正是絕對沒有秦鳳儀的厚臉皮，但這次能考贏秦鳳儀，名列第三，讓范正格外揚眉吐氣。范正頗是解氣地道：「積德行善也不向你行！」然後一臉得意地踱著步子走開。

要是秦鳳儀沒聽錯，這小子還哼著京裡最時興的小調，可見心情之好。

秦鳳儀考了個第四，叫誰說都是很好了。要知道，秦鳳儀當初的探花就是刷臉刷來的，根本沒有與探花相對的真才實學。沒想到，這小子在翰林院奮鬥了一年，竟然能在二十幾位庶起士當中考個第四名。秦鳳儀的學習本領，大家也是服了，連陸瑜都說：「鳳儀，你要是上科棄考，準備下一場，狀元都有可能。」

秦鳳儀道：「那我不就不能認識陸兄了嗎？」

陸瑜笑，「就你甜嘴。」又問起秦鳳儀：「散館之後，我們就要各授實缺了，鳳儀，你想好去哪部沒？」庶起士的實缺，向來都是不錯的缺。

秦鳳儀道：「想好了，就是沒考好，也不知能不能成？」

「你打算去哪兒啊？」方悅頗好奇。

因為三人的關係一直很好，秦鳳儀就如實說道：「去南夷州啊！我聽說那裡可好了，我打算謀個縣令，做一地父母。」

方悅與陸瑜看向秦鳳儀的神色，不說是看二傻子，但也差不離了。

陸瑜呆了一刻，方問：「你跟家裡人商量過了嗎？」

秦鳳儀道：「我家向來是我做主，不用商量，他們都聽我的。」

陸瑜道：「你還是與家人商量一二吧。」南夷州那老遠的地界，雖然秦鳳儀跟那些個土人相處得不錯，但秦鳳儀不會是被土人們給忽悠了吧？

方悅出身方氏大族，其祖父任內閣首輔，倒是想的多了些，尋思著朝廷派了章顏繼任南夷巡撫，聽父祖的意思，朝廷怕是要在南夷有些大動作，只是，一般庶起士散館後，還會在翰林院再待三年，或是修書撰文，或是御前服侍，若是現在就去南夷州，是不是合適呢？

方悅一下子就想多了，根本不知道秦鳳儀這去南夷州的事，就他自己說說，他是想去，可人家皇帝陛下完全沒有把小探花派去南夷州的意思。小探花這樣的合心意，景安帝已經幫小探花想好了差使，翰林侍讀，侍詔廳當差，在御前幫著整理奏章，陪皇帝讀書。

官階不高，七品銜，卻絕對是皇上身邊一等一的好差使，簡直是肥缺中的肥缺。景安帝還道：「這下子，每天都可以與朕見面了，高興吧？」

秦鳳儀原本因著景安帝不讓他去南夷州做縣令的事不高興，正鬱悶著，聽說讓他做侍讀學士，每天能跟陛下在一起，秦鳳儀立刻轉悶為喜，笑彎了眼，「那還成。」

「什麼叫還成？你知道多少人降職都想做這官兒嗎？」

秦鳳儀見馬公公端來新茶，忙極有眼力地接過，雙手奉給陛下，笑道：「官兒不官兒的倒是無所謂，主要是咱倆好啊！這官兒是陛下的，我倒是想去南夷州，陛下不是不讓嗎？我心裡很是喜歡陛下，陛下這樣既有心胸又有智慧的長輩，是我這輩子僅見的。以前我覺得我岳父就很厲害了，可我見了陛下才知道，岳父跟您比還是差一大截。我想去南夷州是覺得，陛下待我這樣的大恩，我想去幫陛下治理天下。雖然我現在本事不夠，只能治理一小塊地方，卻也是我待陛下的心。既然陛下覺得我暫時還不能去那裡，我就先不去了。我就跟在陛下身邊，既能開眼界，也能長見識，待陛下覺得我何時可以去為陛下效力了，您千萬別客氣，哪裡不好幹就讓我去哪裡。咱們的關係且不說，我也不是那等挑肥撿瘦的人，陛下這樣待我，我為陛下當差也絕不惜氣力，一定把事情做好。」

景安帝常聽秦鳳儀表忠心，秦鳳儀的長處在於，他能翻著花樣地表忠心。

景安帝自是大悅，不要說景安帝，便是見慣了秦鳳儀口舌伶俐的馬公公都覺得，聽秦探花說話，著實是大開眼界。

馬公公在御前服侍，見過的大臣多了去，秦探花不似有些個大臣，得個好差使便感激得涕泗橫流。秦鳳儀不是那樣的性子，不要說泣泗橫流，秦鳳儀就哭過一次，還是因受了大皇子的欺負，不想陛下為難才委屈得哭了，一哭就把個五品長史給哭去修皇陵。

像得了這樣御前服侍的好差使，秦鳳儀也不如何欣喜，反是說這樣一番暖人心的話。馬公公想，真不怪陛下喜歡秦探花，秦探花有人情味兒啊！

秦鳳儀得了個好差使，回家與媳婦一說，李鏡也高興，叮囑道：「在皇上身邊必要安穩當差，尤其在皇上身邊會接觸機要，不比先前陪皇上說話解悶兒了，得知嚴守祕密之理。」

秦鳳儀道：「妳放心吧，我曉得的。要是國家大事，我怎麼能亂說呢？」

秦鳳儀還道：「雖則不能去南夷州了，不過，跟著陛下也不賴，我挺喜歡陛下的。」

李鏡心說，這還叫「也不賴」？

翰林侍讀也分很多種，有一種就是單純給皇上講講學問的侍讀學士，秦鳳儀這一種侍讀則不一樣，他是在御前服侍筆墨的侍讀，較之單純給皇上講學問的侍讀，簡直是不可同日而語。便是她哥當年翰林散館，也沒能撈到這樣的御前肥缺。

李鏡很為丈夫高興。

非但李鏡為秦鳳儀高興，就是景川侯府與方家兩處曉得了秦鳳儀的差使，也為他高興。雖是有些意料之外，因為侍詔廳裡的侍讀學士，通常不會挑剛從翰林畢業的庶起士，但秦鳳儀很得景安帝青眼也是事實。

如此一想，景安帝挑他入侍詔廳倒也不算什麼稀奇事。

秦鳳儀得了侍詔廳的差使，方悅則繼續在翰林院修書。散館考試第二名的陸瑜倒是謀了外放，陸瑜的話，這一把年紀了，就想到處去瞧瞧。不過，對於秦鳳儀的差使，陸瑜還說秦鳳儀不實在，吵著要秦鳳儀請客。

秦鳳儀道：「雖然在陛下身邊也很好，不過，哪裡是該我請客，應該老范請客才是。沒想到南夷州的差使我沒得，卻叫老范得了。」

范正也是謀外放，而且外放之地不是別處，正是秦鳳儀心心念念的南夷州。

秦鳳儀羨慕得不得了，范正笑，「你就羨慕去吧！」

秦鳳儀說范正：「簡直就是我命裡的冤家。」

厤得范正渾身雞皮疙瘩，想著總算能離了這神經病，過正常人的生活了。

因同窗們各有去向，依舊在京城的還好，有些個同窗是選擇了外放做一番實事，大家便一道湊份子，在秦鳳儀強力推薦的明月樓裡聚了一回。在京城的以後少不得來往，但他們外放的，但凡能有幫得上的地方，秦鳳儀若是覺得可交之人，都沒有袖手的。

就是范正這剛把性子扭過來的，秦鳳儀還介紹了羅朋給范正認識，「我阿朋哥雖是商賈出身，但你可別小看商賈，商賈走遍天下。我阿朋哥是早去過南夷州的，你畢竟是頭一遭去，不論什麼地方，有個熟人總是好的。」怕范正面子上過不去，秦鳳儀還道：「羅大哥因為常往南夷州去，我得把他託給你，倘是他在南夷州有什麼難事，老范，咱們可是有同科同窗的交情，你萬不能袖手啊！」

范正道：「難為你這樣的人，竟能與羅掌櫃這般穩妥的人做朋友。」

「我怎麼啦？我同阿朋哥自小就認識好不好？我們青梅竹馬，小時候一起上學的。」

秦鳳儀把羅朋介紹給了范正，范正雖有些好強，到底是春闈前十的人才，並不迂腐，不然斷不能與秦鳳儀相交的。范正同羅朋打聽了不少南夷州的事，還與秦鳳儀打聽許多土族族長們的事，此方辭別父母親人，與章顏一道往南夷州赴任而去。

秦鳳儀一次送走兩位朋友，省了一個腳程，不捨的心反是加重了些。

散館考試之後，庶起士們有幾日假期，秦鳳儀送別了好幾個同窗，當然也沒忘了往自家師傅那裡走一趟，聽師傅給講講他這個職司的竅門，方閣老送給小弟子一句話：「多做事，少開口。」雖則六字真言給了小弟子，但方閣老想他這話癆，也不知能不能做得長，故而，這說完六字真言，又千萬叮嚀小弟子：「陛下跟前的事，一件都不許往外說，知道不？」

秦鳳儀道：「師傅放心吧，陛下的事，我什麼時候說過了，我從不說的。」

方閣老道：「不說就好，誰問都不許說。」

秦鳳儀道：「那師傅問我也不說？」

方閣老一臉鄭重，「對，我問也不要說。」

秦鳳儀點頭，一副乖乖樣兒，「記住啦！」

方閣老問：「你岳父那裡去過沒？」

秦鳳儀這回散館考試沒考好，怕岳父收拾他，一直沒去呢，不過，秦鳳儀嘴甜，「我當然是先來師傅你這裡啦！」

方閣老聽了這話沒有不高興的，又與小弟子道：「你岳父那裡也要走一趟，這散館考試，你考得還是不錯的。」

「不錯什麼呀，我原想著頭籌有望，結果還是阿悅第一。這小子真是叫人惱，我都打算拿出師叔的架子來為難他一回了。他總是考得這麼好，讓我這師叔沒面子。」

方閣老哈哈笑，「你這也是盡了心的。我原叫你等三年再殿試的，你拿出現在念書的勁頭來，下科春闈必然非狀元莫屬。」

「哎喲，我可不願意再念書了，師傅您就饒了我吧！」

秦鳳儀雖是個念書高手，可真不是個喜歡念書的。世上好玩的東西多著，幹嘛要念書？方閣老看他這懶怠學習的模樣就來氣，心說，真是老天爺無眼，單把這等資質給這個不好學的小子。有些孩子念書用心，卻怎麼學都學不會。這不喜念書的，卻是一學就會。

不過，小弟子能得這樣的好差使，方閣老很是高興，他都為小弟子的前程計畫好了，先在御前待幾年，等穩重些了，謀一外放。外放個一兩任，歷練些個，再回京去六部任職。憑秦鳳儀現下的年紀，五十歲入閣是穩穩的。

想到自己又教出了一代閣臣，方閣老哪怕知道自己看不到那一日，心中仍是無比欣慰。

秦鳳儀是第二天去岳家的，白天陪老太太和壽哥兒玩了一日。壽哥兒喜歡秦鳳儀喜歡得不得了，有了秦鳳儀，親娘都不找了，中午睡覺還要秦鳳儀哄他睡，然後才是乳娘接手，抱了壽哥兒午睡，崔氏都說：「相公每天回來陪他玩，他都沒這麼高興。」

李老太太笑道：「咱們壽哥兒與姑父投緣。」

秦鳳儀洋洋得意，「我也這樣覺得，而且，祖母，您有沒有發現，小寶兒與我在一處時間長了，都長得更好看了些。」

自從壽哥兒長漂亮了，秦鳳儀就一直叫人家小寶兒，可見心裡對壽哥兒的喜愛。

李老太太笑得不成，「我看也是。」

李鏡笑，「你少吹牛了，大哥大嫂都是俊俏人，小寶兒當然是越長越好看。」

大家說笑了一日，景川侯與長子傍晚落衙回府，二小舅子、三小舅子也是晚上自國子監回來，見到秦鳳儀和李鏡夫妻倆過來自然高興。

唯景川侯挑眉道了句：「我還以為你從此不登我的門兒了。」

「我早想來了，這不是岳父您非要我考前三，我沒考上，只得了第四，哪好意思來？」

「哦，原來你竟是個臉皮薄的人啊？」

秦鳳儀笑嘻嘻地道：「您看您看，我一來您就冷嘲熱諷的。我以前其實是個臉皮吹彈可破的，就因著岳父您老人家一直這麼鍛煉我，把我給鍛煉厚了。」他湊上前忙扶岳父坐了，又給岳父端茶倒水一通服侍，景川侯笑，「行啦，叫人瞧著好似我多刻薄你似的，坐吧。」

當天，景川侯倒沒如何收拾秦鳳儀，其實女婿雖只考了第四，景川侯卻已頗是滿意。要知道，秦鳳儀先前那文章是在庶起士裡墊底的，苦學一年能有如此進益，也就自己的女婿了。

景川侯非但沒收拾秦鳳儀，還命人燙了好酒，讓秦鳳儀陪自己喝了幾盅。翁婿倆並沒有喝多，晚飯後景川侯叫他去書房裡叮嚀了幾句當差的要緊處。話基本與方閣老說的相似，就是一樣，兩人對秦鳳儀的漏勺嘴都很不放心，再三告誡秦鳳儀，進了侍詔廳，定要謹言慎行，凡事不可多言，不可往外言。

秦鳳儀根本沒有覺得自己漏勺嘴，他覺得自己嘴巴還是很嚴的。

不過，就秦鳳儀這自認為挺嚴的嘴巴，之後卻是讓三皇子大大鬱悶了一回，甚至對秦鳳儀提出了嚴正的控訴。

事情要自秦鳳儀去侍詔廳當差的前一晚說起。

這是做官後的第一份差使，不同於先時在翰林院念書的一年，等於正式進入職場。秦鳳儀頗為興奮，當差前的一晚，難免有些孟浪。孟浪後，秦鳳儀做了怪夢，半宿被痛醒，噯一聲，把外間值夜的丫鬟嚇一跳了。

秦鳳儀揉著胸，說媳婦：「妳掐我做什麼？」

李鏡迷迷糊糊的，「沒掐啊！」她順手幫秦鳳儀揉揉，抱住他的背拍了拍，「睡吧睡吧，你做夢了。」秦鳳儀著實睏倦，便把臉埋媳婦胸前繼續睡。

第二天，秦鳳儀醒來既不梳洗也不穿衣，好吧，四月底的天氣，正是夏中，並不冷。李鏡催促：「今天雖是小朝會，但也該起了，一會兒你就得進宮當差了。」

秦鳳儀兩眼放光地看向媳婦，道：「媳婦，我昨兒做了個胎夢！」

現下京城流行做胎夢，李鏡自個兒也盼著懷孕，忙問丈夫：「夢到什麼了？」

「夢到一條大白蛇咬我，然後就被妳掐醒了。」

「這是胎夢嗎？」李鏡道：「人家的夢不是狗年夢到小狗崽，也是像母親一樣，牛年夢到小牛犢，你這叫什麼胎夢啊？是想兒子想瘋了吧！」

「真的是胎夢！」秦鳳儀研究了一下自己的胎夢，然後得出結論：「不會是預示著咱們的兒子是屬蛇的吧？」

李鏡被他氣狠，怒道：「不許給我念喪經！今年是狗年，到蛇年得多少年啊？」

「這也是。」秦鳳儀對著地上呸三口，還雙手合十地念叨：「夢話不算，夢話不算！」

「行了，趕緊起吧。」一條冰帕巾蒙秦鳳儀臉上，李鏡先讓秦鳳儀收拾，待吃過飯後，秦鳳儀就帶著侍衛隨扈往宮裡當差去了。他想了一路，越想越覺得他這明明就是胎夢嘛。

頭一天當差，秦鳳儀早早去了宮裡，其實景安帝身邊的翰林侍讀並非一人，景安帝身邊有個侍詔廳，便是服侍景安帝批閱奏章，草擬詔書的地方，領頭的便是翰林掌院駱大人。

秦鳳儀這時才曉得他家駱先生原來位在機要。

當然，這種想法簡直蠢得可以，只要對官職略有研究的基本都知道，但秦鳳儀這位自稱是駱掌院高徒的，直到現在才曉得。

秦鳳儀剛來，也不可能給他什麼要緊差事做，無非就是跑跑腿。所幸秦鳳儀年紀正輕，跑腿的活兒他也不嫌，而且頭一天當差還很興奮。

前些天各藩邦使臣過來向太后賀千秋，如今太后的千秋節已過，各藩邦使臣也該各回各家了。人家來時帶了壽禮，人家走時朝中自然要有回禮，各種詔書禮單忙得人仰馬翻。

另外還有新兵器投入生產的國家大事，以及各地大員送來的奏章，景安帝忙碌得很，中午都沒去慈恩宮用飯，而是在暖閣用的。

至於侍詔廳諸人，有他們吃飯的地方，吃的是宮裡的例飯，很是不錯。

秦鳳儀有幸被景安帝叫過去一道用膳，秦鳳儀頭一天當差，景安帝還問他累不累、適不適應。秦鳳儀神采奕奕地道：「陛下放心吧，我覺得挺好的。」他覺得還是陛下比較累，便讓景安帝保重身體，不要太勞累。

景安帝笑道：「朕都習慣了。」

秦鳳儀叼著獅子頭道：「陛下，一會兒用過午膳，我給您按按頭吧，那可舒服了。我爹累時，我給他一按，他精神立刻就好了。」

景安帝笑，「你是臣子，不用做這些事，自有宮人服侍。」

秦鳳儀道：「這可怎麼了？臣子臣子的，既是臣也是子。陛下待我那麼好，我心裡一直把陛下當成長輩的。」

景安帝一向很享受秦鳳儀的馬屁，兩人用過午膳，秦鳳儀還真服侍了景安帝一回。秦鳳儀這幫人按頭當真有一手，秦鳳儀道：「小時候我還給我爹踩背呢！那會兒我家還很一般，我爹每天出去做生意，有時回來累了，就叫我在他背上踩一踩，舒服極了。不過後來我大了，人也重了，我爹就不讓我踩了。」

景安帝道：「你父親雖只是尋常人，可有你這樣孝順的孩子，也是有福了。」

秦鳳儀半點也不謙虛，「我爹也常這樣說。」

兩人說著話，又有秦鳳儀給按著，景安帝不知不覺就睡著了。

在侍詔廳一般當差就是上午，景安帝上午看摺子召見內閣，下午休息，屆時侍詔廳留下一個值班的就好，故而侍詔廳的人多是上午過來當差，下午就回翰林歇著。

秦鳳儀不是，秦鳳儀頭一天當差，午後景安帝醒了還找他說話。

秦鳳儀一整天都是精神抖擻的，景安帝笑道：「來朕身邊當差，就這樣高興？」

秦鳳儀陪景安帝在花園裡散步，笑道：「嗯，高興！」

看他答得這樣斬釘截鐵，景安帝又是一樂，「你且好生當差，朕就喜歡你們這般年輕的臣子，以後國家還需要你們幫朕治理。」

秦鳳儀笑，「陛下放心，我一定會好好學的，一定不會叫陛下失望。」

秦鳳儀是頭一遭逛御花園，只覺大開眼界，讚嘆道：「這園子修得可真好。」

秦鳳儀忽然瞧見什麼，忙拉了景安帝去看。君臣二人就見一處亭子內，三皇子正在與三皇子妃輕聲說著什麼。人家夫妻倆逛御花園倒沒啥，只是三皇子那一臉的溫柔，要不是親眼所見，秦鳳儀都無法相信喜歡擺臭臉的三皇子能有這樣的表情。

秦鳳儀小聲偷笑，「哎喲，沒想到三殿下這麼疼媳婦！」

景安帝就帶著秦鳳儀另往他處看風景去了，秦鳳儀與三皇子關係不錯，便道：「三殿下就是面上硬氣，其實心腸可軟了。」

景安帝道：「把這疼媳婦的心分出十之一二來用到孝順父母這裡，朕就知足了。」

「看陛下說得，您怎麼像個吃醋的公爹一樣啊！」

景安帝氣笑，「放肆！」

秦鳳儀笑，「我跟您說一件三皇子的事兒吧，您一定覺得可樂。」

「什麼事？」

君臣二人走到一處敞軒坐下，宮人捧上茶點，秦鳳儀啜了口茶就說：「三殿下嘴上不說，心裡是很想陛下高興的，結果，大皇子妃夢到吞了個太陽，三殿下只夢到一隻小奶狗，他覺得不威風，不好跟您說呢！」

景安帝笑道：「小奶狗有什麼不好？狗生性忠誠又有仁義，這也是個極不錯的胎夢。」

「我也是這樣說。」秦鳳儀道：「漢武帝出生以前，他爹漢景帝還夢到小野豬呢，漢武帝還不是一代名君嗎？」

秦鳳儀向來是什麼事都喜歡跟景安帝說的，當下又道：「陛下，我也做了夢，我覺得很像是胎夢，可我媳婦說不是。」

「你夢到什麼了？」景安帝也端起茶喝了一口。

「夢到一條大白蛇。我正在午睡呢，房間突然就跑進一條這麼大這麼粗的會發光的大白蛇來。」秦鳳儀用手比劃了一下，「那條白蛇一進屋，就爬到我的床上，一張嘴咬住了我，然後死都不鬆口。您說，這是不是胎夢啊？」

景安帝道：「聽著有些像，之後呢？」

秦鳳儀道：「之後我就疼醒了。轉頭一看，我媳婦也不知道是不是在發癔症，正拿手掐我的小咪咪，掐得我好疼。」

景安帝一口茶就給噴了。

秦鳳儀鬱悶了，「有什麼好噴茶的啊？」

連馬公公都笑得拂塵險些掉了，秦鳳儀更悶了，「以後有事再不跟陛下說了，我覺得陛下有見識，才想請陛下幫我參詳參詳的。」

景安帝拿帕子擦了擦嘴，「好好好，不笑了。」結果，又是一陣笑。

秦鳳儀氣得直翻白眼。

景安帝雖是笑了秦鳳儀一回，私下還是問馬公公：「你說，鳳儀這是不是胎夢？」

馬公公笑道：「秦侍讀不是會是怕媳婦怕得日有所思，夜有所夢吧？」夢到被大白蛇咬了一口，卻被生生被媳婦掐醒，這不就是被媳婦掐得狠了，夢裡把媳婦當成咬他的大白蛇了嗎？

景安帝又是一陣笑。

景安帝這笑了秦鳳儀的，當天卻是著著實實做了個胎夢，夢到一顆大星入懷。

景安帝醒來，覺得此夢大吉。想到近期沒有宮妃有孕，尋思著這夢定是要應到一位皇孫身上的，如今宮裡有孕的兒媳婦也就是三兒媳了，遂與三兒子道：「朕做了一個胎夢，定是應到你媳婦這胎的。」接著說了自己夢見的情景，還道：「你夢小狗崽的夢也是好夢，你媳婦這胎就是屬狗的。」雖然安慰了兒子一回，但景安帝當真覺得，兒子不如自己會做夢。

三皇子也覺得他爹的夢比自己的夢更有氣派，心中很是高興，私下卻是念叨了秦鳳儀一回，認為他爹知道他夢小狗崽的事，定是秦鳳儀這漏勺嘴跟他爹說的。

秦鳳儀倒也不否認，「這又不是什麼祕密。你看，我一跟陛下說，陛下就做了一個星星的夢，多好啊！你應該謝我的，不過，咱們交情這麼好，就不必謝啦！」

三皇子心說：謝你個頭，秦漏勺！

伍之章・排解嫡庶亂如麻

雖然三皇子把秦鳳儀叫做秦漏勺，但秦鳳儀當真是御前的事一點都不往外說，只跟他媳婦說。當然，不包括他時時顯擺他如何得皇帝陛下喜歡啥的。

所幸秦鳳儀在侍詔廳出不過跑跑腿，接觸不到什麼機要。

說來也是令人氣悶，倒不是三皇子氣悶，是大皇子氣悶。大皇子發現，他這個做親兒子的，陪在父親身邊的時候居然沒有姓秦的小子多。

是的，哪怕自從生了嫡子，大皇子與父親的關係越發親近，但大皇子現已年長，景安帝會派差事給他做，他真是沒個閒的時候。不比秦鳳儀，在侍詔廳只是跑腿，且差事便是在御前，有的是時間陪景安帝吃飯聊天。

要是別個人這般得他爹青眼，大皇子也沒啥，可姓秦的不是一直跟他不對盤嗎？

雖然大皇子懷疑胎夢一說，是秦鳳儀跟他示好，不過這姓秦的沒有再進一步的表示，甚至得了御前的差使，簡直是一步登了天，連大皇子現在的長史邵長史都勸大皇子莫要與秦鳳儀交惡，哪怕不交好，也絕對不要交惡。

總之，興許是秦鳳儀把大皇子心愛的文長史幹掉的緣故，哪怕秦鳳儀特意說了胎夢的事情，讓大皇子夫婦露了一回臉，大皇子仍是怎麼看秦鳳儀都覺不順眼。

大皇子看秦鳳儀不順眼，秦鳳儀看他也不見得順眼。

與秦鳳儀玩得好的是三皇子和六皇子。

近來二皇子也經常出現在御前，倒不是景安帝有什麼要緊的差事給他，而是要二皇子多往愉老親王那裡走一走。

景安帝看到這個二兒子心裡就悶得慌，愉親王是景安帝的親叔叔，叔侄倆感情一直很不錯。愉老親王無子嗣，這些年看了多少大夫吃了多少湯藥都無用，且到了頭髮鬍子花白的年紀，愉老親王於子嗣之事也不強求了，雖則沒明說，但那意思是要過繼後嗣的。

景安帝自然不能看叔叔身後無子孫燒祭香火，便想著把二兒子過繼給叔叔，但這事兒現下不好明說，畢竟愉老親王尚未明確請求過繼嗣子的意思，景安帝也不能確定叔叔六十歲就生不出孩子了，有的人到了八十還能生呢！

即使景安帝覺得他叔叔前頭幾十年都生不出，八十再生的機會也著實不大。

故而，這是一樁彼此都有默契卻不能明說的事。

原本景安帝不急，可他娘的千秋宴，非但藩邦使臣來得不少，各地藩王亦都是到了的，其中就有閩王。閩王是景安帝的伯父，雖不是嫡親的伯父，但閩王在宗室裡比愉親王還要年長，可見其地位了。

老一輩的親王，現下還在世的就是閩王和愉親王了。

閩王來了京城，兄弟侄兒自是有一番走動。不同於愉親王膝下空虛，閩王子孫繁盛。愉親王這膝下的空檔，長眼的都瞧得見。愉親王與愉親王妃都喜歡孩子，閩王帶了不少子孫一道來京城，閩王膝下也有那機靈的兒孫，時常往愉親王府有所孝敬。

其用心，其實不難猜。

按理，閩王子孫亦是宗室，過繼愉親王府是一樣的。

不過，愉親王是正經親王爵，便是降等襲爵，也是一個妥妥的郡王，而且，愉親王一支之尊貴，更勝閩王。就是從感情上，景安帝也不願意自己的叔叔過繼閩王的兒孫。

依景安帝的意思，就是讓二兒子多往愉親王家走一走。他們明明在京城守著的，如何能讓閩王的兒孫拔了頭籌。

然而，二皇子委實不機靈。想也知道，這要是個機靈的，就愉老親王那性子，他喜歡誰從不藏著掖著，就是壽王，也說秦鳳儀是投了他王叔的眼緣兒。

可二皇子都藉故親近愉老親王好幾年了，愉老親王說起他來依舊是面子情。閩王的兒孫們可不是二皇子這等大皇子的複讀機，個個機靈乖巧會討好，愉老親王平日裡事忙，這些孩子便專往愉親王妃那裡奉承，把愉親王妃奉承得歡歡喜喜的。

簡直是沒有對比就沒有傷害，景安帝想著自己明明不是個笨人，也不知怎麼就生出二兒子這麼個榆木疙瘩。

景安帝看到二兒子就發愁，內侍端上茶來，二皇子站在一旁，動都不知道動一下。秦鳳儀順手把茶接過，雙手奉給景安帝。二皇子自己接了自己的那盞，景安帝看他一眼，更覺灰心，就讓他退下了。

景安帝問：「鳳儀，你是不是自小就這麼機靈？」

秦鳳儀在御前也是能吃著茶的人，還是蹭景安帝的茶吃。自信多到爆棚秦鳳儀，雖不明白皇上問他的意思，還是道：「那是當然啦，我小時候可聰明了，什麼東西一學就會。不過，後來玩了幾年就荒廢了。要不是遇著我媳婦，我多半就在揚州城做一輩子紈絝了。」

好吧，秦鳳儀雖則機靈，也不是沒有缺點，那就是……老婆奴。

景安帝想著，秦鳳儀是個很得愉老親王喜歡的孩子，心中一動，就派了個差事秦鳳儀，但是暫未直說，先問秦鳳儀：「你覺得二郎如何？」

秦鳳儀道：「二殿下？挺好的，很和氣。」有大皇子對比，二皇子簡直是個好人。

景安帝一笑，「那朕讓你去跟著二郎當幾日差，也不說別個，就教二郎機靈點，他這性子實在太老實了些。」

秦鳳儀不高興了，噘嘴抱怨道：「還說讓我在御前當差，這才幾天，就要我去跟著二殿下了。陛下，您變得也忒快了。」可是把秦鳳儀鬱悶壞了。

「這只是暫時的，過幾天還叫你回來。」景安帝哄著他，「這樣，你以前不能隨時陛見，總要等朕的宣召，朕便許你隨時陛見，你什麼時候想朕了，只管過來陪朕說話。」

「好吧。」雖則有些勉強，秦鳳儀還是應了，又道：「只是，這怎麼算教好了？我沒當過先生，也不會教啊！」

「俗話說的好，近朱者赤，近墨者黑。我看三郎跟你一處久了，都添了活絡氣兒。」

「要不，您讓我去教三殿下吧？」

「三郎暫不用你教，你就跟著二郎。」

秦鳳儀無法，只得應承了。於是，這御前第一小紅人，在御前沒待兩天，就被打發去跟著二皇子了，以致於不少人懷疑，秦鳳儀是不是要失寵還是怎地？

秦鳳儀回家跟媳婦說起自己差使的變動，「叫我跟著二皇子啦！」

李鏡看丈夫自己就不大樂，遞果子給他吃，問他：「總得有個緣故吧？」

秦鳳儀拿了一塊栗子酥，嘆道：「說來妳都不能信，陛下說，叫我教二皇子機靈點，這可要怎麼教啊？」

李鏡亦是目瞪口呆。

秦鳳儀簡直快愁死，「妳不知道二皇子多呆，陛下叫我跟著他，一點兒意思都沒有。」

李鏡問：「快與我說說，到底因何叫你去跟著二皇子了？」

秦鳳儀其實也是有自己理解的，「約莫是今天二皇子忒沒眼力，讓陛下不痛快了。」

「怎麼說？」二皇子讓皇上不痛快，如何牽連到自己丈夫身上了？

「我都沒見過那麼沒眼力的。」秦鳳儀從來是什麼事都不瞞媳婦的，「陛下在與二皇子說話，我在一旁陪著，老馬端茶進來，那二皇子動都不知動一下。按理，陛下可是他親爹，他都不知道接了老馬手裡的茶奉給陛下。我看他不動，這才接了茶奉給陛下。陛下接了茶，再看他的時候就有點兒不一樣了。我說不出來，反正話也沒再說幾句，便打發他下去。妳說，這得多沒眼力呀！」

李鏡道：「皇子們身分尊貴，何況一向有內侍宮人服侍，這也不算什麼稀奇。」

秦鳳儀道：「可做兒子的明明就在邊上，順手遞一盞茶給父親算什麼，又勞累不著，做父親的能不高興？」

李鏡笑，「你以為人都似你一般。」

要說機靈有眼力，就是李鏡也是要遜秦鳳儀一二的。秦鳳儀就是憑著厚臉皮、有眼力和心誠打動景川侯，當然，還有秦鳳儀自己的努力，便以鹽商出身的身分，通過了景川侯的考驗，娶到了媳婦。

秦鳳儀想到二皇子這差使，真是發愁得很。

李鏡是個細緻的，問丈夫：「二皇子老實也非一日了，他自小就這樣，什麼事都是跟著大皇子來的。他二十年都這樣過來的，怎麼陛下突然就點了你，讓你跟著二皇子？」

秦鳳儀道：「就是看二皇子沒眼力吧。」

「定有深意。」李鏡篤定。

李鏡隨秦鳳儀回了一趟娘家，跟她爹打聽。

景川侯是皇帝陛下的心腹，而且不是心腹一年兩年，而是一直就是皇帝陛下的心腹。因是在書房說的話，景川侯就直言道：「多半是為著愉老親王的事。」

李鏡一點就通，只是她有些不解。

「二皇子畢竟皇子之尊，就是過繼親王府，也應該沒什麼大礙啊？」

「太后千秋，閩王也來了，聽聞閩王的兒孫多有往愉親王府走動的。」

「不至於吧？」李鏡道：「閩王與愉親王到底是隔了一層的，愉親王與今上可是嫡親的叔侄，關係向來也好。」

景川侯不好說二皇子的不是，更不好說景安帝的不是，這若要二皇子是個得愉親王喜歡的，景安帝也就不會派秦鳳儀在二皇子身邊幫忙了。換個角度想，景安帝也不道地，愉老親王不喜二皇子，你倒是給你叔換個會哄你叔高興的啊，可倘是景安帝自己心愛的兒子，他又捨不得過繼給他叔。如此說來，二皇子倒有幾分可憐。

景川侯與女婿道：「既然皇上讓你跟著二皇子，你就老實跟著二皇子，他有哪些要提醒的地方，你提醒他一二才是。」

李鏡對於父親的話都略有不解，更甭提秦鳳儀。他倒是知道閩王是哪位，但是二皇子與閩王有什麼關係啊？再者，這關係到愉老親王什麼事？對了，他媳婦說，二皇子是要過繼愉親王府的，難不成以後二皇子要給老親王做孫子了？

秦鳳儀很想細問，景川侯卻是不說了，與這個笨女婿道：「讓阿鏡回去與你說吧。」

李鏡其實也有未想通之處，但夫妻倆回家歇息後，李鏡想通的地方還是比秦鳳儀多一些的。秦鳳儀從媳婦這裡確定二皇子是要過繼給愉親王做孫子的，不禁感慨道：「我知道陛下為什麼要我教二皇子機靈點了？」

「為什麼？」

「這還不簡單，愉爺爺喜歡我這樣兒的唄！」秦鳳儀道：「我跟愉爺爺可好了，我跟妳說吧，他就喜歡我這樣機靈聰明的。這可不是我吹牛，二皇子真是待得跟木頭有得一拚，愉爺爺一準兒不喜歡他。」

秦鳳儀這樣一說，李鏡就明白了，李鏡道：「原來如此。」

李鏡便與秦鳳儀說了皇上的心意與閩王的主意，李鏡道：「陛下讓你跟著二皇子，無非是叫你幫著二皇子在老親王跟前露露臉，別讓閩王系的子孫們得了意，糊弄了老親王。」

「這怎麼可能啊？愉爺爺可是陛下的親叔叔，就算過繼孫子，也得有遠有近，怎麼可能放著好好的皇子不過繼，去過繼旁的宗室的孩子？」

「要是真有宗室子投了愉老親王的眼緣呢？」

秦鳳儀一想，倒也是這個道理。

秦鳳儀道：「我曉得了，原來是為的這個。陛下也真是的，不直接與我說。要不是岳父指點，我還懵著呢！」

秦鳳儀就這麼領了個皇帝陛下交給他的新差使。

但緊跟著，秦鳳儀就明白皇帝陛下為什麼一提到他二兒子就愁得跟什麼似的了。

二皇子之為人，真是秦鳳儀生平僅見。

並不是說二皇子不好相處，還是性子不好什麼的，只是，秦鳳儀真是寧可跟看不對眼的大皇子相處，也不願與這等麵團處事啊！

二皇子的差使在宗人府，景安帝既有過繼他的意思，便安排他跟著愉老親王當差，也能培養一下感情。可就看二皇子在宗人府當差這麼些日子，都沒能跟老親王培養出啥感情，就知此人為人之愚鈍了。

秦鳳儀倒是很得愉老親王喜歡，愉老親王知道秦鳳儀被派到二皇子身邊還很高興，中午就是叫了秦鳳儀與他一道用飯。秦鳳儀真不愧是景安帝的貼心小探花，景安帝交代他的事，只要是知道皇帝具體的意思，他便會很上心。

秦鳳儀跟愉老親王投緣，愉老親王見他來了，還叫侍從回府添幾個淮揚菜。

愉老親王問：「你不是在侍詔廳嗎？如何又到二皇子身邊啦？」

秦鳳儀道：「陛下怕您被閩王拐跑了，正吃醋呢，叫我過來服侍您老人家。」

愉老親王笑，「你這嘴，在御前服侍，可不好這樣信口開河的。」

「您老非問我，我能不說實話？」因是夏天，秦鳳儀喜食素，夾了青嫩的小青菜給愉老親王放碗裡，「您嘗嘗，這青菜燒得好，青脆青脆的，沒那股菜生味兒，當真是好手藝。」

愉老親王嘗了，「嗯，是不錯。」

秦鳳儀還沒跟老親王說兩句話呢，閩王的第八子就過來了，送了些家裡的鮮桃兒。這閩八郎過來送東西，因是夏時，臉上熱出些許粉紅。他年紀比秦鳳儀略長，也是眉清目秀的好相貌，但較之秦鳳儀這等有「鳳凰、神仙」之名的自是差得遠。叫秦鳳儀說，單論相貌，不見得能勝得過他大舅兄或是平嵐。

這大中午的過來，愉老親王自然要問有沒有吃飯。

閩八郎笑道：「我父親說這桃好吃，立刻叫我給叔叔送來，還沒用。」

愉老親王立讓人添了碗筷，又命添幾道菜，問閩八郎愛吃什麼。

閩八郎道：「以前就是吃我們閩地菜，這來了京城，就想吃京城口味兒。」

秦鳳儀道：「焦炸小丸子就很好吃。」

愉老親王揭他老底，「是你想吃焦炸小丸子了吧？」

秦鳳儀笑著也不否認，「因為我喜歡，我才介紹給小王爺的啊！」又與閩八郎道：「特別的好吃，你在閩地吃過沒？」

愉老親王好笑，「堂堂王府，還能沒有小丸子吃不成？」

秦鳳儀道：「我以前在揚州就沒有吃過啊，我們揚州都是吃獅子頭。我頭一回在我媳婦那裡吃到焦炸小丸子，一個人就吃了半盤。哎喲，炸得那叫一個焦酥入味兒。這焦炸小丸子其實很有些講究，火小了，不焦就不香。火大了，就不是焦，而是糊了。要想能炸到那恰當的火候，可是很不容易的。」

愉老親王聽他這叨叨了半日的焦炸小丸子，忙與侍從道：「叫他們立添一道焦炸小丸子，給這小子堵嘴。」

秦鳳儀道：「小王爺也嘗嘗，愉爺爺這裡的飯菜很不錯。」

閩八郎倒不是才認識秦鳳儀，就秦鳳儀這張臉也叫人過目不忘，何況秦鳳儀雖則官職不高，卻是京城御前小紅人，故而，閩八郎對秦鳳儀頗有所了解，只是一直沒機會結交罷了。秦鳳儀卻是頭一回見閩八郎，兩人都是交際好手，說起話來也很和氣。

閩八郎其實八面玲瓏，溫文爾雅，但他有一樣委實是比不了秦鳳儀的，便是臉皮沒有秦鳳儀的厚，而且，閩八郎這人，一看就是個心思細膩的，秦鳳儀不是，他是想到啥說啥，吃飯就是吃飯，他還在長個子的年紀，吃飯極香甜，還說：「愉爺爺，你說也怪，以前我念書，費腦子，吃的多，倒還說得過去。現在我都不念書了，還是吃飯吃很多，下午還要吃一頓點心，每晚再加一頓夜宵。」

此時正是暑天，愉老親王不大有胃口，看秦鳳儀吃得香甜，自己不知不覺也多吃了兩筷子，聽秦鳳儀這話，愉老親王笑道：「這有什麼稀奇的，我看你今年比去歲長高了不少。正長個子的年紀，大小夥子，自然吃得香。」

秦鳳儀道：「幸虧我家境還可以，我要是生在窮人家裡，家都要被我吃垮了。」

這話逗得愉親王一陣笑。

秦鳳儀很熱情，他覺得哪樣好，還會夾給愉親王，叫老頭兒嘗嘗。也讓閩八郎多吃，那熟稔勁兒，彷彿這是他的地盤一般。

閩八郎這頓飯吃得萬分堵心。

幸好這姓秦的只是外臣，想到這個，閩八郎便也罷了。

閩八郎還問：「秦探花怎麼有空過來？」

秦鳳儀笑，「陛下讓我跟在二殿下身邊服侍，我就過來了。以前就是想來愉爺爺這裡，都得看時辰，駱掌院嚴格得要命，假很難請。現在我沾二殿下的光，每天都能過來。」

秦鳳儀還說：「以前也沒見宗人府這樣熱鬧，怎麼現在這般人來人往的啊？」

這話是跟愉老親王說的。

愉老親王道：「這不是趁這回太后娘娘的千秋，大家都來了。許多宗室子孫尚沒有官封，或是按例或是按律，到了年紀的，總該給個職司。」

秦鳳儀點頭，原來如此。

秦鳳儀當天傍晚與二皇子一道回宮時，同二皇子說：「二殿下，如今正是夏天，你那裡可有什麼瓜果梨桃的？每天在宗人府當差，也可帶些去孝敬老親王。」

二皇子想了想，道：「我那裡就是宮裡的份例，這個，成嗎？」然後，一副拿不定主意的模樣望著秦鳳儀。

秦鳳儀道：「待我想想。對了，也別從你宮裡的份例出了。我跟陛下說，再有往老親王那裡的賞賜，你都給老親王帶去，成不？」

這事二皇子還是幹得了的。

二皇子也知道秦鳳儀是來幫他的，二皇子很誠懇地說：「秦探花，你也知道我是個笨人，要是我哪裡有不好的地方，你只管同我說就是。」

秦鳳儀雖不喜二皇子這樣笨拙的人，但看二皇子這樣說，他連忙道：「誰說殿下笨了，殿下是質樸，為人厚道。陛下就是派我來輔佐殿下的。殿下，您想，其他幾位殿下都沒有，可唯有您，是陛下派我過來的呀！」

二皇子很沒自信，他道：「是不是因為我比幾位哥哥弟弟都笨啊？」

秦鳳儀暗嘆，不得不說，二皇子雖不聰明，這話卻是一語中的。

秦鳳儀道：「這是哪裡的話啊？我與殿下說吧，以前我在揚州，還有人說我傻呢。我只不理那些人，努力念書，一樣有出人頭地的一日。我問殿下，殿下想不想改了您這性子？」

二皇子道：「這笨也能改得聰明嗎？」

哎喲，秦鳳儀都不曉得，皇帝陛下那樣的人物，如何生出二皇子這樣的兒子。

秦鳳儀一臉篤定，「我說能就能，只要殿下聽我的！」

「成，我聽秦探花的！」

二皇子是知道秦鳳儀素有天下第三聰明人雅號的，他雖笨了些，卻有自知之明，在宮裡就聽大哥的。如今父親派了秦探花在他身邊，他便聽秦探花的。

二人去景安帝那裡陛見，景安帝略問了兒子宗人府的差使，便將二皇子打發去太后那裡了，留下秦鳳儀說話。

秦鳳儀道：「那個閩八郎，中午就去愉爺爺那裡蹭飯……呃，是愉親王，老親王。」

「沒事兒，你就叫爺爺也無妨。你這年紀，倒是能給愉王叔做孫子。」景安帝笑了笑，又問：「閩八郎是誰？」

「就是閩王的八兒子，他家封地不是在閩地嗎？我就叫他閩八郎了。」

景安帝一樂，秦鳳儀道：「那傢伙看著斯文，真是一點兒也不老實，送桃兒就送桃兒吧，偏趕上大中午吃飯的時候送。你要是想過來吃飯，他與愉爺爺也是叔侄，又不是外人，你早些來，既送了桃兒，還能陪著愉爺爺說會兒話，中午留下來吃飯也是順理成章的，可他非得在大中午送，還說什麼是閩王吃了覺得桃兒好吃，吩咐他過來送的，他不敢耽擱什麼的。誰還沒送過東西呀，我爹從不讓我大夏天的中午給人送東西，多曬啊。閩王這是親爹嗎？哪裡有這樣使喚兒子的？」

「少胡說。」景安帝正色道：「在朕跟前隨你怎麼說，出去可不許說這話。朕知你素來無心，可讓御史聽到，或是讓閩王知道，質疑宗室血統，這豈能甘休？」

「我曉得的，我就跟陛下這樣一說。」秦鳳儀道：「剛我問二殿下，咱們守著愉爺爺，能叫他一個外來的占了尖兒？二殿下在宮裡，無非就是皇子的份例，他又那樣老實。我想著，不如這樣，以後陛下再有賞賜給愉老親王的差事，就交給二殿下吧。二殿下在宗人府當差，離得近，與愉爺爺也熟，他又是皇子，他親自去，豈不比內侍更近？陛下說，可好？」

「你都這麼一大套的理了，朕能說不好嗎？」景安帝實在是每天國家大事都忙不過來，一些個小事，他是真沒那心思。其實這差事就是二皇子自己來討，景安帝又怎會不允，可二皇子自己想不到此處。

見秦鳳儀這般周全，景安帝更是高興，「果然，派你在二郎身邊再沒錯的！」

人情往來什麼的，景安帝對秦鳳儀是大大的放心，不過，景安帝還有些旁的要求，「朕有九子，七郎、八郎和九郎還小，暫可不提，前頭略大的六位皇子你都見過，就屬二郎最老實。二郎一向心實，為人處事略遜了些，該提醒他的地方，你可要提醒著些。」

秦鳳儀素來一根筋，與景安帝又投緣，見皇帝陛下這樣託付他，秦鳳儀一口就應了，「陛下放心吧，咱們才是自己人，只要我在二殿下身邊，斷不能叫他吃了別人的虧去！」

景安帝想著，小探花雖然說話比較直，做事情還是很靠譜的。

秦鳳儀剛應承了景安帝的話，準備好生輔佐二皇子，結果，第二天就知道輔佐二皇子是一個多麼艱難的事情了。

秦鳳儀做事實在，景安帝既然派他來幫著二皇子，他便要為二皇子打算的。像這種宮裡給愉親王賞賜之類的事，就讓二皇子跑腿，反正不就是讓二皇子藉陛下的賞賜露臉嗎？這樣的事，其實不難求。景安帝是二皇子的親爹，又有過繼二皇子給愉親王的意思，只是二皇子自己想不到，也沒人為他張羅。

也就秦鳳儀這實誠的，幫他討了這差使。

二皇子就在宗人府當差，近水樓臺，秦鳳儀提醒了二皇子一些禮節上的事，像這種給長輩端杯茶，扶著長輩走路，說些貼心話，哄長輩高興……秦鳳儀覺得容易得不得了的事，在二皇子這裡，卻是比登天還難。

秦鳳儀每天有空就拉著二皇子排練，要是教別人，譬如小舅子一類的人，秦鳳儀有話就直說了，可到二皇子這裡，秦鳳儀倒是想委婉的來，二皇子聽不聽得懂委婉的話尚且不說，就是秦鳳儀直截了當說了，二皇子做起事情來仍是手忙腳亂。

秦鳳儀耐著性子道：「就遞一盞茶，殿下坐著，看我怎麼做。」

他讓二皇子的貼身內侍捧過茶來，自己起身接了，雙手奉給二皇子。

秦鳳儀道：「二殿下學一次。」

二皇子真不是個聰明人，但笨人有笨人的好處，便是聽話，而且二皇子頗能吃苦。他不伶俐，但很肯下功夫練習。二皇子叫秦鳳儀坐椅子上，內侍端上茶，他接來給秦鳳儀。

秦鳳儀再三交代二皇子和那內侍：「你們可不能說出去，不然御史會參我無禮的。」

二皇子道：「放心，我定不與人說，小邱也是自幼服侍我的。」

這位殿下很知道秦鳳儀是為自己操心著想。

就這麼個端茶的事，二皇子練了三天才練好。

兩人陛見的時候，秦鳳儀私下提醒二皇子：「在陛下跟前，要是有這樣的事，殿下萬不要讓內侍來。殿下自己接了，奉給陛下，知道嗎？」

二皇子道：「放心，我記得了。」

話說，景安帝見著二兒子奉茶給他，驚得都愣了一瞬，這才接過，臉上的笑意還加深了幾分，「行了，坐吧。」

秦鳳儀給二皇子一記鼓勵的眼神，二皇子安心坐了。

景安帝又不瞎，自然看到二人眉眼間的事情。

景安帝心中大慰，想著鳳儀當真是朕的貼心人，把二皇子交給他果然是對的。

景安帝問起二皇子在差使上的事，二皇子道：「近來上報的到年紀還沒有差事或是官封的宗室子不少，父皇，這些要怎麼辦呢？」

景安帝不答，啜口茶，反是問：「要是你說，當如何？」

二皇子道：「大哥說，有例按例，無例按律。」

回答是很迅速，只是這話何其沒滋味，秦鳳儀聽得直翻白眼，景安帝都覺得茶喝著不香了。秦鳳儀當下就說：「殿下，陛下問的是您的意思，您說您的想法，不必提大殿下。」

二皇子悶聲道：「我……我也是這樣想的。」

景安帝覺得茶水開始寡淡了，「朕知道了，你下去吧。」

二皇子有些惶恐地看親爹一眼，再看秦鳳儀一眼。秦鳳儀給他一個安撫的眼神，二皇子這才起身退下了。

景安帝按額頭嘆氣。

秦鳳儀過去幫著給景安帝揉太陽穴，勸道：「二殿下就是太老實了。」

「朕都不知道該怎麼說他。」

「您現在生氣有什麼用，是不是二殿下小時候，您太少鼓勵他了。」

「朕看你小時候也沒人鼓勵你，你不是還總挨先生的揍嗎？」

「我是屬於不用人鼓勵的那一種。」秦鳳儀自己就自信得不得了，與景安帝道：「人跟人怎麼一樣呢？像我這樣完美的人本來就不多啊！」

「是，像你這樣怕媳婦的確實不多。」景安帝實在不喜歡二兒子那種小心翼翼的模樣，他比較喜歡秦鳳儀抗打擊型的。

「誰說我怕媳婦啦？」秦鳳儀是死不承認的，「我家可都是我做主。」

景安帝一樂，想到二兒子雖是個木頭，卻還不能不為二兒子打算，又道：「二皇子的差使上，你要是覺得哪裡不足要提醒他，倘你有不懂的，只管來問朕。」

秦鳳儀應了，「陛下放心吧，我看二殿下很肯學習，就是陛下您別太嚴格了，您看您今兒個，一個不順心就要撂臉。二殿下又慣是會看人臉色的，見您不悅，他心裡還不知怎麼個沒著落呢，您以後可不能這樣了。」

景安帝嘆道：「朕慣把旁人當你這等厚臉皮的啊！」

「我臉皮厚？我臉皮厚？」秦鳳儀不依，拽著景安帝的袖子，必要他說個明白。

景安帝笑著拍拍他的手，「好了好了，臉皮薄行了吧？」

「哼，這還差不多！」秦鳳儀自己也笑，「好久沒陪陛下下棋了，咱們殺一盤如何？」

景安帝問他：「可帶足了銀兩？」

秦鳳儀道：「今兒個我是要往回帶銀子的。」

「野心還不小。」

「這叫壯志比天高。」

兩人你一句我一句，擺開了棋盤。待下過棋，秦鳳儀就又被留下賜飯了。

吃著飯，秦鳳儀跟皇帝陛下打聽：「現在宗人府熱鬧得很，以往在京城不覺得宗室人多，如今這一看，可真不少。陛下，這麼些人都要給爵位給官位嗎？」

景安帝打發了內侍宮人，只留了下馬公公在身邊，方道：「這也不一樣，五代之內的皆有官職或爵位，五代以外就是普通宗室了。不過，普通宗室也有普通宗室的例銀可領。」

「哎喲，那朝廷的開銷可是不少？」

景安帝道：「是啊！」

秦鳳儀看景安帝臉色淡淡的，就問：「陛下，是不是銀子不大夠用啊？」

景安帝一挑眉，秦鳳儀一副「被我猜中」的得意樣兒，笑道：「我爹心疼銀子時，就是陛下剛剛的模樣。」

景安帝笑，「你這嘴這樣沒個遮攔，還拿長輩打趣，你父親就沒訓斥過你？」

「我可是親兒子，我爹哪裡捨得？」秦鳳儀道：「我爹對我可好了，他什麼事都依我。不過，也經常糊弄我。我小時候吃了虧，打架打輸了，回家叫我爹去給我報仇，我爹出去遛達一圈，回來就說已幫我報仇了，其實根本沒報，只會糊弄我。」

景安帝笑道：「孩子打架，哪裡有父母助拳的理？」

「這可怎麼啦，以後我兒子打架打輸，我就去幫我兒子打回來。」

「等你先生出兒子再說吧。」

秦鳳儀被景安帝說鬱悶了，所幸秦鳳儀很樂觀，他再三道：「那天我夢到的大白蛇就是胎夢，再過兩個月，我請大夫給我媳婦診一診，肯定準的。」

秦鳳儀還道：「我把我兒子的名字改了，不叫大寶兒了，改叫大白。」

景安帝險些嗆著，笑一陣方道：「這名兒改得好，有來歷。」

「我也這樣想。」

陪景安帝用過晚膳，秦鳳儀就出宮回家了。

李鏡問他當差可順利，秦鳳儀道：「二皇子倒是肯學習，只是他這性子委實不討喜，改起來也不是一朝一夕的事，先挑著要緊的叫他改了吧。」

秦鳳儀去了官服，換了家常衣衫，又道：「二皇子的性子怎麼這樣啊？問他什麼事，他只會說大哥如何如何。陛下問的是他大哥嗎？明明是問的他！他那話聽著，可真沒勁兒！」

「二皇子的生母原是皇后娘娘的陪嫁侍女，素來恭敬溫順，二皇子自己的性子又像他母妃，他們母子是依附著鳳儀宮過日子的，自然什麼都是鳳儀宮母子說了算。」

「現在二皇子也是正經當差的皇子，怎麼還這樣？」

「這性子豈是一時半會兒能改了的？」

「不叫他改一改，陛下看他就不會高興。」秦鳳儀癱軟榻上，「快累死我了！」

守著這麼個人，簡直心累。

李鏡拉他道：「先去洗一洗，早些睡吧。」

秦鳳儀反握著她的手，「妳跟我一道洗。」

「我剛洗過。」

「再洗一次嘛！」秦鳳儀央求，啾啾啾親媳婦的手三下，李鏡只得依了他。

當晚夫妻二人的內闈之事就不提了，反正，休息一夜，第二天秦鳳儀又開始了對二皇子的改造工程。通過教二皇子端茶的事，秦鳳儀對二皇子的性情有了了解，有話直說便好，很不必委婉，或是拐彎抹角什麼的。

於是，秦鳳儀就直說了，「殿下，請記住臣的第二句話，以後不論誰問殿下什麼事，殿下再不能說大皇子的意思是什麼什麼這樣的話！」

二皇子有些懵，「那說什麼呀？」

「殿下怎麼想就怎麼說，如果殿下不知道，就說不知道，但是，絕對不要再說大哥怎麼怎麼說的話。」秦鳳儀緊盯二皇子的眼睛，又重複了一遍。

二皇子的眼神裡果然出現了猶疑，「可是，大哥說的話都是對的啊！」

「誰說大殿下說的都是對的，有一天大殿下要是指鹿為馬，您也會附和說是對的嗎？」秦鳳儀其實明白二皇子在為難什麼，直接道：「大殿下還沒有登基做皇帝，待大殿下登基，您為了生活好過些，再說大哥什麼什麼都對的話吧。現在是您的父親在位，您就是說，也要說父親如何如何的話，好嗎？」

二皇子輕聲道：「秦探花，你是不是特別看不起我？」

「原本我想著殿下是個沒主見的人，可聽殿下這話，就知殿下是個明白人。」秦鳳儀直言道：「您既是明白人，我問問您吧，當初教您功課的先生，可有跟您說過我這樣的話？」

二皇子搖頭，「沒有。」

「因為他們怕得罪大殿下，我不怕，所以，我敢說實話。」秦鳳儀道：「殿下，現在真不必事事都將大殿下放在前頭去說。陛下如果問的是您，不知道就是不知道，知道的話，該怎麼說就怎麼說。」

二皇子道：「可是，有時大哥的話未嘗沒有道理。」

「那您心裡知道就行，如果陛下問的是你，你就說自己的意見。如果你與大殿下的意見一致，也不要說『大哥如何如何說』的話，您要說，『我是這樣想的，我遇著大哥，與大哥說了此事，大哥的意思也是如此』。如果您有自己的意見，直接說就好。這樣成嗎？」

「成！」

這便是秦鳳儀教導二皇子的第二件事，不要「大哥說」，要「自己說」。

要說景安帝喜歡秦鳳儀，真不是沒有道理。秦鳳儀非但擅長解悶陪伴之類的工作，就是給他一些不好辦的差使，他也都是盡心盡力。

就拿二皇子的個性來說，景安帝早看到這個二兒子就愁得慌。

做父親的，沒人願意看到一個兒子長成另一個兒子的應聲蟲，可這事卻又不能責怪大兒子。景安帝不是沒提點過二兒子，結果提點沒用。

景安帝雖則對皇子們不錯，但每天也不是把奶爸做好就萬事大吉了。事實上，景安帝繼位時就頗有波折。待繼位後，又是勵精圖志，憋著心氣兒想把父兄丟掉的大塊地盤搶回來。等國泰民安時，就發現兒子們都長得奇奇怪怪的了。

大兒子倒是不錯，景安帝也一直比較重視長子，結果，二兒子竟是凡事以大兒子為主心骨。以前想著長子照顧次子，沒覺得如何，待孩子大了再這般，就是怎麼看怎麼覺得不對頭了。所幸二兒子只是長成了複讀機，三兒子卻是發展成了強頭，老四和老五不好不壞，也還成，但也沒有特別出彩的地方。倒是小六郎，天真可愛，景安帝很喜歡。

如今，秦鳳儀不過與二兒子同歲，沒想到就能幫著改一改二兒子的性子。

秦鳳儀是個實心辦事的，主要是秦鳳儀的審美與景安帝有些像。或者其他大臣會覺得，二皇子一直這個樣子，而且，大皇子既嫡且長，以後江山必是大皇子的，二皇子這般是笨有笨招，也沒什麼不妥。

然而，秦鳳儀就是聽不得二皇子開口就是「大哥如何如何」。只要他還在二皇子身邊，必要讓二皇子改了的。

非但說話上要二皇子改一改，就是平日裡二皇子在宗人府的差使，秦鳳儀完全就成了二皇子的助手。下官捧上來的，要二皇子批閱簽字拿主意的文書，秦鳳儀都要幫他一道看過。

秦鳳儀看著都是暗暗心驚，驚訝道：「宗室竟有十幾萬人之眾啊？」

「是啊。」二皇子道：「每月薪俸批示，都要自宗人府走。」

秦鳳儀問：「這銀子從哪兒出啊？」

二皇子道：「戶部。」

秦鳳儀點點頭，想著，這些個宗室每年可真是開銷不少，怪道他提起宗室，陛下的臉色都淡淡的，想是銀子花得太多了吧？

秦鳳儀跟著二皇子在宗人府，長了些見識。待下晌沒什麼事的時候，秦鳳儀便讓二皇子做一天的公務總結，譬如都處理了什麼公文，關於什麼事的。

二皇子年紀不大，記性不咋地，秦鳳儀道：「事情太多，的確是不好記。用奏章記下來，放在身上，待陛下問詢時，拿出來就能看了。就是陛下不問，咱們陛見時，殿下哪裡想不起來，拿出來看看就是。」

二皇子很肯聽秦鳳儀的。

然後，不論有事還是沒事，秦鳳儀每天都要拉著二皇子過去陛見，說一說二皇子這一天的工作。其實宗人府能有什麼要緊的工作，但二皇子做事認真，還拿摺子記錄下來，說話也不再以「大哥說」開頭，景安帝就很滿意了。

不僅景安帝滿意，愉親王看二皇子也順眼不少。

主要是，愉親王喜歡秦鳳儀，時常喊秦鳳儀一道用飯，秦鳳儀看二皇子改了些先時的毛病，也都帶上他一道，愉老親王私下還與秦鳳儀道：「你這差當得真不錯。」

秦鳳儀道：「二殿下其實是個明白人，肯學習，改起來就快。」

秦鳳儀因同愉親王關係好，有話就直說，「我家以前還做生意的時候，雖然銀子有的是，但其實許多做官人家的子弟都看不起我們商賈。那時我就覺得，做官可真威風，後來到了京城，見識了天子氣派，我又覺得，像愉爺爺你們皇家宗室，這等生來富貴的，才真是天之驕子。可如今有了些經歷，就覺得，其實各有各的不容易。」

愉老親王一笑，「生而貴胄，也有貴胄的責任，不然你以為這潑天富貴是好享的。」

秦鳳儀笑，「是這個理，可見世間沒有一樣是容易得的。」

秦鳳儀因常跟二皇子在一處，就是他媳婦的慶生酒，也請了二皇子參加。

秦鳳儀親自送了帖子給二皇子，同二皇子道：「正好是休沐的時間，殿下有空就過來樂上一樂，我還請了三殿下和六殿下。」

二皇子接了，認真道：「我必來的。」

結果，說必來卻沒來。

三皇子倒是替二皇子帶了份生辰賀禮，與秦鳳儀道：「關娘娘身上有些個不大好，二哥在關娘娘身邊侍疾，不能來了。」

秦鳳儀連忙問：「什麼病？要不要緊啊？」

三皇子道：「聽說是犯了舊疾。」

畢竟是他媳婦的生辰酒，秦鳳儀沒再多問，想著什麼時候收拾一兩樣藥材送給二皇子才好。秦鳳儀請三皇子和六皇子進去，還摸摸六皇子的頭，「這些天不見，殿下長高不少。」

六皇子道：「還算你有義氣，知道給我下帖子。」

收到了正式的請帖，六皇子頗覺有面子。

秦鳳儀逗他，「忘了誰也不能忘了六殿下您啊！」

六皇子年紀雖小，但極好面子，聽這話很是高興，就昂著小腦袋，覥著小胸脯進去了。

秦鳳儀的親家張盛也過來了，只是大公主沒來，因為大公主預產期就在下個月，這些天無非就是在自家園子裡走一走，門是不敢出了的。不過，張盛帶了不菲的生辰禮。

另外，岳家一家子是必來的。

秦鳳儀特別將媳婦的生辰酒擺在了休沐時，就是為了人多熱鬧。再者，就是方家方悅小夫妻兩個。雖則囡囡師妹兼師侄女有了身孕，可月份尚淺，方悅便帶了媳婦過來熱鬧一二。再有，就是秦鳳儀的朋友，如酈家酈遠，這與秦鳳儀是老交情了。還有平嵐，這是秦鳳儀新交的朋友。說來，平家秦鳳儀就請了平珍和平嵐兩個。平珍要畫畫，讓平嵐代他送了李鏡生辰禮，自己並沒有來，平嵐則是帶著妻子過來的。另則，就是現在與李鏡交情不錯的嚴姑娘嚴大姊。餘者，秦鳳儀和李鏡夫妻未曾打擾。

就是這些人，也熱鬧得很。

最高興的莫過於秦家人與李家人。

秦家人高興是因為，秦老爺和秦太太又能榮幸與皇子殿下們一道吃飯。李家人高興是因為，看親家這樣重視自家女孩兒，哪裡有不歡喜的。

李老夫人誇孫女婿道：「早先阿鳳來京城，我就看他很好，這人品這性情都沒得說。」

秦太太也說起古來，「阿鳳頭一年來京城，回家後常說起親家老太太。我們家老太太去得早，阿鳳沒見過。阿鳳就說，要是他祖母活著，定是如您老人家一般慈悲和善。」

這樣慶生的日子，大家說說笑笑，自然都是說些高興的事。

便是後丈母娘景川侯夫人回家，都與丈夫說：「以後二女婿待咱們玉如，就像大姑爺待咱們阿鏡一般，我便什麼都不擔心了。」

景川侯亦是道：「咱們陪不了孩子一輩子，不論兒女，我都盼著小倆口和睦。」

景川侯夫人想著繼女這生辰，以前在娘家，因為是待字閨中的女孩兒，生辰其實未大辦過。李鏡這嫁了人，按理說上頭還有婆婆，夫家卻肯這樣為她張羅生辰，而且，看秦鳳儀連皇子一流的貴人都能請回家，可見秦鳳儀在御前多麼得臉面了，竟真的能與皇子結交。

景川侯夫人覺得這鹽商小子的確是有些本領。

哎，都說五月生的人沒福，看繼女這不挺有福的？可見民間說法也不是都準的。

李老夫人更不必說，吃過孫女的二十歲生辰酒回來仍是樂呵呵的，與心腹嬤嬤道：「阿鏡先時頗有些坎坷，我也更心疼她一些，如今我才算放心了。」

那心腹嬤嬤笑道：「先不說咱們家大姑爺讀書上進，就是咱們家大姑爺待咱們大姑娘的這份心，要我說，縱是沒功名，這也是一等一的好男兒。」

「是啊。」李老夫人感慨道：「鳳儀啊，真是個難得的。就是秦親家一家子，也俱是明白人。」想到孫女當初非秦鳳儀不嫁，當真是一等一的好眼光。

不要說李家長輩，就是李家這些平輩，如李二姑娘和李三姑娘，皆是心裡含春的少女，自是覺得姊姊、姊夫情分好，叫人羨慕。

崔氏這在夫家一向順遂的，也沒少誇秦鳳儀，「妹夫看著跳脫，真是個會心疼人的。」

李釗笑，「我就盼著他倆一直這樣好，可千萬別打架了。」

崔氏聽得忍俊不禁。

李鏡亦是開心，晚上還同秦鳳儀道：「請的人太多了，不是說就咱兩家吃一回酒嗎？」

「也沒請什麼人，都是京城玩得不錯的。」秦鳳儀道：「我今年生辰就沒得過，妳的再不過，也太可惜了，人一輩才有幾十個生辰啊？」

李鏡雙眸含笑看著他，眸中萬般情誼，「一會兒咱倆一道沐浴，如何？」

秦鳳儀嗷一聲，高興得一把將媳婦抱了起來。

李鏡笑著捶他兩下，「快放我下來，以後你再這樣，可不跟你洗了。」

秦鳳儀不放，抱著親了一回，直接就將人按壓到了榻間。

別看李鏡會武功，這個時候淨是心慌害羞，便什麼都想不起來了。

夫妻二人折騰了大半宿，秦鳳儀幫媳婦洗好澡，抱媳婦上床時，李鏡是沾枕即睡。秦鳳儀是舒坦又有些疲倦，不過，仍是得意地想：這才是一家之主的派頭啊！

第二日早上起床，秦鳳儀還與媳婦說了備幾樣藥材的事，秦鳳儀道：「二皇子的母親位分不高，妳備幾樣滋補的藥材，我帶去給二皇子。」

李鏡唇角微微一抿，想說什麼，終是沒說，「那就燕窩、雪蛤、人參和鹿茸吧。這四樣，有滋陰補氣的，也有大補元氣的，只是人參、鹿茸性熱，吃的時候得問過太醫才成。」

秦鳳儀應了，早上用過飯，便帶著一大包藥材去了宗人府。

秦鳳儀還與二皇子道：「您宮裡若是有什麼不方便的，只管與我說。咱們能在一處就是緣分，可千萬別見外了。」

這話說得二皇子心裡越發過意不去。

二皇子一上午都像霜打的茄子似的沒精神，秦鳳儀以為二皇子是惦記他娘，便道：「您要是實在記掛，就先回宮探望關娘娘，就是陛下知道，也不會說你什麼的。」

二皇子心中過意不去更甚，秦鳳儀看他這蔫鵪鶉樣兒，直接幫他收拾東西了，「您就回去看關娘娘吧，我跟陛下說，讓他多關照關娘娘一些。」

二皇子實在按捺不下去，悶聲道：「我母妃已經好了。」

「那你這愁眉苦臉的樣兒做什麼？」收拾好的東西又給放下了。

二皇子看秦鳳儀一眼，悶悶地說：「我覺得，對不住你。」

「你怎麼我了？」秦鳳儀還沒明白過來。

二皇子是個實在人，便老老實實地同秦鳳儀說了，「我昨兒要去你家的，可母妃一早叫我過去，說她身上不好，折騰半日，太醫就給開了個太平方。她一徑兒說不舒坦，我便沒能去你家。你這麼關心我，秦探花，我心裡，很過意不去。」

「哦。」秦鳳儀恍然大悟，「原來關娘娘的病是裝的啊？就為了不讓你去我家吃酒？」

二皇子既羞且愧，說不出話來。

秦鳳儀摸摸頭，「我還真沒多想。」他拉把椅子坐二皇子身邊，看他都這樣了，也不好責怪他，秦鳳儀已是想通其中的關竅，問二皇子：「你跟你娘在宮裡沒被皇后為難吧？」

二皇子搖搖頭，秦鳳儀道：「你心裡是個有數的，唉，我有個朋友也是庶出，在嫡母手下討生活，日子很艱難。算了，你都跟我實說了，我不會怪你的。」

二皇子心裡很不好過，再憋屈的人也是人，不是木頭。二皇子眼圈兒都有些紅了，秦鳳儀勸他道：「你這是有緣故的，不是你故意不來，我明白就成。」還拿帕子給他擦眼淚。

二皇子抽了一下鼻子，問：「那你以後還跟我好不？」

「好。」

「還像以前那樣指點我不？」

「指點。」

二皇子難得感情大爆發，哭了一回，把心裡的話都跟秦鳳儀說了。

有些事還真的出乎秦鳳儀意料之外，在秦鳳儀看來，二皇子過繼愉親王府是挺好的一件事，沒想到二皇子自己並不大樂意。

二皇子道：「我要是過繼給愉叔祖做孫子，以後就沒辦法孝順我娘了。我娘只有我一個兒子，要是我過繼了，我娘以後連個孝順的兒子都沒有了。」

秦鳳儀自己也是個孝順的人，嘆道：「這也是。」又與二皇子道：「這事不用急，眼下愉爺爺身子骨硬朗著，再活個三五十年沒問題。這過繼之事，又不是在眼前，您現在好生孝順娘就是。就是以後，真說到過繼上頭來，您怎麼想的，與陛下直言就是了。您不願意，誰也不會勉強您的。」

「可我怕父皇生氣，說我不知好歹。」

「什麼叫不知好歹啊？您不願意換爹就是不知好歹？要是有這樣的道理，我倒是要問問陛下了。」秦鳳儀是個愛大包大攬的性子，尤其富有同情心，當下拍胸脯道：「您放心吧，到時我一定為您說話。」

二皇子點點頭，秦鳳儀又提醒道：「可凡事您自己心裡也得有數。小事不要緊，大事上切莫失了分寸。」

二皇子道：「大事一般都跟我沒關係啊！」

秦鳳儀聽這話直翻白眼，「行了，咱們先把小事做好再說。」

秦鳳儀私下同景安帝提了二皇子這事。

秦鳳儀道：「這事我只與陛下說，回家我媳婦我都不會說的。除了陛下，便是老馬你聽到了。如果有人說出去，就是咱們仨當中的一個。」

於是，把二皇子母子倆的處境說了。

秦鳳儀道：「庶出本就不如嫡出，以前我也覺得二皇子不若其他皇子一般神采飛揚。他這人話不多，也不是那等八面玲瓏的，可有時想想，真叫人心疼。這也怪，您說，關二爺是何等威風，怎麼關娘娘就這麼軟弱呢？都是姓關的，這差距可真大。」

景安帝本身也不是很喜歡關美人，不然也不能二皇子都這麼大了，關美人還在美人的位分上。景安帝道：「她也是皇子之母，自己如此，有什麼法子？」

「有什麼法子？您家小老婆，您沒法子？」秦鳳儀見景安帝臉色要不好，忙奉上香茶給他，勸道：「也只得陛下多關照他們些了。還是我這法子好，我就一個媳婦，既沒通房也沒小妾，我媳婦待我也好。」

「可不是嗎？時不時便揍個鼻青臉腫。」景安帝諷刺道。

「誰說的誰說的？沒有的事！」

「也不知道是誰，一路從城裡哭到城外，臉都哭腫了，是不是你？」

「不是不是！」秦鳳儀堅決否認。

二皇子母子之事，不是能往外說。要是說關美人不該裝病，就關美人這軟弱性子，說她一句，真得嚇死她。更不好說平皇后，平皇后什麼都沒幹，又不是平皇后讓闞美人裝病的。饒是景安帝九五之尊，如今也只好不去鳳儀宮，改去裴貴妃那裡了。

平皇后簡直是摸不著頭緒地就失了寵。

原本大皇子給景安帝生了個不得了的皇孫，景安帝近些天一直宿在鳳儀宮，與平皇后好得彷彿初婚。這完全不知因何而起，景安帝就不往鳳儀宮去了。便是初一、十五這兩日，也沒到鳳儀宮。平皇后這下子坐不住了，與母親哭訴：「若是我哪裡不好，也得有個緣故。無緣無故就如此，叫我一肚子的委屈也不知往何處訴去。」

平郡王妃問：「是不是妳哪裡不合陛下的心意了？」

「前一天還好好的，問了我不少永哥兒的事，也不曉得如何就這般了？」平皇后說著，眼淚都下來了。夫妻這些年感情一直不錯，丈夫忽然移情別戀了，不自政治利益上講，就是夫妻情分，這叫誰能受得住呢？

平郡王妃小聲道：「有沒有問一問陛下身邊的近人？」

「他們也不曉得。」

「那馬公公呢？」

「那老東西，憑誰也甭想從他嘴裡問出什麼來。」

平郡王妃一時也沒法子了，「妳別急，我回去尋妳父親拿個主意。」

平皇后點點頭。

平郡王妃當天晚上與丈夫說了這事。

平郡王濃眉微擰，「絕不會沒有緣故，陛下何曾這樣發作過皇后？」

便是只有夫妻二人，平郡王妃聲音都壓得極低道：「打聽都打聽不出來。」

「御前之事，不好私自窺視。」平郡王問：「多久了？」

「一個多月了。」

平郡王閉目想了想，忽然道：「皇上把秦探花派給了二皇子，近來二皇子母子那裡，可有什麼事沒？」

平郡王妃道：「這個我倒是不曉得，要不，明兒我進宮問一問娘娘？」

「先不要進宮。」平郡王道：「明天讓阿嵐去找秦探花打聽。」

平郡王妃道：「二皇子母子素不受寵，難不成是因著他母子，陛下發作娘娘？」

「這話何其糊塗？就是不受寵，關美人不打緊，二皇子也是陛下的親生骨肉。」平郡王解釋道：「現在諸皇子都長大了，當差的當差，成親的成親，就是看著皇子的面子，待皇子生母也要和氣些才是。」

平郡王妃道：「你放心吧，娘娘也不是刻薄人，何況，關娘娘是自小就跟著娘娘的，她們宛如姊妹一般。」

平郡王道：「讓阿嵐打聽一二再說吧。」

平嵐與秦鳳儀一向能說得上話，平嵐親自來打聽，秦鳳儀很想跟平家人念叨一二的。他在御前當差，想著平嵐都來找他打聽了，可見是宮裡啥都沒打聽出來。

只是，這事不好說，何況他與大皇子有過節，平皇后又是平嵐的親姑媽，疏不間親，也不好跟人家侄兒說人家姑媽的不是。

秦鳳儀心中暗自斟酌言詞，「不是我沒義氣，我師傅說了，御前的事，半句不能往外說。就是我師傅來問，我師傅也叫我不能說的。」

平嵐一聽就知道必是有什麼事，他也知宮中規矩，忙道：「鳳儀，我並沒有私窺御前的意思，只是想請你指點一二。」

秦鳳儀思量半晌，道：「阿嵐，你救過我的命，我也不好就叫你回去。這麼說吧，合不合適的，你聽一聽。」

「鳳儀請講。」

秦鳳儀琢磨了一番，方開口道：「像先時大公主與柳家的親事，陛下自是好心，覺得嫁公主與侯府是天大恩典，柳家必然對公主恭敬以待，但後來柳家認為，當年德妃娘娘是柳家的侍女，公主固然尊貴，也不過是柳家侍婢之女。聽說，前幾年柳伯夫人還時不時就要與公主說一說當年對德妃娘娘如何的大恩大德。」

秦鳳儀雖然個性奇特，但他能在御前盛寵不衰，必然有自己的本事。他是個極會說話的人，他這話一說，平嵐當下就愧得不得了。

平嵐欲辯：「平家可萬不敢有此大逆不道的想法。」

「我知道，我也只是一說，阿嵐你一聽便罷了。」

平嵐坐也坐不住，略說幾句，心驚肉跳地辭了秦鳳儀而去。

秦鳳儀這話，雖則只是淡淡幾句，卻是驚心動魄，如降驚雷啊！

平嵐回家私下與祖父說了，平郡王輕聲道：「瞧見沒，這就是秦探花的本事。大殿下非要與他交惡，如今可不是吃了虧。」

平嵐道：「鳳儀這話，真是厲害。」

「朝廷裡多少人，都盼著在御前露頭，這些人沒一個是無能之輩，卻是叫秦探花能占了先。非但占了先，人家還牢牢地占穩了。」平郡王道：「先時我就看他不錯，沒想到他厲害到這般地步。」

平嵐道：「難就難在，大殿下與鳳儀關係一般，想叫鳳儀替皇后說話，怕是不易。」

平郡王道：「太遲了，先時太后千秋宴，兩人已是撕破臉，秦探花要是個會輕易低頭的，當初根本不會與大殿下衝突。」

祖孫倆一時也沒有什麼好法子，其實秦鳳儀肯提醒平嵐，這真是給了平嵐天大的面子。要不是與平嵐關係不錯，平嵐救過秦鳳儀的性命，這樣的皇后在馬公公那裡都打聽不出來的事，秦鳳儀如何肯隱諱提醒呢？

人家能隱諱地說一句，是人家的情分。

平嵐特意上門，李鏡還問丈夫平嵐來有什麼事。

秦鳳儀道：「不能跟妳說。」

李鏡道：「我可是什麼事都與你說的。」

秦鳳儀想了想，道：「等睡覺時再說。」

李鏡便知是機密要事了。

李鏡與秦鳳儀商量道：「攬月與瓊花的親事定在了六月，瓊花總得備幾樣婚嫁物件。他們成親的屋子，攬月家已是預備好了。瓊花娘家不在這裡，我想著就讓她從府裡出嫁。她服侍你一場，何況，我嫁過來這一年，多虧她幫襯，我給她預備了十台嫁妝，她這些年的東西，也全都叫她帶走。這是單子，你瞧瞧。」

李鏡行事向來有條理，什麼都是擬出單子來的。

秦鳳儀接過看了，見上頭衣料子、首飾、箱櫃什麼都是全的，秦鳳儀笑道：「這就很好。從我的壓歲箱子裡挑一對大金元寶給瓊花姊姊壓箱底，算是我的意思。妳屆時再問一問咱們娘，她定也有添妝。」又說：「瓊花姊姊不容易，咱們得多照顧著她些。」

「你放心吧。」李鏡把單子交給小方收著。

秦鳳儀還很一碗水端平地道：「屆時小圓和小方出嫁都按此例。」

這話讓兩個丫鬟喜得不得了。

秦鳳儀是晚上睡覺時才跟媳婦說了平嵐過來的事。

「皇后娘娘近些天在宮裡不大好過，他過來找我打聽。」

「這事兒稀奇，你是正經朝中大臣，後宮的事如何能知道？」

「我跟妳說了吧，不是為別個事。」秦鳳儀低聲道：「是因著二皇子的事。」

「二皇子怎麼了？」

「你看看二皇子都長成什麼樣兒了，不論幹什麼都是看皇后母子的臉色。這事當然不好怪皇后，皇后雖是嫡母，可二皇子也有生母。他略與我走得近些，我請他參加妳的生辰宴，關娘娘就裝病絆住二殿下的腳，沒讓他來，難不成二皇子母子與咱們家不睦？陛下又不傻，我尋思著，是陛下冷落皇后了。」

「陛下怎麼知道關娘娘裝病的事，關娘娘一向不得寵，二皇子也不是個會冒頭的。」

「我跟陛下說的。」秦鳳儀完全沒有半點告狀不好的意思，還嘆道：「妳不曉得，二皇子當真是個實誠人。我初時也沒多想，拿藥材給他，他覺得對不住我，都哭了，我這才知道關娘娘裝病的事。唉，二皇子這人軟弱是軟弱了些，心裡到底是個明白的。」

「要是不明白，怎麼知道凡事跟著大皇子走呢？」李鏡道：「你愛發善心，可我得提醒你一句，二皇子跟著大皇子可是二十年了，跟你才多少功夫，你別被人哄了去才好。」

「放心吧，我也只是奉陛下之命輔助二皇子，二皇子的性情，只要大事明白，小事就算了。說到底，以後江山還是大皇子的，我知道他不敢得罪大皇子。只是，堂堂的皇子，也不能忒窩囊了，叫人看著不像樣。」秦鳳儀摟著媳婦軟乎乎暖呼呼的身子，滿足地道：「陛下在的一日，我在朝中一日。哪一日大皇子坐了江山，咱們就辭官回老家。」

李鏡什麼都不說，只道：「我聽你的。」

秦鳳儀看媳婦如此溫順，還趁機跟媳婦提意見：「妳以後可得對我溫柔些，陛下總是笑話我被妳打的事。」

「哎喲，陛下怎麼知道啊？」

「這誰曉得，他還知道我哭到城外找岳父做主的事呢，有事沒事就拿出來笑話我。」

李鏡忙安慰丈夫：「你放心吧，咱倆下半輩子也不能再吵架的。」

秦鳳儀點頭，「我也這樣想。」

媳婦武力值太高，打也打不過啊！

秦鳳儀提點了平家，平家不知怎麼商量的，眼下是再無捷徑可走，只得是平郡王妃進宮與皇后說，讓皇后善待二皇子母子。

平皇后冤死了，「我何曾刻薄過他們母子？但凡我這裡有的，何曾少過他們母子？」

平郡王妃安撫皇后閨女，「娘娘，妳是個爽快性子，直來直去慣了，但以後得多留心了。關娘娘的確是陪娘娘嫁進宮來的，可如今她也是皇子之母了。二殿下是陛下的骨肉，別個不說，有一事，妳父親早就說不妥了，我先時也與娘娘提過。」

「母親說的是何事？」

「兄弟間便是再要好，可二皇子但凡說話，皆是以『大哥如何如何』開頭，這就不大好了。」平郡王妃道：「天下父母心，就是我自己的兒女，我也是希望他們雖然要聽取兄弟的意見，但也要各有各的主見才行。」

「我不是沒有說過二郎，可他又不改，我有什麼法子？何況現在二郎已經不這樣了。」平皇后輕哼一聲，「母親不曉得，二郎但凡再說『大哥如何』，秦探花就嗓子不舒服，咳來咳去的，二郎如今已不這樣說了。」

說到這個，平皇后就一肚子的火。

這個姓秦的，簡直是八字與她鳳儀宮不合。先時尋她兒子不是，害她兒子被陛下訓斥，如今二郎也跟姓秦的好得跟什麼似的。就李鏡的生辰宴，你秦家什麼出身，你家媳婦的生辰宴就要皇子參加，好大個臉！

平郡王妃看閨女不痛快，暗嘆一聲，勸閨女道：「這不是很好嗎？娘娘說過的事，二殿下沒能改了，結果秦探花幫著二殿下改了，娘娘該謝秦探花才是。」

平皇后深吸一口氣，「是，這事我是該謝秦探花。母親不曉得，秦探花在御前得意，不知擺了多大的譜，就他媳婦二十歲的生辰，皇子就請了兩個去。便是父親過壽，也不過是大郎和二郎過去。他一個七品小官，內眷生辰便有這樣的派頭，都算京城一景了。」

平郡王妃道：「這個我知道，秦探花還請阿嵐過去了。阿嵐回來也與我們說了，三殿下和六殿下去了，二殿下在宮裡侍疾未去，是不是？」

話到這裡，平郡王妃可算是稍有些明白癥結在哪裡了。她就說嘛，二皇子唯唯諾諾也不是頭一天了，如何陛下突然就惱了。平郡王妃可不是秦鳳儀這實心腸的，一聽二皇子在宮裡侍疾，平郡王妃就知是什麼緣由了。

平郡王妃想著，秦探花為人聰明，定是瞧出二皇子是故意不去的。話說，平郡王妃委實高估了秦鳳儀，秦鳳儀根本沒看出來關美人是裝病，主要是二皇子太老實，被秦鳳儀感動，然後啥都與秦鳳儀說了。人家二皇子不是故意不去，是二皇子的娘絆住了二皇子的腳。

平郡王妃倒有一點沒想錯，怕就是因此事得罪了秦鳳儀，秦鳳儀在御前說了什麼。

一想到閨女失寵皆因秦鳳儀而來，而自家孫子還特意去秦家打聽，想來現下秦鳳儀都笑歪了嘴吧？平郡王妃一想到此番，便是一陣氣惱。

只是，此時斷不好再閨女面前露出來，不然閨女這性子，定是要惱上加惱的。

平郡王妃定一定神，繼續問閨女：「關娘娘身子不舒服嗎？」

平皇后道：「那天她舊疾犯了。」

平郡王妃輕聲道：「娘娘，我知道妳不喜歡秦探花。他這人性子是有些驕縱了，小戶人家出來的，我聽說秦探花的父親就是個鹽商，頭一回去景川侯府，嚇得都不會走路了，抬腿就是同手同腳，張嘴說不出個俐落話來。這樣的出身，有些不知天高地厚也是有的，可現在他在御前得意，陛下喜歡他，我們又何必去得罪他呢？既然陛下讓他跟著二殿下，這是陛下的意思，二殿下能不與他親近嗎？這事，怪不得二殿下。」

「我也沒有怪二郎。」平皇后道：「我實話說，我待二郎自然是比不上大郎，可這些年凡是大郎有的，自也有他的一份，我真是沒虧待過他們母子。」

「如今朝中小人多，娘娘心中無愧，架不住小人讒言。關娘娘與二殿下都是老實人，又一向與娘娘和大殿下親厚，二殿下這性子略改些也好。說真的，有時二殿下一說『大哥如何如何』，我既欣慰他們兄弟和睦，到底也不免擔憂。如今面上改一改，私下仍舊和睦，那才好。何況，二殿下終是要過繼給愉親王府的。記得一個『好』字，就沒有大差錯。」

平郡王妃又道：「還有秦探花，我知道娘娘不喜歡他，可陛下喜歡他，就當看著陛下的面子吧。陛下身邊的人，只要陛下喜歡，咱們一句不是都不要說。再者，秦探花待二殿下很有些實心意，他既如此，娘娘該賞他才是，何苦要結怨於他？」

平皇后捶捶胸口，她一想到秦鳳儀就胸悶，都快落下病根了。

平皇后咬牙道：「我真不知道是哪輩子與這姓秦的有冤孽，他本是景川之婿，阿鏡也算是咱們家的外甥女，可看遍滿朝上下，沒有他們夫妻再叫人寒心的了。」
李鏡進宮從不登鳳儀宮的門，都是直奔裴貴妃那裡，鬧得平皇后在宮裡很是沒面子。
平郡王妃勸道：「就是一家子，也有不和睦的兄弟。娘娘把心放在陛下身上，放在大殿下身上，放在小皇孫身上，只要陛下、大殿下和小皇孫都好，娘娘還有什麼不好的呢？」
平皇后壓下一口氣，「母親說的是。」
也就平皇后有這樣顯赫的娘家，就是一時失了帝心，也有娘家幫她打聽消息。
平皇后做了二十年的皇后，也不是個笨的。既是知道問題出在二皇子母子這裡，無非就是待二皇子母子更和氣周全些罷了。
至於秦鳳儀那裡，平皇后與景安帝說了：「聽說秦探花跟著二郎當差很是勤謹，我看二郎的性子也越發好了，正有內務府供上的鮮荔枝，這東西在京也是難得，不如賞秦探花一碟，還有大公主那裡，她往年都愛這一口。」
景安帝自然說好，「皇后看著辦吧。」
見皇后知道改一改這性子，景安帝也不是什麼鐵石心腸，畢竟多年夫妻，便又往皇后宮裡去了，夫妻倆自然有許多話要說。先說了一番小皇孫逗人的事兒，把景安帝哄得高興了，平皇后才說起二皇子的事。
「小時候不覺得二郎膽子小些，總是大郎帶著他玩。兩人跑著玩，在園子裡跌個跤，都是喊大哥。大郎呢，做兄長的，我從小就教他好生照顧弟弟們。以前不覺得什麼，待孩子們大了，我也發愁二郎這性子，凡事都要找兄長拿主意。小時候無妨，可他都成親了，在外頭也是頂門定居的爺們兒了，總這樣不是個法子。我有心給他扳一扳性子，可這孩子本就老實，我便狠不下這個心來。我看，陛下自把秦探花給了他，二郎這性子大有改變。我雖不喜秦探花，二郎卻是我兒子，他能與二郎有益，我心裡也是謝他的。」

景安帝笑，「鳳儀那孩子，妳不了解他，待妳了解他，就知他是個實心人了。」

「我只看他做的事，倘他能於二郎有益，以後我還賞他。」平皇后又勸丈夫：「二郎性子軟，又是剛當差，就是有秦探花幫著，陛下也多指點他才好。」

這話景安帝自是聽得順耳。

平郡王妃回家後，便與丈夫說了自己的推測，推測就是秦鳳儀在御前說了皇后娘娘的不是，才令皇后娘娘失了寵。

平郡王一臉淡定，「若不是如此，我何必讓阿嵐去找秦探花打聽？」

平郡王妃一驚，「王爺何不早告訴我？」

「告不告訴妳也沒什麼差別。秦探花請二皇子過去吃酒，不過是覺得與二皇子相處得不錯。三皇子和六皇子也去了，阿嵐也去了，他請得光明正大，偏生闞娘娘就犯了舊疾。為什麼闞娘娘會犯舊疾，娘娘沒同妳說？」平郡王道。

平郡王妃不是自欺欺人的性子，「難道就因這麼點小事，他就要在御前說娘娘的不是？」

平郡王反問：「什麼叫小事？這叫小事？」

平郡王要是那一意偏袒自家人的性子，也坐不到今天的位置了。

平郡王道：「二皇子身邊的差事是陛下親自賞的。秦探花正是年輕氣盛的時候，他不是朝中那些滑不溜手的老泥鰍，是個做事的人。當初為著閱兵的事，他能與正二品大將軍翻臉，也要把事做成。陛下讓他跟在二皇子身邊，聖心如此，他沒有推脫，勢必就要把事做好。請二皇子吃酒怎麼了？三皇子和六皇子也去了，這又不是什麼正經宴會，阿嵐也去了，何苦要攔二皇子？妳攔了二皇子，秦探花難道就猜不透這其間的貓膩？他既知道，又是常伴御前，尋個恰當的機會他就說了，我們能如何？」

「妳把事做在前頭，能怨人家伺機報復？」平郡王道：「他肯提醒阿嵐一句，這就是他的情分。若真是結了死仇，誰會提醒妳？大殿下與秦探花不睦，那不過是他們年輕人的意氣之爭。皇后娘娘何等身分，她是做長輩的，她都出手了，難道叫人家打不還手，罵不還口？」

平郡王想想就來氣，「一國之母，要有一國之母的氣度。」

平郡王妃連忙道：「行了，我知道了。皇后不見得就是要秦探花如何，這秦探花近來也的確是叫人寒心。你不曉得，他媳婦阿鏡小時候在宮裡，皇后如何照顧她的她都忘了，現下進宮，只管去裴貴妃那裡孝敬。」

「不要說了。」平郡王的臉徹底沉了下來，「當初若不是大皇子妃之爭，阿鏡和阿釗不見得就會與方閣老去江南。彼時覺得阿嵐與她也是一樁極好的親事，如今想來，她怕是不願意這樁安排的。」

「秦探花雖好，可不是我說，他能好得過阿嵐？她不樂意，也是她的損失。」

「莫欺少年窮。」平郡王道：「他要是不好，方閣老這致仕的年紀，怎麼會破例再收個關門弟子？阿嵐自是不差，卻也不要小看別人。」

把妻子教導了一通，平郡王轉頭還是交代了平嵐：「你與秦探花都是年輕子弟，且彼此性情投緣，該多來往才好。」

平嵐點點頭，又問了宮裡姑母的事。

平郡王嘆道：「沉得住氣才好啊！」

平嵐道：「依我說，姑母是一國之母，不必與鳳儀較勁。就是贏了，打壓了鳳儀，也沒什麼面子。好不好的，反是落了人眼，叫旁人得意。」

「誰說不是？她這樣自己上陣，屆時大殿下與秦探花那裡，豈不是沒個可調和之人？」平郡王說來都發愁，「秦探花原與咱們家交情不錯，倘若皇后姿態能擺低些，令大殿下與他交好，御前正可多一個助力。如今好了，都得罪光了。」

平家祖孫為皇后母子發愁，秦鳳儀今天卻很是歡喜，因為得了宮裡賞的荔枝。他正與二皇子在宗人府做事，宮裡內侍捧了一碟冰鎮的荔枝過去，說是皇后娘娘賞的。

秦鳳儀驚得，真怕皇后在荔枝裡下毒，不過，這也就是想想，皇后只要還沒失心瘋，便辦不出這樣的事來。秦鳳儀接了荔枝，打賞了送荔枝的內侍，還與二皇子說：「皇后娘娘如何賞我這個？」

二皇子道：「羅公公不是說因著你差事當得好，輔助我有功？」

秦鳳儀想著，怕是他提醒平嵐的事，平皇后知他情，謝他的。

自己真是做好事不留名，好人有好報啊！

荔枝這東西，南夷多的很，只是南夷州離京城路遠，且荔枝易壞，故而運輸成本極高。以往就是在揚州，這也貴得咋舌，秦鳳儀家雖是鹽商出身，也只能是夏天嘗個味兒罷了。如今到了京城，更不是尋常物件。

秦鳳儀道：「這東西可不得了，殿下，您也吃。」

二皇子笑著擺擺手，「今兒一早宮裡就分了，我也有一份，與你這個差不離，我已是吃了的。這個東西難得，你送回家去，讓你爹娘也嘗嘗才好。」

秦鳳儀吸著口水道：「你不說我都忘了。」還是二皇子孝順啊！只是，送回家之前，秦鳳儀先去孝敬了愉老親王一回。

愉老親王也是有的，還比秦鳳儀這份大呢。

愉老親王笑道：「你有這份心我就高興。行了，看你一臉饞樣，怕你自己都不夠吃。」

秦鳳儀剝開一顆荔枝，感慨道：「瞧瞧這雪白的果肉，這芬芳的香味，只聞這味兒就知道有多麼的好吃了。」

看他都要流口水了，愉老親王心說，這孩子饞得狠啊。結果，正當愉老親王以為秦鳳儀還不得趕緊把荔枝吃光的時候，秦鳳儀先遞到愉老親王嘴邊。

愉老親王笑，「你的孝心我都知道，你吃吧。」

「快吃，這是我給愉爺爺您剝的。」

看他這麼心誠，愉老親王笑著吃了。

秦鳳儀自己也忍不住嘗了一顆，嘆道：「去歲急著春闈、入翰林念書，光顧得忙了，也沒吃得上這荔枝，今可叫我嘗著味兒了。嗯，這可是上等的妃子笑。」一面吃還一面點頭。

愉老親王笑，「你這嘴巴倒是靈光。」

秦鳳儀極克制才吸吸口水，把荔枝扣起來放到食盒裡。

愉老親王問：「如何不吃了？」

秦鳳儀道：「我爹我娘和我媳婦都還沒嘗過味兒呢，得叫攬月送回家去。」

愉老親王暗道，真是說不準什麼人就有大福呢，想到秦鳳儀那結結巴巴、走路同手同腳的土財主爹，愉老親王都不曉得這秦老爺如何生出秦鳳儀這樣機靈漂亮又孝順的孩子。

秦鳳儀心眼兒多，只吃一顆哪裡能解饞。傍晚與二皇子進宮陛見後，二皇子說完這一天的差使，看他爹沒什麼指示，就先告退。

秦鳳儀不走，他笑嘻嘻地瞧著陛下，一副很歡喜的模樣。

景安帝好笑，「什麼事這麼高興？」

「陛下知不知道，皇后娘娘賞了我一碟荔枝。」

「知道。」

結果陛下不問他荔枝味兒好不好，如果陛下問，他就要與陛下說，為了孝順父母，他只吃了一顆，都沒嘗出味兒好不好來。那樣的話，陛下多半會再賞他一碟。

可惜陛下不問。秦鳳儀只好感慨道：「要不老話都說，好人有好報，我算是明白了。」

景安帝笑問：「你做什麼好事了？」

秦鳳儀覺得自己的事情機密，向來是要清場的，只叫老馬一人旁聽。

秦鳳儀說：「阿嵐找我打聽，其實我哪裡知道什麼事，這些天我不是跟著二殿下嗎？我想著，你們老夫老妻的，就是拌個嘴，沒幾天就能和好。只是，陛下待我這麼好，夫妻失和總歸不好，我就提醒了他二殿下的事，想著讓皇后娘娘多照顧二殿下母子一些。今天皇后娘娘就賞了我荔枝，您說，是不是我做好事得好報啊？」

景安帝笑，「原來是你這隻小信鴿啊！」

他還想說皇后怎麼突然靈光了。

「您跟前的事我可是一句話都沒往外說的，我只是委婉提醒了阿嵐。阿嵐這人不錯，救過我兩次呢！」秦鳳儀道：「他們家，我只喜歡老郡王和阿嵐。」

「你還挺挑的啊！」

「那是！」秦鳳儀道：「以前我也不喜歡二小舅子，後來發現他也有優點，我才跟他好了的。」秦鳳儀一副邀功的模樣，「陛下，您說，我是不是辦了一件好事？」

做好事，總得有賞吧？

陛下要是問他想要什麼賞，他就說想要一碟荔枝嘗嘗。

結果，景安帝道：「皇后不是賞你了，還來朕這裡邀功做什麼？」

「不是邀功。」秦鳳儀想著，陛下今天怎麼這樣沒默契啊，便繼續道：「其實，我做好事並不想讓人報答，我只要人家知道我做了好事，我就很高興了。我這心裡喜得，一整天都沒個人能說，我憋了一天，才過來陛下這裡同陛下說一說呢！」

景安帝笑問：「你與大郎這就算合好了吧？」

「沒呢！」秦鳳儀道：「大殿下是大殿下，皇后娘娘是皇后娘娘！」

「哎喲，你這分得可真清楚啊！」

「那是！」秦鳳儀主動討好，「陛下，我陪您下棋吧？」

陪陛下下棋，以荔枝為賭注。

「今天不想下？」

「那您寫大字沒？給我開開眼界？」

拍陛下馬屁，尋機弄兩個荔枝吃。

「沒寫。」

「看陛下有點兒累了，我給陛下揉揉肩膀吧。」秦鳳儀過去幫景安帝捏起肩來。景安帝從不要求朝臣做這些事，但秦鳳儀吧，一則年紀尚輕，二則秦鳳儀天生有股愛與人親近的勁兒。他還給景安帝按過頭，也按得很舒服。再者，今天秦鳳儀頗有些自己的小算盤，服侍起來更是不惜氣力。

看他賣力地捏肩膀，景安帝終於覺出不對了，問：「你這是有什麼事吧？」

不然，這小子平常可沒這麼好。

「沒事沒事，我真心孝敬！」秦鳳儀簡直是捏肩捶腿的，把景安帝服侍得渾身舒泰，原本心中的些許煩燥也不知不覺消散了去。

景安帝真是喜歡秦鳳儀，不只是對年輕臣子的欣賞，還帶了些長輩對晚輩的意思。

秦鳳儀服侍一通，就到了晚膳，馬公公問晚膳擺在何處，景安帝一看秦鳳儀完全沒走的意思。人家還服侍他這半日，也不好就這麼打發了去。

景安帝原想著到皇后宮裡用晚膳，如今便道：「擺進來就是，叫他們添幾樣淮揚菜。」

馬公公笑，「老奴先時已吩咐了。」

秦鳳儀笑嘻嘻的，「老馬，你是個義氣人。」飯後水果總會是荔枝了吧？

馬公公一笑，轉頭傳膳去了。

秦鳳儀在景安帝這裡吃了頓晚飯，因是夏天，他獅子頭只吃了兩個，然後膳後水果妃子笑，秦鳳儀兩眼放光地把自己跟前的一碟全都吃完了。

看他那一臉饜足的小模樣，景安帝哭笑不得。

「合著是來朕這裡吃荔枝了，不是今兒賞你了嗎？」

秦鳳儀正色道：「我可是誠心服侍陛下的。」然後他才說：「皇后娘娘賞的，我只吃了一顆，剩下的都叫小廝帶回家去，給我爹娘還我媳婦嘗味兒去了。」

景安帝並不愛這荔枝，道：「也就是離得遠，人們方覺得珍貴，朕覺得還不如瓜果梨桃的味兒呢！」當下把自己的那一份也賞了秦鳳儀。

秦鳳儀吧唧吧唧全吃完，這才起身告辭。

景安帝看他一出門就蹦蹦跳跳的模樣，有心說，剛吃飽，別蹦躂。可轉眼，秦鳳儀就沒影兒了，年輕人走路也快。

不過，自背影都能看出秦鳳儀多麼高興了。

景安帝與馬公公道：「我看，鳳儀倒不似屬牛的，更似屬豬的。」打趣一句，景安帝起身去了太后宮問安。

陸之章

宗室大比事大發

秦鳳儀回到家，竟看到家裡還有半碟荔枝，「怎麼還沒吃過？隔夜就會壞的。」

李鏡道：「父親和母親已吃過了。每年宮裡的荔枝都是有數的，皇子們估計也就是這麼一碟，這次皇后大方，怎麼賞給你這許多？」

秦鳳儀一面換衣裳，一面把自己那套好人有好報的理論歡歡喜喜講了，秦鳳儀道：「可見皇后娘娘知道我的好意了，不然，她如何會給我荔枝啊？妳快吃吧，我都吃兩碟了，這碟就是送回家來給妳和爹娘吃的。」

李鏡驚道：「不是就賞了這一碟嗎？」她問過攬月的。

秦鳳儀嘿嘿笑，小聲道：「我看這一碟不過二十幾顆，咱們一家吃可不富餘，就叫攬月把這一碟送回家，我傍晚陛見時去陛下那裡吃的。妳趕緊吃吧，這東西在京城稀罕，可別放壞了。」說著還幫媳婦剝了一顆。

李鏡道：「你也吃。」

「不行，我吃太多了，現在一個都吃不下了。」秦鳳儀餵到媳婦嘴邊，李鏡笑著吃了。兩人吃完荔枝，晚上沒什麼休閒活動，沐浴後便早早睡了，李鏡還是提醒了自己的傻丈夫一聲，別以為皇后給一碟荔枝就是知你情了，說不得是做給陛下看的。

秦鳳儀根本沒把皇后這樣的老娘們兒放眼裡，「管她呢。一個婦道人家，無甚要緊。我又不是跟她好，我是跟陛下好。」他是跟著陛下吃飯的人，管皇后做什麼？

秦鳳儀嘟囔一回，便與媳婦早早睡了。

秦鳳儀在皇帝那裡蹭了兩碟荔枝，還想著第二天繼續蹭，結果第二天遇到了麻煩。景安帝似是心情不大好，又有程尚書求見，秦鳳儀想著甭想荔枝了，就欲同二皇子一道告退。

景安帝心情不佳時，挺喜歡看見秦鳳儀，覺得這小子會討自己開心，且二皇子也在宗人府這一二年了，景安帝便與他二人道：「你們現下都在宗人府，也聽一聽。」

其實哪裡有筆墨可服侍，秦鳳儀就站在一旁候著罷了。

程尚書來說的是宗室開銷漸大之事，程尚書道：「四體不勤，而享高爵厚祿，如今宗室十萬之眾，每月開銷便多達五十萬白銀，長此以往，怕是戶部都難支撐。」

景安帝道：「祖宗家法如此，朕也無奈。」又問二兒子：「二郎，你有什麼話要說？」

二皇子想了想，道：「兒子也覺得開銷很多，可要是裁撤，宗室怕會不滿。兒子愚鈍，沒有兩全其美的法子。」

二皇子能這般說話，已是大有長進，景安帝頷首表示滿意。

秦鳳儀不必人問他就說了，「是啊，給人東西，人都高興。這往回要，就得罪人了。」

轉而又問道：「不過，宗室難不成是白拿錢，不幹活嗎？」

景安帝道：「祖宗家法，宗室出身，五代內皆有官爵傳承，有官爵的自然自官爵祿出，便是普通宗室，一人每月亦有二兩銀子。」

程尚書補充一句：「便是有官爵的，又有幾人能為朝廷效力，無非是情吃俸銀罷了。要依臣的意思，這些只有官爵而無實差不辦事的，俸祿裁撤一半。」

秦鳳儀想著，哎喲，我程叔叔平日裡瞧著和氣，這說話可真硬啊！

「程卿莫急嘛！」景安帝道。

程尚書為此事氣悶久矣，故而御前說話不是很好聽，「臣怎能不急？此次太后千秋，諸藩王來京，又是成百上千的官爵位要放出去，戶部銀錢本就吃緊，陛下，不是臣刻薄，實在是倘不為後人計，以後朝廷只發宗室的俸銀怕都要入不敷出了。」

秦鳳儀跟著相勸：「尚書大人莫急，陛下是天下第一聰明人，肯定能想出好法子的。」

景安帝聽這話都想翻白眼了，「朕沒法子，你這天下第三聰明人給朕想個法子吧。」

「關鍵是我不知道宗室是怎麼樣的，而且，這乾拿錢不用幹活的事，我也沒見過呀！」秦鳳儀一攤手，表達自己的無奈。

程尚書道：「這有什麼沒見過的，就是不幹活，乾拿錢。要是會投胎，還有官做。」

秦鳳儀大為詫異，「還有這等好事？我看幾位皇子到了年歲都要做點事的啊！」

程尚書道：「可不就有這等好事嗎？」

秦鳳儀程尚書二人你一言我一語，這要不知道的，還以為他倆說相聲呢！

秦鳳儀其實心裡鬼主意多的很，他那兩眼珠子一眨一眨的，景安帝就看出來了。

景安帝命馬公公打發了閒雜人等，對秦鳳儀道：「說吧說吧。」

程尚書有些奇怪，這是個什麼樣的默契，怎麼陛下突然打發了宮人內侍，清場後就讓秦鳳儀說了，這是叫秦鳳儀說什麼啊？

秦鳳儀鬱悶，「陛下都把我看穿了，這以後咱倆之間就沒有祕密了啊！」

「咱們之間還要有什麼祕密嗎？」景安帝心說，就你那直白臉，看不出來的都是瞎子。

瞎子一：二皇子……

瞎子二：程尚書……

秦鳳儀是什麼話都敢說的，他道：「這事兒有什麼難的，就是有點得罪人。銀子在陛下手裡，陛下當然不好直接就減，不然就太失人心了。尚書大人也不要急，那些要官要爵的，無非是討個官封，以後多份收入，可這官封哪裡有白討的，我們翰林做官，還得秀才、舉人、進士一輪一輪考過來呢！陛下隨便尋個由頭，考校一下在京的宗室子弟。有好的給些甜頭，有些四六不通的，直接黜了去。想要官的讓他明年重考，什麼時候考上了，什麼時候給官。三次不過，官爵就此甭提。您還得拿出春闈的嚴格來，不能讓人舞弊。宗室到年紀可討官封的，三年考一次，這還愁什麼？有本事的，給個官封也沒白糟蹋了銀子。沒本事的，不給他銀子，他能怎地？」

秦鳳儀這擺明了是要欺軟怕硬。

景安帝與程尚書對視一眼，都不敢相信這小白癡是真有主意。

好吧，景安帝也沒覺得秦鳳儀是小白癡，但也沒想到他竟真有個不錯的主意。

景安帝道：「鳳儀，你這是怎麼想出來的？」

「這個又不用怎麼想，當初我考功名，不就是為了證明我聰明，可以做官嗎？可見，這能做官的人，起碼得是個聰明人才行。宗室要做官，自然是一個道理。不過，我也沒聽說哪個宗室官做得不錯的，是不是宗室都不大成啊？」

景安帝道：「宗室中亦有賢德之人，只是他們多在封地罷了。」

秦鳳儀就不大懂這裡頭的規矩了。

程尚書連忙道：「依臣看，秦侍讀的主意不錯。」

秦鳳儀連連擺手道：「可別在外頭說是我的主意，我前些天才遭過刺殺，外頭就說是陛下的主意就行啦！」

程尚書暗想，阿鳳當真是聰明，就是年紀尚小，御前隨意了些。

景安帝叮囑幾人道：「此事暫莫往外說，朕得思量一二。」

三人自然都允了的。

景安帝依舊留了秦鳳儀用膳，還很大方地與他道：「荔枝管夠，只是你也莫要多吃，那是個上火的玩意兒。一會兒給你兩碟，帶回家去，與你父母同享，豈不好？」

秦鳳儀嘿嘿直樂，「陛下聖明，那實在太好不過了。」

景安帝還吩咐道：「老馬，去御膳房說一聲，做幾道淮揚小菜，要鳳儀愛吃的。」

馬公公去了。

秦鳳儀道：「陛下太客氣了，我要是知道您為這事為難，早幫您想法子了。陛下待我這樣好，我也得更好地回報陛下才行。」

景安帝笑，「有許多人不見得沒想到這法子，只是他們都不比鳳儀你心思純淨，他們怕得罪人，不敢與朕說。」

「這有什麼怕得罪人的？您剛還說宗室裡頗有賢德之人呢！只要是賢德的人，想一想也得知道，官爵皆是有才者居之的道理。再者說了，要是這麼多人乾吃餉不幹活，也不是什麼好事。朝廷有錢，還是要用在刀刃上才好。朝廷好了，宗室自然好。不說別個，仗著這姓氏，做什麼事不方便啊？倘朝廷不好，就是公侯王爵，於宗室，又有什麼好處呢？」

「如鳳儀你一般明白的，又有幾人？便是明白之人，誰家沒幾個子孫，為著兒孫之利，也就情願糊塗了。」

「所以說，他們沒有咱們好啊！」秦鳳儀笑嘻嘻的，能幫到陛下，他也很高興，「其實，如果是我啊，就是普通宗室，老弱病殘這樣的咱們可不能袖手，管一輩子是應當的，每月發銀子，好叫他們生活，但是年輕宗室，出生起亦有份錢糧，這無妨，這不是宗室嗎？原也該有些好處，不然豈不白姓了國姓？我看京裡很多大族人家皆有自己的族學，這宗室裡的人嘛，小時候該出叫他們去上學。若是有出息的，想科舉只管科舉，有得中者，也可為陛下效力。陛下看，我是二十歲中的進士，就以二十歲為標準，二十歲之前給銀給糧，去當地官學也不收束脩，待得過二十歲，銀糧便不能再給了。堂堂七尺男兒，難道沒這幾斗糧食就要餓死，該叫他們自行謀生。他們總歸是宗室，起碼傜役賦稅就比別人輕鬆許多，這在民間便是不得了了。若是七尺男兒，手腳俱全竟沒個謀生本事，活該餓死，那也是他的命。」

當天傍晚，秦鳳儀提著一個紅漆描金的食盒回了家，跟家裡顯擺陛下賞他四碟荔枝。

這回荔枝多了，秦鳳儀很大方地道：「這東西不能過夜，送兩碟去給岳父。」

這個描金紅漆盒子比較大，秦鳳儀讓媳婦找個比較小的食盒，把冰鎮著的荔枝叫李鏡的陪嫁媳婦與小圓去了侯府。

剩下的兩碟，自家吃也夠的。

秦老爺要挑幾個供祖宗，秦鳳儀道：「一宿就壞了，明兒臭了熏著祖宗。」話說昨兒的荔枝，一半給李鏡，另一半老兩口卻是挑了五顆供祖宗，剩下的五顆，也就一人嘗個味兒。祖宗知道什麼啊，供一宿都壞了。

秦老爺沉了臉道：「供進去，祖宗一見就能吃了，怎麼就熏著祖宗了？不孝的小子！」

秦鳳儀忙道：「成成成，我去供祖宗！」

秦老爺還擔心兒子對祖宗不敬，跟了兒子一道進去。秦鳳儀不似他爹對祖宗那般虔誠實在，他端了一碟去祠堂跟祖宗說了兩句話，估量著祖宗吃著荔枝的味兒了，就勸他爹出來，把荔枝端出來讓大家吃了。

秦鳳儀道：「爹、娘、阿鏡，你們吃，我在陛下那裡已是吃過了。」

李鏡問他道：「陛下怎麼突然賞你這麼些個荔枝啊？」

秦鳳儀笑，「我今兒幫陛下出了個好主意，這是陛下賞我的。」先剝一顆，原想著餵媳婦吃，看媳婦紅紅的小嘴唇含著雪白荔枝的模樣，秦鳳儀就心裡癢癢的，結果他還沒餵，媳婦就給他一個眼神。秦鳳儀在這上頭伶俐得不得了，連忙手一轉，餵他娘吃。

秦太太笑彎了眼，「我兒，你自己吃吧，你也愛吃這個。」

「我在陛下那裡都吃飽了。」秦鳳儀道：「娘，快吃啊！」

秦太太張嘴吃了，想著兒子這成親後比以前更孝順了，果然是先成家後立業，男孩子成家後就穩重了，也懂事了。

秦鳳儀還剝了一顆給他爹，秦老爺以為兒子也要餵自己，在兒媳婦跟前這如何使得，連忙道：「我自己吃就行，自己吃就行。」伸手接過，自己擱嘴裡吃了，「果然是宮裡的好果子，比咱們在揚州吃到的味兒更好。」

秦太太笑道：「都是咱們阿鳳當差勤勉，不然，陛下如何能賞下這麼多的荔枝？」

秦老爺一臉欣慰，「是啊。」

李鏡平日也是很愛吃荔枝的人，這回卻是有些吃不下去了，她心裡急著問一問丈夫，到底是給陛下出了個什麼樣的好主意，陛下才會賞他這些個荔枝。

李鏡可是知道宮裡那一群人的，向來不會做虧本的買賣。

李鏡吃了幾顆荔枝，就說有些涼，沒有再吃了。

秦老爺和秦太太胃口不錯，這東西不能擱隔夜，於是兩人總算是痛快地吃了一回荔枝。

小夫妻二人回房後，李鏡也沒急著問，直待晚上歇下，李鏡方問起秦鳳儀究竟給皇帝出了個什麼主意。秦鳳儀道：「妳可不能往外說，這可是個得罪人的事。」

「對我你還不放心嗎？咱們家的事，我何曾往外說過，更何況是你的事？」

秦鳳儀便大致說了，李鏡擰眉，「你這主意可是把宗室都得罪了，你怎麼這樣冒失？」

「這算什麼冒失啊？妳不曉得，陛下為這事兒發愁呢！陛下待我好，我豈能看著陛下發愁？當然是有主意就與陛下說了。」

李鏡道：「顯得你聰明是不是？宗室的事，不是一天兩天的事，這主意也算不得什麼高明的主意，當然，也不是壞主意。只是，你這話一出，就將十萬宗室都得罪狠了。這原是他們景家的事，你多什麼嘴？這下好了，嫌宗室沒人記恨嗎？他們惹不起陛下，還不將仇全都對著你來啊！」她真是快愁死了，恨不得把吃進去的荔枝吐出來。

秦鳳儀道：「想那麼遠做什麼？我也做官一年了，妳們婦道人家就是心眼兒淺，做什麼事不得罪人啊？以前咱們爹做生意，同樣讓人眼饞眼氣，氣咱們家生意好。我跟陛下說得來，一樣有人嫉妒我得陛下喜歡。這些宗室人雖多，也不過是烏合之眾，怕什麼呀？有陛下在，天塌下來肯定也是他頂著。」

李鏡氣得發悶，「你知道商鞅是怎麼死的嗎？」

秦鳳儀聞言沉吟道：「媳婦，難道我竟有商君的才幹？哎喲，我先時竟不曉得。」

李鏡擰他腰一下，「跟你說正經事，不許嬉皮笑臉！」

「我說妳這也想得太遠了，商鞅是變法而死，那也是秦孝公死後的事。現在陛下活得好好的，怕什麼呀？好幾十年後的事不用想，誰知道幾十年後是啥樣子？我十六歲前，再沒想到我能來京城中探花還娶了侯府的大小姐啊！」秦鳳儀摟著媳婦，揉揉腰，「我知道妳擔心我，可有什麼好擔心的？我早就看透了，自從做了那個夢，我覺得我彷彿被神明點醒了。媳婦，我實話告訴妳，我可不是大街上隨隨便便的庸碌人，我是被神明點化過的人，妳說，神明為什麼點化我，不去點化別人呢？」

李鏡不想回答這種無聊的問題，秦鳳儀便自問自答：「那肯定是對我有什麼特殊的使命，難怪從小我就覺得，我這一生註定不平凡。」

哪怕是聽慣了秦鳳儀自吹自擂，李鏡也委實有些受不住，哇一聲就吐了。

秦鳳儀嚇一跳，自床上跳下去給媳婦拍背，餵媳婦喝水，又大叫著把丫鬟喚進來，然後兩眼放光地望著剛剛止吐的媳婦，歡喜萬分地道：「媳婦，妳這是有了吧？」

李鏡受不了剛吐過的房間，令侍女將書房收拾出來，她要去書房睡。

秦鳳儀幫媳婦披上披風，像隻老母雞似的，咕咕咕跟在媳婦身邊，一個勁兒問：「是有了吧是有了吧是有了吧？」

「你要跟來，再不許吹牛，知道不？」都是被這傢伙噁心到才吐的。

「不吹不吹！」秦鳳儀跟著媳婦就要去書房，李鏡無奈，「穿鞋。」

「沒事，又不涼，地也很乾淨。」

「不穿鞋不許上床。」

好在小方把鞋拿過來了，秦鳳儀踩上鞋，趿拉著跟著媳婦去了書房休息。

秦鳳儀追問：「是不是有了啊？」

李鏡嗔道：「這是能急的事嗎？我也不確定。」不過，這個月月事沒來也是真的。

秦鳳儀連忙道：「明兒就請個大夫過來瞧瞧。」

李鏡道：「起碼得兩個月大夫才能確診。」

秦鳳儀都不敢跟媳婦一個被窩了，怕碰著孩子。他一隻手伸過去，摸著媳婦的肚子，想到舊事，便道：「我說我做的是胎夢吧，妳還不信！」

「來，再把那天的夢跟我說一說。」李鏡催促道。

「現在想聽啦？我不說了。」秦鳳儀端起架子來。

李鏡道：「快說吧。」

「妳得跟我說好聽的，我才說。」

「你還沒完啦？」

看媳婦要翻臉，秦鳳儀趕緊道：「行啦行啦，我不與妳一個小女子一般見識。」結果腰又挨了一記掐，「妳再擰我，我可翻臉啦！」

「來來來，翻一個給我看看，也給你兒子看看。」

秦鳳儀就是翻臉也翻不過媳婦啊，何況還有兒子在。

秦鳳儀陪笑道：「是我不對，行了吧？來，我跟妳說。」

當下把自己做的那胎夢原原本本說了一回。

「妳還說這不是胎夢，這能不是胎夢嗎？」秦鳳儀可算是占著理了。

「還真是啊！」李鏡雖則聰明，對於民俗了解的真不多，「這也怪，三殿下的孩子是屬狗的，三殿下夢到小狗崽很正常，怎麼你夢到大蛇呢？」

「大皇子家的小子也屬狗，怎麼小郡主就夢到太陽了啊？這也不都不屬相？」秦鳳儀又問：「妳這當娘的，就沒夢到過啥？」

李鏡道：「我要是夢到，早告訴你了。」

秦鳳儀喜孜孜的，「兒子以後肯定跟我好。」

「是，跟你說，不跟我好。」夫妻倆在一起時間長了，便有夫妻相，李鏡雖則沒變得秦鳳儀這般國色天香，卻是學秦鳳儀往時模樣翻了個大白眼。

秦鳳儀喜之不盡，忍不住鑽啊鑽到媳婦的被窩裡去，抱媳婦在懷裡，什麼都不幹，狠狠親一口，道：「媳婦，咱們終於快有兒子了！」

「是啊，你這念叨都小半年了。」

「不是小半年，而是整整有五年了！」秦鳳儀很誠實地道：「我從頭一眼見到妳，就想要跟妳生兒子！」

李鏡唇角上翹，叮囑丈夫：「暫時不要與父親和母親說，待大夫確診了再告訴老人家，不然要是弄錯了，豈不是讓老人家失望？」

「怎麼會弄錯？這還能錯？我自個兒做的胎夢，能有錯？」

「你就等幾天嘛！」

「好吧好吧！」

事實上，秦鳳儀哪裡等得了，第二天早上，一大早起床後，臉都沒洗就跑去跟爹娘報喜了，他還神祕兮兮地囑咐爹娘：「我媳婦說還沒請大夫確診，不讓我說。爹、娘，你們就當作不知道，明白不？」

「那今兒請個大夫來家裡就是。」

「我媳婦說，得兩個月大夫才能診出來。」

「這倒是。」

當天早上吃飯時，秦太太對李鏡那叫一個關懷備至。雖則婆媳倆關係一直不錯，但這樣恨不得把李鏡看化了的殷切，讓李鏡忍不住瞪秦鳳儀一眼，「定是你跟父親母親說了。」

「沒說。」秦鳳儀還不承認。

秦太太滿眼笑意，「阿鏡，這是咱們家的大喜事啊！」

「到底還沒確診，倘若不是，豈不是讓您與父親失望嗎？」

「不失望不失望。」秦老爺兩眼都快笑沒了，「你們這成親不過半年，新婚夫妻，早一日晚一日，總會有的。不過，我看這八九不離十了。」

「是啊，而且，定是個有出息的孩子。」秦太太讚賞地看兒子一眼，「阿鳳這個胎夢做得好，大吉的胎夢。」她覺得兒子很有本事，做了個再吉利不過的胎夢。

李鏡喝著粥，慢慢地道：「這夢到大蛇，是什麼個預兆呢？」

秦太太道：「這可是好兆頭，在民間，蛇有小龍的稱呼，夢到蛇，孩子生下來必是有本事的。而且，阿鳳夢到的還是會發光的大白蛇，這可是上上等的胎夢。」

「是啊，咱們揚州還有個傳說，說方閣老下生前，他們家的祖老太太，就是方閣老的母親，夢到家裡來了一隻大白龜，果然，方閣老做了宰輔。」秦老爺道。

「哎喲，原來是這個緣故啊，我說師傅怎麼字白圭呢！」

「凡是生前有胎夢的，這樣的孩子多是有來歷的。」秦太太問李鏡：「媳婦，妳出生前，家裡做什麼胎夢沒？」

李鏡笑道：「我祖母說，母親生我前曾夢到一個鳥語花香、仙氣繚繞之地，有個仙子一樣的人將一顆大白蛋給了我母親，還說以後就承妳照料了，然後母親就生了我。」

秦鳳儀一拊掌，「這就對啦！」

秦老爺和秦太太、李鏡以為秦鳳儀有什麼高見，就聽秦鳳儀認真道：「娘，您想想，生我前，您是夢到小山一樣高的牛犢，牛生的是小牛，但蛇不一樣啊，蛇生的是蛇蛋，蛇蛋孵出來，才是小蛇。」然後，做了總結：「媳婦，當初那仙子給岳母大白蛋，定是一顆蛇蛋。」

秦老爺、秦太太、李鏡……

好吧，就是這樣的推理水準，秦鳳儀還能自封為天下第三聰明人。

秦鳳儀講了個冷笑話，一家子冷颼颼地吃早飯。用完早飯，秦鳳儀就去衙門當差了。不過，出門前秦太太正色叮囑他：「你媳婦有孕的事，斷不要往外說。孩子三個月前胎相不穩，讓人知道於孩子不利。」

秦鳳儀原是想著出門就要宣傳一下媳婦懷孕的事，聽母親這樣說，連忙正色道：「娘您放心，我一個字都不會往外說。」

然而，秦鳳儀這個性子，有喜事不說，簡直是憋得難受。

秦鳳儀憋著一肚子喜事，就往兵部去了。他岳父剛下朝，見女婿來了，以為有什麼事。昨兒女婿打發人送荔枝來，景川侯也正想問問他如何得了陛下的賞。

見秦鳳儀來，就讓他進屋說話。

看到秦鳳儀這眉宇間有掩不住的澎湃喜色，又不像是有什麼不好的事。

景川侯笑，「一大早上過來做什麼？」

秦鳳儀多想說啊，偏生不能說，便一臉得瑟地道：「岳父，您猜。」

「我猜不到。」

秦鳳儀湊到岳父跟前，一雙大大的桃花眼裡滿是喜悅，「那您你想不想知道？」

景川侯推開女婿那張絕世美顏，道：「你一大早過來，不就是想與我說嗎？直接說！」

「岳父，你問我嘛！你不問我，我怎麼說啊？」

景川侯看他這樣高興，想著昨兒個女婿得了稀罕物便著人送來給他，這孩子有孝心。景川侯看在一碟荔枝的面子上，就問了句無聊的話：「阿鳳，你有什麼喜事啊？」

秦鳳儀大笑三聲，然後一臉欠扁的模樣，「不告訴你！」

秦鳳儀很欠捶地在他岳父這裡晃了一圈才去宗人府，可想而知他的喜悅。當天，秦鳳儀以同樣欠捶的方式分別撩到了二皇子、愉親王、景安帝，以及下班回家順路去的方家。

要不是大家都習慣了秦鳳儀經常出賤招，遇著性子火爆的，的確是會把他海扁一頓。

景安帝看他這麼臭得瑟，便給秦鳳儀與二皇子派了個差事，讓他倆輔助愉親王，準備宗室子弟大考的事。

是的，皇帝就是這麼雷厲風行，他說許久不見宗室子弟，聽說他們都很出眾，正好朝中有了空缺，誰考得好，就給個官兒做。不是那等宗室蔭封的虛銜，是實實在在的實職。

這下子，在京城的宗室都有些騷動，不曉得皇帝陛下的用意何在。

閩王去景安帝那裡打聽，景安帝笑道：「孩子們都大了，他們多是隨著父祖在封地，朕見的不多，可朕時常想著，咱們家的孩子，龍子鳳孫，斷不能差了的。今次母后千秋，王伯、王兄和王弟們都來了，子侄朕也見了不少，朕瞧著都是好孩子。咱們自家的好孩子，當然要重用，所以，朕想著擇些個英才，讓他們先鍛煉一二。」

閩王還真不曉得景安帝葫蘆裡賣的什麼藥，「只是，我等宗室，無旨不能擅離封地。」

景安帝道：「這說的是有爵位的宗室，要朕說，如王伯這等王爵，需要鎮藩地守國土，無事不可輕動倒罷了。年輕的孩子們，哪裡有這麼些個規矩？朕還想他們到京城來，多讓朕見見，咱們宗室一樣有人才啊！」

閩王聽聞此事如何不歡喜，「陛下聖明，老臣都聽陛下的。」

景安帝道：「這樣的宗室大事，要不是王伯過來，還有愉王叔，您二位幫朕參詳著，朕還真拿不定主意。」

景安帝又說：「有一回，愉王叔與朕說，有些個無官無爵的宗室，今已是平民了，礙於咱們皇室的姓氏，還有老祖宗的規矩，竟不能往他處生活，日子過得十分困苦。朕聽了，心裡很是不好受。」

「是啊，老臣在封地，時時令人多關照底層宗室的生活。唉，這能有什麼法子，無非就是多給些銀米叫他們過活罷了。」閩王說得動情，「可說來，到底是一個老祖宗。」

「可不是嗎？」景安帝道：「所以，這回見著宗室子弟，朕十分歡喜。朕呢，於宗室倒是有一些想法，想問一問王伯的意思。」

「陛下請講。」

「先時宗室婚嫁都要請示朝廷，以前倒是無妨，太祖皇帝那會兒宗室人少，婚喪嫁娶不必回稟，宮裡也能知道。如今宗室人口十萬，有官有爵的還能知道，那些無官無爵的宗室子弟的婚嫁，還要往上稟。朕這裡倒沒什麼，只是，這些事一樁樁經過縣、府、當地藩王府，這樣一層層報上來，經的人多了就耽擱時間。朕見到都是喜事，只有高興的，可是今年看到蜀地報的婚嫁摺子，有些個是前年就跟蜀王府報備的，朕如今才看到。輾轉多年，豈不耽擱人家的喜事？這便不美了。朕想著，往後宗室平民便各自婚嫁吧，不必上報朝廷，也不必上報各地藩屬，只要去官府結了婚書就行了。他們日子過得好，朕就高興。」

景安帝覺得宗室人口多，故有此一說，閩王可不覺得自家人多，但其實底層宗室的婚嫁權，於閩王也沒什麼大不了的。閩王笑道：「陛下此乃仁政，老臣聽陛下的。只是，愉王弟是宗人府宗正，還是要問一問愉王弟的意思才好。」

「這是自然。」

當天中午，景安帝賜宴，把愉親王、二皇子、秦鳳儀，還有大皇子都叫了來。

秦鳳儀自然是排在最後。

好在這宴人少，即便是最後，他也不過是居二皇子之下罷了。

閩王看到秦鳳儀，特意讚了一句：「本王自來了京城，常聽人說起神仙公子。本王就想，何等人物方堪配神仙之名，原不信有這等人物。今見了秦探花，方則信了，怪道陛下都要點他為探花呢！」

景安帝笑道：「去歲朕剛好四十歲，殿試時一眼見到鳳儀，就覺得他有探花相。今王伯也這般說，看來朕的眼光不錯。」

閩王道：「豈止不錯？非常不錯。」

秦鳳儀道：「王爺過獎了，相貌不過是爹媽給的，我主要是學問好，陛下眼光也好。」

閩王這輩子見過不少在他跟前展露才學之人，但那些才子們即便自誇也是引經據典，再沒有秦鳳儀這般大咧咧說自己好的。閩王一笑，這孩子可真實在，把本王的話當真了。

「秦探花非但才學過人，年紀輕輕就能在二殿下身邊服侍，可見陛下對你的信重。」

「是啊，陛下一直待我很好，我也很喜歡陛下。我同樣喜歡王爺，聽說王爺的封地在閩地，那裡離泉州港很近吧？聽說泉州港那裡有很多海外藩人。」

閩王笑道：「是啊，不過本王見的不多，泉州也不比揚州。聽說秦探花是揚州人，揚州可是好地方，李太白都說，腰纏十萬貫，騎鶴下揚州。聽說，揚州瓊花極美。」

「哪裡需要聽說啊，我老家院子裡就有一棵極大的瓊花樹。」秦鳳儀道：「我們揚州，非但瓊花美，人物也美。」

閩王哈哈一笑，「看得出來。」

大家都樂了，秦鳳儀道：「我不是誇自個兒，我自個兒還用誇嗎？長眼的都能看出我這相貌如何。我是說，我們揚州，不論男子還是女子，多是秀美的。」

景安帝笑道：「行了，瞧你這一通自誇，王伯的閩地，可也不比你們揚州差。」

「閩地最好的就是泉州了，泉州港百萬繁華，可惜我小時候父母不放心，沒去過，待後來我大了，又要科舉，沒來得及去。」秦鳳儀認真道：「王爺，您這封地可真是好。」

閩王道：「很多人都說閩地是個苦地方，我父親在世時，那真的是沒人去的地界。我剛一去，也很不習慣，夏天颳海風，屋頂都能給颳飛。」

「但有泉州港就富了啊，海外的珍珠、珊瑚、寶石、玳瑁、香料，皆是我們這裡的貴重物。就像我們揚州，靠鹽吃鹽，閩地就是靠港吃港唄，有一個來錢的就行啦！」

秦鳳儀自己呱啦呱啦說了一通，見閩王臉上的笑意都淡了，他忍不住看看陛下。他明明是在奉承閩王，閩王怎麼就不高興了？

景安帝笑道：「王伯莫怪，鳳儀家原來是經商的，故而他對經濟很是在行。」

「原來如此。」閩王道：「只是，秦探花已居於御前，可不能再張口銀子閉口錢了。」

「為啥呀？」秦鳳儀不解，不過他頗有眼力，瞧出閩王有些不高興，便笑道：「我不是朝中張口銀子閉口錢的那個，程尚書才是。」

愉親王一笑，「你這般打趣程尚書，小心他知道。」

「知道就知道唄。」秦鳳儀笑嘻嘻的。

景安帝說秦鳳儀：「簡直是天生的話癆。」

秦鳳儀又笑，「不知道為什麼，我就是想說話。也就是陛下這樣的心胸，如大海一般的寬廣，能包容我了。」

「來，咱們先吃一盞酒，這是宮裡窖藏的美酒，王伯嘗嘗可還成？」

閩王舉起杯，笑道：「本王早聞著酒香就饞了，結果秦探花說個沒完。」

秦鳳儀也跟著舉起盞，「我是一見王爺就高興，這才囉嗦了幾句。我敬王爺，當賠禮吧。您也知道，我是鄉下地方來的，祖上十八代沒一個官身，乍然入了高堂，就得長輩們多指點多包涵了。王爺，借陛下的酒，祝您福壽安康，吉祥如意。」

秦鳳儀真是個能屈能伸的，倘是寒門，當然，寒門一般都會以出身寒門為榮，但寒門出身的翰林，一般都清貴高傲，哪有秦鳳儀這樣諂媚的？

閩王到底居高位多年，秦鳳儀都主動賠禮了，且人家還是御前小紅人，閩王只得道：「也祝秦翰林青雲直上，官運通達。」

秦鳳儀朝景安帝眨眨眼，對閩王道：「您放心吧，我都跟陛下說好了的。」

大家喝一回酒，景安帝便說起宗室考試的事情來，與愉親王道：「朕上午與王伯說話，王伯很是贊同，這如何考校，還得王叔、王伯幫朕想一想。」

愉親王道：「陛下突然一說，我還沒啥主意，大殿下的意思呢？」

大皇子道：「今年是秋闈的年頭，要是仿科舉，就得一輪一輪來了。還有出題、考試時間和在哪裡考。二弟一直在宗人府，二弟的意思呢？」

二皇子就坐在大皇子下首，習慣性地張嘴道：「我聽……」後頭「大哥的」三個字還沒出口，秦鳳儀就咳了兩聲，二皇子連忙改口：「嗯，大哥，我要想一想。我覺得大哥說得很對，就是，科舉是自秀才到舉人到進士，這考起來是三年的事，宗室要是這樣考，不如直接與學子們參加科舉。既是宗室單獨的考試，總會有些個不同吧？秦探花，你說呢？」

二皇子倒是改了凡事「大哥說」的習慣，卻是變成了「秦探花，你說呢」。

大皇子心中不悅，卻依舊不動聲色，笑得和煦，「是啊，秦探花一向多智，是天下第三聰明人，定有高見。」

秦鳳儀在御前都能囉嗦一二，哪裡有他不敢說的話？而且，他是個凡事都喜歡發表意見的，就是大皇子不問，他也想要說。

秦鳳儀道：「依小臣說，不必學科舉那套，若宗室裡有人想念書考功名，自然是好事，但這回是陛下想考校宗室，以授實缺。小臣想著，人與人所擅長之事不一樣，倘是個善文的，授了武官且不美。要是個善武的，授了文官，更是亂了營。既要考一考，就是要擇良才，既要擇良才，必然要有個門檻的。若要細說，小臣說不了太細，小臣只是覺得，凡事先做了再說。宗室又不是外人，與陛下、兩位殿下、兩位王爺你們都是一家人，哪裡就要如春闈秋舉一般，鬧得偌大聲勢嚇死個人？就是我們小戶人家，家裡的長輩偶也要考校子弟的。依小臣的意思，選個寬敞地界，習文的多是身子弱，先考他們，陛下出題，您是主考。兩位王爺呢，就是副主考。兩位殿下，你們原該一道考的，可陛下是主考，在官場上得避嫌，你們就不必考了。兩位王爺上了年紀，而你們雖是皇子，畢竟是晚輩，多孝敬著些，別叫兩位老人家累著也就是了。小臣我，跟著跑個腿，幹些力氣活兒。最後你們一道看考卷，也好知宗室子弟文章好壞，取良才而用之。這以後說起來，也是皇室的一樁雅事。」

秦鳳儀這一番話下來，愉親王看他的眼神越發欣慰，閩王也不禁看了秦鳳儀一眼，然後眼神不經意掃過一臉高興的二皇子、眼神微沉的大皇子，以及喜怒莫辨的景安帝。

閩王當親王多年，自景安帝說考校宗室子弟以授實缺時，就知景安帝是有備而來，只是閩王沒想到的是，以景安帝的城府，竟用秦鳳儀這樣心機淺顯到讓人一望即知的小輩做事。

這是什麼樣的審美安排，閩王有些看不懂了。

閩王對秦鳳儀的了解，是聽八兒子說的。愉親王膝下空虛，空出個好大的爵位，閩王又不瞎，自然能看得到。閩王兒子多，嫡出的兒子以後能承郡王爵，庶出的兒子只能降到國公爵了。宗室的國公不比京城實權的公府，一旦至宗室公府，若無實職，未免蹉跎，閩王自是要為兒子打算。當然，景安帝讓二皇子在宗人府當差的用意，閩王也不瞎，只是，不是閩王說話難聽，愉親王年輕時亦是八面玲瓏的人物，如何能看得上二皇子這般木訥之人。

愉親王就是沒兒子，人家要過繼，也得過繼個看得上眼的吧？依閩王對愉親王的了解，那是定不喜二皇子的。閩王就讓兒子時常過去奉承，一則是兄弟間的情分，好幾年不見了，老兄弟們就剩下閩王和愉親王了。愉親王還年輕，不過六十出頭。閩王不一樣，都快七十的人了。閩王常與愉親王說：「咱們這年紀，阿弟尚好，我是見一次少一次了。」閩王每每說起這話，愉親王便有些心酸，故而，待閩王府的幾個孩子亦是親切的。

要是讓閩王說，皇帝你要願意兒子過繼愉親王府，你就拿出個優秀的皇子來，總不能挑個最差的糊弄愉王弟，這也忒小氣了。

閩王就是自兒子八郎那裡聽聞秦鳳儀的大名。這位相貌極美的秦探花，可不是尋常人，屁出身沒有，就一鹽商子弟，硬是拜了方閣老為師，娶了景川侯的愛女。一朝春闈，明明會試孫山，殿試後卻被皇帝點為一甲探花，自此深得帝寵，頗是不凡。

不說別個，就前兩件事，也不似尋常人能做出來的。不要說一個鹽商子弟，就是豪門出身的子弟，若能拜閣老為關門弟子，娶京城第一侯府景川侯府的大姑娘為妻，這也是一等一的子弟，何況，秦鳳儀只是鹽商出身。

要不是知道景安帝沒有斷袖的癖好，閩王真得懷疑這位皇帝侄子是中了人家的美人計。

當初八兒子就與他說過，這個秦鳳儀雖為探花，卻是個臉皮八丈厚的，巴結起來，簡直沒臉沒皮，侍奉愉親王比奴婢都要周全。

閩王今日與秦鳳儀一見，雖則秦鳳儀的心機在閩王眼中淺到一望即知，但秦鳳儀不是沒有可取之處，就像八兒子說的，臉皮八丈厚什麼的，在閩王看來，這可不是缺點，而且，秦鳳儀還有著與朝中臣子最大的不同，那就是，這人在御前咋這樣自在呢？彷彿在自家炕頭說話一般的自在。

他堂堂實權藩王，愉親王堂堂今上嫡親的叔叔，大皇子和二皇子是天家貴胄，更不必提景安帝了，這是天下至尊，在這些皇家宗室的實權人物面前，秦鳳儀竟然能將宗室大比的職司輕輕鬆鬆就給他們分派，關鍵是，便是閩王當時聽著也沒覺得不舒服。

閩王是為上者，指使別人指使慣了，沒想到一朝被指使，竟然還沒有半點反感。

閩王不由暗想，這雖是個鄉下小子，卻著實不是個簡單的，怪道陛下要用他。

閩王經的事、見的人多了，認為心思深沉之輩，路不一定好走。上位者喜歡的，從來都不是這種人，反是秦鳳儀這樣心思一眼望到底，會諂媚奉承又肯做事的，最後還能輕輕鬆鬆丟出來當炮灰的，皇室最喜歡。

當然，秦鳳儀背靠岳家和師門，估計景安帝能手下略留些情面，但是依閩王的推測，現在秦鳳儀在御前有多得意，日後就有多失意。

不得不說，雖則這一日宮宴秦鳳儀直問他泉州港的事令閩王不悅，可閩王現在已經將秦鳳儀當真成半個死人，心裡也就不氣了。

秦鳳儀不曉得，他不過跟人家吃了一頓飯，在人家眼裡就成了半個死人。因著秦鳳儀在宮宴上那一套條理清晰的話，景安帝便將宗室考試的事交給了愉親王主理，愉親王笑道：

「還得二殿下和鳳儀給我做幫手才好。」

景安帝道：「他二人隨王叔差遣。」

愉親王其實主要是想差遣秦鳳儀，瞧瞧這孩子多出眾，說的話也有條理，叫人愛聽。不同於閩王把秦鳳儀當半個死人，愉親王極喜歡秦鳳儀，在蜀王跟前是把人誇了又誇，讚了又讚，閩王道：「秦翰林是生得不錯，阿弟，你倒是把他誇得跟一朵花似的。」

「鳳儀可比花兒好看。」愉親王笑道：「他呀，是個孩子脾氣，有時說話不留心，阿兄，你莫要與他一般見識。」

「看你說得，我長孫都比他大些。」閩王笑，「不過，秦翰林這般美貌的確少見。」

「不止是美貌，鳳儀是個有情有義之人。阿兄你若與他相處長了，定也會喜歡他。」

閩王不駁愉親王的話，打聽道：「陛下這次要考校宗室子弟，到底是個什麼意思？」

「這事兒阿兄比我還早知道，如何問我？」

閩王瞪他一眼，「你少糊弄阿兄，我雖知道得早，但你在京城的時候長。過往這些年，陛下可從沒起過考校宗室之心。」

愉親王嘆口氣，「倒也不為別個，陛下常與我提起宗室人口漸多，花費漸大，這還是小，近來宗室沒有出眾子弟，陛下心裡著急啊！朝中雖有百官，咱們宗室也不能除了各地藩王之外，就沒有能提得起來的。十萬人裡，就沒有出眾的嗎？陛下想著，天下要用的人不少，用外臣也是用，用咱們自家人也是用。可阿兄也知道，朝中御史話多，要用宗室怎麼個用法？咱們的人多了，擠占的便是百官的利益，總得叫百官心服口服吧？故而要考一考。只要宗室子弟出眾，就可令百官閉嘴。」

要不閩王說愉親王會不喜二皇子，就看愉親王說的這套話，就知這位在宗人府的親王殿下為何能任宗人府的宗正了。

閩王當年也是皇子出身，如何不知宗室人口越多，朝廷負擔越重之事。只是，他一個藩王，考慮藩國的利益便可，而愉親王這話入情入理，閩王並非不通情理之人。

閩王道：「是啊，當年太祖皇帝定的規矩，只怕子孫後代生活過得不好，當年襲爵，可沒有降爵一說，全都是世襲罔替。後來，兩三代之後便是親王郡王遍地。世宗皇帝改了規矩，降爵而襲，這才好些了。規矩倒不是不能變，就是依我的意思，大好男兒自當為國孝力。可是，阿弟你也知道，宗室子弟先時嬌養慣了，我家那幾個，我抽打斥罵著，是念了幾本書，卻是沒法與翰林學士們相比的。」

蜀王也說：「是啊，阿叔，不要說他們，就是侄兒我這肚子裡的墨水也不多。」

順王跟著道：「陛下是好意，我就怕孩子們考不好，辜負了陛下美意，叫陛下生氣。」這也不知道陛下要考試啊，要是知道，早叫孩子們在家裡多念幾本書了。

安王、康王等皆在一旁點頭，本是帶家中子弟來在京城混個臉熟，誰也不知道要考試。

「這要是想叫他們與翰林比肩，直接讓他們參加春闈了。」愉親王道：「你們只管放心，要是過得去，咱們都是姓景的，旁人還能越過咱們自己人不成？」

有愉親王這話，大家才稍稍安心，但各自回家後也是督促家中子弟臨時抱佛腳，考文的多看幾頁書，考武的也要勤練棍棒刀槍。再有，這些藩王近來沒少進宮給皇帝陛下送禮，倒不指望著皇帝陛下開後門，卻也希望臨考前能刷個印象分。

秦鳳儀與二皇子開始準備文武比試的事，首先，考試得先報名，秦鳳儀還與二皇子通知各家各戶，哪天之內要報名，倘是過了期限，就得等下一年了。

另外就是考試的地點，來京宗室其實沒多少人，三五百人頂天了。依著報名的人數，乾脆就定在太寧宮前頭，跟殿試同一個地方，是露天考場。因著宗室大考，這但凡考試，就不能越過禮部去。秦鳳儀與盧尚書關係不好，原不想理會盧尚書，奈何盧尚書問到宗人府去。

盧尚書聽聞宗室大比竟然沒知會禮部一聲，訓了秦鳳儀幾句，盧尚書道：「陛下讓你輔助二殿下，這些事原該你分內之事，你竟不與我禮部說，你是如何輔助二殿下的？」

秦鳳儀道：「這是我們宗人府考試，又不是科舉考試，跟你禮部有什麼關係啊？」

「有什麼關係？」先時秦鳳儀有路見不平，為救百姓與倭人決鬥之事，盧尚書對他的印象稍有好轉，覺得這人雖不懂規矩，到底品行不差。如今見秦鳳儀一副宗室狗腿子的模樣，盧尚書簡直氣不打一處來，怒道：「全國考試都歸禮部管，你說有沒有關係？」

你這不知輕重不懂事的小崽子，你還是清流出身嗎？白在翰林院念書了，你的立場呢？

盧尚書氣得險些吐血。

秦鳳儀完全不曉得自己還有清流的政治立場，他自做官起，清流一直在跟他作對，參他這裡不好那裡不好，他也不喜清流。秦鳳儀便道：「這是宗室考試，又不是科舉，沒聽說要跟禮部報備啊！我們宗人府又不歸禮部管，陛下也沒說要我去跟尚書大人報備啊！」

不怪人家盧尚書懷疑秦鳳儀的人品，秦鳳儀真不是什麼正直人，他主要是跟盧尚書不對盤，才沒去禮部說一聲，待人家盧尚書找上門，他還敢懟回去。

人家盧尚書是正二品大員，不屑與他這七品小官兒一般見識，直接找景安帝告狀了。

因為盧尚書充滿正義的發言，景安帝還說了秦鳳儀幾句，又與盧尚書道：「鳳儀今年才二十一，年輕些，略有不周全也是有的。宗室大比雖則是宗室之事，盧卿說得也有理。禮部到底考試經驗豐富，這樣吧，讓儀制司郎中跟著一道張羅。」

朝臣與宗室亦有勢力之爭，但凡宗室強的朝代，朝臣能說話的餘地便少。縱使只是宗室大考，盧尚書卻是敏銳地察覺到了景安帝要用宗室的苗頭，而且，秦鳳儀原應為清流說話，沒想到這小子竟成了宗室的狗腿子，很令人唾棄。

盧尚書爭取道：「儀制司郎中不過五品，宗室大比非同小可，依臣說，讓右侍郎欒雪跟著張羅，更為慎重。」

景安帝道：「這也好。」

盧尚書將這差使交代給欒雪欒侍郎的時候，還再三叮囑，一定要欒侍郎把各項規章都定出來，以後也好做參考，反正，林林總總吩咐了欒侍郎不少事。

盧尚書並未明說，但其用意便是讓欒侍郎主持宗室大比之事。

這倒不是盧尚書的野心，因為在盧尚書眼中，不論什麼考試都是他禮部職司，這本就是該他禮部做主的事。另則，不是盧尚書小瞧二皇子和秦鳳儀，這兩人不過二十出頭，二皇子太過老實，秦鳳儀又是個狗腿子，不明事理，這兩人能懂什麼？再者，愉親王雖做宗正幾十年，可這不意味著愉親王懂考試的事兒啊！

這事是禮部的專業。

故而，這事雖是愉親王主理，但實際的主導權應該在禮部這裡。

然而，令盧尚書沒想到的是，欒侍郎堂堂三品高官，在京城也是實權人物，竟是幹不過秦鳳儀。秦鳳儀這七品小官兒之強勢，直接把欒侍郎氣得吐血，恨不得氣死算了。兩人沒有相爭還好，但有相爭，欒侍郎竟是爭不過秦鳳儀，這叫欒侍郎怎能氣平？

欒侍郎爭不過，就拉著秦鳳儀到御前說理。

秦鳳儀根本不怕御前說理，在秦鳳儀的估計中，他與皇帝陛下什麼關係啊，皇帝陛下肯定向著他的，結果，皇帝陛下竟是向著書呆子們。

讓一讓盧尚書那老頭兒還罷了，畢竟人家一把年紀了，可一個侍郎憑什麼要他讓啊？皇帝陛下這明明是吹黑哨拉偏架。拉一回還行，卻總是拉偏架，說欒侍郎對，說他不對。

秦鳳儀不是什麼好脾氣的人，他翻起臉來，那是連大皇子的面子都不給的，景安帝一次次拉偏架，終於把秦鳳儀拉火了，秦鳳儀一下子就爆發了。

秦鳳儀怒道：「你怎麼總是偏幫這姓欒的啊？這公道嗎？你也忒偏心眼兒了，虧我先前跟你那麼好，原來竟看錯了你，沒義氣的傢伙！我不幹啦，再也不受這窩囊氣了！」

秦鳳儀說完，氣呼呼地轉身走了。

二皇子與欒侍郎都驚呆了。

景安帝也一下子沒反應過來，待秦鳳儀走到門口，景安帝方怒斥：「你大膽！」

秦鳳儀回頭道：「我就大膽了，怎麼著？以後再不來往了，絕交！」

他還重重哼了一聲，氣鼓鼓地走了。

景安帝氣得頭暈。

秦鳳儀御前失儀，欒侍郎當然不可能放過這個好機會，他趕緊號召一大幫禮部同僚和御史流清參秦鳳儀。奈何秦鳳儀根本就不上朝，更不去當差，他已經叫家裡收拾行李，準備回老家過日子了。

讓秦鳳儀意外的是，在京宗室對他好感爆棚，進宮的進宮，去秦家的去秦家，有些與秦鳳儀不熟的，還託了愉老親王去勸一勸秦探花：咱們都知道秦探花是好人，秦探花是棟樑之材，可不能就這麼走了！秦探花，你得繼續回來當差啊！咱們的宗室大比，還等著秦探花你幫忙主持公道呢！

便是閻王也覺得，莫不是看錯了秦探花，這原來是個好的？

秦鳳儀氣得半死回家去了，到家仍是惱得不得了，先把禮部欒侍郎臭罵一通，還把景安帝埋怨了一回，說自己看錯了人，以後再不跟皇帝陛下好了。

李鏡待秦鳳儀發洩完了才問：「你這是與皇上翻臉了？」

「我說了，辭官不做了，回老家去！」秦鳳儀氣呼呼地道：「爹、娘、阿鏡，這就收拾行李吧，我是不做那個窩囊的鳥官兒了！」

秦太太忙問：「我兒，是不是誰欺負你了？」

秦鳳儀道：「陛下總是拉偏架，欒侍郎仗著官位高總要壓我一頭，氣死我了！」

一直到晚上吃過飯，李鏡才鬧明白到底是怎麼回事。李鏡原也不想秦鳳儀摻和宗室事，還說：「回老家住些日子也不錯，你也莫生氣，這點事不值當的。」

秦鳳儀道：「我是嚥不下這口氣！」

「其實，這差事不接也好。」

秦鳳儀這會兒頗是贊同媳婦的看法，「就是！誰愛受這鳥氣！」

秦鳳儀都想回鄉了，結果在朝上被人參成了個刺蝟。也就是秦鳳儀的臉皮，他素來不怕人參的。其實如果禮部不這樣參他，他多半讓家裡人勸一勸，這差事也就算了，但禮部完全就是要把秦鳳儀打落塵埃，朝中也就一個二皇子出來為秦鳳儀說了一句「秦翰林都是為了把事做好，是個好的」，然後就被禮部長篇大論給說了個半懵，連大皇子私下都與二皇子道：「這是禮部與秦翰林之間的事，二弟何苦多嘴，倒叫禮部說你糊塗。」

二皇子低著頭沒說話。

大皇子看他這樣，只當他默認了自己的話，又指點了這個弟弟幾句：「禮部自有禮部的道理，御史參他也不是空穴來風。他在父皇面前如此失禮，我那一日是不在，我要是在的話，早斥責他了。」

二皇子繼續悶不吭聲。

大皇子知他素來這個性子，也就沒再多說。

方悅回家，與父祖說起秦鳳儀這事，方大老爺道：「這禮部也有些過了。」

方閣老什麼大風大浪沒見過，道：「要是只是參鳳儀御前失儀，你們便不必多嘴。如果參他大逆不道大不敬，就要辯上一辯。」

方大老爺連忙應了，方悅道：「小師叔如今不當差不上朝，我還是去跟他說一聲吧？」

方閣老點點頭，「去吧。」

秦鳳儀有方悅這個小信鴿，一聽方悅說禮部、御史台有人沒完沒了地參他，秦鳳儀忍無可忍道：「真是人善被人欺啊！」

秦鳳儀那顆原本要打包回鄉的心，立刻又被禮部、御史台招惹得怒火騰騰了。待方悅告辭離去，秦鳳儀咬牙道：「我必要找回這場子不可！」

李鏡也覺得禮部忒欺負人，李鏡道：「我回家與父親說一聲。」又與秦鳳儀道：「你親自去師傅那裡走動一二。」

秦鳳儀發了狠，「我誰都不靠，我就靠自個兒，一樣能找回場子！」

李鏡道：「你這都在陛下跟前放了狠話，說是不再做官了，難不成還回去？」

李鏡現在是真不想丈夫做官了，秦鳳儀心太實，又是個一心想做事的，實在不大適合朝廷這種傾軋的地方。

「話都說了，自然不能回去。」秦鳳儀想了想，再次氣道：「我為的是誰，還不是宗室，他們難道想當啞巴？沒門！」

秦鳳儀打算從宗室這裡入手，甭看是打算辭官不做了，但他現在在宗室裡人緣好得不得了，連壽王都說：「這宗室大比，就得有這麼個明白人才行。」

愉親王還隔三差五打發人送獅子頭去給秦鳳儀，秦鳳儀想宗室是知他情的，但就這樣還不足以讓他找回場子。秦鳳儀想好了，就算回老家，也不能窩窩囊囊地回老家，於是，他讓家裡收拾行李，然後去愉親王府叫老親王給他評理。

正好閩王也在，秦鳳儀就說了：「以前陛下跟我多好，我們啥都能說到一起去，結果那欒老頭兒不講理，陛下不說偏著我，還偏著欒老頭兒，愉爺爺您說，有這樣的道理嗎？」

愉親王道：「這得看誰有理，陛下就偏著誰吧。」

「我能是沒理的那個嗎？」秦鳳儀覺得自己簡直就是正義與公理的化身，「您不知道欒老頭兒那樣兒，長得仙風道骨，以為他餐風飲露啊？實際可不是這樣，什麼都要他說了算，憑什麼呀？他是老幾呀？就是論說了算，他也不能越過您去，他什麼意思啊？有事不來找您商量，直接就去陛下跟前告狀，他是哪根蔥啊，這麼大的派頭？我就不服！要是講理，不要說他，盧老頭兒我也不怕，偏生陛下拉偏架，叫人氣悶！」

「陛下怎麼拉偏架了？」

「陛下總叫我讓著他，說他上了年紀，官位高。我呸！他官位能有您高嗎？他年紀大，您年紀難道就小了？您不曉得，就是考試用什麼紙都要跟我較勁兒，我說用普通白紙就行，他非要用白鹿紙，說宗室高貴，必得用好紙才行。我說考試在太寧宮外，他非要放到貢院，說貢院才算正式。」

秦鳳儀甭看性子火爆，心裡明白著呢！

秦鳳儀道：「他就不是為了把差事當好，而是為了跟我較勁兒，把我壓下去，好事事他做主，我才不受這窩囊氣！幹嘛非要用白鹿紙啊，白鹿紙多貴，白紙就寫不得字了？還有，宗室又不是要考個九天九夜，去什麼貢院，是不是還要一人帶個鋪蓋卷，自備柴米油鹽？你們不曉得，叫人火大的事還多著！我要是被他壓下去，寧可不幹！」

閩王道：「你這不事事都明白嗎？你不幹了，正中人家下懷。我與你說，禮部已經薦了儀制司郎中替你的職了。」

這是激將了？

「誰愛替誰替，反正我不想幹了，王爺也不要說這些激我的話！」秦鳳儀道：「我為的是誰？我難道是為了我自己？我要為我自己，我幹嘛去得罪欒侍郎啊？我還不是為了陛下，為了宗室。要是依欒侍郎的意思，春闈怎麼考，宗室就怎麼考。就你們宗室那些紈綺，念過幾本書啊？這回依了他，判卷也輪不到別人，必是禮部做主。你們自己掂量著辦吧，你們以後升遷榮辱，就要捏在禮部的手心裡了。現在還是陛下主持文武試，等哪天禮部說陛下是宗室的大族長，按制當迴避，改為朝中清流主持，你們就美了！」

秦鳳儀現下說起來都火冒三丈，「我又不姓景，我急什麼？我就是看不過姓欒的事事要壓我一頭，大不了我不幹了，回老家過清靜日子，反正你們子子孫孫都姓景，於我何干？」

閩王此時才覺得看錯了秦鳳儀，這不是半個死人，這是塊爆炭，還是一塊聰明的爆炭。

不過，宗室大比便在眼前，宗室還真就需要這麼個能為宗室說話的人來主持才成。也不是說朝中除了秦鳳儀就沒人願意為宗室說話，要是往時，定有能為宗室說話的清流，可如今禮部與秦鳳儀是幹上了，想找一個不怕禮部的清流太難了，還是秦鳳儀這熟門熟路的好。

閩王心中有了決斷，便道：「早先在陛下那裡飲宴時，初見秦翰林，我就知道你是個正義的人。若你這樣的人都賭氣走了，朝中哪裡還有正義之聲呢？誰走你都不能走啊！」

這樣的二傻子走了，哪裡還能找一個敢這樣直接與禮部對著幹的二愣子啊！

「我走了，你們自己幹就行了，我反正不受這窩囊氣！」

秦鳳儀也有其性格缺點，那真是脾氣比天都要大。

秦鳳儀在愉親王府抱怨了一回，在愉親王府吃了兩碗飯、三個獅子頭，還有若干小菜之後，此方心情好些地騎著自己的小玉回了家。

宗室簡直是拿秦鳳儀當個活寶貝。

宗室做事也是有條理的，大家一商量，乾脆聯名寫了摺子，不為別個，主要是為秦鳳儀辯白的，就是御前失儀都說成秦探花用心辦差，偶有失態，實乃小節。然後，對秦探花的若干主張表示了贊同，什麼考試就用普通白紙，咱們雖是宗室，但老祖宗打下江山不易，好紙留給朝中百官用吧，咱們儉樸，就用普通白紙。還有什麼考試就在太寧殿外挺好的，咱們就不去貢院打擾孔聖人他老人家了啥啥的。總之，把秦鳳儀的主張贊成了個十成十。

宗室這一聯名上書，把禮部氣了個好歹。

禮部盧尚書都去了趟方家，裡裡外外把秦鳳儀告了一狀。

盧尚書道：「以往秦翰林雖跳脫，可見義勇為，是咱們清流出來的好官，如今這不知是受了誰的蠱惑，與宗室攪和在一起，老相爺您說說，這叫個什麼事兒啊？」話間既急且惱。

方閣老倒是不急不惱，自致仕後，他老人家榮養，養出個狀元孫子、探花弟子，他老人家一世的心思都放下了，溫言道：「我已辭官，朝廷的事也不想多管了。盧尚書啊，秦翰林雖與我讀了幾年書，我也收他到門下，可官場是官場，私交是私交，不必看我的面子，該如何就如何。他這一路太過順遂，我倒願意他跌個跤，長個教訓。」

盧尚書嘆道：「咱們自己清流的事，怎麼樣都好說，現下秦翰林事事以宗室之命為是，他既是老恩相的弟子，又這樣的年輕，這樣的資質，若放任他一錯再錯，豈不可惜？」

方閣老沒覺得有什麼可惜的，心說，你們先時話都不講一聲就參我家弟子，如今宗室為我家弟子出頭，你們眼瞅著要不成，又來這兒說這種「回頭是岸」的話。

方閣老心如明鏡似的，哪裡會應承盧尚書這話。

宗室都聯名上本了，景安帝也必然要考慮宗室的想法，你一些無干緊要的事，什麼考試用什麼紙之類的，宗室要用普通白紙很好嘛，景安帝還讚了閩王一句：「未忘先祖之風。」

閩王笑道：「老臣先時也沒想這麼多，其實這上頭寫的不是老臣等的主意，皆是秦探花的主意。老臣也是一把年紀了，來京城時間雖短，這冷眼瞧著秦探花真是不錯。也就是陛下的慧眼，挑出這樣實心任事的人來。」

景安帝道：「倒是個實心任事的，只是這性子還欠歷練。」

閩王笑道：「唐太宗善納諫，方有名臣倍出。太平盛世，陛下襟懷似海，天地皆能容，自然能容一個年輕的孩子。」

景安帝道：「朕一想到秦探花的性子，難免氣惱，可王伯這樣為他求情，朕又覺得王伯的話未嘗不在理。」

閩王神色溫煦，誠懇道：「年輕的孩子有幾個沒脾氣的？就是阿愉當年還與先帝拌過嘴。要是真是個麵團兒，也不是能做事的。」

其實閻王親自過來說情，在景安帝的預料中，只是景安帝倒不似閻王說的那般還在氣惱秦鳳儀，景安帝為難的是，秦鳳儀不是那等會拿捏利益得失的臣子。要是那等臣子，景安帝不追究他御前失儀，他就該感激涕零了。秦鳳儀這等獨特的性子，就是景安帝不追究，恐怕秦鳳儀現在仍在生氣。

秦鳳儀一言不合就翻臉，確實把景安帝氣了個好歹。景安帝做皇帝多年少，也沒遇到過這樣無禮的小子，還與景川侯抱怨：「瞧瞧你女婿，那是什麼狗脾氣，還說要與朕絕交。」

景川侯鐵面無私，「臣回去就揍他。」

「你看你這性子，要以理服人，打有什麼用啊？打得人家鬼哭狼嚎的，嘴服心不服也沒用。」景安帝又不是想秦鳳儀挨揍，他道：「你說說，他怎麼是這麼個性子？好時挺好的，也挺懂事，說翻臉就翻臉。」

「他也不單跟陛下這樣，跟臣也這樣。」景川侯老實道。

景安帝心中平衡了一點，還愛聽臣子的八卦，問：「他跟你也翻過臉啊？」

「他先時來京城提親，臣不允，他就說臣勢利眼、沒眼光，是個瞎子。」景川侯道：「有什麼法子呢？他懂事起來也跟個好人一般。要不，您換個人吧，讓他回老家面壁思過。」

景川侯可不是秦鳳儀那樣的一根筋，他與閨女同樣都不願意讓女婿頂雷。這差事多難辦啊，偏著清流就得罪宗室，偏著宗室就得罪清流，如今可不就是被清流恨得跟什麼似的。

景安帝語重心長地道：「年輕的孩子有幾個是沒脾氣的？咱們做長輩的就得包容著他們

一些。說來，鳳儀這人緣真不錯，愉王叔不必說，他一向很喜歡鳳儀，倒是連閩王伯都為他求情，說年輕人得多給些機會。」

景川侯道：「陛下，您要是偏頗他，讓清流怎麼說呢？」

「是啊，要不朕怎麼找你呢？」景安帝明說道：「你我自小一處長大，朕有些話不好與別人說，只與你說。鳳儀是你的愛婿，朕也拿他當自家晚輩，這孩子非但知上進，肯辦事，更是個有情有義的，難得他活泛還有原則，朕把差事交給他，就比旁人放心。」

先誇了秦鳳儀一回，主要是在心腹跟前，景安帝也比較能拉下臉來，又道：「要不，你讓鳳儀寫請罪摺子，這事便罷了。」

景川侯道：「臣寧可自己寫個請罪摺子。那小子強得跟牛一樣，臣早勸過他了，也跟他說了陛下的難處，不消理他就是。」

景安帝想到秦鳳儀那說翻臉就翻臉的狗脾氣，還真不是能勸好的，可景安帝還就得用秦鳳儀，就算是他想換人，愉親王、閩王都為秦鳳儀說情，尤其是閩王，那天宮宴還對秦鳳儀有些不痛快，現下簡直是一百八十度大轉變，裡外誇秦鳳儀能幹，誇景安帝有眼光，還把個宗室大比說得沒秦鳳儀就辦不好的樣兒。

景安帝道：「也不知他怎麼這麼個孩子脾氣？」好吧，一通話說下來，秦鳳儀已經由「狗脾氣」昇華到「孩子脾氣」了。

景安帝問：「他在家沒少抱怨朕吧？」

「陛下聖明，如今還說您偏心眼兒，不要跟您好了。」

景安帝一笑，「先時他還說要與朕做一輩子的好君臣，叫後世人提起我們都要羨慕的，他這變得也忒快了啊！」

景川侯心說，原來這小子往日是這般拍您龍屁的啊，怪道您看他順眼！

景安帝乾脆什麼「請罪摺子」的事也不提了，還打發人送了一碗熱騰騰的獅子頭去給秦鳳儀。秦鳳儀把獅子頭留下，回了一句「不跟沒義氣的人來往」，然後用信封封上，擱食盒裡，叫送獅子頭的小內侍帶回去。

景安帝看了那字條，忍不住一陣樂，心說：不與朕來往還吃朕的獅子頭！

柒之章　清流激奮扛皇親

景安帝簡直是戳中了秦鳳儀的癢處，別看秦鳳儀生了個神仙模樣，偏生是個貪嘴的。倒不是那種沒節制地吃東西，這小子對於美食有自己的一番見解。

秦鳳儀是揚州人，就愛吃獅子頭，而且是百吃不厭。許多與秦鳳儀交好，想與他交好，或是喜歡他的長輩們，每次留秦鳳儀吃飯或請秦鳳儀吃飯，包括秦鳳儀去外頭請人吃飯，都會點上一份獅子頭。對於京城各家的獅子頭，哪家的有什麼優點，哪家的有什麼不足，便是京城淮揚飯莊各家的獅子頭孰優孰劣，秦鳳儀都能說得頭頭是道。

有一回秦鳳儀去明月樓吃飯，一口就吃出這獅子頭換了廚子，明月樓掌櫃都服了他，笑說先時的廚子老了，如今是兒子接班，就是請秦探花幫著嘗嘗，看這手藝能不能出師。

是的，秦鳳儀還有品評淮揚美食的本領。京城但凡有名氣的淮揚館子，若是有這等學徒出師啥的，只要能請得到秦鳳儀，必然要請他過去做個評鑒。再者，飯莊有什麼新菜，也會請秦鳳儀去嘗，提些改進意見。

為了搭秦鳳儀的熱度，如明月樓，還很會拍馬屁地推出探花席、探花菜。

秦鳳儀知道之後，著實臭美一番。

景安帝知道秦鳳儀是個吃貨，因為秦鳳儀點評過各家的獅子頭後，說陛下這裡的味兒最好最考究。景安帝還是要把小探花叫回來繼續做事的，無他，大好局面，眼下宗室已是拉下水了，若是換人，斷沒有秦鳳儀與宗室融洽。

另則，景安帝也有些捨不得秦鳳儀。這孩子在他身邊的時間不長，但是極貼心，看他心情尋常就會哄他高興。秦鳳儀身上獨有的愛與人親近的勁兒，讓景安帝視秦鳳儀宛如自家子侄。如今景安帝悶了尋人下棋，跟前坐的不是老狐狸就是老油條，輸了就拍景安帝馬屁，說陛下棋藝高超，贏了便自我謙虛，說臣發揮超常。景安帝寫幾個大字找人品評嘛，大家都是說好，沒一個說不好。寫首詩嘛，更是馬屁滿天飛。

景安帝不是那等容易被臣子糊弄的皇子，他以前沒覺得這有什麼不正常，為君者尊，為臣者俯，哪是秦鳳儀那小子，下棋前先要景安帝把銀子秤好，贏一局就大吹大擂，認為自己是棋聖轉世，輸一局就找各種理由，說自己是不小心，而且，贏錢時便一副財迷得意的小模樣，輸錢時簡直像割肉一般，咬牙切齒地要再把銀子贏回來。

還有景安帝寫的大字，哪裡略有不足，一眼就能被那小子瞧出來。景安帝作的詩，還時常被那小子嘲笑。那小子還嘴饞喜歡吃荔枝，成天到他這裡晃，死皮賴臉地留下蹭飯吃，就為了飯後水果是荔枝。

不只是出自政治利益的需要，就是景安帝，這輩子見過的最鮮活的人，莫過於秦鳳儀。這孩子心思淺，心裡想什麼都放在臉上，他一心想做些實事，而不是成為朝中那些滑不溜手的老油條。只要是景安帝交代的差事，沒一樣不盡心盡力的，性子率直純粹。

哎喲，哪裡捨得放小探花走啊！

之前許多人說秦鳳儀是佞臣，在景安帝看來，真是大錯特錯。這小子除了要從朕這裡討得好處的時候，其他時候何曾佞過？與其說是佞臣，不如說是寵臣。景安帝是真的很喜歡秦鳳儀，樂意寵著他一些。

就是秦鳳儀這狗脾氣，說翻臉就翻臉，景安帝都想著，正年輕的孩子，罷了，朕不與他一般見識，遂令御膳房做了一碗獅子頭，讓人送去給秦鳳儀。

結果，這小子居然傲嬌上了，還說不與他來往。

不與朕來往，你獅子頭吃得也挺香的啊！

第二天早上，景安帝又命人送去了三丁包子。

這皇家送東西，樣子是頂頂好看的，像景安帝等特意命人送去的賞賜，那擱包子的藤屜下頭溫著熱水，包子到了秦家還是熱騰騰的，味兒自是不必說，御膳房出品，滋味絕佳。就是這麼八個小包子，夠誰吃啊？

秦鳳儀向來跟吃的沒仇，就給皇帝陛下又寫了個條子，上面寫著：家裡人多，不夠吃。

本來就是，秦鳳儀不是吃獨食的性子，而且自從中了探花娶了媳婦，秦鳳儀就覺得自己是家裡的戶主。上要照顧爹娘，下要疼媳婦，有什麼好東西，秦鳳儀雖然是個饞的，可再想吃，他也是跟父母和媳婦一道吃的。

昨兒四個獅子頭，一家子還能一人吃一個，尤其是秦老爺和秦太太，這雖是第二次吃皇上御賜的吃食，但這回是吃獅子頭啊，秦老爺又叫著兒子端著獅子頭往祖宗那裡供奉一回，才出來一人一個分食，秦老爺和秦太太更是直嘆宮裡御膳房手藝非同凡響。

皇帝陛下賜的吃食，誰還能打算吃飽啊？

秦爹秦媽沒想到，昨兒剛三生有幸吃到了皇帝老爺賜下的獅子頭，今早又能吃到皇帝老爺賜下的三丁包子。秦老爺便勸兒子：「皇上心裡還是有你的，你也別總強著。你這脾氣，我還能不曉得嗎？你也不是什麼好性子，皇上肯包容你，多麼難得啊！」

秦太太也說：「是啊！」

秦鳳儀看爹娘一面吃著皇上賜的三丁包子，一面勸他，很是不滿意他爹娘的立場，「你們可真是吃人家的嘴軟。」

好吧，秦鳳儀吃包子吃得也很香，他家裡的廚子也不賴，卻是做不出這樣的味兒來。

中午秦鳳儀又收到了皇帝陛下賞賜的大食盒，這回東西樣數多了，什麼秦鳳儀最愛的獅子頭、清燉魚圓、豆苗山雞片，湯還是秦鳳儀夏天喜歡喝的青菜豆腐湯，兩樣點心也都是秦鳳儀的最愛，一樣三丁包子，一樣翡翠燒麥，飯是碧梗米飯。

東西樣數是不少，但是都是一人份啊！

皇帝陛下回給秦鳳儀的信裡就一句：給你吃的。

秦鳳儀回覆：小氣！

皇帝陛下晚間的回信是：朕最喜歡小探花。

這種話簡直把李鏡都肉麻了個好歹，李鏡都想問一問丈夫的貞操安全否，不過，想到秦鳳儀與皇帝陛下泡過溫湯都沒事了，想來皇帝陛下在這方面還是個正直人。

就見丈夫給皇帝陛下回了兩個字：哼哼！

這兩人肉麻來肉麻去的，好在正常話李鏡還是看得懂的，就是這哼哼兩個字，李鏡好奇地問：「這是什麼意思啊？」

秦鳳儀哼哼兩聲給媳婦聽，把信放信封裡漆封好，蓋上紅戳，「就是這個意思啊！」

李鏡：……

李鏡問：「你們這是和好了吧？」

秦鳳儀道：「就這麼回去當差，那也太沒面子了，得等陛下給足我面子我再回去。」

秦鳳儀脾氣大，說來就來，說發就發，可他其實鮮少記仇，自從皇帝送好吃的給他，他的氣就漸漸消了，現在已是不大生氣了，就是先時在皇帝跟前放了狠話，還被禮部和御史台那些酸生參得沒面子，這個好面子的人才打算找回面子，再回去當差。

景安帝看到了秦鳳儀回的「哼哼」兩字，第二日同愉親王道：「那小子已是知錯了，王叔再去瞧瞧他也就好了。」要是別個藩王，景安帝斷不能說這話，但愉親王與小探花關係好，當初小探花在路上見義勇為被倭人的刀所傷，愉王叔就去瞧過小探花，兩人如祖孫一般。

愉親王很痛快地應了，還在御前為秦鳳儀說幾句好話：「知過能改，就是好的，何況，鳳儀這也是對事不對人。」

景安帝心說，這小子哪裡是對事不對人，分明是對事又對人，而且，不是對別人，就是對朕。這個臭小子！面上景安帝正經八百地道：「是啊，念他年紀尚小，又有王叔和王伯為他求情，此次不與他計較便是。」

愉親王又讚美了一番景安帝寬廣的胸懷，便去了秦家。

秦鳳儀雖是要面子，卻也不是拿架子的人，再者他與愉親王一向要好，老親王只是說了一句「陛下已是不生氣了」的話，就叫著秦鳳儀一道進宮了。

秦鳳儀道：「以後我就跟愉爺爺最好了。」

愉親王笑，「你少得了便宜還賣乖，陛下登基二十幾年，哪裡縱容別人似你這般，還給你送吃的。行了，你見好就收吧。」

「愉爺爺，您都知道啊？」秦鳳儀還以為別人不曉得呢！

愉親王摸摸他的頭，「你肯實心任事，這很好。就是這性子，可是得改一改。」

「要是我的不是，我自然會改。如果不是我的錯，我就得說個明白。」秦鳳儀還小聲說道：「其實陛下還是知道我忠心的。我也不是為了我自己把欒侍郎壓下去，可我在二殿下這裡當差，便是我不在宗人府，我也覺得宗室大比的事，禮部不應該過多插手。」

「為何啊？」愉親王閉目養神，似是隨口一問。

秦鳳儀想了想，解釋道：「具體緣故，我說不好，也不會講那些大道理，可我覺得，宗室這麼些個人總壓著，就壓成廢物了。這人得有事情做，有事情做才有精氣神。朝中當然還是百官說了算的，可也不能不給宗室一些位置。要不，十萬宗室沒個前程盼頭，以後就廢了。但也不能把官兒都給了宗室做，都給宗室，清流沒了位置，那就是沒了普通百姓的盼頭。我覺得宗室與清流、豪門，最好是各有各的活路，然後再相安無事才好。」

聽秦鳳儀這一番話，愉親王才算有些聽明白，為何秦鳳儀御前翻臉，景安帝還肯給他送吃食的緣故了。不僅是因秦鳳儀往日與景安帝的君臣情分，也不僅是因景安帝喜歡他，而是秦鳳儀年紀雖小，在政治上的眼光已遠在諸多清流、豪門、宗室之上。難得的是，他出身清流，卻不偏袒清流，與宗室交好，卻也明白宗室事務的法度在哪裡。

更難能可貴的是，他還肯做實事，不惜名聲。

好吧，秦鳳儀這也從來不是在乎名聲的，這才做一年官，御史台就參他個三五遭了，他還是像沒事人一樣。

秦鳳儀與愉親王到宮裡的時間是中午左右，太陽正好，內閣裡一群國之重臣剛自御書房議事出來，正好見到等著陛見的秦鳳儀與愉親王。除了盧尚書臉色不大好外，其他大臣看秦鳳儀的眼光倒是溫和，兵部鄭老尚書還對秦鳳儀微微頷首，方帶著內閣諸臣離去。

盧尚書一直不大喜歡秦鳳儀，不論是那驕縱的性子，還是秦鳳儀這探花是刷臉刷來的，本來印象稍好轉，結果這小子明明出身清流，竟與宗室搞到了一處。莫說盧尚書惱，有些年輕的清流簡直就將秦鳳儀視為清流之恥。

盧尚書看秦鳳儀朝自己挑來的得瑟小眼神，又見這小子明明是一身翠綠七品官服，卻是一副昂首挺胸得意洋洋的模樣，盧尚書不掩厭惡，憤憤道：「真個小人得志！」

鄭老尚書笑，「秦探花這等美貌就是得志，也是鳳凰得志啊！」

吏部譚尚書也說：「怪道說揚州人都叫他鳳凰公子，的確是眉眼炫目，風采過人。」

工部汪尚書道：「他這性子，也夠風采過人的。」

戶部程尚書與秦家有私交，只是兩家都不是高調的性子，程尚書在外對秦鳳儀都是以官稱相稱，問道：「秦翰林不是說與陛下絕交了嗎？怎麼又來了？」

刑部章尚書道：「秦探花這性子，與正常人不一樣，不能以常人揣度。」

像我家兒子，原本回京想競爭一下國子監祭酒之位，結果被這傢伙御前進言，我兒子一下子往南夷州去了。唉，也不知什麼時候才能回來，偏生又生不起秦探花的氣來。

秦鳳儀恐怕是頭一個被諸位部堂大人討論一回的芝麻小官兒了。

此時，秦鳳儀並不曉得他已在部堂大人們的議論中走了一個回合。秦鳳儀這樣的，不怪盧尚書不喜歡他，就是幾位部堂大人，對於秦鳳儀的規矩也是只有皺眉的。別個不說，你一芝麻小官兒，見著部堂大臣，不好行禮打招呼，也得躬身避讓以示恭敬。秦鳳儀不一樣，他一貫是昂首挺胸的，完全不懂躬身避讓這一套，甚至還用眼神挑釁盧尚書。

幸好除了文人性子極重的盧尚書，其他幾位部堂大臣，或是喜歡秦鳳儀，如程尚書；或是在政治領域看好秦鳳儀的前途，如鄭尚書與章尚書；或是有自己的打算，如譚尚書；或是對秦鳳儀為人不置可否，如汪尚書。

這些人皆是部堂高官，短時間內還不會對秦鳳儀本人發表什麼意見。

秦鳳儀與愉親王並未久等，景安帝立刻就把人宣進去了。

秦鳳儀行過大禮，景安帝道：「起來吧。還要王叔去請你才肯進宮，派頭兒十足啊！」

秦鳳儀辯白道：「我哪裡要愉爺爺去請了，是愉爺爺過去看我，跟我說了好些話，我才來的。我跟愉爺爺什麼交情啊，就是我親爺爺活著，也就是這樣啦。我們倆，不說誰請誰，是不是，愉爺爺？」

愉老親王忍俊不禁，「你對陛下嘴這麼甜才好。」

「我說的都是真心話，哪裡是嘴甜不甜啦？我是個正義之人，也不會因為陛下身分高貴就拍馬屁。我可是正經讀書人，很有風骨哩！」秦鳳儀笑嘻嘻地湊上前，「其實，我是怕陛下還在生我的氣，不好意思過來。」

馬公公端來茶，秦鳳儀忙接了奉給景安帝。

景安帝接了茶，笑道：「一時好一時歹的。不跟朕絕交了？這又好了？」

「我那天是真生氣，誰叫陛下總偏幫欒老頭兒。他要說的對，幫一幫他倒罷了，我又不是要陛下偏心眼，可陛下什麼事都幫著他，叫誰誰能心服啊？何況，咱倆先時多好，您事事幫著別人，我都懷疑陛下您待我的心是不是真的了。」秦鳳儀再接一盞茶奉給愉老親王，最後自己也端一盞啜一口，繼續控訴道：「我待陛下的心可是沒有半點作假，陛下卻是個三心二意的，今兒跟我好，明兒又不知道跟誰好了，哪裡知道我的傷心啊？」

景安帝笑與愉親王道：「聽聽，這又是朕的不是了。」

愉親王笑，「鳳儀是吃醋了。」

「我吃醋怎麼啦？我就是吃醋了，快醋死我了！」秦鳳儀認真道：「陛下以後可不能再幫著別人了，可以不？」

景安帝道：「要是你沒理，朕也偏著你？」

「最好是這樣啦，但我也知道陛下不是這種幫親不幫理的，不過，只要我在理，您就得幫著我，我都是為您做事，為您考慮的呀！」

「好，朕一定幫著你，只要你占住了理！」

秦鳳儀這才高興了。

景安帝道：「成了，你這就退下吧，下午去宗人府繼續當差，二郎也念著你呢！」

秦鳳儀道：「我怎麼能走啊？這都中午了，肚子餓得咕咕叫的。我們民間的老話，皇帝還不差餓兵，您怎麼也得賞小臣一頓午膳吧？」

景安帝大笑，「真是拿你這德賴小子無法。」便留秦鳳儀與愉親王一道用膳。

不知底理的那些人，都以為秦鳳儀會就此失寵。別個不說，就秦鳳儀在御前不敬之事，欒侍郎可沒有為他保密，故而知道的人不少。

許多人都認為，在御前如此放肆，又被禮部、御史台彈劾，哪還有臉繼續立於朝上？當然，這是不了解秦鳳儀的人才會這樣想。

像秦鳳儀親近的幾家人，如岳家景川侯府，李釗雖是擔心妹夫，但看他爹那淡定模樣，就知妹夫不會有大礙。李釗還去瞧了妹夫一回，得知景安帝賞了獅子頭就完全不擔心了。想著皇上待妹夫果然恩重，秦鳳儀把「絕交」的話都說出來了，皇上還賞賜獅子頭給他吃。

閣老府方家也不大擔心，方大老爺比較擔心小師弟，方閣老道：「擔心什麼？」

「彈劾小師弟的人不少，小師弟在清流中的名聲豈不受影響？」

方大老爺向來很關心這位小師弟，實在是家裡人都是兢兢業業為皇上效力，除了他爹，沒有哪個有小師弟在御前得帝寵。這年頭，師徒如父子可不是假話，便是春闈座師與考生之間，明明是監考判卷的關係，還要整個座師的名分出來。何況秦鳳儀這種在孔聖面前拜過師的，還受方閣老教導過四年的人。

方大老爺從沒把小師弟當成外人過，有小師弟在御前，於方家百利無一害，尤其小師弟還是個幫親不幫理的。好吧，這一點方大老爺覺得稍稍可以改一點。

方閣老對這個長子不能說不滿意，有他在官場上經營，自己也是個用心辦差的，官位自然是穩，再熬上個十來年，興許還能一爭部堂之位，可惜就是少那麼點兒驚才絕豔。

方閣老耐心道：「在朝為官，豈能怕參？只要心中無愧，一些個聲音不聽也罷。」

有方閣老坐鎮，故而，方家也不大擔心秦鳳儀。

再有就是秦鳳儀的朋友酈公府，酈遠過來瞧了他一回，知道秦鳳儀無事也就放心了。如襄永侯府，就是同景川侯打聽。倒是景川侯夫人這位後丈母娘比較擔心後女婿，景川侯夫人與丈夫說：「秦姑爺這性子，本也夠嗆，哪裡就能與陛下對著幹？要是因此丟了官兒，豈不可惜？侯爺在朝中，可得為秦姑爺說些好話才是。」

景川侯夫人當然不喜歡秦鳳儀，這孩子威脅過她要給她丈夫找揚州特產瘦馬，可秦鳳儀已是娶了李鏡，身為一個後娘，景川侯夫人與繼女關係也一般，但總是一家子，景川侯夫人自然是盼著他們小夫妻日子順遂的。

最讓秦鳳儀感動的是二皇子，這位木訥的皇子殿下，竟然肯在朝中為他說話，雖然只說了一句便被禮部給訓誡了一番。二皇子還打發人給秦鳳儀送東西，私下來看過秦鳳儀，甚至曾在父親面前為秦探花說話，話的說倒是很簡單，翻來覆去就一句：「秦探花是好人，也是為了把差事辦好，父皇您別生他的氣了。」

如今秦鳳儀重回宗人府，最高興的就是二皇子，最鬱悶的便是欒侍郎了。

先時之爭，都是些雞毛蒜皮的小事，後因宗室聯名上書表態，最後都是依著秦鳳儀當初的意思來，所以欒侍郎算是爭輸了。

小事能輸，大事再不能讓的。

接下來爭的就是判卷權和監考權。

欒侍郎的意思，皇上主考，但皇上每天國家大事不知多少，幾百份試卷，哪能一份份看過。判卷什麼的，禮部經驗豐富。還有，考試必是要有監考的，宗室大比總不能再讓宗室監考，因此，監考一事，也要由禮部安排。

秦鳳儀道：「一半一半。」

二人先是在二皇子跟前相爭。二皇子以前聽大哥的，現在聽秦探花的，哪怕欒侍郎是三品高官，二皇子也是皇子，縱木訥些，但又不是傻，二皇子道：「宗室也不全都要考，如閩王伯祖，如愉叔祖，都是德高望重的長輩，他們是副主考，判卷監考也越不過他們去。當然，禮部對於考試經驗豐富，所以，還是秦探花的意思吧，各讓一步。並不是不讓禮部參與，但也得給宗室一些位置，畢竟宗室大比，原是我們宗人府的差事。難不成，宗人府什麼都不管，就讓禮部管？那我們宗人府在哪兒呢？」

欒侍郎的計畫，原是想小事上先把秦鳳儀壓服，二皇子又是個沒主意的，愉親王上了年紀，宗試大比之事自然要聽他的安排。沒想到，秦鳳儀這小子直接就炸了，宗室還聯名為秦鳳儀求情，更是助長了這姓秦的氣焰。未能將秦鳳儀壓服，如今大事就處處掣肘。

欒侍郎心中大為不悅，三人又往愉親王那裡去。愉親王也是想著一半一半，最後還是景安帝拍板定案，就一半一半吧。

監考、判卷皆是禮部出一半人手，宗人府出一半人手。

這個結果，宗室也表示了滿意。

禮部這隻手，終是被秦鳳儀頂著清流們的罵名給剁去了一半。今日剁了禮部的手，明日宗室大考之後，吏部也該讓出些實缺給宗室子弟了。

閩王越發得意自己的眼光，想著此時此刻，宗室不好親自上陣廝殺，非得有秦鳳儀這麼一塊爆炭，才能為宗室爭取到更多的利益。

閩王越發裡裡外外地說起秦鳳儀的好話來。

這是一次載入史冊的宗室大比，也是一次充滿談資，讓宗室顏面大失的宗室大比，哪怕張羅宗室大比的是宗室極為信任的秦鳳儀。秦鳳儀對於宗室大比的各個環節都是與二皇子一道把關的，其形式之慎重，令宗室倍覺受到了重視。

秦鳳儀如此，禮部也拿出更嚴謹的態度來對待這次宗室大比，由此直接為後來的宗室大比定下了完整的規矩，以致於後世雖有調整，但大架構還是在這次宗室大比中定下來的。

不過，秦鳳儀雖是受宗室推崇，卻也不是沒出現什麼不美的事，譬如閩王的一個孫子，報名時不知到哪裡去了，忘記報名，眼瞅著要考了，他這才跑來報名。

二皇子這老好人還說：「堂弟，你怎麼現在才來報名啊？」

那小子自是尋各樣理由，二皇子就幫他把名字記上了。

那小子心中暗喜，千萬謝過二皇子方辭了去。

當天秦鳳儀看二皇子批過的公文時就見了這一筆，秦鳳儀道：「這是哪根蔥啊？咱們的報名時間過去多久了，他才過來報名？」

二皇子忙道：「不是哪根蔥，是閩伯祖的第九個孫子，名叫冉，論輩分是我堂弟。」

秦鳳儀道：「殿下，咱們不是商量好了，過時不候。報名足有十天，這十天他是聾了還是瞎了，這明擺著是叫咱們為難，這事兒不能應！」

二皇子好心地道：「冉堂弟說，他一時不留神，給忘了的。」

「閩王府又不是一個兩個報名，那麼多人報名，獨他忘了，他的腦袋是做什麼用的？」秦鳳儀道：「咱們第一次主持宗室大比，殿下您想，春闈也有報名期限，你過了期限，禮部難道還會幫你補上名字嗎？沒有規矩，不成方圓。咱們雖在宗人府，處處為宗室說話，可這些人也不見得都是好的。那報名的人數，禮部也有一份，我們要怎麼同禮部說呢？」

二皇子為難了，「要不，咱們私下同欒侍郎商量？」

「殿下實在太過好心，這事憑什麼咱們私下同欒侍郎商量？」秦鳳儀立刻在公文下加註了一行，逾報名期太久，宗人府不予准批。然後，裝進一紙袋裡用漆封封好了，命宗人府的侍衛送到了閩王那裡去。

二皇子道：「秦探花，你與閩伯祖不是關係很好嗎？」

秦鳳儀道：「私交歸私交，公事歸公事。眼瞅著宗室大比就近了，如果咱們這裡先出了徇私之事，被禮部拿住，便是把柄。再者，我聽聞跟著藩王們來京的宗室們不少，但報名的不過一半，那另一半在做什麼？是不是在打探咱們這次準備的宗室大比要如何？今兒若允了閩冉，明兒就會有更加後悔沒報名的宗室過來補報，那些也都是殿下的近親。這樣的頭一開，以後誰還將咱們發布的政令放在眼裡？所以，這事絕不能允，更不能開這個頭！」

二皇子聽秦鳳儀這一番話，覺得很有道理，點頭道：「還是你想的周全。」

秦鳳儀道：「殿下畢竟是皇子，你們親戚間不好回絕，如果再有人來找殿下，殿下就把這事情推給我。」

「那豈不是叫你做壞人了？」

「我會怕他們？一個個沒把心眼兒用在正處，現在知道後悔，晚了！」

二皇子又問道：「秦探花，你先時不是說，並非阿冉一個這樣嗎？這要是萬一還有人想報名，那要怎麼辦？」

「找到咱們這裡來的，一律給回了。」秦鳳儀道：「咱們這裡斷不能鬆口，但我估計想補報的人還有一些，把這人情給愉爺爺。您想啊，跟咱們說話的不過是些閒散宗室，回絕也就回絕了，可愉爺爺不一樣，能說情說到他跟前的，至少也得是藩王國公一級的人物。咱們這宗室大比，自然是參加的宗室人越多越好。咱們這裡不講情面，是讓他們知道，咱們的政令自有規矩，一旦發布，想叫咱們改，那是沒門兒。可愉爺爺是宗人府的宗正，他若是要改一改，咱們也只好照辦了。如此還讓他承了人情，參加大比的人還能多些。」

二皇子笑，「還有這個理？」

「殿下不知道，還有一個道理呢！」秦鳳儀道：「殿下知道我為什麼直接回絕閩冉？」

「自然是為了立威。」

「還有一個原因。」秦鳳儀分析道：「這世間，人們對唾手可得之物是鮮少珍惜的。若是他一補報，咱們立刻就應了，他心裡自然會輕視咱們宗人府，更得輕視宗室大比，覺得錯了報名也無事，再補報也容易得很。可咱們不應，他固然氣惱，也會記恨你我，卻不會再輕視宗人府的政令，他從心裡就得明白，咱們這裡是有規矩的地方。」

二皇子恍然大悟，原來竟有此深意。

所以，甭看宗室裡幾位大佬看秦鳳儀不錯，但宗室之人多了去，便是在京城的這幾百宗室，心思亦是各不相同。

閩王收到宗人府送過去的文書，就把九孫子叫到跟前罵了一回。

閩冉道：「明明二殿下允了我的，如何又反悔了？」

閩王道：「你以為宗人府只一個二殿下嗎？」

二皇子自是好性，不會輕易駁人面子，但好性之人一般不做主，何況現下這個時間，正是秦鳳儀與二皇子準備宗室大比的時候。二皇子好說話，秦鳳儀可不是好說話的人，他連禮部三品侍郎都能頂一頂。這個時間，你以前沒報名，現在想補報，秦鳳儀能允才有鬼。

「我知道是那個姓秦的小白臉搞的鬼！」閩冉不服道：「先時還不是祖父帶頭聯名為那姓秦的求情，如今他居然駁我的面子，真個忘恩負義的東西！」

「你自個兒沒算計，倒怨人家忘恩負義？我不是說了要你們去報名考一考，你先時幹什麼去了？」這個九孫子，閩王倒也是寵的，不然也不能帶來京城，準備為其謀個官爵。

閩冉道：「我等生來就是天家貴胄，又不是民間酸生，考什麼呀？」

「混帳東西！考得好了方有實缺，難道一輩子做個虛銜宗室到死？」

閩冉被祖父罵了一頓，也不吭聲了。

閩王氣得想揍他兩下，還是八兒子過來勸慰，閩八郎道：「父親莫急，咱們先時與秦探花也算有些交情，不如我去秦探花那裡問問，說不得他要給咱們家情面。便是他不允，不是還愉王叔在嗎？」

「他要是肯給我面子，如何還會打發人把這公文送來？」閩王擺擺手，「現下不是講私情的時候，你就是去你愉王叔那裡，他也不過是將事推到秦探花頭上。」

閩八郎略一思量就明白，「看來，宗人府是要立威了。」

「是啊！」大家都是老政客，誰也不比誰傻，閩王指著自己的九孫子閩冉道：「就這是個傻的，偏這時候去碰壁。」

閩冉道：「不考就不考，不考我也一樣有官有爵。」

閩王恨不得抽死他。

事實上，各家都有閩冉這樣年輕氣盛的子弟，覺得以往不用考試，怎麼如今突然就要考試了？不明白、不解，也不滿，更沒有報名。

不過，給這宗室大比尋釁些麻煩，倒是願意的。

還有，臨近考期，覺得沒報名後悔的，像閩冉，他也不是忽然就要去補報，而是看著家裡叔叔哥哥們，念書的念書，練武的練武，嘴上雖說「不考也一樣有官有爵」，到底心癢，偏生過了報名時間，被秦鳳儀堵了回來，還把事情捅到他祖父跟前，害他得了頓臭罵。

不止閩王一家如此，諸如蜀王、順王、康王等，家裡都有這樣的事，還有些先時沒報名的宗室求到跟前。大家商量了一回，閩王主要是也想九孫子去考一考，九孫子的武藝還是不錯的。眾人就將事情同愉親王說了，愉親王道：「鳳儀前些時候與我說了，說這是宗室故意要砸他場子，讓我即便有人過來說情，也不能應。」

順王笑道：「這是哪裡的話，陛下一說宗室大比，咱們立刻都是督促兒孫們抓緊時間用功念書的。唉，是有些孩子不知這考試是怎麼回事，一來二去就誤了，如今又想考。王叔，咱們自家兒孫與那些考科舉的百姓不一樣，既然孩子們願意考，怎麼也要通融一二。」

「是啊！」康王也跟著求情。

「你們啊，真是拿你們沒辦法，我又得受一回埋怨了。」愉親王道：「我身為宗正，自然要為你們著想，只一樣，這可是最後一次機會，錯過這次，不必再來我這裡說情，嘴都不要張，以免壞了情分。」

大家一見還真有補報的機會，自是紛紛應承。

愉親王又找秦鳳儀、二皇子商量這補報的事，愉親王道：「我想著，他們先時不懂事，倒也不必一棒子打死，總要給個機會才好。」

說是找二人商量，其實二皇子是個好好先生，難說話的是秦鳳儀。

秦鳳儀看二皇子一眼，二皇子偷笑。

愉親王笑，「這眉來眼去的，笑什麼呢？」

二皇子道：「叔祖說的事，秦探花早想到了呢！」

當下把秦鳳儀先時與他說的話學了一遍。

愉親王大笑，指著秦鳳儀道：「真是個小鬼頭兒！行啦，本王這回承你二人的情！」

二皇子道：「主意是秦探花想的，叔祖承他的情就是。」

愉親王以往不大喜歡二皇子，現下瞧著，老實人也有老實人的可愛之處。二皇子現在有了些主見，也不做愉親王反感的「大哥如何說」的複讀機了。瞧著半點不爭功的二皇子，著實有幾分親切。

愉親王笑，「主意雖是鳳儀想的，但二殿下善納諫，何嘗不是大大的好處？」

秦鳳儀道：「應是能應宗室這回，只是凡事得有個規矩，這回可以補報，卻也只有三天時間，而且，宗室大比正忙，就中午一個時辰有空。願意補報的就過來，不願意的可以不來。今年的機會就這一次了，錯過這次補報，誰都不要再來說情。」

「放心放心，這話我早與他們說過了。」

過來補報的宗室們私下都把秦鳳儀罵了一回，無他，這小子忒壞，補報就補報唄，時間還定得這麼死，每天僅一個時辰，那你倒是定在涼爽的時辰啊！這三伏天的，哪怕你是定在早上，咱們起個大早過來排隊報名也好，偏生定在午時。對，就是正午，太陽正大，能把人烤化了的時辰。然後，他在屋裡擺著冰盆錄考生的報名資訊，咱們一溜大長龍排在宗人府的院子裡，這能生生把人熱死。

這混帳東西，一定是故意的！

不要說宗室小弟們去補報，一個個曬得蔫瓜般回來大罵秦鳳儀，就是幾位宗室大佬也是哭笑不得。能說什麼呢？人家讓你補報，這就是人情。當然，這主意一看就不是德高望重的愉親王出的，更不是老實的二皇子能想到的。這是誰的壞主意，一聞即知。

愉親王悄悄同景安帝說了這事兒，景安帝都是一樂。

不少宗室子弟大罵秦鳳儀，可是讓清流看了一回熱鬧。

清流們心說：這就是狗腿子的下場，特解恨！

倒是有一人，心中雖有些解氣，卻也覺得宗室不知好歹。這要是科舉，錯過報名說說情就算啦？你做夢吧，給補報還嘰嘰歪歪這麼多話！姓秦的那小子自不是個好鳥，但也不當在這事上罵他，因為此人覺得，秦鳳儀縱諸多過錯，不是什麼明白人，在這事上卻沒有錯。

這人不是別人，就是禮部盧尚書。

盧尚書也沒同情秦鳳儀好心沒好報，他心說：活該！叫你小子清流出身還背叛清流！秦鳳儀根本不怕人罵，他做官不過一年，御史都參他多少回了。朝中官員，不論誰被御史參都要停下手頭工作上摺自辯，秦鳳儀不是，人家根本當作耳邊風，置若罔聞。

有人罵，就有人不罵。像那些先前就報了名的，安安生生準備宗室大比的，就覺得，完全沒有必要罵人家秦探花嘛。瞧著宗室去補報的兄弟們一個個被曬成蔫瓜回來，既心疼又好笑。還有人幸災樂禍，想著真是活該，先時叫你們去報名你們不去，看曬得這慫樣兒。

反正，不管有沒有人罵，秦鳳儀依舊是當著宗室大比的差使。

天氣熱，這考試要怎麼考呢？

看那些宗室們，中午排一會兒隊就曬得個鳥樣兒，太寧殿外可是露天。禮部完全就是那種不怕苦不怕累，曬死算你命短的勢頭，欒侍郎還道：「曬一曬能如何？我聽說秦探花你念書時，頭懸樑，錐刺股，苦讀四年，一朝金榜題名。」

秦鳳儀道：「你哪聽來的野話啊？我要是頭懸樑，早成禿子了，更沒有錐刺股的事兒，我念書時吃得好睡得好。如今這樣的天兒，中午必是要休息的。」

「原來秦探花是尊貴慣了啊！」怪道與宗室沆瀣一氣，欒侍郎道：「若當初按我說的去貢院考試，各有各的考間，不論颳風下雨或烈日當空，都不會有今日的難事了。」

先損了秦鳳儀幾句，欒侍郎才道：「既是中午太陽大，分上下半場即可。上半場寫上半場的題，下半場寫下半場的題，中午讓宗室們休息避暑。」

欒侍郎聲調平穩，但秦鳳儀怎麼聽都是濃濃的諷刺，秦鳳儀道：「這個主意也還成。」

欒侍郎道：「要是不成，秦探花就想個更好的，本官洗耳恭聽。」

「那你得先去洗洗耳朵，我再說。」

欒侍郎傲慢地瞥他一眼。

欒侍郎道：「春闈考試，進考場前都要搜檢，宗室這裡要如何說？」

秦鳳儀道：「自然也是要搜檢的。」

欒侍郎點點頭，心說，這小子倒也不是一味跟我頂牛。

兩人把考試的條規一樣樣商量妥了，二皇子聽著也沒什麼意見。實際上，只要他二人沒意見，不吵架，二皇子就謝天謝地了。之後，兩人把宗室大比的條規整理出來。秦鳳儀寫，寫好後欒侍郎檢查，結果倒是無一絲疏漏，搞得欒侍郎想再諷刺這姓秦的幾句也不能了，只得說一句：「秦探花這字，功底不足，根基不穩，還是再練練的好。」

秦鳳儀道：「那以後你寫，換我挑不是。」

欒侍郎道：「等你升了正三品再說吧。」

「官大一級壓死人啊！」秦鳳儀感慨。

欒侍郎瞥他一眼，「你不是活得好好的嗎？」

「我就是為了不讓你如意，也得活著啊！」秦鳳儀道。

欒侍郎哼一聲，將整理出的條陳奉予二殿下過目。

二皇子看完，三人一塊拿去給愉親王。愉親王沒意見，再上呈景安帝。

如此，考試便分上下半場。當然，考幾天、出什麼題目就得聽景安帝的了。

景安帝想著，頭一年考試，不必出太難的題目。春闈一般考九天，這宗室大比考三天。題目嘛，景安帝早就想好了，屆時考試時再公布就是。

景安帝也很照顧宗室們，提早與宗正愉親王和閩王、蜀王、順王、康王等人說了，眼下天熱，讓報名的人早些進宮，上午兩個時辰，中午歇兩個時辰，下午涼快了再考一個時辰。

幾位親王想想這大熱的天，也只能是早些進宮，涼快時考試了。

為這事，景安帝把小朝會都停了，就是先讓宗室們在太寧殿外頭考試，可見對宗室大比的重視，結果，宗室大比令景安帝完完全全黑了臉。

真的，再沒有這樣丟人的考試了。

這宗室大比，是景安帝首倡，宗人府與禮部同辦的考試。不論是景安帝，還是朝廷、宗室，對宗室大比都很看重。就是閩王他們，平日裡見孩子們個個精神伶俐，說起話來，雖有些驕縱，也都懂得上忠君王、下孝父母，卻沒想到孩子們竟然這麼混蛋。

當然，大部分還是好的。

第一天清晨，第一場考試，以禮部監考之火眼金睛，揪出了不下五十個作弊份子。當時景安帝的臉就青了，鐵青鐵青的。

愉親王、閩王、蜀王等幾人，也都被景安帝叫了當副主考。

景安帝說：「考校咱們自家子弟，你們也與朕一道，看一看咱們景氏子弟的才幹。」

然後，大家都看到了。

藩王們覺得，老臉被這些兔崽子們丟光了，因為被揪出去的作弊份子之中，就有他們的直系兒孫，還有一些笨蛋被揪出去時，跟他們這些長輩求情的。

順王最年輕，剛襲郡王爵沒幾年，氣得就要衝過去打罵，還是被康王給拉住的。

順王極是氣惱，咬牙切齒道：「回去我定饒不了他！」

真是丟人現眼！考得好不好的，咱們宗室又不是酸生，不必學得滿腦袋之乎者也，你就是作弊，有本事不讓人抓到，那是你的本領。你要沒這個本事，就老老實實的，結果做這種小聰明，祖宗的臉都被丟盡了。

當然，第二叫藩王們記恨的就是禮部這幫酸生，自家那些作弊的孩子們，都是被這些酸生們給揪出來的。

蜀王道：「考前還是該檢查一下的，有些小子們忒淘氣。」

這是力圖把自家孩子的作弊行為這種道德問題往小事上說。

秦鳳儀道：「我們在宗人府商量說要進場前搜檢的，可條陳呈上去，這搜檢的條目被劃了去，卻是不知何故？」

秦鳳儀早知何故，那些條陳一條一條都是他親自參與擬定的，不說大費心血，也是用了心的，故而，劃去的這一條，秦鳳儀還問了景安帝。景安帝的意思是，給宗室看時，宗室說孩子們畢竟是宗室出身，怎能令侍衛搜檢，那成什麼了？

於是，就劃去了。

這事欒侍郎就大為不服，御前便疾言說道：「六部九卿春闈時皆被搜檢過，這是規矩，難道還要看身分不成？」

不過，景安帝還是給了宗室這個面子，將此條陳刪去了。

欒侍郎為此私下諷刺秦鳳儀無能，說他：「狗腿子你也沒做好，咱們商量好的條例，豈能讓他們說刪就刪？」

秦鳳儀氣壞了，「你才狗腿子！我是小探花！」

欒侍郎被「小探花」三個字噁心得當天晚飯都沒吃。

探花就探花，怎麼還要加個小字？就從說話也能看出，這就不是正經人！

今蜀王這話，被秦鳳儀當眾一問，幾位藩王頓時尷尬了。

秦鳳儀站在景安帝身邊搖扇子，看下面一個個一几一坐，有奮筆疾書的，也有抓耳撓腮的，還有左顧右盼的，秦鳳儀是什麼話都敢說，嘖嘖道：「瞧瞧那賊頭賊腦的，真是連紈絝都做不好。」這話更令幾位藩王老臉辣辣的，實在沒面子。

秦鳳儀又說：「宗室可是第一等的紈絝，怎麼還不如我這揚州出身的第四等紈絝？」

愉親王膝下空虛，也沒子孫來參加宗室大比，更沒有幾位藩王的煩惱，當下好奇地笑問：「怎麼，這紈絝也分等級？」

「當然啦！」秦鳳儀就把自己那一套紈絝論說了一遍，「我算是最低等的紈絝，不過，雖然等級比較低，但我紈絝的品質比較高！」

愉親王哈哈一樂，笑斥：「正經宗室大比，你少貧嘴！」

「什麼貧嘴啊，我說的是實話。」

閩王到底經歷過風雨，反應很快，「看秦探花說得，你要是紈絝，我就盼著宗室子弟個個都似你這樣的紈絝才好。」

清流如盧尚書聽到秦鳳儀這一套紈絝理論，更是恥於與這等人同朝為官。

第一場考試結束，整個參加宗室大比的人數減少了五分之一，景安帝連午膳都吃得不大痛快。幾位藩王見兒孫如此，臉色自然也不好看。

秦鳳儀伴駕御前，也跟著一道用午膳。不同於景安帝的沒胃口，藩王們的各有思量，秦鳳儀有魚有肉，吃得津津有味，尤其是那幫被揪出來的作弊人士，秦鳳儀看得解氣，心說：叫你們刪我條例，這就是報應！

宗室大比的結果可想而知，不管是考一天，還是考兩天、三天、九天，宗室的素質就在這兒，再怎麼考，鶴鶉也考不成鳳凰。

待把宗室大比的試卷交上，景安帝帶著諸藩王一份一份地看過。禮部的人不敢笑了，因為皇帝陛下的臉完全變青了。

藩王們的臉色也很難看，不說考得怎麼樣，先說這考卷。那些作弊的暫且不提，都關宗人府去了。就說這些考過兩場的，答題內容且不提，就看這卷面，有些個那字寫得還不如雞爪扒拉兩下，有些個稍微能看的，內容也算言之有物的，不要求他們能有翰林學士的水準，簡直是秀才的水準都夠嗆，但在宗室裡這已是一流子弟。

如閩王家的老八，便是諸宗室裡最出挑的了。

閩八郎這放諸宗室一等一的子弟，不怪閩王有信心讓他去倫親王那裡截二皇子的胡。矮子裡面拔高個兒，景安帝把勉強能看的十篇文章挑出來。他畢竟是宗室的大族長，雖則景安帝是想改制宗室，卻也沒想到宗室荒廢至此，現下也只有自己往自己臉上貼金了，因為哪怕秦鳳儀這種拍馬屁小能手，對著這等文章，也說不出違心的好來。

景安帝不愧是做皇帝的，自己道：「這些子弟，還是可以的。」

哪怕這糊弄話是皇帝說的，盧尚書也不能乾聽著了，盧尚書道：「是啊，依老臣看，秦探花當年考秀才，也就是這樣的水準了。」這還提秦鳳儀出來拉仇恨。

秦鳳儀笑嘻嘻地道：「我這種天才，凡人哪裡好比？盧尚書過獎啦！」

他也覺得宗室考得很不怎麼樣。

秦鳳儀這毫不客氣的話一出，聽得盧尚書臉色一黑，清流最不喜的就是這等自大狂，故而清流隨之紛紛側目，鄙視的小眼神兒戳向了秦鳳儀。

事實上，便是宗室也不愛聽秦鳳儀這話。

你什麼意思啊，咱們家孩子考得不好，就襯托你了吧？你愛顯擺沒事，可踩著我們宗室顯擺，這就不應該了。於是，宗室諸王也若有若無地瞟了秦鳳儀一眼，想著，先時莫不是看錯了這小子，怎麼這小子倒踩起咱們宗室來？

便是一向喜歡秦鳳儀的景安帝，這會兒亦是臉色不大好。鳳儀，你這笑得也忒囂張了啊，朕心情不好！

大家都不痛快，秦鳳儀彷彿完全沒有感受到周遭氣氛一般，他輕輕鬆鬆地將話題帶過，說道：「不過，誰年輕時沒淘氣過啊！我小時候也不念書，成天出去玩兒。小時候誰念書啊，我是大了才明白過來的。人家都說，浪子回頭金不換，像我都能奮發考個探花，宗室子弟只要以後知道上進，為朝廷效力，就是好的，是不是？」

這話一出，宗室們臉色由微妙轉為歡喜，便是景安帝的臉色也好看了許多。

閩王道：「秦探花這話雖則在理，這些東西們卻也忒不爭氣了些，不怪陛下惱怒，便是老臣，見著這些不爭氣的東西，也是惱得不得了。此次回藩地之後，必要督促他們好生念書明理，待得有些個樣子，再過來京城向陛下請安。等他們學問上來，再請陛下賜他們差事歷練一二。如今考得這般模樣，老臣有什麼臉跟陛下要差事呢？」

要不說人老成精。

閩王此話一出，年輕的順王有些急了，倘不是皇上許下擇優給實缺的承諾，咱們孩子幹嘛頂著大暑天過來考試？皇上還沒說呢，閩王叔你咋就把這實缺的事給回絕了啊？這可不行啊！好不容易皇上發了話，就算孩子們考得不咋地，我也打算為孩子要個實缺的。您這一下子都給回絕了，這叫我如何開口啊？

順王有些急，康王卻是看了閩王一眼，心道，還是閩王以退為進之計最妙。

果然，清流那邊的臉色，除了些生瓜蛋子面露喜色外，如盧尚書、欒侍郎這等老狐狸中的老狐狸，都是面色深沉，不發一語。

秦鳳儀看閩王一眼，笑道：「原我還想勸陛下呢，總要擇一二可用者授實缺歷練，如今一聽閩王爺的話也在理，要不，就算啦？」

閩王眼皮一跳。嘿，秦小子，你可真會接話！你不說話，沒人把你當啞巴啊！

秦鳳儀此話一出，彷彿給清流提了醒，欒侍郎立刻附和道：「秦探花這話有理，俗話說，知恥而後勇。只要宗室上進，修文習武，人品出眾，再授實缺也不晚。不然，德不稱其任，其禍必酷；能不稱其位，其殃必大。這也是為宗室子弟們著想。」

盧尚書微微頷首，深以為然。

「我話還沒說完呢，欒侍郎就說我話有理，我可是還有半句沒說。」秦鳳儀笑眠了臉上有些不自在的閩王一眼，「雖然閩王爺這樣說，咱們也不能就當真啊！這父母的心，見著孩子不爭氣，喊打喊殺時都有，可說到底，誰不盼著自家孩子上進，是不是？」

哎喲喂，這麼一句話，秦鳳儀又成宗室們心裡的好人了。欒侍郎的小眼神兒卻是恨不得化作一柄鋼刀，直接捅死秦鳳儀算了。

閩王面色稍緩，秦鳳儀又道：「就是順王爺，那日宗室大比氣成那樣，看剛剛閩王爺一說不要實缺，順王殿下還急出一腦門的汗。順王爺，您放心吧，閩王爺就那麼一說，他老人家心眼兒多，是先把醜話說前頭，讓陛下做好人呢。陛下堂堂天子，九五之尊，一言九鼎，一口唾沫一個釘，既說授實缺，必是實缺。」

一句話打趣了閩王也打趣了順王，二人現下關心的是實缺之事，自不會與秦鳳儀計較，就聽秦鳳儀繼續道：「只是，宗室考得如何，盧尚書、欒侍郎，還有在朝這些大人們都看在眼裡。要是說高位，耿御史就得出來念叨了。依小臣的淺薄見識，這幾位文章尚可的宗室子弟以前沒當過什麼實缺，不若先給個容易的職司歷練一二，若做得好，自然能有提拔的機會，若是不好，再努力就是，可好？」

秦鳳儀這話一落，宗室根本不給清流接話的機會，順王便搶先說了：「這自然是好。頭一回當差，也不敢叫他們任什麼機要位置，先鍛煉著，陛下若看他們還能任事，只管使喚他們就是。若是不好，遣他們回來，我扒了他們的皮。」

這位著實是個火爆性子的藩王。

景安帝道：「朕心裡已有位置給他們，就是那答得一般的，只要願意學習，朕也會選幾個願意上進的入國子監念書。再者，幾位小皇子和小皇孫要入學，你們有伶俐的孩子只管送過來，讓孩子們在一處念書，可好？」

藩王們哪裡會說不好？

景安帝還說，待武試過後，只要出眾的，亦有實缺。

結果，武試的水準跟文試的水準基本差不離，一看就是一個祖宗出來的兒孫。

想誇幾句，都覺違心。

在臣子面前，景安帝還是維護宗室的。

等他們景家人在一起時，景安帝的臉色就變了，怒拍几案，「真是不爭氣啊！朕這臉，你們這臉，往哪兒擱去？」

藩王們的臉面自然也在這幾天的宗室大比中丟了個乾淨，人家文武百官都當他們宗室的特產是文武盲了。

景安帝嘆道：「到底怎麼回事？宗室如何墮落到這般地步？咱們家的孩子，太祖皇帝的血脈，如何有的連字都認不全？還有那些個花拳繡腿，自己把自己絆倒，跌個狗吃屎，摔個滿臉血，這成什麼樣子？」

順王雖火爆，到底要臉，這會兒也悶不吭聲了。

其餘幾位藩王，更是只見嘆氣，不見說話的。

景安帝道：「閩王伯，您最有見識，與朕說一說，宗室到底是怎麼了？」

閩王嘆道：「以前咱們宗室就是鎮守一方，也不考試。像我們還好些，小時候父皇要求嚴格，都是念了書的。到了兒子輩，我還管得過來。到了孫子輩，就是兒子們管了。再者，想著他們以後也就是襲個虛銜，也就放縱了些。」

景安帝道：「朕痛心的是，宗室近支都如此，那些旁支又是什麼樣的情形？」

康王也是一臉憂國憂民樣，道：「是得叫孩子們多念些書識些道理了，不然，就是陛下想給實缺，怎麼給呢？瞧這一夥大臣們虎視眈眈的樣兒。要依臣弟的意思，還是把宗室大比定成例，以後孩子們知道能來京城大比，考得好便有實缺可得，自然人人努力上進。」

宗室大比是丟盡了臉，但若能將宗室大比辦成常例，以後宗室子孫有實缺可任，於宗室亦是有大大的好處。康王眼光深遠，先說大事。

順王也說：「先時不知要考試，那些孩子們正是貪玩的年紀，也不知用心念書。」

景安帝沒給他們準話，長嘆一聲，「宗室如此，令朕痛心。」

秦鳳儀不是宗室，他沒啥覺得痛心的，只是景安帝近來心情不大好，秦鳳儀就不在宮裡吃飯了，回家跟家裡說起宗室大比的可樂處，自己都搖頭，「真是不成個樣子，最好的學問不過秀才之流，也就是我念一年書的水準。」

秦太太道：「莫不是宗室都不念書，做睜眼瞎不成？」

「睜眼瞎不至於，但有些個比睜眼瞎強不了多少。」秦鳳儀嘖嘖道：「欒侍郎還說我的字寫得不好，瞧瞧那些宗室們寫的字，我的天，那也叫字，勉強有個字的模樣罷了。哼，當初欒侍郎還跟我較勁兒，說要給他們用白鹿紙。天地良心，就他們那幾個字，用白紙都浪費，該給他們用馬糞紙才是。」

李鏡都笑了，「我聽說，抓了好些個作弊的？」

「好幾十個，都擱宗人府關起來了。」秦鳳儀道：「真是笨，抄都抄得笨拙，你們是沒瞧見，有些個作弊的，抄之前左盼右顧，賊眉鼠眼，只怕你看不到他們似的。禮部都是老手，一下子就把他們都抓出來了。哎呀，笨得要命！」

秦鳳儀一面說，一面還學那些人如何賊眉鼠眼地抄小抄，逗得一家子哈哈大笑。

「往日我覺得自己一般，今兒見著這些宗室才知道，我算是個優秀人哩。聽說太祖皇帝英明得不得了，怎麼後世子孫這樣兒啊？」秦鳳儀搖搖頭，還嘖嘖嘖數聲，表達感慨。

就秦鳳儀這話，太祖皇帝英雄蓋世，惜乎子孫墮落，文墨不通，武藝荒疏。景安帝數日不悅，最後決定帶著宗室諸藩王去祭了一回太祖陵，給太祖皇帝燒香，跟祖宗請罪，大家沒把兒孫教好，竟令宗室墮落至此。

秦鳳儀這話還真不是最刻薄的，朝中說什麼的都有，禮部、御史台這種地方，那些話都不能聽。閩王這樣見風見浪多少年的人，聽了一句，氣得一天都沒吃飯，更不必提先時藩王們帶著兒孫們過來參加太后千秋宴時的榮耀氣勢，如今略要些臉的都不好出門。

當然，這話也有些誇張，但宗室大比的確令宗室顏面大跌。

而正是因宗室大比的丟臉，才給了景安帝改革宗室的最好藉口。

事實上，景安帝尚未開口提宗室改制之事，宗室已覺出不大妙了。

不為別個，咱們這次帶著這許多兒孫過來，一則是想讓他們在御前露露臉，二則就是子弟們到了賜爵的年紀，咱們是為了爵位來的。

這怎麼就被人忽悠得考什麼宗室大比去了呢？

結果，這回是真的露臉，簡直是把臉露得撿都撿不回來了。

不必景安帝跟他們說爵位的事，就這次宗室大比考了這麼個王八蛋的樣兒，他們自己就不好去問爵位的事了。

順王私下同康王說：「這都哪兒跟哪兒啊？咱們來的時候，也沒旨意說要宗室大比。我要是知道有宗室大比，就把家裡念書好的孩子帶來了。」

康王道：「合著你帶來的都是不會念書的？」

這話也忒假，誰來京城不是帶出眾得意的孩子啊！

順王道：「我說康王兄，話不能這麼說。孩兒們大了，我自己是不愁，可一大家子，有些個已到了該賜爵襲爵的年紀，如今可如何是好？」

康王道：「你家大郎不是考得不錯嗎？」

「就他一個好有什麼用？我家還有兩個堂侄被抓宗人府去了。混帳小子，在我跟前說得天花亂墜，瞧著也不像是傻的，我以為他們有大學問，結果還不如交白卷呢，眼下可要怎麼撈他們啊？」

順王說著就發愁，倒不是撈不出來，就是為著考試作弊去撈人，忒沒面子。當然，兒子考得不錯，順王還是比較得意的。

康王道：「依我說，為兒孫後世計，這宗室大比以後還是得辦。」

順王道：「我能不知道這個理？自世祖皇帝之後，朝廷用宗室的人越來越少，朝中現在除了留京的愉王叔和壽王兄，哪裡有宗室的位置？有了這宗室大比，起碼那考得好的就得有個職司，這於咱們宗室自是有大大的好處。可這回臉丟得太大，兒孫們爵位的事，我看，除了考得尚可的，那些作弊被抓宗人府的就難了。」

康王想的是，皇上這回開了宗室大比的先例，那幾個考得好的，前程是有了。只是，宗室大比成定例，給宗室這樣大的好處，皇上怕是要拿回些什麼的。

宗室們私下有商量過這事，閩王就說了，景安帝先時與他說，允宗室自由婚嫁。

康王道：「一些個宗室雖是姓景，卻已無官無爵，形同平民，讓他們自己婚配也好。」

每年宗室上婚配單子，要朝廷批准，方可婚配。這於有爵的宗室，倒不是什麼大事，但於平民麻煩頗多。這單子也不是白上，親戚間有個紅白事，總得禮尚往來。故而，婚嫁單子一上，景安帝這裡必有賞賜。說來，這於朝廷每年也是一筆不大不小的開銷。不過，這筆銀子沒有多少，到了王爵一級的藩王，各個有的是銀子產業，並不將這些小錢放在眼裡。

順王道：「陛下如此，其實是一項仁政。說來，咱們上婚嫁單子，一年上一回，這單子到了京城就得多少時日，待到宗人府，宗人府確認，再呈上御覽。陛下御覽御批，再將婚嫁單子發還，這都是第二年春天的事了。近支宗室還好，知道這規矩，有些個遠支宗室，等得太久，倒是耽擱了姻緣。」

蜀王道：「可有些個宗室日子不好過，就等著朝廷賞的婚嫁銀子成親。這幾兩銀子，於朝廷自是不放在眼裡，但於那些個日子艱難的宗室，就是一筆不菲的賞賜了。」

大家各說各的理，有贊同的理由，自然要將贊同的理由說給景安帝知道。有些擔憂的，也要將擔憂的理由一併說了。

景安帝道：「朕時而去民間逛逛，也聽人說過民間的事，知道民間亦是有貧有富。宗室的情形不同，朕也想過。都是一個祖宗的兒孫，朕斷不能看著宗室連嫁娶之資都沒有的。」

大皇子亦是面帶憂色，「是啊，倘有些個日子不好過的，叫人如何忍心呢？」

這善心話便是皇帝陛下起的頭，秦鳳儀也是聽得撇嘴皺眉。

因著是在討論宗室的事，宗人府的幾位大員，如宗正愉親王、二皇子，以及秦鳳儀，都可一道聽著。大皇子、三皇子也在，還有諸藩王，以及在御前有些臉面的幾位國公也在。大家都是姓景的，就秦鳳儀一個姓秦的。依大皇子說，倘是個要臉知道分寸的，不是宗室之人自該主動迴避，偏生有這等不長眼的東西，死皮賴臉地要了個座兒。

再者，我剛說了一句，你就這麼撇嘴皺眉是個什麼意思？

大皇子不悅了，便道：「秦翰林似有不同尋常的高見？」

秦鳳儀素來心直口快，當下兀自絮絮叨叨起來。

「高見不敢說，只是，窮倒不怕，民間窮的人多了，不說別人，就是我爹，小時候我祖父母早早就過世，我爹吃百家飯長大的，全靠族人看他可憐，今兒這家給口吃的，明兒那家給口喝的，勉強沒餓死。我家不是宗室，沒得人照應，可我爹後來不是照樣發了家，給我攢下了家底。哪裡有這道理，窮就等著救濟，我爹要是等著救濟過活，我家全得要飯去。」

「宗室裡有窮的有什麼稀奇，你們宗室還有朝廷發的銀子呢，民間哪裡有這樣的好事？不說民間，就拿宗室來說，聽說太祖皇帝當年難的時候只餘一匹老馬、一柄鈍馬，他老人家當時要是難死了，也就沒了如今的盛世太平。窮也得看怎麼個窮法，要是年輕力壯的，屁事兒不幹，那是得窮。這種人就是窮死，太祖他老人家知道，也只有叫他窮死了早死早超生，下輩子別托生在太祖皇帝的子孫群裡，給他老人家丟人現眼。要是鰥寡孤獨的，這樣的才該照應，才該給銀子，還得給米糧，以使其衣食無憂。」

「再說，婚嫁之資竟要靠別人接濟？越王轄下的一個宗室，二十年前不就是為了混朝廷的婚嫁之資，一年娶一個，還娶那些無依無靠家境尋常的女子，娶來就打罵不休，一年保准打罵死，這樣下一年另娶，能再賺一年的婚嫁之資。那時愉王爺剛剛接手宗人府，覺得此事有蹊蹺，這才查出了這等令天下駭然之慘事。待此事事發，那位宗室已是明媒正娶大婚十八回。越王因此由親王爵降為郡王爵，還處死了那個喪心病狂的宗室。這件事，當時難道還不夠大家警醒嗎？我生在揚州，發生這事時我還小，並不曉事，如今這事都過二十年了，我們那裡還有這樣的傳聞。等閒人家的閨女，只要人家愛惜女兒，誰敢輕易嫁宗室？就怕成了你們騙婚嫁之資的冤鬼。」

順王怒道：「秦探花，你說事就說事，不必把咱們都拉扯上！宗室十萬人口，難保就沒個害群之馬，叫你一說，咱們都是壞的了？」

秦鳳儀義正辭嚴道：「我不是說你們壞，我是說王爺們心太善了。陛下也是，動輒就要發善心，只是，這善心得發對了人才行。王爺們說，有的宗室困難，這也得看是什麼難處。像我說的，鰥寡孤獨者，是該多照顧著些。可那年輕力壯，四肢俱全，腦子正常又正當壯年的，要是他們說娶不起媳婦沒飯吃，便也只得由他們去了。這樣的太平年間，堂堂八尺男兒竟困苦至此，有什麼法子？」

閩王道：「鳳儀你不曉得，太祖為不使宗室與民爭利，我等宗室除了為官，還有祖宗留下的產業，並不允經商做工，故而，許多你說的百姓謀生之路，咱們宗室是做不得的。」

「這有什麼做不得的？」秦鳳儀道：「就是先前做不得，有陛下在這兒呢。千古無不變之法，亦無不蔽之政。先把這婚嫁規矩改上一改，再把這做工規矩改上一改。有爵宗室尚好，那些無爵宗室，隨他們謀生便是。」秦鳳儀想了想，又道：「不過，畢竟是宗室，下九流之事還是不能做的。」

順王聽得臉都青了，什麼叫下九流之事？

依順王看，宗室行商賈事，與人討價還價，也夠丟臉的。

康王道：「難道以後我等子孫就要如街上百業百工一般了？」

秦鳳儀應道：「宗室大比是做什麼的，不就是選拔良才用的嗎？只要是肯讀書肯學習肯習武，還怕沒有好前程嗎？那些一無是處之人，憑什麼無功而享高祿？總不能什麼都不幹，就靠朝廷養著，靠你們這些藩王養著啊！越是這樣養，越是將人養廢了。我雖學問一般，可也知道，古來有大能為之人，無不是經大苦難之人。依你們諸位的意思，見苦就要幫，見難也要幫，銀子不夠給銀子，糧米不夠給糧米，那些當幫之人自然要幫，可那些明明有謀生之力的人，我們民間有句話說，救急不救窮。這話還是有些道理的，是不是？」

之後，秦鳳儀就直接闡述了他對於宗室的種種看法。

秦鳳儀是有什麼說什麼，暢所欲言，侃侃而談，可即將大失血的宗室們，此時卻是看出來，還說這小子是偏著宗室，原來要咱們宗室性命的，就是這小子啊！

宗室等人在御前自然不好發作，心裡卻是一個個將秦鳳儀恨得眼中滴血。

愉親王看著秦鳳儀談吐瀟灑，氣度出眾，心中是既欣賞又擔憂。

這時候，與愉親王一個心的，也就是二皇子了。二皇子雖不是那等聞一知十之人，卻也知道秦鳳儀說的這些事，可是把宗室得罪狠了。三皇子則是一副冷峻臉，心說：秦鳳儀這出門是吃了短命散還是怎麼著啊，這不是找死嗎？

倒是大皇子暗喜，想著姓秦的這可是自尋死路，不推他一把都可惜了。

景安帝依舊是那副喜怒不辨的高深莫測模樣，其心思，怕是只有他自己最清楚了。但你皇帝陛下哪怕喜怒不辨，難不成俺們宗室就是睜眼瞎子，看不出這是你與秦探花一起設了個套兒，等著俺們鑽進去嗎？

無人敢得罪皇帝，但秦鳳儀秦探花，你就等死吧！

憑你說得天花亂墜，你要改革婚嫁規矩，令宗室自由婚嫁，這個無妨，可你要革了宗室子弟二十歲以後的銀米，你就是我們宗室不共戴天的仇人。

如果世間有後悔藥的話，宗室現在最後悔的就是先前為了讓秦鳳儀在宗室大比時幫著宗室與禮部博弈時，聯名上的那封對秦鳳儀從人品到道德的全方位誇讚奏章了。

此時此刻，便是閩王都有一種自己是不是有老眼瞎的懷疑。

當初可沒看出這個小小的探花竟是這般兩面三刀的狠角色，真是走了眼，長年打雁，卻是被鷹啄了眼。這麼個芝麻點大的七品小官兒，竟然敢對宗室事務指手畫腳。

幾位藩王簡直都不用猶豫，當下立刻翻臉，對秦鳳儀破口怒斥。

康王道：「祖宗家法，豈可輕動？」

秦鳳儀是連御史台都敢懟的人，直言道：「對的自然不用動，不對的幹嘛不動？前朝就是不知世易時移，一味講舊法舊例，結果如何？生靈塗炭，民不聊生，最終一代新主換舊主。不說別個，只看宗室大比，最出的眾子弟如何，你們也是都親眼見著的，要是不改，難不成以後就養著這麼一群廢物。我知道誰沒點兒私心，在座諸位或者會想，五六代之後，諸位兒孫淪為無爵宗室，該有的銀子沒了，孩子們的日子是不是會難過？可我說，凡這樣的想的，就對兒孫沒有信心嗎？難道你們就覺得，後世子孫就該每天捧著破碗等著朝廷每月發的二兩銀子過活嗎？如果有這樣的子孫，我勸諸位直接把他那碗一棍子敲碎，不要等那二兩銀子的救濟，他自然就能自食其力，縱吃些辛苦，以後能賺到的，肯定比二兩銀子更多。」

蜀王慢條斯理道：「宗室商量事情，秦探花又不姓景，這些事你不懂，還是退下吧。」

秦鳳儀道：「天家無私事，陛下的事，百官尚且問得，何況是宗室？我身為百官之一，今天就是代表百官過來聽一聽的。」

自秦鳳儀攛掇景安帝革宗室銀米時，順王眼中就開始冒火了，順王怒道：「屁大小官兒，你算哪門子百官代表？滾！別招爺的火！」

「你是哪門子的爺，陛下都沒在我這裡自稱過爺！我看你不像爺，倒像過年放的炮仗，一點就爆！」

這下子，順王是真爆了。

順王一向是講不過就直接上拳頭的，他坐在諸藩王的下首，秦鳳儀坐在三皇子下首，這兩人斜對面，順王突然撲上來，坐他上首的康王都沒來得及攔上一攔，順王便已至秦鳳儀跟前，劈頭就是一巴掌。

秦鳳儀也是跟著岳父練過的，何況他媳婦還是武功高手，當下脖子一縮，順王那一巴掌落空，正對了三皇子而去。皇子們自幼也是文武雙修，景安帝又是個對兒子有要求的父親，故而三皇子武功不錯，伸出手就攔下了順王這一掌。

秦鳳儀趁機大頭一頂，頂到了順王胸口。順王一個趔趄，倒退數步。

順王穩住身形，欲再上前收拾秦鳳儀，秦鳳儀已如大兔子般跳了起來，不等順王再撲過來，他雙腿一蹬，身子一躍，先撲到順王跟前，刷刷就是兩爪子。

眾人反應過來，藩王們攔住順王，皇子們拉住秦鳳儀，就見順王被撓得滿臉花，一個不好就得毀容，而秦鳳儀頭上的髻撞歪了，玉簪子斜斜掛著，要掉不掉的樣子。

順王大怒，「你敢對我無禮？」

秦鳳儀道：「打架就打架，你要是打不起，就別動手！」

順王冷哼一聲，他是有些火爆，卻不是要以勢壓人，只是他身為王爵，頭一回碰到敢還手的。順王道：「有本事咱們出去幹一場！」

「現在就去！」秦鳳儀開始挽袖子。

景安帝忽地一盞盅子砸到地上，怒道：「朕看你們眼裡是沒有朕了！」

順王與秦鳳儀互瞪一眼，然後別開眼，各自向景安帝請罪。

景安帝一人罰了半年俸祿，心情大不悅地散了，只留下閩王與愉親王說話。

秦鳳儀與順王出宮時還有意要約架的樣子，奈何康王死活拉著順王，二皇子和三皇子緊緊拽著秦鳳儀，三皇子還一路送秦鳳儀回了家，交給李鏡看著他。

三皇子道：「阿鏡妹妹，妳可要守好他，別叫他亂跑。他今天吃了熊心豹子膽，在御前同順王叔打起來了，撓得順王叔滿臉血，還要約架。這要是送了命，妳可如何是好呢？」

他很擔心萬一秦鳳儀有個好歹，他家阿鏡妹妹要守寡。

秦鳳儀哼一聲，「虧咱們還有交情，你竟不知助我？」

三皇子道：「難不成我要與你一道打順王叔不成？」

「不是說這個。」秦鳳儀道：「你也是個明是非知對錯的人，你說，我說的宗室之事，有沒有道理，是不是對的？」

三皇子點頭，「是有道理，只是我看幾位藩王看你的眼神都要噴火了。」

秦鳳儀道：「管他們噴不噴火，你可得站在我這邊，知道不？」

三皇子反正在皇室在朝中沒幾個朋友，與秦鳳儀倒是說得來，而且三皇子是個強性子，就宗室大比考成這樣，他雖則以後也是宗室之一，但依三皇子的性子，子孫後代若是這般沒出息，該餓死就餓死算了。

三皇子道：「是你說的在理，我才站在你這邊的。你要是說得不在理，我也就不站你這邊了，這跟咱們的私交無關。」

反正，先拉個同夥沒錯，秦鳳儀立刻眉開眼笑，拍了拍三皇子的肩，誇三皇子：「我就知道三殿下是個有眼光有見識的人。」

「行了行了，跟你一道就是有眼光有見識，那不跟你一道呢？」

「沒見識的瞎子唄！」秦鳳儀大言不慚。

三皇子可算是認識秦鳳儀了，怪道清流們不喜歡秦鳳儀，略要臉的就受不了秦鳳儀這順之者昌，逆之者亡的性子。好吧，這麼說，自己好像也「不要臉」似的。

三皇子心裡吐槽了一回，未在秦家多坐，很快辭了去。

李鏡親自送三皇子出去，到了門外還說：「我得多謝三殿下了，唉，我們家這位的脾氣簡直一言難盡。三殿下，你多幫我看著他點兒。」

三皇子道：「他像個猴兒似的，哪裡看得住？」

李鏡道：「你叫我阿鏡姊姊，可不許說我家相公。」

三皇子道：「阿鏡姊姊，妳這變得也夠快的。」

李鏡一笑，送走三皇子，回頭才問秦鳳儀到底是怎麼回事。

秦鳳儀便把御前之事同媳婦說了，說著說著就來火。

「我還不是為他們著想，看一個個那敗家子的樣兒，眼皮子淺得，只看得到每月那幾兩銀子！要不是朝廷這麼花銀子養著，我看宗室出不了這些廢物！我略說一句實話，就一個個把我當仇人，真是好心當成驢肝肺！」

李鏡道：「我不是說宗室的事你不要多理嗎？你管宗室這些事做什麼？」

「朝廷每年要在宗室身上支出幾百萬銀子，國庫都吃緊了。再者，話趕話說到了，我就說了。」秦鳳儀道：「這可怎麼了，明明這種養人跟養豬一樣的養法不對，還不讓人說？」

李鏡道：「從今天開始，你出門要把侍衛一個不落全帶身邊，除了陛下那裡，不准在外頭吃飯，一切都要小心為上。」

「妳放心吧，難不成他們還敢對我下手？」

「當初一個柳大郎都敢痛下殺手，何況你動了宗室這麼大的利益？」李鏡正色道：「宗室的弊端，你以為別人不曉得嗎？怕就是宗室自己心裡也清楚明白。每年撥給宗室的銀兩，你以為能一分不差分到那些無爵的宗室手裡？我告訴你，這些銀子自戶部出來就帶著損耗呢，之後到各地，先是藩王、國公、侯爵，一道一道的，凡過手之人必要剝一層皮，待到普通宗室手裡，能有一半就是藩王厚道了。你覺得你革的是普通宗室的銀兩？錯了，這是有爵宗室每年的一筆收入。斷人錢財，猶如殺人父母，他們定會想辦法弄死你的。朝廷那裡且不必擔心，皇上想把這事辦成，必然要個衝鋒陷陣的。你眼下已經出了頭，陛下必然要保下你，可你日常出行須得謹慎小心，莫要被小人得逞。」

秦鳳儀此方有些明白，為什麼那些藩王一個個恨他恨得跟什麼似的。

秦鳳儀感慨，「原來宗室也這般黑啊！」

「天下烏鴉一般黑。」李鏡沉聲道：「我說讓你別蹚這渾水，你不聽我的。事既已做了，話既已說了，之後如何，你可有準備？」

秦鳳儀眨巴眨巴那雙水波瀲灩的桃花眼，露出個懵懂的模樣，他搔搔頭道：「這還要什麼準備啊？他們要是想跟我辯，我也不怕他們，反正我是占理的，我一人頂他們十個。」

李鏡搖搖頭，「雙拳難敵四手，好漢架不住人多。你一人頂十個，可宗室何止十人，宗室可是有十萬之眾。」

「那要怎麼辦？妳不是也說了，陛下會保我的嗎？放心吧，我與陛下關係那麼好，他一定不會看我倒灶的。」

「難道你打算坐以待斃，等著皇上救命？」

秦鳳儀還真不是等人救命的性子，當初欒侍郎要壓他一頭，秦鳳儀這官不做都要找回場子。李鏡想從娘家那裡借勢，秦鳳儀都沒讓，而是自己想法子，借了宗室的勢硬扛禮部和御史台。秦鳳儀此刻想著，這事的確不大妙，當初他沒多想就幹了。

秦鳳儀道：「眼下也只有岳父、我師傅那裡，還有一些朋友能幫忙了。」

「就咱們這幾家對抗宗室十萬之眾？不夠。」

「這要再不夠，我也真沒法子了。」

「我有個法子。」

「快說！」秦鳳儀向來很信服妻子的智慧。

「做事前不先想好，就知道橫衝直撞，這跟野豬有什麼分別？」李鏡先念叨他一句，秦鳳儀辯道：「那還是有差別的，野豬沒我好看。」

湊過去啾媳婦一記，秦鳳儀笑著催促：「媳婦快說，到底怎麼著？」

「宗室不只是你看到的這些藩王、國公，事實上，今次來參加太后千秋宴的，不過是百分之一罷了。宗室勢力龐大，有十萬之眾，你想想，有藩王的地方便有宗室，有許多地方已無王爵，卻也依舊生活著許多一代代生出的宗室。倘真與這十萬宗室結仇，就憑咱們幾家，也不過是螳臂當車罷了。」李鏡神色篤定，目光灼灼，「如果宗室好說話，皇上就不會繞這麼個大圈子，先舉行宗室大比，再給出實缺好處，才開口改制宗室了。可就是這樣，宗室那裡依舊不好說話。這世上能對抗宗室的，只有清流了。」

捌之章 ● 挺身頂雷渾不怕

秦鳳儀是個懂得機變之人，而且膽子大，敢於任事，連景安帝都很欣賞秦鳳儀的銳氣，但就政治素養而言，秦鳳儀就是李鏡說的，完全就是頭橫衝直撞的野豬。

秦鳳儀缺少優秀政治家的兩樣最重要的素養：冷靜和冷酷。

秦鳳儀是想起啥是啥，就如同今日之事，你問他為什麼要說那些話，像宗室還懷疑秦鳳儀與景安帝是君臣唱雙簧給他們設連環套，可實際上，景安帝也沒料到秦鳳儀在這個時間就把宗室改制的事不帶磕絆地全都說了。

好吧，這個時機也不壞。

像秦鳳儀說的，他覺得要說就說了。

這種「覺得」，其實是一種很難解釋明白的直覺，他認為時機到了就說了。只是，問秦鳳儀為什麼認為這是個好時機，他怕是根本沒想到時機，他是想說便說了。

這個「想」字，便是一種說不清道不明的微妙時機。

秦鳳儀在掌握時機上有著一流的天分，以致於愉親王都懷疑秦鳳儀是同景安帝商量好了的，不然秦鳳儀又不是那不要命的性子，焉能突然就敢把天捅個窟窿呢？

所以說，景安帝在這上頭說冤也不冤，說不冤也有點冤。不過，秦鳳儀這片赤子之心，景安帝是體會到了的。

這孩子是真貼心啊！

待三兒子回宮，景安帝還問了秦鳳儀如何。

三皇子道：「回家他就老實了，他怕媳婦，有阿鏡姊姊管著他。」

景安帝……

被媳婦管著的秦鳳儀，這時正在聽媳婦面授機宜。

原本秦鳳儀想著，清流啊，清流他也認識，他同科是去年的進士，清流中的清流，就是現在品階都不高，其中方悅的品階最高，卻也不過是從六品。

李鏡道：「你那些同科不中用，我看盧尚書頗有風骨，你不如先去程尚書那裡，與程尚書說今日之事。你不是說程尚書贊同宗室改制嗎？程尚書與咱們家有交情，你先去程尚書那裡具體問一問宗室每年花銷，再去盧尚書那裡，與他說一說宗室改制之事。」

「程叔叔那裡沒問題，咱們家與程叔叔關係不一般，就是盧老頭兒那裡，他一向看我不順眼。我去了怕會碰釘子。」略思量一二，秦鳳儀道：「不過，眼下也不是要面子的時候，放心吧，他一介酸生，最怕人拿國家大義來說話，我試試看吧。」

在口才這方面，李鏡是不擔心秦鳳儀的。

李鏡建議道：「一般閣臣都是上午在內閣，中午吃過飯，你先去戶部再去禮部、御史台和翰林院，最後去兵部鄭老尚書那裡走一趟，他是內閣首輔。」

秦鳳儀在家吃完午飯，就騎馬帶著一大群侍衛浩浩蕩蕩出門了。

程尚書聽秦鳳儀說了宗室改制之事，嚇了一跳，低聲問：「你全都說了？」

「嗯，就宗室大比那一塌糊塗的樣兒，程叔叔你定也曉得的，我就說了。並不全是銀子的事，而是再這樣養下去，可不就要養出一群廢物嗎？」秦鳳儀老實地說。

程尚書看秦鳳儀的眼神，似心疼又似欣慰，或是二者兼有。

良久，程尚書感慨道：「你父親有個好兒子啊！」

秦鳳儀叫程尚書誇得怪歡喜的，他本不是個會謙遜的，不過程尚書是長輩，這樣誇他，秦鳳儀雖高興，也有些不好意思，「我覺得該說就說了。」

「世間該做的事何其多，又有幾人肯做，幾人敢做？」程尚書正色道：「我這上頭，我亦不如鳳儀你啊！」

「這您可就誇大了，您要是遇著今日的局面，一樣會說的。我這也是想說就說了，說了後又覺得，這回可是把宗室得罪慘了，我媳婦叫我過來跟程叔叔您打聽一下近年來宗室開銷之事。」秦鳳儀道。

程尚書管著戶部，早就整理得一清二楚，直接有確切的數目給秦鳳儀看。

秦鳳儀一看之下，心驚肉跳，「這尋常宗室一個月都有六石米，現在一石米四兩銀子，六石就是二十四兩，這忒多了點兒吧？誰一個月能吃六石米啊？」

程尚書低聲說了這裡頭的緣故，原來朝廷也不是老老實實就給米六石，這裡頭是有折扣的。前些年皇上要打仗，為了省銀子，普通宗室的六石米就打了折，發到手裡的約莫三石不到，再者朝廷發的並非新米，而是陳米，但就是陳米，一人一個月也得五六兩銀子左右。

尋常宗室都要這些銀子，像一些有爵的宗室，每個月非但要有米糧，還要有俸銀，這更是一筆不小的開銷，而且，宗室但凡賜爵，所賜者，除爵位外，亦要有相應的永業田。要知道，永業田是不納糧稅的。

程尚書嘆道：「所以我說，再不改制，朝廷就要被宗室給吃垮了。」

秦鳳儀是個實心腸的人，他雖然做官的時間短，卻是有顆憂國憂民的心。說憂國憂民也過了些，秦鳳儀主要是為皇帝陛下擔心，因為與皇帝陛下關係好，秦鳳儀又出身商賈，算術不錯，秦鳳儀很快便道：「再這麼著，陛下要被他們吃窮了。」

「誰說不是？」程尚書道：「宗室負擔過重之事，即便你不說，我摺子已是寫好了的。你今日既說了，明日我就將摺子遞上去。」

秦鳳儀原要應一聲好，只是他得了媳婦開導，知道這些宗室是難得罪的。秦鳳儀道：「反正眼下這雷我已是頂了的，今天在御前，我與順王爺還打了一架，宗室已是把我恨上了。我既已頂了雷，程叔叔，你看時機跟進。我拿著這個還得去禮部跑一趟，我與盧尚書以往雖有爭執，那不過是為了差使上的事，我們並無私怨，如今宗室改制的大事，禮部就是管著規矩禮數的，這事繞不開禮部，我得去問一問盧尚書的意思。」

程尚書一聽就明白，秦鳳儀這是要聯合清流與宗室抗衡了。程尚書的政治敏銳度是一流的，他看秦鳳儀也不是個糊塗的，微微放下心。

「你過去一趟也好，盧尚書是個清明人，只是性子執拗了些，實際上也是對事不對人。你去完禮部，莫要忘了去兵部鄭相那裡說一說。內閣裡我必會為你說話，這不是你一個人能扛得下來的事。」

秦鳳儀點頭，拿了程尚書給他的資料便去了禮部。

盧尚書聽說秦鳳儀過來，根本沒打算見他。

秦鳳儀心說，你個老盧頭兒，還擺起譜來。要擱往日，你不見我，我還不見你呢，可秦鳳儀知道這會兒不是耍性子的時候，既然老盧頭兒不好見，他就先去見了欒侍郎。

欒侍郎一看他也沒好臉，秦鳳儀雖是來求人，卻沒低三下四，秦鳳儀將手裡的東西往前一遞，道：「你先瞧瞧這個。」

欒侍郎雖然沒啥好聲氣，還是接了。這一看，大皺眉頭，問秦鳳儀：「你怎麼從戶部得的這個？」這話說得，還以為秦鳳儀是作了一回賊，從戶部偷的呢！

「當然是程尚書給我的。」

欒侍郎也偶有聽說宗室開支過大之事，卻沒想到每個月的開支到如此地步，更不必提一年的開銷了。欒侍郎心中驚駭，面上不動聲色，一目十行看完還默記了兩遍，方淡淡地將這帳目推還給秦鳳儀，道：「這是戶部之事，與秦翰林無關吧？」

秦鳳儀不管欒侍郎如何想，一臉正氣凜然道：「今天在御前，有愉親王、閩王、壽王、蜀王、順王和康王各路藩王，以及三位皇子、八位國公，我說了宗室開銷過大之事，建議陛下革除普通宗室子弟二十歲以上的糧米開銷。」

饒是欒侍郎多年為官的定力，當下也悚然而驚，驚問：「當真？」

秦鳳儀板著臉，「我能拿這事說笑？」

欒侍郎倒吸一口涼氣，將秦鳳儀自頭看到腳，再自腳看到頭，脫口道：「你可不像這種以國事為重的人啊，你不是跟宗室好得穿一條褲子嗎？」

「我是陛下的臣子，跟誰好跟誰不好，該說的我都會說，該做的我也都會做。我今日過來，就是想與盧尚書說一聲，這雷我頂了，這天我捅了。我的後果實難預料，我與禮部先時雖有摩擦，可說到底咱們都是為了當差。禮部管的就是儀司禮制，我之後，莫使正義蒙羞。這話勞欒侍郎代我轉與盧尚書吧！」

秦鳳儀並不如何慷慨陳詞，但他的話，欒侍郎聽得出並不是虛言。

秦鳳儀說完就要起身告辭。

欒侍郎連忙攔了秦鳳儀，「你等等。」拉了秦鳳儀坐下，欒侍郎一副仙風道骨的好相貌，此時卻是露出幾絲煙火氣的愁緒來。欒侍郎又打量了秦鳳儀一回，嘆口氣道：「叫人怎麼說你好呢？一時好一時歹的，覺得你混帳的時候，你又突然做了件人事。」

秦鳳儀聽了這話直翻白眼，「我什麼時候不做人事了？」

「行了，不與你吵這個，我比你爹的年紀可不小。」欒侍郎道：「好生等著，我去尚書大人那裡替你通稟一聲。」

秦鳳儀應了。

欒侍郎直接把秦鳳儀帶來的戶部資料拿了進去，盧尚書看完亦不免震驚，卻是較欒侍郎要鎮定許多。盧尚書嘆道：「民脂民膏都養了這群蛀蟲。」

「大人，這雖是在禮部，咱們還是要慎重些。」哪裡好說宗室是蛀蟲呢？雖然這就是事實！欒侍郎道：「真沒想到，秦探花竟是在御前就把宗室開銷過大的事說了。」

「他怎麼突然與宗室翻臉了？」

欒侍郎低聲道：「大人，您說，是不是陛下的意思……」說著，欒侍郎示意地看了一眼這些戶部整理出來的資料。

盧尚書道：「宗室人口增加過快，開銷過多，陛下自然也是憂心的，何況，這些年宗室沒什麼出息子弟。瞧瞧宗室大比考得文不成武不就，丟人現眼，再這麼下去也不是個法子。」

看盧尚書帶著一絲蔑視點評了回宗室，欒侍郎道：「大人，依下官說，秦探花那裡，還是見他一見吧。他這人雖則年輕，膽量還是有的，此舉不是正中朝廷心意嗎？」

想到秦鳳儀，盧尚書喘了一口氣，勉強道：「倘不是因著裁撤宗室開銷的大事，我斷不會見他的！」他對秦鳳儀的印象簡直是壞到家了。

如此，欒侍郎便請了秦鳳儀進去。

秦鳳儀不是請禮部如何助拳，秦鳳儀道：「這得罪人的事，我已是做了，尚書大人就莫再來招宗室恨了。我是想著，我一人之智到底不足，宗室弊端，大人這樣的朝中老臣見識深遠，定比我知道得清楚。宗室這裡總要改一改的，再不改，以後朝廷的銀子就都供應宗室怕還不夠。這如何改，還得內閣與諸位大人快些拿出個方案來以定人心，也好堵宗室的嘴。」

盧尚書道：「我以為你多高明呢，就想出這主意來？」

「要是尚書大人有更高明的主意，倒是與我說一說，我也好學一學。」

兩人總之不對脾氣，說著說著便又要對嗆起來。

盧尚書閒閒地道：「我幹嘛要教你？就憑你先時總拆我台，不分好賴，不識好歹？」

他可是逮著機會，把秦鳳儀冷嘲熱諷一通。

秦鳳儀翻個白眼，「說吧說吧，反正我也快完了，趁我還活著，你趕緊多說幾句，萬一哪天我一閉眼，你就是說，我也聽不著了，還不得憋壞了啊？」

盧尚書「呸呸呸」三聲，深覺秦鳳儀這話晦氣。

這是清流與宗室之爭，關這姓秦的什麼事啊？這姓秦的無非就是把事說出來了。當然，秦鳳儀的確是把最招宗室恨的事兒給幹了，但也說不到死上啊！盧尚書再不喜秦鳳儀，他的身分他的品行，諷刺秦鳳儀幾句便已是出了口惡氣，還沒到詛咒秦鳳儀短命的地步。

盧尚書道：「你比我和欒侍郎年輕，你且活著呢，放心吧。」

盧尚書想了想，召秦鳳儀近前與他道：「就事論事，要不是這事關乎朝廷基業，我再不理會你這等糊塗東西的。就當我日行一善，指點你一二吧。」

盧尚書有盧尚書的胸懷，盧尚書道：「宗室之弊已非一日，你以為陛下不想改？可先時天下不穩，陝甘之地在北蠻人之手，滿朝想的是奪回祖宗基業，一雪先帝殞身北地當年之恥，宗室的事只得暫時壓了下去。如今倒是個機會，你自個兒嘴快，把事說破。既已說破便說破，只是事不言不明，你今日寫個摺子，明兒正好是大朝會，你把摺子遞上去。之後的事，你就別管了。」

「就沒我的事兒了？」

「你一個七品小官兒，有你什麼事啊？普通宗室的祿米要如何裁撤，你曉得嗎？」盧尚書反問，看秦鳳儀老老實實閉嘴不說話，終於看他順眼了些，便多指點他一句：「你去御史台走一走，憑宗室如何叫囂，他們還能罵得過御史台？」

秦鳳儀原也打算去御史台的，卻因盧尚書與耿御史交好，故而為難地說了一句：「我跟御史台不對盤。」

「說得好像你跟老夫對盤一般。反正你這人除了臉皮厚，也沒什麼可取之處了。」盧尚書瞥秦鳳儀一眼，打發蒼蠅一般，將手一揮，「去吧。」

這不過是讓秦鳳儀過去露個臉，御史台那裡，自有盧尚書過去商量。

盧尚書與御史台可是老交情了。

秦鳳儀原以為盧老頭兒的風度已是一般，如今方知道，那是因為他沒見到耿御史。這傢伙真不愧是與盧老頭兒一唱一和的傢伙，風度與盧老頭兒不相上下，甚至秦鳳儀認為，就耿御史這風度，還不如盧老頭兒，起碼盧老頭沒翻舊帳。

他去御史台，倒不是沒見到耿御史，耿御史也沒有不見他，只是，見了他之後先問：「秦翰林這是來我這裡自辯啦？」

秦鳳儀有些懵，問了句：「自辯啥？」

自辯啥？

耿御史一聽這三個字，臉就徹底黑了。

不為別個，朝廷上下就沒有秦鳳儀這等不懂規矩的人了。御史參了他，他就跟個死人一樣，從不上摺自辯，唯一上摺自辯的那回，還寫了詛咒……

哎呀，這什麼人呀？皇上竟還點他做探花。要耿御史說，這姓秦的哪裡有半點天朝探花的風度，倒似不知是哪個犄角旮旯裡跑出來的二傻子。

耿御史擺擺手，「你不自辯，那就出去吧。」

不自辯，過來做啥？咱們御史台可跟你沒交情。

秦鳳儀連忙道：「自辯，我自辯還不成？」

耿御史便又讓侍衛出去了，然後聽秦鳳儀自辯。

秦鳳儀道：「今兒頭晌，陛下召在京的藩王們，還有八位國公、三位皇子殿下旁聽，說宗室子弟不成器的事兒。下官因近來在宗人府幫忙，有幸旁聽。這話趕話兒的，因為下官秉性耿直，不小心與順王爺打了一架。」

耿御史咦了一聲，「你跟宗室狗腿子一般，如何翻臉啦？」

秦鳳儀翻白眼，誰說他是宗室的狗腿子啊？他就是做狗腿子，也是陛下的狗腿子！

見耿御史上鉤，秦鳳儀還是先為自己的人品辯白了一番，「我吃的是陛下的銀米，出身是正經三鼎甲，堂堂正正庶起士出身的清流，什麼狗腿子啊？大人，您還是官場前輩呢，您對我這誤解可真是太深了啊！」

兩人說了幾句，耿御史才曉得秦鳳儀是為啥到御史台來，這小子算是把宗室得罪得死死的了，而且，不只是得罪了在京的宗室大佬，簡直是十萬宗室都被他得罪完了。

怪道呢，這是找清流說和來了啊！

也是，就憑秦鳳儀這清流厭惡，宗室痛恨的地步，他不找清流求和，估計小命難保。

不過，這小子怎麼突然辦了這麼一件大快人心的事啊？

就宗室花銷的事，耿御史早就想說一說了，無非是以前都被陛下壓了下去。本來就是，宗室做什麼呀，什麼都不做，就因有個好祖宗，成天高爵厚祿，無爵無官的還要有每個月六石米供應，就秦鳳儀這七品官兒的月俸算下來，一個月也沒六石米這麼多。

這些人是什麼？這就是一幫蛀蟲啊！

耿御史知道原委後，不置可否地將秦鳳儀打發走，待晚上老友盧尚書過來說話，耿御史方道：「真是怪事年年有，今年特別多，姓秦的怎麼突然良心發現，竟把這天給捅了？」

盧尚書道：「他那人就一怪腦子，跟正常人不一樣，說不得是陛下的意思。」

耿御史道：「先時他那樣與咱們清流作對，做了那麼些不知所謂的事，如今1他這一來，咱們就偏著他，這也忒便宜他了吧？」

「要不，先拖兩天？咱們只要不作聲，宗室就得先搞死他。」盧尚書道。

「不成不成！」耿御史搖頭，「若是宗室把那小子幹掉，再想從朝廷裡找這麼一位渾不吝的可就難了。何況，倘開始就令宗室得手，宗室氣焰一起，這宗室改制的事就更難了。」

「是啊，宗室改制，關乎國策。」盧尚書道：「為著大事，只得先保一保那小子了。我看他如今也知道宗室是什麼樣了，先時還與我禮部頂牛，有事還不是得與咱們商量。」

「沒見過這樣的，正經一甲進士，堂堂探花出身，竟與宗室沆瀣一氣。」眼下雖是要保秦鳳儀，但耿御史對秦鳳儀的觀感依舊很差。

盧尚書不愧是耿御史的知交，點頭附和道：「可不是嗎？那小子簡直就是糊塗透頂！咱們先齊心協力把這件大事做了，之後如何，隨他自己好了。」

想一想秦鳳儀以後的政治生涯，耿御史也覺得沒必要再與秦鳳儀較勁了。秦鳳儀要是命大，他對宗室做了這事，也是宗室的萬世仇人，秦鳳儀除了回歸清流，已是無路可走。要是秦鳳儀有個好歹，那也只能怨他命短了。

二位朝中大員屏棄了秦鳳儀這粒清流眼中的小沙礫，兀自商量起宗室改制的大事來。

秦鳳儀往駱掌院那裡去也很順利，駱掌院是他的半師，雖則鐵面無情，但眼下秦鳳儀已是把天捅個大窟窿，何況，駱掌院認為，秦鳳儀這事做得衝動，可正是清流應做之事。

駱掌院大讚秦鳳儀，還不小心把心裡話給說出來了。

駱掌院道：「從你小時候我就想啊，不要說你以後有什麼出息了，不走邪道就是好的。後來你中了探花，入朝為官，瞧著也不像什麼正路人。不想，小事糊塗，大事卻這樣明白。好好好，不愧是我駱臻的弟子！」

駱掌院大名駱臻，字至美。

要知道，秦鳳儀慣是會個攀關係的，自從認出駱掌院是他的蒙師以來，就私下以駱掌院半個弟子自稱，可人家駱掌院從來沒有承認過的。如今駱掌院終於承認了，而且，不是半個弟子，就讓秦鳳儀做他弟子。

駱掌院誇獎了秦鳳儀一回，根本不必秦鳳儀說請駱掌院幫忙的話，駱掌院都承認秦鳳儀是他弟子了，哪裡會袖手旁觀？

駱掌院與程尚書一樣，讓秦鳳儀去鄭老尚書那兒走一趟，只是眼下快到落衙的時辰，駱掌院便道：「你去鄭家等著吧，與老相爺好生說一說。」

秦鳳儀到鄭家時，鄭老尚書還沒回來。

鄭老尚書身為內閣首輔，雖然沒封宰相，但做的就是宰相的事兒。鄭府亦如相府一般無二，人家都說，宰相門前七品官。

秦鳳儀現在就是七品，就他這官身，擱尋常人，相府大門都進不去，門房也不讓你坐。好在秦鳳儀這臉有知名度，前番他在街上與倭人決鬥，鄭家消息靈通，這些坊間逸事，下人們知道得最快。事情尚未過去多久，今兒見著勇氣過人的秦探花到訪，門房主動過來給他打了個千兒，請他進去說話。知道他是來找自家老爺的，門房道：「秦大人，您先坐著喝茶，小的這就進去給您通報一聲。」

秦鳳儀剛坐下，立刻有門房小子端了涼熱適宜的茶來。

秦鳳儀接了茶，茶盞是一套清秀雅致的梅子青茶盞，入手細膩，妥妥的官窯瓷，再啜一口茶，別說，這鄭家門房喝的茶，也不比他家裡人喝的差了。

當然，這不是說鄭家下人喝茶就用這茶盞，果然，門房小子笑道：「這是給各位大人們用的盞用的茶，小的細細燙洗了一回，大人只管用就是。」

秦鳳儀笑道：「你費心了。」

「大人勇鬥倭人之事，小的聽說了。能服侍大人一回，也是小人的榮幸。」

於鄭家下人而言，秦鳳儀不過在京城略有名氣罷了，但於鄭家主子們而言，秦鳳儀在御前得寵早非一日，故而秦鳳儀品階雖低，卻是不能將他視作等閒京裡有些名聲的低品官員看待。鄭家管事的太太聽說秦鳳儀到訪，便讓管事迎他到爺們兒待客的花廳，又讓在家念書的鄭老尚書的五孫子過去陪著說話。

鄭老尚書回來得倒也不晚，聽說秦鳳儀到了，鄭老尚書還與老妻說：「這事兒稀奇，他為著什麼事要來咱們家？」

鄭老夫人道：「老爺換了衣裳就叫秦探花過來問問吧，這個點還過來，必是有事的。」

鄭老尚書由丫鬟們服侍著換了常服，這才命人請了秦鳳儀到書房。

鄭老尚書不似盧尚書那般嫉惡如仇，好吧，秦鳳儀為人也說不到一個「惡」字上，但是不得清流喜歡也是真。鄭老尚書倒是很喜歡秦鳳儀，並未為難他，讓他有事只管說。

其實在鄭老尚書心裡，秦鳳儀不見得有什麼大事，畢竟秦鳳儀岳家是景川侯府，師承方閣老，一腳在豪門，一腳在清流，他若有事，這兩者都能借上力，不會過來尋他這位內閣首輔的，畢竟他與秦鳳儀多是些面子上的交情。

秦鳳儀想，鄭老尚書真不愧是首輔，便把自己的事說了。

鄭老尚書聽得臉色凝重，良久方緩了些神色，笑道：「怪道，原來是這等大事。如何，以後就留在清流了吧？」

秦鳳儀是個實在人，他道：「以前沒想過這些，現在我是把宗室得罪完了。不過，清流也有清流的缺點，我要是見著不好的，也是要說的。」

鄭老尚書道：「誰不讓你說了？你以為朝中都是些小肚雞腸不成？清流有清流的不足，你見著不好的要說，難不成我見著不好的就胳膊折在袖子裡了？我一樣會說。你本就是正經一甲出身，現在身上帶的仍是翰林院的差事，讓你去宗人府，不過是陛下借調。宗室如何，你也瞧見了，一言不合就要翻臉。你呀，還是老老實實在清流吧，老老實實做些實事才好。」

宗室改制之事，雖則事情是秦鳳儀捅開的，但內閣絕不會袖手旁觀，甚至在這場改制大事中，內閣才是主力，秦鳳儀不是孤孤單單的一個。

當然，鄭老尚書何等聰明人，必要趁此良機將秦鳳儀拉到清流中來的。

這不只是鄭老尚書對秦鳳儀的欣賞，還有他對秦鳳儀未來官場之路的期待，對秦鳳儀品行的認可。眼下秦鳳儀雖是芝麻小官，但這小子御前得寵，何況秦鳳儀雖有諸多叫人哭笑不得之行徑，但同時鄭老尚書也清楚看到了秦鳳儀是個做實事的人，是個能明辨是非的人，是個不惜身的人。其實不惜身這一點，鄭老尚書有些誤會。秦鳳儀放炮之前，真沒有多想。

總之，哪怕是誤會，這也是美麗的誤會。

就是一句話，鄭老尚書很看好秦鳳儀，不但是應承要拉他一把，還要直接拉他入夥。

秦鳳儀自鄭家出來，方去他師傅方閣老那裡。

秦鳳儀今天突然放雷，連鄭尚書都沒聞著信兒，方閣老更不知道。秦鳳儀這會兒過來，方家正用晚飯，方閣老都沒多想，還問他有沒有吃飯，沒吃正好一道吃。秦鳳儀不是外人，添副碗筷就好，方閣老又命廚下加兩道小弟子愛吃的菜。

秦鳳儀跑了一下午，還真是餓了，端著碗就是一通吃。

上了年紀的老人，就喜歡這吃飯香的晚輩，方閣老笑，「怎麼餓成這樣了？」

秦鳳儀道：「吃過午飯之後，一下午我便跑了四個衙門，剛從鄭老尚書家出來，大半天就吃了一盞茶，快餓死我了。」

方悅盛碗湯給他，笑道：「你這又得了什麼新差使，這麼忙？」

方悅走的是中規中矩的清流晉升途徑，現在正在翰林院修書。

秦鳳儀道：「哪裡有新差使，我今兒跟順王爺打了一架，險些被揍。」

方悅覺得稀奇，「你不是跟宗室挺好的，這是怎麼了？」

「先時好，那不過是宗室大比的事情，他們得用我跟禮部相爭。那會兒我也覺得禮部有些事做得不太道地，我做事可是憑良心的。」秦鳳儀喝了兩口湯，又道：「現在不成了，頭晌我們在御前打了起來，我算是把宗室得罪完了。」

方家人還以為秦鳳儀說的是與順王爺打架之事，這是過來方家想請師傅家裡人幫他在朝中說話，因為順王畢竟是藩王，秦鳳儀僅是一介七品小官兒，又瞧秦鳳儀這模樣，打架可不是像吃了虧的。既然秦鳳儀沒吃虧，吃虧的便是順王了。本來秦鳳儀與順王動手就有不敬之嫌，這順王還吃了虧，自然要找回場子。

方四老爺便說：「師弟，你莫擔心，這一時衝動不算什麼大事。」

方家是清流中的清貴之家，方閣老自首輔位上退下來，方家與藩王向來沒什麼交情。再者，依方家的傳家思想來說，他們是清流，原也不必與藩王多有來往。

故而，即便是秦鳳儀與藩王動手打了一架，可藩王的地盤在藩地，京城是咱們清流的地盤，在咱們自家地盤，能叫小師弟吃著虧嗎？

秦鳳儀見四師兄安慰他，點頭道：「嗯。」又夾了塊燉牛肉吃。

方悅問：「你跟順王為什麼打起來啊？」

秦鳳儀道：「這不是宗室大比，宗室考得十分丟臉嗎？不是我吹牛，就宗室大比，文試第一名還不如我秀才試時作的文章，比起阿銳你當年案首的文章，更是差得老遠。」

「少拿我打趣。」方悅笑，「不會是你這壞嘴，說這等幸災樂禍的話叫順王打了吧？」

「不是，這本來就是事實，他們考得不好，還不叫人說啦？」秦鳳儀道：「我是說，宗室子弟沒出息，皆是因朝廷待宗室過厚。且不說這些藩王國公之爵，就是無爵宗室，每月都可領六石米，這還有天理嗎？我七品官兒，每月不過七石半的祿米，勉強比尋常宗室強些。不過，這也沒法，誰叫人家是太祖爺的後人。可這般榮養，養得子弟出眾也算沒白糟蹋朝廷給的糧米，但瞅瞅這夥人，今次考試的還都是宗室裡有頭有臉的。有頭有臉的都這般，普通宗室到底是個什麼模樣，可想而知。」

方大老爺道：「宗室之弊病，已非一日。」

「是啊，師傅、師兄、阿悅，你們是知道我的，我一向有什麼說什麼。我當時就說了，宗室子弟考得這麼爛，這麼不成器，全都是榮養太過之故。成年宗室，有爵的先不說，普通宗室銀米該悉數革除，讓他們自食其力去。先時那些宗室不能做工，宗室不能經商的條例，只要是無爵的普通宗室，依例皆如平民，只要不入下九流就好。然後，順王就急眼了，我們倆就打了一架。」秦鳳儀一面說著，侍女端來他最愛的焦炸小丸子，他夾了一個先孝敬他師傅，然後自己夾一個吃得噴香，還說：「師傅你也嘗嘗，小丸子剛炸出來最好吃。」

還焦炸小丸子呢！

方閣老啥都吃不下了。一些還未入仕的師侄們還不明白秦師叔捅了多麼大的簍子，但方閣老、方大老爺、方四老爺和方悅是知道的。四人都停了筷子，齊齊看著秦鳳儀吃飯吃得有滋有味。秦鳳儀下午是體力腦力沒少用，的確是餓了。

方悅給他小師叔夾菜，勸道：「多吃點兒。」細看小師叔這相貌，天庭飽滿，龍眼獅鼻，一等一的好相貌，嗯，應該不像個短命的。

大家都沒吃飯的心情了。秦鳳儀來的時候，方家已經在吃飯，秦鳳儀就以為大家都吃好了，他也快些把飯吃好，家裡做官的男人們就去了書房，連帶著秦鳳儀一道，商量秦鳳儀做下的這等要命之事。

方閣老這輩子見過的大風大浪多了，神色倒好，可難免責備秦鳳儀一句：「這樣的大事，如何不事先與我商量後再做？」

秦鳳儀道：「我沒想說的。以前在陛下那裡，偶然聽見過宗室開銷過大的事，我當時就隨便說了兩句。後來我媳婦說，不讓我管這事，會得罪人，我就沒打算說，今兒個是話趕話。師傅您不知道，哎喲喂，宗室那些個王爺、國公，說起大仁大義、大智大勇，彷彿他們是人間的活聖人，一說到正事，就個頂個的都是自己的小算盤了，一點也不為朝廷考慮。先前說的是允宗室自由婚配之事，您不知道那些個人，平日裡哪個不是財大氣粗的，可就是允宗室自由婚嫁之事，他們每年往上遞婚嫁單子，朝廷總要賞些個婚嫁之資，就這麼點兒錢，他們都捨不得，說有些無爵宗室生活困苦，就指著朝廷賞賜的這幾個成親。我一聽就火了，這是人說的話嗎？沒別人施捨你仨瓜倆棗，還不活啦？都是朝廷慣出來的。我當時就說了，不要說婚嫁之資，那些尋常宗室，無官無爵，身體強壯，就不該再吃朝廷的糧米，都該攆出去自己尋生計去，尋不著只管餓死算了。」

方閣老靜靜地聽著，方四老爺年輕些，率先道：「小師弟雖有些莽撞，可這話在理。」

「想說就說，倒是暢快。只是，先時不做好準備，如今可是慌手慌腳了吧？」方閣老心如明鏡似的，問小弟子：「今兒下午都去了哪幾家衙門？」

秦鳳儀如實說了，方閣老微微頷首，「還算有些腦子。」

方大老爺安慰小師弟：「師弟，你放心吧，咱們清流都知你是一片公心。」

方閣老道：「你這難處，不在明日，而在後日啊！」

秦鳳儀不在乎道：「先說眼前吧，以後誰曉得如何啊！」

方閣老道：「你這就把明日要上的奏本寫出來。」他得給小弟子把把關了。

屋裡沒有半個外人，院門口都是方閣老使了一輩子的心腹管事守著。方悅幫秦鳳儀找出奏章，又給他研墨。秦鳳儀論文采是不如方悅的，但他邏輯很好，一篇奏章不必打草稿，一揮而就。方閣老看過後，心中頗為滿意，想著小弟子心裡還是盤算過此事的，雖則沒多想就說出來了，但宗室弊病，小弟子說的也都是實情，尤其有戶部資料為佐證，再不裁撤些個，以後朝廷什麼都不必幹，光養宗室就行了。

當然，也有不周到的地方，秦鳳儀這用詞太實了，批評宗室的話也有些重。

方閣老道：「你說宗室二十歲前依舊由朝廷供給糧米，這就有一件事，若有宗室瞧著成年後沒了銀子，孩子則是有銀米，我與你說，若是遇著無恥的，這啥也不必幹了，一輩子就生孩子就成，反正生一個每月就是六石米。」

秦鳳儀目瞪口呆，一時方道：「師傅，這也得看生不生得出來吧？」

「這些年宗室也沒少生。」方閣老想到宗室這十萬人口，也是搖頭，「這樣，男孩子這裡再加一條，年滿七歲入當地官學念書者，方有糧米可領。倘是不念書，則無糧米可領。」

「他們是該多讀一讀書了，一個個跟文盲似的。」秦鳳儀依言加了一條。方閣老道：「另外再加一條，尋常宗室中，正妻所出之嫡子嫡女，糧米數目不變。側室所出之庶子庶女，糧米減半。侍婢所出，糧米再減半。私生宗室子女，再減半。以庶充嫡者，革一家糧米。」

另有就是年六十以上者，糧米供給如故，但有子女夭折、長者染病不上報吃糧米者，多領的糧米一律追回，革一家糧米。

總之是對於尋常宗室各種限制，糧米供應只限未成年宗室子女，或六十歲以上的老者。方閣老親自出手指點，秦鳳儀這份奏章稱得上內容詳實，有理有據。就是第二天，秦鳳儀該奏章一上，幾位心裡對此已有準備的大員都不禁暗想，這小子昨兒把天捅破，這一晚上咋搗鼓出這麼一份有深度的奏章來啊？秦鳳儀可不像有這本事的人。

倒不是說秦鳳儀沒本事，只是能寫出這樣周全的奏章，定是熟知宗室弊端之人。這做事大方向上不能錯，可細節也十分要緊，秦鳳儀是首倡宗室改制之人，大方向自然不會錯。不過，細到如斯地步，就不似他的手筆了。

大家略一想也就明白了，這小子還有個好老師，定是受了閣老大人的指點。

經方閣老指點過的奏章，不要說朝中大員，昨夜秦鳳儀拿去給他岳父看，景川侯細看了三遍，都覺得這奏章詳盡至極，無可再添減之處。

景川侯就是提醒女婿：「以後你尋死先知會我們一聲，我們也好給你備一口棺材。」聽聽，這叫什麼話？

秦鳳儀當時就說：「岳父就放心吧，我這眼瞅著就要做爹了，死不了呢！」知道岳父是在擔心他，只是他岳父向來面冷心熱，秦鳳儀早就習慣了。

景川侯一聽這話，顧不上訓這個給長輩放大招出難題的欠揍女婿，問：「阿鏡有了？」

秦鳳儀急急捂嘴，搖頭否認，「沒有沒有！」

李釗看他那忽閃忽閃的桃花眼，好笑道：「有就是有，沒有就是沒有。這是大喜事，怎麼還保密來著？」

秦鳳儀道：「我娘說不到三個月不能往外說，不然對我兒子不好。」

李釗道：「咱們家又不是外處。」又問秦鳳儀：「得兩個多月了吧？」

秦鳳儀笑，「前兒大夫來確診過，的確是有了。不到兩個月，得下個月才到三個月。」

景川侯道：「你這也是快做父親的人了，以後行事必要深思熟慮，不可再衝動行事。」

「岳父您放心吧，我什麼時候衝動啦？」

好吧，衝動的人從來都不覺得自己衝動，或者在秦鳳儀心裡，他自個兒興許說不得還是個穩重人哩。景川侯對這個問題女婿已是死心，他的心都在外孫身上了，特意道：「待外孫大些，把他送到咱們家的族學來，我親自瞅著，不能叫你帶歪。」

秦鳳儀喜道：「送給岳父都行，我又不喜歡帶孩子，我陪孩子玩兒就成，功課和武功我就都託付給岳父您啦！」

李釗笑，「你倒是會省事。」

秦鳳儀笑嘻嘻的，「能者多勞嘛，我現在就盼著岳父和大舅兄長命百歲。您二位結實了，以後還能幫我管教孫子呢！」

景川侯和李釗：怪道秦家做生意能發財，這也忒會算計啦！

總之，秦鳳儀昨夜忙了大半宿，把清流大員知會了一半。當然，宗室也不是無所準備，只是就是方家心中所想，宗室的地盤是在各自的藩地上，在朝中光是御史台的嘴炮他們就有些支撐不住，更不必提秦鳳儀如此周詳的奏章一出，以致於宗室皆是暗想：這姓秦的果真不是衝動行事，他是有備而來啊！

非但姓秦的一夜就拿出這麼一份計畫詳實的奏章，便是清流們也一個個準備充分。還有些個缺德御史，拿著先前宗室聯名誇讚秦鳳儀的摺子說事，說宗室大王們變得忒快，半個月前秦探花主持宗室大比時還是好人，這不過半個月，宗室大比的事兒一結束，用不著秦探花了，秦探花就成為你們嘴裡無禮無法的諂媚小人了。

此時此刻，宗室們算是明白了，先時宗室大比，這姓秦的一副與禮部翻臉也要為咱們效力的模樣，原來是故意騙取咱們的感情，欺騙咱們的真心。

這傢伙分明就是清流派來打入咱們宗室的細作，他們可是被這姓秦的坑慘了啊！

瞧瞧秦騙子上的奏章，瞧瞧清流進退有據的攻擊，瞧瞧戶部連近十年來宗室開銷的資料都有，這要不是提前就有所準備，宗室都不能信。

行！

真行！

他們也算老江湖，卻是著了這小騙子的道。

不怪小騙子騙術高明，是小騙子身後的老狐狸道行非凡。

朝上自是一番唇槍舌劍，宗室死咬宗族禮法，說這是太祖爺定的規矩，誰要是改，就是對太祖爺大不敬，就該叫金甲衛上殿，拖出去砍頭。朝臣們更不是好纏的，太祖爺定的規矩不能改？怎麼不問問太祖爺，若知如今宗室子弟文不成武不就，太祖爺作何感想？倘太祖爺泉下有知，多半都能手持青龍寶劍砍死這一群不肖子孫。

反正，清流們話雖沒直接這樣說，卻也就是這個意思了。

清流們還說，宗室嫌沒有實缺，只有虛銜，可是看看你們宗室大比的成績，敢給你們什麼實缺？國家大事敢交給你們嗎？

朝上一通吵，待下得朝去，更是各看各的不順眼。

秦鳳儀是與方悅一道下朝的，盧尚書忽然把秦鳳儀叫住，讓秦鳳儀近前說話。

秦鳳儀快走兩步過去，神色頗是敬重地問：「尚書大人可是有事？」不得不說，清流還是很給力的。就是老盧頭，也是很夠意思。

很夠意思的盧尚書說話很不客氣，「你是不是傻啊？沒見宗室是啥眼光看你，小心出去被揍。跟我們一起走，他們總不敢當我們的面兒動手。」

大景朝的文官，其實也不甚斯文。

秦鳳儀看幾位宗室一眼，果然有幾人冷冷地瞪著他，神色很是不善。

秦鳳儀不怕事，還道：「我練過武功。」

程尚書道：「你那幾招花拳秀腿，就別拿出來顯擺了。」又問秦鳳儀出門可有帶侍衛。

秦鳳儀道：「帶了，昨兒我岳父又給了我兩個侍衛，我都帶身邊了。」耿御史其實心裡有些幸災樂禍，「兩個如何夠使？」

秦鳳儀道：「是我岳父昨兒新給了兩個，另有先時陛下賞我的侍衛，愉親王給我的侍衛，還有我家裡招攬的侍衛，有三十好幾個，我今天出門時，我媳婦叫我都帶上。」

諸大佬此方放了心。

沒走幾步，有小內侍過來，奉陛下之命，宣秦翰林御前說話。

秦鳳儀辭過諸位大佬，回頭往宮裡去了。諸大佬紛紛想，果然皇上對此事亦是知情的。皇上聖明，終於下定決心要削減宗室之俸了，咱們可得助皇上把這事兒辦成。有銀子用在哪兒不好，白養著這些宗室，乾吃白飯不幹活，人數還一年比一年多，誰養得起啊？

秦鳳儀到太寧宮偏殿時，景安帝正在換常服，見秦鳳儀過來，倒是看他很親切，未令秦鳳儀行大禮，擺擺手道：「坐吧。」

秦鳳儀見景安帝要換的是一件靛青的紗衫，便道：「這件太老氣了，不襯陛下。這三伏天剛過，也正熱著，換一件淺色的好看。」

景安帝笑，「這件穩重。」

「陛下都這把年紀了，還能不穩重？」秦鳳儀一向熱心腸，又問：「陛下的衣裳在哪裡，我幫您挑一件。」

有大宮人請了秦鳳儀過去，就在隔壁間。景安帝時常在此處起居，故而都備了常服。秦鳳儀瞧了瞧，挑了件月白繡雲紋的出來，道：「這件好看。」

景安帝覺得顏色有些嫩，秦鳳儀道：「雅致大方，陛下穿來一定好。」

秦鳳儀極力推薦，景安帝就換了這件月白的，頭上也不再束金冠，只是用髮帶束髻，身上威儀都減了幾分。秦鳳儀笑道：「陛下這樣穿戴，一下子年輕五歲。」

「是嗎？」換好衣裳，景安帝打發了閒雜人等，就馬公公在旁服侍，景安帝笑道：「朕看你昨日不管不顧什麼都說了，還以為今日你得愁得老五歲。如今看來，倒還好。」

秦鳳儀道：「昨兒我回家，叫我媳婦可是好生說了我一回。吃過午飯我都沒閒著，跑了四個衙門，還去了鄭老尚書家裡，又往我師傅和我岳父那裡跑了一遭，入夜才回到家。陛下，您看我今兒這奏章寫得還可以吧？」

景安帝笑，「一看就是方相的手筆。」

「那也不全是，是我先寫好才給我師傅看的。哪裡有不合適的地方，我添減了一些。」

秦鳳儀半點也沒隱瞞，一五一十都與景安帝說了。

景安帝道：「以往看你與清流不共戴天的模樣，這回你們倒是走一路去了。」

秦鳳儀道：「昨兒我媳婦叫我去盧尚書那裡的時候，我心裡其實提溜著呢。只是，這不是性命攸關嗎？硬著頭皮也得去。我與盧尚書一直不大好，不是我挑他眼，打我剛來京城，第一次去他家拜訪時，他就看我不順眼。您說說，那時我是雄心萬丈來參加春闈的，而且春闈成敗關乎我終身大事，我要是考砸了，我岳父非反悔不叫我媳婦嫁我不可，可我把文章獻上去，他竟要我下一科再來。您說說，這是一位科場前輩該說的話嗎？哪怕我文章不好，也得鼓勵我一二啊！他一點也不鼓勵我，要是我心理承受力差，早被他打擊傻了，虧得我沒聽他的。後來我中了探花，他又嫌我是憑臉得到的，這不是明明白白的嫉妒嗎？我長得這好看，這是老天爺的意思，能怪我嗎？平時經常說我壞話，我就不提了，倒是沒想到，這大事上，盧尚書還是很夠意思的。雖然我去禮部，他先時不想見我，但知道我做的是於國有利的大事後，他也沒說以前的事，只諷刺了我幾句，早朝上還是幫我的。」

秦鳳儀又笑，「以後我不能再叫他老盧頭兒了，我得尊敬他，以後就叫他盧尚書了。」

景安帝聽得笑了，「哎喲，到禮部還被為難了啊？」

「其實也不能怪盧尚書，先時我是把禮部得罪慘了。他原先不見我，是因為不知道我說的是宗室改制的事，後來他曉得我是為這件大事而來，立刻就見我了。我這回感觸挺深的，陛下，昨兒我在您跟前一時心直口快，就把事兒給說了，回家後，我媳婦與我分說這裡頭的利害，我也有些害怕，可後來我往幾位大人那裡去，說到此事，幾位大人根本沒有怕事而不理我。就是我師傅，這樣一把年紀，眼睛老花，晚上看不清字，還叫我把寫的奏章一字一字念給他聽，他一條一條幫我修改，不然，我哪裡寫得出這樣詳實的奏章來？」

秦鳳儀說著，突然有所感慨。

「我突然覺得，這件事雖是我說破的，可其中卻是不知有多少人的心血。像我師傅，他要是沒想過宗室改制之事，能一下子就給我改得這般周詳嗎？他老人家怕是早就想過宗室改制之事，只是先時或是時機不到，或是因著什麼緣故，一直沒能辦了此事，可他是真正想過這事的。還有盧尚書、耿御史、程尚書、鄭老尚書和駱掌院，沒有一個因為這是件得罪人的事，或是先時與我不大好，就袖手旁觀。我想著，以後我也要做他們這樣有心胸的人才好。

昨兒我輾轉半宿才睡著，今兒一上朝，我心裡還有些懸著。待上了朝，我的心就安定了，凡事只怕不能同心協力。宗室之事雖則難辦，可咱們君臣一心，這事兒不怕辦不成。」

景安帝瞧著秦鳳信自信滿滿的樣兒，笑道：「昨兒這半日沒白跑。」

「那是！」秦鳳儀很有些驕傲，宗室改制這事，自然不是他一人能做成的，只看早朝就知道，要抗衡整個宗室，非清流莫屬，但秦鳳儀身為這樁國之大事的參與者之一，也是很榮幸的。榮幸之際，他又被皇帝陛下留下一塊用早膳了。

說來，被皇帝賜膳是一樁體面事。被皇帝賜過膳的自然不止秦鳳儀一個，但也只有秦鳳儀每次在皇帝這裡吃飯時，馬公公會特意吩咐御膳房做幾樣淮揚早點。其實，即便不做淮揚菜也沒什麼，只是秦鳳儀就會叨咕他們淮揚菜多好吃多好吃罷了。

沒法子，世間就有秦鳳儀這樣厚臉皮的傢伙，因他時常被留膳，馬公公便也習慣了。

吃著道地的揚州早點，秦鳳儀先前說了對宗室改制的信心，不過，他到底不是那等認為有信心就能把事做成的人。秦鳳儀夾了個三丁包子咬一口，道：「這自來做事，給人錢的事最好做，從人手裡掏錢可不好掏了，何況，咱們是現成革了宗室多少年領慣了的糧米。我那奏章裡的規章是極詳盡的，只是，要是想宗室痛痛快快應下，還是要給些好處。」

昨兒不過半日，秦鳳儀甭管是求爺爺還是告奶奶，能搗鼓出今日早朝的局面已是不易，景安帝沒料到，秦鳳儀想的比自己想像中的還要深。

景安帝問：「依你說，要給他們什麼好處？」

秦鳳儀道：「這我就不知道了。不過，我爹做生意時，譬如食鹽漲價，百姓們多有不滿，就是過來進鹽的鹽販子也會唉聲嘆氣，您知道我爹是怎麼幹的嗎？」

「賣什麼關子？直說便是。」

秦鳳儀道：「我爹就去買些米麵來，交給家中鋪子裡的掌櫃，說是但有買鹽十斤以上者，送他們一斤米或半斤麵。這些買鹽的小商販心裡雖不滿鹽漲價，卻欣喜有米麵白送，算起來與以往的價錢也差不離，也就不再抱怨了。待他們適應了這價錢，慢慢也就沒米麵送了，然後他們也就習慣了。」

景安帝大笑。

秦鳳儀雖然自稱沒跟他爹學做過幾天生意，不過他夢中那幾年，沒考過春闈，沒做過探花，更沒做過官，還是跟他爹學了一些生意經。而且，他本就是出身商賈之家，家裡主要的來往對象也多是商賈人家。秦鳳儀這人嘛，雖然為人做事經常受清流詬病，但論腦筋靈活，大概是因為出身商賈的緣故，這小子的確是機靈百變。

景安帝原想著，秦鳳儀能把這事說破已頗具膽量，關鍵是，並不是景安帝有什麼暗示，秦鳳儀才去說宗室改制之事，他完全是話到此處，情到此事，並未多想，直接就說了。這尤其難得，可見秦鳳儀亦是自內心深處認為宗室的確是要改一改了。

秦鳳儀的這種見識，比待景安帝授意，再去捅破宗室改制，更令景安帝欣賞。依景安帝對秦鳳儀的喜歡，景安帝心中第一個拿來捅破宗室改制之事的人選並不是秦鳳儀，偏偏不需暗示，秦鳳儀就主動說了。

景安帝不是個不愛惜臣子的人，能在朝為官的，沒有傻子，特別是朝中重臣，更是人精中的人精。他們盡忠朝事，是讀書人的理想，讀書人的本分，但與景安帝彼此之間，未嘗沒有君臣情分。誠如那句老話，君以國士待我，我以國士報之。

在景安帝的計畫中，便是秦鳳儀負責把此事捅破，秦鳳儀的職責也已盡到，哪怕宗室要針對他的小探花，景安帝也會護住秦鳳儀。不過，秦鳳儀的表現遠遠比景安帝預計的更好。怎麼說呢，這孩子的潛質像是一座待你去挖掘的寶藏，便是以景安帝的眼界都認為，他平生所見的出眾人物，秦鳳儀年紀雖小，卻是不比許多前輩年輕時遜色。

用過早膳，景安帝道：「你這就去宗人府當差吧，有事朕再叫你。」

秦鳳儀應下，行完禮便退下了。

接下來的事，就不只是朝堂上的唇槍舌劍了，更多的是利益交換。就像秦鳳儀說的，朝廷要動宗室這樣巨大的利益，總要拿些什麼來安撫宗室。秦鳳儀雖則與往常一般與二皇子在宗人府當差，但現下他是真的閒不住了。

二皇子與秦鳳儀相處的時間不長，卻是極信服秦鳳儀，二皇子私下同秦鳳儀說：「有人來找過我。」二皇子不好提那人名姓，接下來的話，卻是不知要怎麼與秦鳳儀說。

秦鳳儀看二皇子有些猶豫又有些為難，卻還想與他說的模樣，便道：「讓我猜一猜，我想必是宗室的某位長輩私下同殿下說了些什麼，尤其是，殿下以後也是要做宗室的，今日裁撤宗室許多糧米，日後殿下的兒孫一代代的爵位傳承，到最後怕也有人難免淪為尋常宗室。像眼下的尋常宗室，又有哪一位不是太祖皇帝的兒孫呢，是不是？」

只看二皇子那不可置信的眼神，秦鳳儀就知道自己猜對了。

二皇子不掩驚訝之意，「秦探花，你怎麼猜到的？」

「若我是宗室，我也會聯合幾位殿下在御前進言，說一說宗室的不易。」秦鳳儀覺得這實在是太好猜了，不過，他好奇的是，「殿下，您的意思呢？」

二皇子道：「宗室大比什麼樣，我也是親眼所見的。我雖無能些，可寫的文章還是比他們要強些的。只要宗室大比成定例，只要兒孫知道努力，我並不擔心。要是連努力都沒有，我也只有隨他們去了。」

畢竟待兒孫無爵起碼是五六代以後的事了，二皇子也不是那等杞人憂天的性子。

秦鳳儀道：「我贊同殿下這話。」

「你贊同？」

「當然啦，殿下忘了，當初為了宗室大比，我都把禮部得罪成什麼樣兒了。」

二皇子似是鬆了一口氣，心裡又很高興，「我就曉得秦探花你是個好人。」

「那是！」秦鳳儀臉不紅心不跳地收下二皇子的讚美，又小聲問：「那殿下可以與我說了吧，是哪位藩王來你這裡請你來探我的口風？」

「探口風？」二皇子搖搖頭，「並沒有啊，就是康王叔昨兒下午過來，說起宗室不成器之事，也是痛心疾首。只是，宗室越是如此，越是要好生管教，越是要讓子弟上進。想讓子弟上進，就得有考校子弟們的方法。康王叔很是贊同宗室大比，我心裡也覺得宗室大比很好，不然你說你學問好，他說他武功高，到底好在哪兒，到底有多高，一比就知道了。只是聽人瞎說，終是不可靠的。」

「殿下這話很是。」

二皇子笑道：「多是康王叔說的，我心裡覺得有道理，就同你一說。」

秦鳳儀誠懇道：「我也覺得宗室大比是應該保留，而且宗室大比就應如三年一次的春闈，每三年考一回，擇優錄用，給實缺讓他們做官，為百姓謀福祉。」

秦鳳儀又正色道：「殿下，昨兒我說了革了普通宗室糧米之事，並不是要逼宗室入絕路，也不是與宗室有什麼仇恨，我與宗室有何相干呢？實在是，宗室若是不改，朝廷已是供應不起了。再者，榮養宗室這些年，可養出什麼驚才絕豔，為國為民的宗室子弟了？一個都沒有。宗室大比就能看出現在宗室是何境況。宗室要改制，是為了讓宗室子弟上進。他們只要肯學習肯習武，一樣做官，一樣有出息。更重要的是，如果再像以前那樣恩養，便是尋常宗室子弟，不必做事，每個月都有糧米可領，殿下想想，眼下宗室已是這般，再過百八十年，不說朝廷能不能供養得起宗室，就是宗室自己，怕是連如今的景象都沒有了。」

二皇子在宗人府當差的時間比秦鳳儀長，頗知一些宗室年度開銷。

二皇子嘆道：「是啊，你們今日早朝拿出的，不過是戶部的銀米開銷。每年除了戶部，就是父皇的內庫對宗室也有諸多賞賜。」

宗室那裡，顯然是與幾位皇子有所接觸。

二皇子既然做了傳聲筒，眼下秦鳳儀與宗室的關係是掰得不能再掰了，索性就將自己對宗室的種種擔心也與二皇子說了。只要二皇子能明白，傳給宗室那邊知曉也無妨。

像傳聲筒這樣的差使，也就二皇子這般的好性子能做，如三皇子這樣的硬人就做不來，因為依三皇子的脾氣，自宗室大比後，就不大看得上宗室子弟，有藩王過來遊說，三皇子只一句話：「要是以後我的兒孫這般不爭氣，不要說糧米，連姓景都不配！」

過來遊說的藩王，險些被三皇子的話把肺葉子給頂出來，私下都說：「怪道諸皇子裡，三皇子人緣最差，不是沒有理由的。」

如四皇子和五皇子，他們年紀尚小，未到參政的年紀。六皇子更不必說，也是不懂這些事。倒是大皇子，這位所有人認定的儲位唯一候選人，將來的皇帝陛下，對宗室的態度很是溫和，哪怕就是宗室改制，在京的宗室意見不小，大皇子也都耐著性子一一聽取。

當然，聽聞意見的同時，大皇子也不忘在宗室們說起秦鳳儀時再拱兩句火。

秦鳳儀對於自己在宗室裡現在的人緣如何是完全不關心了，反正也好不了，而且，他現在是與清流一夥了。

清流們對秦鳳儀挺重視的，盧尚書私下還與秦鳳儀說了不少清流對於宗室改制的意見，盧尚書道：「宗室必會提出條件的，若是宗室想要實缺，斷不能應，知道嗎？」

清流們可不願意把自己的飯分給宗室吃。

秦鳳儀倒沒想到宗室提出的條件是用實缺來交換，秦鳳儀道：「這事說得容易，瞧瞧宗室現在的模樣，就是朝廷有實缺，他們接得住嗎？」

「就是這話！」此話大合盧尚書之心，盧尚書素來有些瞧不上宗室。

「所以，如果宗室要用實缺來換改制之事，反是容易。」秦鳳儀的意見與盧尚書不同，秦鳳儀小聲道：「就宗室今年考得這慘不忍睹的樣兒，能有什麼好實缺給他們？再說，他們這裡頭，矮子拔高個兒都拔不出幾個來。要是實缺，只要不過分，大人不妨先應了他們。待改制之事成了，實缺不實缺的再說唄。」

盧尚書一樂，拈鬚笑道：「你這小子倒是挺滑溜的。」

「我這還不都是受大人您的指點嗎？」秦鳳儀頗會順竿兒爬。

盧尚書笑斥：「你少奉承我，我可指點不了你，淨讓我生氣了！」

秦鳳儀笑嘻嘻地道：「咱們這就叫做，不是冤家不聚頭。非得有先前的不對盤，才有如今的好感情啊！」

盧尚書正直了大半輩子的人，實在聽不得秦鳳儀這肉麻兮兮的話，一面搓著手臂上的雞皮疙瘩，一面問：「老實說，你在御前是不是經常這樣奉承？」

不然皇上咋這般看這小子順眼呢？

「哪兒啊，我只這樣奉承您老人家。」秦鳳儀端盞茶，笑咪咪地奉給盧尚書。

盧尚書接了，仍是正色道：「你是清流，還是要正直做人，知道不？」

秦鳳儀站得筆直，神色肅穆，大聲道：「聽尚書大人的話！」

盧尚書嚇一跳，險些摔了手裡的茶盞。

「行了行了，記得不能對宗室心軟就成了，去吧。」

秦鳳儀憋笑，見盧尚書沒別個吩咐，便恭恭敬敬地告退了。

總地來說，盧尚書對於秦鳳儀近來明辨是非的行為很滿意，尋思著，年輕的孩子便是一時走了歪路，只要能拐回正路上來，也是很好的。為此，盧尚書特意去了老恩相方閣老那裡一趟。以往他去都是告狀的，這回不同，是去誇老恩相收了個好弟子的。

盧尚書一臉憂國憂民狀，道：「自秦翰林入朝，我每每見他就沒有不堵心的，他不論行事還是談吐，皆不合時宜，如今總算是捋順了，也走到正路上來了。我過來跟老恩相說一聲，老恩相以後不要擔心了。秦翰林還是個明白人，沒辜負老恩相的栽培。」

方閣老笑道：「是個好孩子啊？」

盧尚書點頭，「小事毛躁，要改的毛病還很多，但大是大非上頭，清楚明白，真不枉老恩相這幾年的教導。」

方閣老頗自得，難得不謙虛地顯擺一回，「當初我就看中他這大事明白，心思純正。」

在清流看來，一直在邪路上徘徊的邪教份子秦鳳儀，總算是被清流感化，走回正道皈依正派了，但宗室改制之事，清流們是做夢也沒想到，宗室竟提出這般合乎情理，卻又讓清流大為頭疼的條件。

那就是，清流們，你們不是嫌我們宗室子弟不學無術嗎？

好啊，我們接受你們的批評。我們也想自家子弟好，自家子弟不成器，我們比你們急一百倍、一千倍、一萬倍。是，宗室子弟是該上學，但這也得有學可上啊！

既然你們讓我們宗室子弟念書，那就先得建宗室書院，於是，宗室光要求各地修建宗室書院就不下百所，還要求京城建一所大大的宗室書院。當然，宗室馬上就要革糧米了，宗室沒錢，就得有勞朝廷出錢了。

這筆錢的數額一算出來，程尚書的臉直接就黑了。

甭看宗室大比這些宗室子弟考得亂七八糟，只要有腦子的，便不會小看宗室。就看想要宗室改制，景安帝繞多大的彎兒，內閣想這事多少年都沒人捅破，還是被秦鳳儀這傻愣愣的七品小官說破之後，內閣方趁此東風，將宗室改制之事提到朝上來。

其實不論是景安帝還是朝中大員，抑或秦鳳儀這二愣子，大家心裡都明白，要動宗室這樣龐大的利益，必然要給宗室一些好處的。

哪怕宗室想多要幾個實缺，如盧尚書這樣有些刻板的大員，都被秦鳳儀勸著默許，可誰都沒想到，宗室提出的不是實缺之事，而是請朝廷蓋書院，供宗室子弟念書。

宗室的理由簡直是正當得不得了，道是為了讓宗室子弟上進。

清流大員們，你們也說過我們宗室子弟文不成武不就。皇帝陛下，咱們都是姓景的，您肯定也是盼著咱們家的孩子能改了壞習慣，認真讀書習武，一意上進的吧？

非但如此，宗室在進宮向裴太后請安時，同太后娘娘說了這事。便是裴太后不知內裡如何，卻也覺得給宗室蓋幾所書院不算過分。不過，裴太后何其聰敏，笑道：「讀書明理，我盼著不論皇家還是宗室，都是多念書的好。」

這位娘娘深知現在朝中正說宗室改制之事，倘是旁時，這事她應了無妨，可在這宗室改制的關頭，便是以太后之尊，亦是極為謹慎，不肯多說一句，更不會應承什麼。

平皇后比起裴太后，自然要差上一些，但平皇后得了景安帝的叮囑，景安帝明說了：「宗室改制正是要緊的時候，宗室怕是會來妳這裡說情。不論什麼事，虛應拖著他們就是，凡事有朕在。妳莫要應承什麼，不然，以後朝廷法令與妳當初應承的不一樣，宗室或者有微辭不說，妳面子上也不大好看。
故而，平皇后亦是有所準備的。
宮中其他嬪妃皆非正位，宗室便是到她們那裡說話也沒什麼用。
裴太后私下問了兒子此事，裴太后道：「如果宗室只是要求建幾所書院倒也無妨。」
景安帝道：「不是幾所，是一百所宗學。」
裴太后眉梢一挑，這就是要跟朝廷較勁了？
裴太后道：「這也不怕，又不是一下子建一百所，先略建幾所做做樣子，待裁撤宗室糧米之事辦下來，餘下的書院慢慢修建就是。」
母子倆私下說話，連馬公公都去外頭守門了。
景安帝低聲道：「朕倒不是吝惜建書院的銀子，建幾所還是建一百所，於朝廷而言，時間拉長些沒什麼不同，只是，宗室書院一旦開建，必是要先建諸王所在藩地的宗室書院。」
裴太后心中一跳，頓時明白兒子的意思，「這倒是不可不防了。」
要景安帝說，與其建幾所，倒不如建一百所。若只有幾所，必然要在鎮藩之地建宗室書院，這樣周遭大小宗室的子弟，豈不是都要去藩鎮念書？
不是景安帝小人之心，若天下十萬宗室集中幾位藩王所在的州府，初時還好，可在這裁撤宗室糧米的節骨眼上，景安帝怕是要睡不好覺了。
景安帝沉聲道：「宗室書院便是修建，也只能建在京城。」
裴太后道：「你這想法自然好，怕是藩王宗室不樂意。」

擇宗室子來京念書自是好，可這要是想的多的，就如同皇室不願意宗室學院建在藩鎮之地一個理，人家藩王宗室難道不會多想嗎？

好啊，建個學校把咱們的孩子都圈京城去了，你什麼意思啊？宗室可不是傻子，只看他們上摺子建書院就能叫天家至尊母子發一回愁，便可見一斑了。

景安帝道：「一件東西賣家要出高價賣，買家卻不願意出高價買，不一定是東西不值這個價，怕是沒想對吆喝的法子。」

做皇帝的，並不一定如何天才卓絕，也不一定要上知三千年下知五百載。

只要做對一件事，就是難得的好皇帝了。

那事就是，會看人，會用人。

景安帝這事先是與鄭老尚書商量，這位是景安帝的首席心腹。君臣二人密議此事，馬公公依舊去外頭守門。宗室的奏章，鄭老尚書也看了，這位老尚書年紀一大把，說話也不急不徐，先道：「恕臣直言，宗室書院可以建，但除了京城的宗室書院，地方上的略緩一緩也是無妨的。老臣去程尚書那裡問過，今年西北大旱，赤地千里，民不聊生，戶部的銀子緊張，不如就先建京城的宗室書院，如此，待書院建好，可以先挑選一些出眾的宗室子弟過來念書，省得誤了宗室子弟們的上進之心。」

鄭老尚書不愧是景安帝的首席心腹，這話雖然是把西北大旱的事扯進來，說朝廷沒錢，但中心思想只有一個，那就是，地方的宗室書院暫且不修建，先建京城的宗室書院。

景安帝道：「藩王們俱是明理之人，朕想著，朝廷的難處他們都能理解，只是，若是幾位藩王知道朝廷困難，定會親自掏腰包，先在各藩鎮建宗室書院。」

鄭老尚書笑道：「這是朝廷仁政，怎能令宗室出銀子？老臣們臉皮還沒有這樣厚。先建宗室書院，也不獨因眼下戶部不寬裕，還有就是宗室書院先時誰也沒見過，這是頭一遭開辦，建在京城，先讓子弟們過來，看看還有何不足之處，也可改進。待得京城的宗室書院萬無一失，在開辦藩鎮的宗室書院亦是一樣，不然，慌忙建一大堆書院，不是這裡不好，就是那裡有礙，白花了銀子不說，也委屈了宗室。」

「鄭相此話有理。」這個解釋，起碼還算是個過得去的理由。

然而，景安帝並不如何滿意。

就是鄭老尚書自己也明白，他這個理由，若是遇上軟弱肯講理的還說得過去，要對付宗室，怕是仍有不足，奈何眼下鄭老尚書也沒有什麼好法子。

鄭老尚書低聲道：「陛下放心吧，只要京城宗室書院開起來，還怕宗室子弟不肯過來就讀嗎？有人來咱們就不怕。若宗室提出他們也要在藩鎮修建書院，先由內閣諸人辯上一辯，屆時叫上秦翰林一道。他是個渾不吝的，萬一商量不通，立刻叫秦翰林翻臉，談不成還怕談不崩嗎？」談崩了也只好再談。

景安帝笑，「鄭卿也如此促狹了。」

「人盡其才。秦翰林素來機靈又有些莽撞，讓他來做這等翻臉之事最是合適。只是，如今宗室恨他恨得緊，若是再叫他來做這翻臉之人，宗室更要深恨於他，這往後還得陛下多看顧他一些。實是宗室變革之制關乎我大景朝百年氣運，不然，老臣斷不能讓秦翰林做這得罪人的事。」鄭老尚書終歸是覺得這主意難不住秦鳳儀。

景安帝正色道：「鄭相只管放心，朕視鳳儀如子侄一般。」

鄭老尚書也知道這位皇帝對臣子不錯，沒做過那種過河拆橋之事，否則他也不能叫秦鳳儀過來拉仇恨。倘真的拉個大仇，就是把秦鳳儀往炮灰路上引了。先不說鄭老尚書與景川侯這些年交情不錯，就是方閣老那裡也交代不過去。眼下實在是沒法子，需要這麼一個人，原本這個人選，鄭老尚書是傾向三皇子的。三皇子是出了名的脾氣臭，可三皇子在機變上就差秦鳳儀一籌了。

這事是鄭老尚書祕密找秦鳳儀說的。

秦鳳儀看老頭兒神神祕祕的，還以為有什麼事，原來就這事。

秦鳳儀道：「內閣與宗室談宗室改制之事，能讓我旁聽？」

別看這事是他捅破的，但具體的內閣商量國家大事啥的，秦鳳儀是一回都沒見過。他向來好奇心重，讓他砸場子啥的沒什麼，主要是，秦鳳儀想聽聽，這樣的軍國大事，雙方是要怎麼個談法兒。

鄭老尚書道：「你原就是陛下身邊的侍讀，如今又在宗人府做事，此事事關宗室，你隨著二殿下，自然是可以聽一聽的。」

「那就成。」秦鳳儀一口就應了。

秦鳳儀應得這般爽快，鄭老尚書反是略有不安，「鳳儀，要不，你再想想？」

「想啥啊，不就是讓我過去砸場子嗎？看你們那邊談不下去，立刻翻臉，是不是？」秦鳳儀道：「這事兒又不難，還要想什麼呀？」

鄭老尚書看他都未多想自己的安危，更是不忍心，嘆道：「朝中要說比你機靈的，不是沒有，只是他們不是位置不對，就是沒你那一往無前的氣勢，可這事又很得罪宗室。」

「誰能比我更機靈啊？」秦鳳儀不愛聽這話，「不要說比我更機靈，就是比我聰明的，世上不過兩人而已，一個是陛下，一個是我媳婦。」

鄭老尚書好笑，「這麼說，老夫也不及你聰明了？」

「誰讓你說朝中還有人比我機靈的？」秦鳳儀認為自己才是朝中第一機靈人。論機靈，陛下一把年紀了，他媳婦倒是很聰明，但機靈也是略遜他一二。

「不說這些玩笑話了。」鄭老尚書正色道：「鳳儀，你也曾叫我一聲鄭爺爺。今日託你做這事，我必要將此間利害與你分說明白的。」遂將此事有多招人恨說了。

秦鳳儀搔搔頭，道：「我知道啊，都說沒事兒了。原本這宗室改制之事就是我說破的，我還上了摺子，宗室現下就挺恨我。我起碼有陛下，還有鄭爺爺你們照看著，你們要是換個人來，不一定有我命硬能扛住宗室。放心吧，我心裡有數。這兩家談事情，形勢都是瞬息萬變的，眼下我也不能保證什麼，但您只管叫我去旁聽，我自有法子讓內閣占住優勢。」

秦鳳儀有個優點，甭管什麼事交到他手上，從來都是信心百倍的模樣，便是景安帝都很喜歡他這自信爆棚的態度，何況此時對勝負都不大有信心的鄭老尚書了。

鄭老尚書的確沒把握說服宗室，但是他有一個理念，凡事即便勝負難定，也不能畏懼對手拋出的任何手段。

有一種輸，叫做怕了。

鄭老尚書看秦鳳儀信心滿滿，不由一笑，「這事非鳳儀你，我不能放心的。」

「這就對啦！」秦鳳儀對於鄭老尚書這話很滿意。

內閣這邊連攬局的人都準備好了，可見是準備充分的。

宗室卻也不是好纏的，只看宗室一道奏章便將景安帝君臣難得連一個萬全之策都拿不出來，便可知宗室諸王的厲害。

能想出建宗室書院這樣讓景安帝頭疼的法子的宗室，連情報工作都有其過人之處。雙方就宗室書院建設的問題尚未展開談判，宗室就已知道，屆時談判，秦鳳儀亦有一席之地，而且，連秦鳳儀的用途，閩王都打聽得一清二楚。

閩八郎道：「父親，內閣想用秦鳳儀砸場子。那個秦鳳儀，的確是個能臉都不要的人。父親看，要不要先叫此人參加不了宗室書院的談判之事？」

閩王微微一笑，「內閣若有萬全之策，何須安排秦鳳儀砸場子？可見內閣對於書院之事亦是沒有把握。我知道內閣在什麼地方心虛，明日我就要看看內閣那副小人嘴臉的醜態。」

「父親，恕兒直言，秦鳳儀這等渾人，還是要有所防範。他那張嘴會說出什麼，實在是無人能預料得到。」

就像先前允宗室自由婚嫁之事，這事宗室原只想做個略為難的樣兒再答應皇上，不為別個，就因為答應得太容易反讓皇上覺得宗室好拿捏，故而，宗室只是想稍微擺個譜兒。結果就因秦鳳儀在場，這小子不知是哪根筋不正常，一張大嘴巴啦巴啦就說到裁撤普通宗室的糧米上頭。這該死的禍害，俺們宗室是哪輩子得罪了你？是挖你家祖墳，還是怎地？

所以，甭看秦鳳儀是出了名的有些不正常，閩八郎認為，若是正常人的思維，一般是好推測的。哪怕鄭老尚書這種，都不放在他父親眼裡。可是，秦鳳儀這種神經病，正常人哪裡能明白神經病是怎麼想的呢？

雙方談判之事，容不得半點差池。

閩王道：「讓你順王兄去對付他，上回他對你順王兄不敬，你順王兄早就憋著一肚子火，想把場子找回來。」

於是，內閣安排了秦鳳儀做事有萬一的攪局翻臉人。

消息靈通的閩王，安排了一心想要從秦鳳儀這裡找回藩王臉面的順王來對付秦鳳儀。

這場有關宗室書院的談判，到底誰輸誰贏，在這一晚，在此時此刻，也只有天知曉了。

別說，還真有人去找欽天監去算命了。

閩王雖然提前獲悉了內閣談判的人員配置，自認勝券在握，可就在談判前夕，宗室也做了一件丟人的事。那就是，一位迷信的鎮國公，竟然去找欽天監去問天時。

雖則這位鎮國公沒有直接問宗室談判勝負，但這都問天時了，京城裡哪裡有傻子啊？如果真有傻子，就是這個去找欽天監算天時的傻蛋了。閩王氣得狠，這還不如去廟裡找個和尚問，起碼你找和尚不會被清流知道。你去找欽天監，可是讓清流看了大笑話。

閩王向來神機妙算，這回清流看笑話的事，也著實讓他給說中了。內閣得知此事，私下很是嘲笑了宗室一回，連盧尚書都說：「把這算天時的心思用在宗室子弟的教養上，斷不會考得那般丟人現眼。」

清流瞧不起宗室這神叨勁兒，宗室也看不上清流的小心眼，成日聖人大道的，跟咱們談事情還要安排一個砸場子的，這可真是滿口仁義禮智，打得一手好盤算。

這麼互相看不起的雙方，居然還要在一個桌上談事。

雙方都虎視眈眈，秦鳳儀與順王這對死對頭也都準備好了，卻是有一人，很不樂意秦鳳儀接這差使。這人不是別人，正是秦鳳儀的媳婦李鏡。

秦鳳儀有事都不瞞著媳婦，便把他要去砸場子的事同媳婦說了。

李鏡當下就不大樂，哼哼道：「這些老東西，好事找不著你，這樣得罪人的事就找上你。別看清流成天說自己如何清淨潔白，那全都是鬼話！」

秦鳳儀勸道：「這可怎麼了？反正我也得罪過宗室啦！」

「得罪一回跟得罪兩回也沒什麼差別，是不是？」李鏡反問。

「不是這麼說。」秦鳳儀拉過媳婦的手，悄悄道：「我還沒見過內閣是怎麼談事情的，何況這可是朝廷大事。我就是想去瞧瞧，他們到底是怎麼個商量法兒，也長些見識。」

「難不成除了叫你去得罪人，就沒有別的位置給你？」李鏡道：「你性子實誠，這是被那幫老狐狸算計了。」

「不至於，雖則我跟陛下不錯，可鄭老尚書是內閣首輔，難道會算計我這七品小官？」

「鄭老尚書不至於此，可鄭老尚書身邊的人呢？不見得個個都是乾淨的。」李鏡道：「找你去砸場以防萬一，這主意若是旁人想出來獻策予鄭老尚書，說不得就是要對付你。」

「難道我就是個傻的不成？」秦鳳儀覺得自己聰明得不得了，「我是想著，這一則長個見識，二則這雖是個得罪人的事，可也得看怎麼做，難不成是個人就能把場子攬了？」

李鏡皺眉道：「宗室改制的事情上，清流雖是沒有袖手，可我看他們終是拿你當個外人，不然，這得罪人的事，不會落在你頭上。」

「我也沒把他們當內人。」秦鳳儀道：「清流也就那樣。我與人來往，主要看人的性子，哪裡就看清流不清流了？他們也是狹隘，把宗室當賊防。既要裁宗室糧米，又不想給宗室一些實際的好處，這就讓我看不上。把朝廷整好了，人人都會有飯吃，若是朝廷裡雞飛狗跳，就你自家吃這飯，怕也不是什麼好飯。放心吧，我心裡有數呢。我幹嘛跟他們一夥，他們都是講論資排輩，煩人得很。我是跟陛下一夥的，陛下正是用人之際，這事我怎好推脫？」

李鏡也知此事既已應下，便是再推脫不得，當下叮囑丈夫道：「就是要翻臉，也要瞅準時機，莫要給人留下話柄。」

儘管知道此事沒有轉圜的餘地，李鏡仍是不大放心，面上卻是不肯露出來，一大早就親自送丈夫出門去了。

（未完待續）

漾小說 200

龍闕 4

國家圖書館出版品預行編目資料

龍闕/ 石頭與水著. -- 初版. -- 臺北市：
晴空, 城邦文化出版：家庭傳媒城邦分公司發行,
2018.07
冊；　公分. --（漾小說；200）
ISBN 978-986-96370-8-4（第4冊：平裝）

857.7　　107008853

原著書名：《龙阙》，由北京晋江原創網絡科技有限公司授權出版。

城邦讀書花園
www.cite.com.tw

作　　者　石頭與水
封面繪圖　畫　措
責任編輯　施雅棠
國際版權　吳玲瑋　蔡傳宜
行　　銷　艾青荷　蘇莞婷
業　　務　李再星　陳玫潾　陳美燕
編輯總監　劉麗真
總 經 理　陳逸瑛
發 行 人　涂玉雲
出　　版　晴空
城邦文化事業股份有限公司
104台北市中山區民生東路二段141號5樓
電話：（886）2-2500-7696　傳真：（886）2-2500-1967
發　　行　英屬蓋曼群島商家庭傳媒股份有限公司城邦分公司
104台北市中山區民生東路二段141號2樓
客服服務專線：（886）2-25007718；25007719
24小時傳真專線：（886）2-25001990；25001991
服務時間：週一至週五上午09:00~12:00；下午13:00~17:00
劃撥帳號：19863813；戶名：書虫股份有限公司
讀者服務信箱：service@readingclub.com.tw
晴空部落格　http://blog.yam.com/readsky
香港發行所　城邦（香港）出版集團有限公司
香港灣仔駱克道193號東超商業中心1樓
電話：852-25086231　傳真：852-25789337
E-mail：hkcite@biznetvigator.com
馬新發行所　城邦（馬新）出版集團【Cite (M) Sdn Bhd】
41, Jalan Radin Anum, Bandar Baru Sri Petaling,
57000 Kuala Lumpur, Malaysia.
電話：(603) 9057-8822　傳真：(603) 9057-6622
Email：cite@cite.com.my
美術設計　洸譜創意設計股份有限公司
印　　刷　沐春行銷創意有限公司
初版一刷　2018年09月06日
定　　價　320元
I S B N　978-986-96370-8-4